新潮文庫

サンクチュアリ

フォークナー
加島祥造訳

新潮社版

2066

サンクチュアリ

1

泉を囲んでいる藪《やぶ》のかげから、ポパイはその男が水を飲むのを見まもっていた。その泉へは、向うの街道から一本の小道が通じていて、その小道からいまポパイの見つめている男は現われたのだった——ひょろ高くやせており、無帽、くたびれたグレイのフラノズボン、腕にはツィードの上着をかけていて——男は泉まで来るとひざまずき、水を飲みはじめた。

その泉は橅《ぶな》の木の根方から湧《わ》きだして流れだし、砂地にたまって底の砂をかきたてていた。泉のまわりには籐《とう》やいばらの藪が密生し、杉やゴムの木が茂っていたから、わずかの木洩《こ》れ陽《び》が水辺におちこんでいるばかり。どこか、ひそかに隠れてはいるが近くで、一羽の鳥が三声《みこえ》だけ鳴き、そして鳴きやんだ。

水を飲む男は、細かく分裂して反映する自分の水影に顔を近づけた。立ちあがったとき、何の物音も耳にしなかったが、自分の水影のなかにポパイの麦藁《むぎわら》帽子を見つけたのだった——それもやはり細かく砕けた映像だった。

男は眼をあげた、そして泉の向う側にいるポパイを見た——小柄な人物で、両手を上着のポケットに突っこみ、口もとからは煙草《たばこ》を垂らしている。その服は黒で、上着は腰までぴったり細く仕立ててある。ズボンは一回だけまくりあげてあるが、それでも泥がこびりつき、靴にもまた泥がかわいている。顔色は奇妙に生彩がない——いわば電燈《でんとう》の光で見たときのものに近い。淡い陽ざしのさすこの静寂さとはまったくそぐわぬ存在だ。麦藁帽子をかしげてかぶり、両肘《りょうひじ》を張り気味の姿勢でいるその男は、まるで押しつぶされた罐《かん》のような底知れぬ残忍な雰囲気を漂わせている。

彼の背後では鳥がふたたび鳴いた——単調に三声だけくりかえす鳴き方であり、その無意味だが深い音のあとには溜息《ためいき》めいた安らかな静寂が続いて、それはこの場所を周囲から絶縁してしまうかのようだ——そして少しすると静寂さのなかから街道を過ぎる自動車の音が生れ、やがて遠ざかっていった。

水を飲んだほうの男は泉のそばにひざまずいていた。「どうやら君のポケットにはピストルがあるようだね」と彼は言った。

泉ごしにポパイは相手を黒くて柔らかなゴム玉のような目で見つめ、何かを推しはかっているかのようだ。「こっちこそききたいぜ」とポパイは言った、「そのポケットには何があるんだい？」

相手の男の上着はまだその腕にかかっていた。彼は残ったほうの手をあげてポケットを探りかけた——片方のポケットはつぶれたフェルト帽子で、もう一方のポケットは一冊の本でふくらんでいた。「どっちのポケットのことかね？」と彼は言った。

「出さねえでいい」と彼は言った、「口で言え」

相手の男は挙げかけた手をとめた。「本だよ」

「どんな本だ？」とポパイは言った。

「ただ普通の本さ。誰でも読むような本さ。誰でも本を読むとはかぎらんけれどね」

「おめえは本を読むくちなんだな？」とポパイは言った。

相手の男の手は上着の上に来て止った。泉ごしに二人は見つめあった。煙草の煙がポパイの顔をよぎって揺らぎのぼり、そのために顔の片側をしかめていて、まるでそれは二つの表情を半々に刻みこんだ仮面とでも言えそうだった。

ポパイは尻《しり》のポケットからよごれたハンカチを取りだし、尻の下に敷いた、そして泉ごしに相手の男と向きあったままそこに腰をおろした。それが五月の午後も四時ごろのことであった。二人は腰をおろした、そして互いをながめやったまま、二時間も動かなかった。ときおりあの鳥が沼地の奥で鳴いたが、まるでそれは時計仕掛けで声をあげるような鳴き方だった。また二度ほどは、見えない自動車が街道を通り過ぎて遠ざかる音。ふたたび鳥が鳴いた。

「もちろん君はあの名前を知らないだろうねえ」と泉の向う側の男は言った。「どうも君は鳥のことなんか知っていそうにないな。まあ、ホテルのロビーで歌ってる鳥や四ドルもする料理の皿にのっている鳥の名前なら知ってるだろうがね」ポパイは何も言わなかった。彼は体にぴったりした黒服のまましゃがんでいて、その右のポケットは横腹のあたりでずしりとたるんでいる。小さくて人形めいた手で煙草をひねったりつまんだりして、ときおり泉に唾《つば》を吐いている。その顔色は死人めいて、どす黒い青さだ。鼻は少し鉤形《かぎがた》、顎《あご》は引っこんで、ないも同然だった。顔の下半分が引っこんでいて、いわば強い火のそばに置き忘れた蠟人形《ろうにんぎょう》といった顔だ。チョッキの胸にはごく細いプラチナの鎖がかかっていた。「わたしは、だね」と相手の男は言った、「ホレス・ベンボウという名前なんだ。キンストンで弁護士をしている。以前は向うのジェファスンに住んでいてね、そしていまもそこへ行く途中なんだ。わたしが無害な人間なことは、この郡の人なら誰だって証言してくれるよ。君がウイスキーの密造で見張ってるんなら、ぼくには関係ないことさ。君がどれだけ造ってどれだけ売ろうが、それにどれだけ買おうが、全然気にしないね。ぼくはただ水を飲むんで立ち寄っただけなんだ。ただ町に行きたいだけなんだ、ジェファスンにね」

ポパイの両眼はゴム玉のようにみえた、それは指で押されれば凹《へこ》んで、それから渦巻の指紋の跡を残したままもとへ戻りそうに思えた。

「ぼくは暗くならんうちにジェファスンに戻りたいんだよ」とベンボウは言った、「ここにこんなふうに引きとめられるのは困るんだがね」

煙草を口から取りもしないまま、ポパイは泉のなかへ唾を吐いた。

「それに引きとめようとしても無理だと思うね」とベンボウは言った。「ぼくが急にここから逃げだせば、それっきりじゃないか」

ポパイはゴムのような両眼を相手に注いだ。「逃げだしてえのかい？」

「いいや」とベンボウは言った。

ポパイは眼をそらせた。「じゃあ、逃げるなよ」

ベンボウはふたたびあの鳥の声を耳にし、この地方での呼び名は何と言ったか思い出そうと努めた。ここからは隠れている街道に別の車が走り過ぎ、その音が遠ざかっていった。二人の姿をそのままにして陽は没しようとしていた。ポパイはズボンのポケットから安物の時計を取りだし、それを見おろし、またもとのポケットへ納めた、それはまるで銀貨を扱うようなめらかさだ。

泉からの小道は砂地の脇道《わきみち》へ合しているが、その地点にはつい最近になって一本の木が切り倒されて通行を妨げていた。二人はその木をまたぎ越し、街道を背後に残して、進んでいった。その砂地には二本の浅い窪《くぼ》みができていたが、馬蹄《ばてい》の跡はなかった。泉からの流れのひとつが浸《し》み出て横切っている所に来ると、ベンボウは自動車タイヤの跡を眼にした。彼の前をポパイが歩いていた――ぴったりした服を着こんでいて、その頭の固い麦藁帽子は前衛派がデザインした電気スタンドのような妙な角度に傾いている。砂地が終った。道は曲りつつ森から出ていった。暗くなりかけていた。ポパイは肩ごしにちょっと振返った。「急ごうぜ、おい」と彼は言った。

「あの丘をまっすぐ越えていったらどうだね?」とベンボウが言った。

「あんなに木のうんと生えたなかをか?」とポパイは言った。下方の丘の密林はすでに溜《た》まったインキのような色をみせており、それを見おろしたポパイの帽子は夕闇《ゆうやみ》のなかで陰険な鈍い輝きをみせて揺れた。「冗談じゃねえぜ」

ほとんど暗くなっていた。ポパイの足どりはゆるんだ。いまはベンボウのわきを歩いていて、たえず周囲を見まわしつづけたが、その動作はいわば挑むような身の縮め方であり、そうやってポパイが周囲を見まわすたびに、ベンボウには彼の帽子が正面からうしろ側まですっかり見てとれるのだった。その帽子はベンボウの顎のあたりに届くだけだった。

何物かすばやく動く物影が二人をめがけて襲いかかり、張りつめた翼が音たてずにはためいて二人の顔にまで風を吐きつけかすめ去り、そしてベンボウはポパイが全身で彼にかじりつき、その手が自分の上着を引っかくのさえ感じた。「梟《ふくろう》だよ」とベンボウは言った。「ただの梟さ、何でもないよ」それからまた言った、「あのキャロライナみそさざいはね、この地方では魚捕り鳥と言っているんだ。うん、あれがあの鳥だよ。ほら、さっき声を聞いたときはどうも思い出せなかった鳥の名前さ」なおもポパイは彼にかじりついていて、彼のポケットをつかみ、猫のように歯の間から息を吐いていた。この男はどこか陰気でどす黒い感じだな、とベンボウは思った――ボヴァリー夫人が抱きあげられたとき彼女の口から流れ出て花嫁のベールをよごした黒いもの、あれみたいなにおいがするな。（訳注　フローベール著『ボヴァリー夫人』第三部第九章）

間もなく、黒くそそり立つ木々の上にその家が現われた――それは光の褪《あ》せてゆく空のなかに無愛想な四角形の姿を現わしていた。

乱れた枝をさし交わす杉林のなかから、その家はうつろな廃屋らしい姿をにょっきりと現わしていた。それはオールド・フレンチマンという名で知られた屋敷で、南北戦争の前に建てられたものだ。かつては広大な敷地の中央に据えられた農園主の住居だったが、すでに周囲の綿畑や庭や芝生は野生の林に戻ってしまい、それを近所の住人たちはこの五十年の間引倒して薪《たきぎ》に使うやら、気まぐれなひそかな野心でそこらをほじくりかえしたりしたのだ、というのも北軍のグラント将軍がヴィクスバーグ攻撃でこの土地を通過したとき農園主が敷地のどこかへ金を埋めた、という噂《うわさ》がたったからであった。（訳注　ヴィクスバーグは一八六三年に攻略されたミシシッピ州の町）

ヴェランダの端では三人の男たちが椅子《いす》にすわっていた。家屋にはいる表口のドアはあいていて廊下の奥からはかすかな光がもれていた。その廊下は家の裏口までまっすぐ通りぬけていた。ポパイがヴェランダへの踏み段を上ってゆく間、三人の男は彼とその連れとを見やっていた。「大学教授を連れてきたぜ」と彼は止らず上りつづけながら言った。彼は表口から廊下にはいり、そのまま廊下を通りぬけて裏口のヴェランダに出てゆき、曲ってから、燈火のもれている部屋へはいった。それは台所部屋《キチン》だった。ひとりの女が炊事ストーヴのそばに立っていた。彼女は色褪せた綿の服を着ていた。靴下もはかぬ足の先にはすりきれた男物の短靴《ブローガン》、それは紐《ひも》も結ばぬままなので動くたびにぱくついた。女はポパイを見返った、そして鍋《なべ》の肉が音をたてているストーヴへ眼を返した。

ポパイはドア口に立った。例の帽子は顔を斜めによぎったままだ。煙草を、包みは取りださずになかから一本抜きだし、つまんで揉《も》みほぐして口にくわえ、マッチを親指でパチッとはじいて火をつけた。「表に変なやつが来たぜ」と彼は言った。

女は振返らなかった。ただ肉を裏返した。「あたしにそんなこと聞かすことないよ」と女は言った、「リーのお客には食べさせないことにしてるんだからね」

「そいつは大学教授なんだぜ」とポパイは言った。

女は鉄のフォークを宙にかざしたまま振返った。その炊事ストーヴの背後、光線の影になったところに、木の箱があった。「誰だって？」

「大学教授さ」とポパイは言った、「ポケットに本を入れてるぜ」

「ここに何の用があるんだい？」

「知らねえ。きいてみなかった。たぶん本を読むためかもしれねえ」

「この家に来たというのかい？」

「泉のところで見つけたのさ」

「その男、この家を捜してるところだったわけ？」

「さあ、どうかな」とポパイは言った。「きいてみもしなかったぜ」女はなおも彼を見やっていた。「トラックでやつをジェファスンまで送ってやるさ」とポパイは言った、「あそこへ行きたいんだとよ」

「あたしにそんなこと、なぜ話すんだい？」と女は言った。

「おまえは料理番だろ。あの男は食いたいらしいからさ」

「ああ」と女は言い、炊事ストーヴのほうに向きなおった。「あたしは料理番さ。やくざや居候《いそうろう》や薄ばかに食わせてやる役さ。ああ、あたしは料理番だとも」

ドア口に立ったままポパイは女を見まもっていて、煙草の煙がその顔をよぎって昇っていた。両手はポケットに入れたままだ。「おめえ、いやならやめてもいいぜ。日曜にはメンフィス（訳注 テネシー州の大都市）へ連れてってやるさ。またはりきって働けるぜ」彼は女の背中を見まもっていた。「ここにいて、少し肥《ふと》りだしたじゃねえか。田舎で養生してるからだぜ。こんなことマニュエル通り（訳注 メンフィス市にある売笑街）の連中には話さねえから安心しな」

女はフォークを手にしたまま振返った、「この悪党」と彼女は言った。

「そうとも」とポパイは言った、「おれは連中にルービー・ラマーが田舎に行ってたなんて言やあしねえよ、田舎でリー・グッドウィンの捨てた靴をはいて、薪を自分の手で割ってたなんて言やしねえよ。リー・グッドウィンはすげえ金持だと言ってやるぜ」

「この悪党」と女は言った、「この悪党」

「そうさ」とポパイは言った。それから彼は頭をまわした。ヴェランダの上で何かのこすれる音がしたのだ、そして間もなくひとりの男がはいってきた。猫背気味の男で、作業服を着ている。裸足《はだし》であり、二人が耳にしたのはこの裸足のこする音だった。髪は陽に焼けて褪せた色、もつれてよごれている。両眼は薄青くて少し熱狂的な表情をみせ、柔らかで短い口ひげはきたない金色をしている。

「ありゃあよう、よっぽど変な人にちげえねえよう」

「何の用だい?」と女は言った。作業服の男は返事しなかった。ポパイの前を通り過ぎるとき、ちらりと彼を見やった。その視線はひそやかだが機敏であり、まるで冗談話に笑いたくて、その笑う時機を待ちかまえているといった様子だ。熊《くま》を思わせる無骨な足どりで部屋を横切ってゆき、むきだしではあったがしかし秘密めかした陽気な態度をなおもみせたまま、床にある一枚の板をはずし、一ガロン入りの瓶《かめ》を取りだした。ポパイは彼を見まもっていた——いまは両手の人さし指をチョッキにかけ、煙草《たばこ》の煙は（彼は煙草を口にくわえたまま吸いつづけていた）顔の前でいぶりつづけていた。その表情は残酷で、それにたぶん悪意もこもっていた――何か腹にある表情で作業服の男を見まもり、その間に男は油断のない内気さといったものを見せてふたたび部屋を横切っていて、その脇の下には瓶を不様《ぶざま》に隠していた。彼もまたポパイを見まもり、いつでも笑いだせるといった機敏な表情を保ったまま部屋から出て立ち去っていった。ふたたび二人にはヴェランダをこする裸足の足音が聞えた。

「そうさ」とポパイは言った。「マニュエル通りの連中には、ルービー・ラマーが薄のろや阿呆《あほう》に料理をつくってたなんてこと、言わねえよ」

「この悪党」とその女は言った、「この悪党」

2

その女は肉の大皿を運んで食堂にはいっていったが、そこにはポパイと、台所から瓶《かめ》を取っていった男と、それに新来の見知らぬ男の三人がすでに食卓についていた。もっとも食卓といっても荒削りの板三枚に二つの支脚《うま》を釘《くぎ》づけしただけのものだ。食卓の上にはランプがあり、そのつくる光のなかに来た女の顔は無愛想だったし、老《ふ》けてはいなかったが、眼の表情は冷たかった。ベンボウは彼女を見まもりつづけたが、その間も女は一度たりと彼に向って眼をあげず、ただ大皿をテーブルにのせると、女性が食卓を最後に点検するときのあの冷静な表情でそこに立っていたが、やがて動いて部屋の隅に置かれたあいた荷物箱の上にかがみこみ、そこから別の皿とナイフとフォークを取りだし、テーブルに運んで来てベンボウの前に並べたが、その手つきはぶっきらぼうだが着実な不動さをみせていて、その袖《そで》がかすかに彼の肩をこすった。

女がそうしている間に、グッドウィンがはいってきた。彼は泥のついた作業服を着ていた。顔は細くとがって風雨にきたえられた様子、顎《あご》は黒い不精《ぶしょう》ひげだらけ、髪は上のほうが白くなりかけていた。彼はひとりの老人の腕をささえて導き入れていた。老人は長い白いひげを生やしていたが、それは口のまわりだけがよごれた色になっていた。ベンボウの見まもるなかでグッドウィンは老人をひとつの椅子にいざなってゆき、老人はそれにすわったがその従順な様子には手探りの哀れな熱意、すなわち、ひとつだけの楽しみが残されていて外界との交渉にはひとつの感覚にしかたよれない人の熱心さが現われていた、というのもこの老人は盲目でありつんぼでもあったからだ――背の低い人で、禿《は》げ頭、肉づきのよい円い赤ら顔、その顔に白内障《しろそこひ》になった両眼があって、それは吐きだされた二個の痰《たん》の塊のようだ。なおもベンボウの見まもるなかで、老人はポケットからきたない布を取りだし、そのなかに噛《か》み煙草ともいえぬほど色の変ってしまった塊を吐きだし、布を畳んでからポケットに納めた。女は大皿から彼の皿へと肉を取りわけてやった。他の男たちはすでに黙々と休まずに食べていたが、老人はそこにすわったまま、皿のほうに頭をうつむけ、ひげをかすかに動かしていた、おずおずと、震える手をのばして皿をまさぐり、小さな肉片を見つけ、それをしゃぶりはじめたが、しまいに女が戻ってきて彼の手首をたたいた。老人は肉を皿に戻した、そしてベンボウの見ている前で女は皿のなかの料理を肉もパンも何もかも細かく切ってやり、その上からもろこし糖蜜《とうみつ》をかけてやった。ベンボウはそこまで見まもってから視線を落した。食事が終ると、グッドウィンはふたたび老人を連れて出ていった。ベンボウは二人がドアから出てゆくのを見送り、彼らが廊下を歩いてゆく足音に耳をすました。

男たちは家の表側のヴェランダへ戻った。女は食卓の上を片づけ、皿の類《たぐい》を台所部屋に運んだ。それらをテーブルに置き、炊事ストーヴの背後にある箱まで行って、しばらくの間それを見おろしていた。それから戻ってきて自分の夕食を皿に取りわけ、テーブルにすわって食べ、煙草をくわえてランプから火をつけ、皿を洗って片づけた。それからまた廊下を表口へ歩いていった。しかしヴェランダには出なかった。玄関のドアの内側に立ちどまり、彼らのしゃべるのに耳をすました――あのよそ者のしゃべる声や、まわし飲みされている瓶の重たくて柔らかな音などに耳をすました。「あのばか」と女は言った、「何の用でこんな……」女はそのよそ者の声に耳を傾けた――早くて、少し場はずれな声、おしゃべりは好きだが、ほかには何のとりえもないといった男の声だ。
「とにかく飲むことは得意じゃないタイプだわ」と女はドアの内側でひそかに言った、「ああいう男は自分の行きたいところへ早く行ったらいいんだ、自分の家族に面倒をみてもらえるところへ」

女はその男の声に耳をすました。「ぼくの窓からは葡萄棚《ぶどうだな》が見えるんだがね、冬になるとそこにハンモックも見えるんだ。ただし冬の間はハンモックだけが眼につくんだよ。これだけでも、自然というものは女性だとわかるじゃないか。なにしろこういうトリックをやれるのは女の肉体と女の季節の二つぐらいのものだからね。それでね、春が来るたびにぼくは例の繁殖力がハンモックを隠すのをながめて、いつもうなずいていたわけだ――例のたくましき緑のなかに内蔵された繁殖の欲望というやつだ。こいつはね、花なんてものをろくに気にしないんだ。花なんてものじゃないとも言える――花っていうよりも、むしろ葉っぱから天然に蠟《ろう》のようににじみ出たものといったところさ、そして葉の蔓《つる》はのびて、だんだんハンモックを隠していって、しまいに五月の末ごろになると、夕暮れなんかには彼女の――リトル・ベルの――声が野葡萄のささやき声そっくりな感じになるんだ。彼女は絶対にこう言わんのだ――『ねえ、ホレス、こちらはルイスよ』とか『ポールよ』とか『誰々よ』と紹介もせず、『平気よ、あれはホレスなのよ』それだけなんだ。夕暮れのなかで彼女は小さな白いドレスを着ていて、二人ともとりすましてて用心深くて、ちょっといらだってるんだ。それを見てるぼくは彼女にたいして実に侘《わび》しい気分になるわけなんだ、まるで彼女が自分の生んだ娘だったとしてもこうは感じまいと思うほどね。

「それで今朝――いや、あれは四日前だったな、たしか娘が学校の寄宿舎から帰ってきたのは木曜日で今日は火曜日だからね――ぼくは言ったんだ、『ねえ、おまえは彼を汽車のなかで見つけたらしいが、そうすると彼は鉄道会社に雇われてるのかもしれんよ。鉄道会社のものは簡単に持ってこれないんだよ、法律違反になるんだ、ちょうど電柱から絶縁碍子《がいし》を盗むのと同じでね』

「『あの人はあなたと変らないわ。チューレン大学（訳注 ニューオーリーンズにある大学）に行ってるんですもの』

「『だけどねえ、おまえ、汽車のなかでなんて』とぼくは言ったんだ。

「『あたしは男の人と、もっとひどい場所でも知合いになったわ』

「『知ってるさ』とぼくは言ったんだ。『ぼくだってその経験はあるさ。しかしそういう相手は家に連れこまないものなんだ。そこだけのことにして、あとはまたぎ越えてゆくものなんだ。誰だって自分の家の部屋履き《スリッパ》はよごさないもんだよ』

「そのときぼくらは居間にいたんだ、ちょうど夕食の前で、家にはぼくら二人しかいなかった。妻のベルは町へ出かけていたからね。

「『誰があたしに会いに来ようと、あなたにはよけいなことでしょ？　あなたはあたしのお父さんじゃないのよ。あなたはただの――ただの――』

「『何だい？』とぼくは言ったよ、『ただの何だい？』

「『じゃあ、お母さんに言いつけたらいい！　言ったらいいわ。あなたのしたいのはそれなんでしょ。言いつけたらいいわ！』

「『とにかく、ねえ、汽車のなかでなんて』とぼくは言ったんだ、『もしも彼がホテルで君の部屋に押しこんできたんなら、ぼくは彼を殺すかもしれん。しかし汽車のなかでめっけた相手じゃあ、ぼくはげっそりするだけさ。さあ、彼を送りだしちまって、新しくやりなおしたらどうだね』

「『あなただって汽車のなかでどうしたなんて言えないでしょ？　そんなに偉そうに言える人かしら。海老《えび》！　海老！』」

「あれ、気ちがいなんだわ」と女はドアの内側で言った。そのよそ者の声はひとり勝手に突走り、迅速に締りもなく続いた。

「それから娘は言ってたんだ、『やめて！　お願い！』そしてぼくは彼女をつかんでいて、彼女はぼくにすがりつきながら『冗談で言ったのよ！　ホレス！　ホレス！』そしてぼくは殺された花、ひよわくて萎《しお》れた花のにおいをかいでいて、それから彼女の顔を鏡のなかに見つけたんだ。彼女のうしろにはひとつの鏡があったけれども、ぼくのうしろにも別のがあって、娘はぼくのうしろの鏡にある自分の顔を見つめてたんだ、しかし別の鏡にも自分が映っていてそれをぼくが見てるのを忘れていた、そしてぼくはその鏡のなかに顔を見つけたんだが、その顔はぼくの後頭部を実に白々しい眼つきでながめてるんだ。だから、自然は女性形で『進歩』は男性だと思うんだ。あんな葡萄の樹《き》を創《つく》ったのは自然の力だよ、ところが鏡を発明したのは『進歩』の力だからね」

「気がふれてるんだわ、あの男」とドアの内側で耳をすましている女は言った。

「ところで話はそれだけでもないんだ。ぼくをこんなに逆上させたのも春が来たせいか、それとも四十三になったせいかもしれないと思いなおしたんだ。たぶん丘か山のなかで少し休息すれば直るだろう、と思ったんだ――原因はあの土地にあるというわけだ。平たくて肥えてて不潔で、だから風のひと吹きでさえ土地から金《かね》が生えそうな土地。いわば木の枝から葉を集めてそれを銀行に持ちこんで現金に換えられると知っても、誰ひとり驚かない土地柄なんだ、あのデルタ地帯はね（訳注　ミシシッピ河沿いの広大な三角州《さんかくす》）。五千平方マイル、一面に平たくて丘もなく、ただ土人たちがこの河のあふれたときに逃げのぼろうと作った土盛りの突起があるだけなんだ。

「それで自分に必要なのは丘のある土地だと思った。ぼくを家から駆りたてたのはリトル・ベルじゃあないのさ。それが何だか知ってるかい？」

「そうよ、あの男は狂ってるんだわ」とドアの内側の女は言った。「リーはいつまでも放っておか――」

ベンボウは答えなど待っていなかった。「それは口紅のついた布だったのさ。ぼくはベルの部屋へ行く前からきっとそれを見つけるだろうとわかってたんだ。そしてそのおりだったのさ、鏡のうしろに突っこんであったんだ――ハンカチがね、化粧したときに余分の紅をぬぐいとって暖炉のうしろに突っこんでおいたものさ。それをぼくは洗濯物用の袋に突っこみ、帽子をとると家から出たんだ。トラックをとめて乗せてもらい、それから自分が一文なしだと気がついた。それもこんなになる原因の一部だったのさ。小切手を現金にできなかった。といってトラックをおりて町まで戻って金を持ちだすなんて、とてもできなかった。そんなことをする気になれなかったんだ。それでぼくはそれからずっと歩いたりただ乗りしたりしてきたんだ。ある晩は製材所の鋸屑《おがくず》の山で寝たし、ある晩は黒人の小屋、それから引込線にいる貨車のなかのこともあった。ぼくはね、ただ休息できる丘へ行きたかっただけなんだ。そこへ行けば、ぼくは元気になるだろうからね。男ってものは初婚の女を妻にするときは、同じ地点からいっせいに出発するわけだ……たぶん、わずかの差しかない。ところが誰かの妻と結婚した男は、いわば十年遅れの地点から出発するというわけだ、誰かほかの男が線を引いて出発した地点からずっと遅れて始めるわけだ。ぼくはただ少しの間でも丘の上で休みたかっただけさ」

「あの阿呆」と女は言った、「哀れな阿呆」女はなおもドアの内側に立っていた。ポパイが裏口からこの廊下へはいってきた。女には声もかけずに通り過ぎ、表のヴェランダへ出ていった。

「さあ」と彼は言った、「荷積みをしようぜ」女の耳には三人の立ち去ってゆく音が聞えた。女はそこに立っていた。するとそれから、あのよそ者がよろめいて椅子《いす》から立ちあがってヴェランダを横切る音が聞えた。つぎには彼の姿が見えた——闇《やみ》よりは少し明るい空を背景にしてほの黒い影絵《シルエット》になって——形のくずれた服を着たやせた男、薄くなって乱れたままの髪をした頭、そしてまったく酔っている様子。「この人の家族は十分に食べさせてないんだ」と女は言った。

彼が自分の前に現われたとき、女は身動きもせず、壁に軽くよりかかったままだった。「こんな暮しをするの、好きなのかね?」と彼は言った。「どうしてこんなことしてるのかね? 君はまだ若いじゃないか——都会に戻れば、小指一本あげなくったって楽な暮しができる身じゃないか」女は動かず、壁によりかかったまま両腕を前に組んでいた。

「おじけた、かわいそうな阿呆なんだね、あんたは」と彼女は言った。

「あのね」と彼は言った、「ぼくは勇気がないんだ——勇気がぼくから抜けちまったんだよ。機械はすっかり備わっているけれど、それを動かすものがないんだ」彼の手は女の頬をまさぐった。「君はまだ若いね」女は動かずにいて、男の手が自分の顔にさわるのを感じていた、まるでその手は女の肌にさわることでその骨の形と位置、皮膚の肌理《きめ》を知りつくそうとするかのようだった。「君はまだ、これから人生を楽しむといったところだろうね。年はいくつだね？　まだ三十は過ぎていないだろうね」彼の声は高くなく、ほとんどささやきに近い。

女は口を開いたとき、まるで声を低めたりしなかった。なおも動かずにいて、両腕を胸に組んだままだった。「あんた、何で奥さんを残して出てきたの？」と女は言った。「なぜって彼女は海老が好きだったからさ」と彼は言った。「あれにはどうにも――いいかね、あれは金曜日のことだったたな。ぼくはふと思った、これから昼になると、自分は駅に行って列車から海老の箱をとりおろし、それを持って家まで歩き帰ってくるんだ、百歩ごとに持つ手を換えては歩いてくると、それが――」

「それを毎日やるの、あんたは――？」と女が言った。

「いいや。金曜日だけさ。しかしそれを十年間もしてたんだからね、結婚してからずっと。それでいて、どうしても海老のにおいが好きになれないんだ。しかしそれを家まで持って帰るだけなら、気にしないでいられる。それぐらいはぼくも我慢できるさ。ただ、たまらなかったのはね、その包みから水がもれることだ。家へ帰ってくる間じゅう、ぽたぽたともれつづけて、しまいにぼくは自分が自分のあとをつけて駅まで行き、横に立ってホレス・ベンボウが箱を列車からおろすのを見まもり、それから彼が歩きはじめて百歩かぞえるごとに持つ手を換えてゆくのをそのあとからついてゆくみたいな気持になって、ぼくは思ったね、ああ、ミシシッピ州の舗道に落ちる臭い小さな水玉、この薄れてゆく斑点《はんてん》のひとつひとつにホレス・ベンボウが埋まってるんだ、とね」

「そうなの」と女は言った。腕を組んだまま、静かに呼吸をしていた。女は動いた、そして彼は身を引いてから、あとに従って廊下を通っていった。二人はランプの燃えている台所へはいった。「あたしのこんな様子、我慢してちょうだい」と女は言った。女はストーヴのうしろの箱まで行き、それを引きだし、両手を衣服の前垂れのなかに隠したまま立って見おろしていた。ベンボウは部屋の中央に立っていた。「あたしはこの子を箱のなかに入れとくほかないんだよ、鼠《ねずみ》が来ないようにね」と女は言った。

「何だって?」とベンボウは言った。「そりゃあ何だね?」彼は箱のなかが見えるところまで近づいた。なかには一年にもならない赤子が眠っていた。彼は静かにそのやせてとがった顔を見おろした。

「おや、あんたは息子を持ってるんだね」と彼は言った。二人は眠っている赤子のとがった顔を見おろした。外から物音が聞えてきた——裏のヴェランダを歩く足音だ。女が膝《ひざ》でその箱を隅に押しこんだとき、グッドウィンがはいってきた。

「いいぜ」とグッドウィンは言った。「トミーがトラックまで案内してくれるからな」彼はそのまま家のなかへとはいっていった。

ベンボウは女を見やった。彼女の両手はなおも服の下に隠れたままだった。「食事をありがとう」と彼は言った。「いつか、たぶん……」彼は女を見やった。そして相手も自分を見まもっていて、その顔は不機嫌というよりも、ただ冷たく、静かであるのを見てとった。「たぶんジェファスンに行ったら君に何かできると思うけれど――君のほしいものを何か送ろう……」

彼女は身を返す動作とともにすばやく服のひだから両手を抜いたが、すぐにまた隠してしまった。「こんな皿洗いや洗濯ばかりの暮しに何が……マニキュアの棒でも送っとくれ」と女は言った。

前と後になりながら、トミーとベンボウは家から丘を下り、あの廃道をたどっていった。ベンボウは振返ってみた。もつれ乱れた枝をさし交わす杉林の上に、あのやせさらばえた家がにょっきり夜空に立っていた――燈火《とうか》もなく、荒涼として、深淵《しんえん》を思わせる姿だ。道は冬の雪融《ゆきど》け水にえぐられてそのあとに羊歯《しだ》や腐蝕《ふしょく》した枯葉や枝などが詰っていて、道路というにしては深すぎ、川というにしては直線すぎるといったものだった。トミーのあとから、ベンボウはかすかな踏み跡をたどっていった――それは腐蝕した朽葉が人の足に踏み固められてできたものだ。頭上には木々の梢《こずえ》が列をなして空のなかに消えこんでいる。

下りの傾斜は曲りながら強まっていった。「このあたりで、ぼくらは梟《ふくろう》に出会ったんだ」とベンボウは言った。

彼の前にいるトミーはばか笑いをした。「きっとやつは胆《きも》をつぶしたにちげえねえ、そうだろ」と彼は言った。

「ああ」とベンボウは言った。彼はトミーの漠とした姿を追っていて、酔った人間に特有の念入りな気の配り方で、歩くのもしゃべるのも慎重に、用心してやろうと努めていた。

「なにしろ、白人のなかで、あんなにびくつく人間はまず見たこともねえよう」とトミーは言った。「やつがあの道をヴェランダまで来たときのこったが、そんときに犬が家の下から出てきてからに、やつのそばに行って足もとでにおいをかいでまわった、どんな犬でもするみてえになあ、ところがやつは毒蛇にでも咬《か》まれたみてえにとびあがった、それも自分が裸足《はだし》でいたみてえになあ、そしてあのちっちぇえ自動拳銃《けんじゅう》を抜きだしたと思ったら、犬を一発で射《う》ち殺しちまったよう。本当だぜえ、まったく」

「それは誰の犬だったね？」とホレスは言った。

「そりゃあ、おらのもんだったさ」とトミーは言った。くっくっと笑って、「蚤《のみ》一匹にも悪さしねえような老いぼれ犬だったによう」

道は下りつづけてから平坦《へいたん》になり、用心して歩くベンボウの脚は砂を踏むたびに音をたてた。彼はいま薄白い砂のなかにトミーの姿を見ることができた――それは砂のなかを行く騾馬《らば》のように小刻みのめくらめっぽうな足どりであり、何の苦もないような動き方、その裸足の足は小さな音をたてながら砂を蹴《け》りたて、足指の内側からはそのたびにかすかな砂ぼこりが立ちのぼる。

切り倒された一本の大木がどたりと道をさえぎっていた。トミーがそれを乗りこえ、そのあとからベンボウが、なおも用心深く、おずおずと、まだ萎《な》えしぼまぬ葉の茂みのなかを、緑のにおいをかぎながら、くぐりぬけていった。「これもやつの――」トミーは言った。振返って、「通れるかね？」

「大丈夫」とホレスは言った。よろついた体を立てなおした。トミーは先に進んだ。

「これもポパイのしたことだよう」とトミーは言った。「何の役にも立たねえになあ、この道をあんなにふさいだってよう。あんなまねしたんで、おれたちゃトラックまで一マイルも歩かなきゃなんなくなったよう。おれは言ってやっただ、もういままで四年も、みんながリーから買うんでここに来てるだ、それでも誰ひとりリーを密告したもんなんていねえようってな。それにやつのでけえ車をここから出したりするのにも困らあ、あんなにでけえんだもん。でも、やつは言うこと聞かねえ。まったく、やつは自分の影にでも胆をつぶすんだよう、きっと」

「彼の影がぼくのものだとしたら、ぼくだって胆をつぶすね」とベンボウが言った。

トミーは低い声でくっくっと笑った。道はいまや暗いトンネルとなり、足もとの砂は眼に見えぬ無気味な光沢を帯びていた。「このあたりで泉へおりる小道が分れてたのだな」とベンボウは思い、その小道が密林のなかへ切れこんでいる点を見とどけようとした。二人は進んでいった。

「そのトラックは誰が運転するんだね？」とベンボウは言った。「やっぱりメンフィス市の男たちかね？」

「そうとも」とトミーは言った、「あれはポパイのトラックだものなあ」

「メンフィスの連中なんかに手を出させないで、君たちだけでのんびり酒をつくるわけにゆかんのかい、ええ？」

「だって金はあっちにあるんだものよう」とトミーは言った。「半ガロンだ、四分の一ガロンだとちっとばかりここで売ってみたって、金になんねえよう。リーがそんなにして売るのは、一ドル二ドルの小づかいかせぎになるだけでなあ。トラックにうんとこさ積んで、それを町に送りださにゃあだめだあ、金かせぐにゃあ、そうするしかねえよう」

「ああ、そうか」とベンボウは言った、「しかしぼくなら、あの男のそばで働いてるよりも、飢死にしたほうがましに思うがね」

トミーはばか笑いをした。「ポパイはでえじょうぶさ。ちいっとうるせえだけでねえ」

彼はなおも無気味に底光りする砂の道を漠とした姿で歩きつづけた。「たしかにやつは変り者さあ。そうだろう、ええ？」

「ああ」とベンボウは言った、「まさにそのとおりだ」

道がふたたび土になって、しだいに砂利道の街道へと登りはじめ、そこに一台のトラックが待ちかまえていた。フェンダーに二人の男が腰をおろして、煙草《たばこ》をふかしていた──頭上には真夜中すぎの星々を背景にして木々の梢がのびていた。

「遅かったじゃねえか」と男のひとりが言った、「ええ？　もういまごろは町まで半分がとこ行ってるところだぜ。女を待たせている身なんだからな、こっちは」

「そうとも」ともうひとりの男が言った、「仰向《あおむ》けになって待ってらあ」最初の男は彼をののしった。

「できるだけ早くは来たんだよう」とトミーは言った。「なんでカンテラかなんか掛けとかねえんだい？　もしおれとこの人が警察だったら、たちまちあんたをとっつかめえちまうよう」

「うるせえや、この薄のろ野郎、放《ほ》っときなって」と最初の男が言った。二人は煙草をはじきとばし、トラックに乗りこんだ。トミーは低い声で笑った。ベンボウは振返り手をさしだした。

「さようなら」と彼は言った、「たいへんにお世話さま、ミスター……」

「おれの名前はトーミーだよ」と相手は言った。彼は胼胝《たこ》だらけの手をぐったりした様子でさしだし、ベンボウの手を一度だけいかめしく握りしめ、また引っこめた。彼はそこに立っていた——道路のかすかな光のなかに漠とした塊となった姿——そしてベンボウはステップに足をあげた。彼はつまずき、身を立てなおした。

「気をつけなよ、先生」トラックの席からひとつの声が言った。ベンボウは乗りこんだ。二人目の男は猟銃を座席の背にそって横たえた。トラックは動きだし、えぐられた斜面をすさまじい勢いで引っかき、砂利道の街道へ出ると、ジェファスンやメンフィス市のある方角へ曲りこんだ。

3

つぎの日の午後にはベンボウは妹の家にいた。それはジェファスンの町から四マイル離れた田舎にあり、彼女の夫の一族のいる土地である。彼女は夫に先立たれた未亡人であり、十歳になる男の子と、死んだ夫の大伯母の三人で大きな家に住んでいる。この大伯母は九十歳であり、車つきの椅子《いす》にすわって暮しているが、人々にはミス・ジェニイという名で知られている。その彼女とベンボウが窓辺にいて、庭のなかを歩いている彼の妹と一人の青年をながめやっていた。彼の妹はすでに十年ごし未亡人になっているのである。

「どうして彼女は二度と結婚しないのかなあ?」とベンボウは言った。

「そのとおりだよ」とミス・ジェニイは言った。「なんといっても若い女は男が要るものだもの」

「しかしあんな男ではねえ」とベンボウは言った。彼は二人を見やった。男のほうはフラノのズボンに青い上着を着ていた。尊大な感じを漂わせた小肥《こぶと》りのがっしりした青年で、どこかしら学生っぽいところがある。「彼女は子供が好きなようだな。自分でもひとり持ってるせいかな。今度はどの子だろう? 去年の秋に彼女がつかまえたのと同じ子ですか?」

「ガウァン・スティヴンズだよ」とミス・ジェニイは言った。「ガウァンのことは覚えてるはずだがね」

「そうだ、思い出した」とベンボウは言った、「去年の十月のことは忘れませんよ」そのときの彼は家へ帰る途中でジェファスンに立ち寄り、この妹の家に一泊したのだった。この同じ窓から、彼とミス・ジェニイは同じ二人が同じ庭のなかを歩いているのをながめたものだったが、そのときの庭には晩秋の明るい埃《ほこり》っぽいにおいの遅咲きの花々が盛りであった。あのときにはスティヴンズは茶色の上着を着ていて、まだホレスは彼のことを知らなかった。

「だって彼は去年の春にヴァージニアから帰ってきて、それからはじめてここに来るようになったんだもの」とミス・ジェニイは言った。「それまでの彼女の相手っていうのはジョーンズ家のほうの――ハーシェル。そう、ハーシェルでしたよ」

「ああ」とベンボウは言った。「すると古い家柄の出というわけかな。それとも不幸にもヴァージニアに流れてきた一族の出ですか？」

「学校にいたんだよ、ヴァージニア大学にさ。彼はそこへ行ったんですよ。あんたは覚えていないだろうね、なにしろあんたがジェファスンから出ていったときには、あの子はまだおしめをしてたんだから」

「そんなことベルに聞かせちゃいけませんよ」とベンボウは言った。彼は二人の姿を見まもった。二人は家に近づいてきて、通り過ぎて見えなくなった。少しすると二人は階段をあがって部屋にはいってきた。スティヴンズはなめらかな頭、肥えて自信ありげな顔だった。ミス・ジェニイが手をさしだすと、大仰に身をかがめ、それにキスをした。

「日ごとに若々しく美しくおなりですね」と彼は言った。「いまもナーシサに言ってたんです、もしあなたがその椅子から立ちあがってぼくの恋人になったら、彼女はとても太刀打ちできないとね」

「明日にでもそうしましょうよ」とミス・ジェニイは言った。「ナーシサ――」

ナーシサは大柄な女で、暗色の髪をもち、幅広くて愚直で安穏な顔をしていた。いつも着つけている白いドレスを着ていた。

「ホレス、こちらはガウァン・スティヴンズよ」と彼女は言った、「こちらはわたしの兄ですわ、ガウァン」

「はじめまして」とスティヴンズは言った。彼はベンボウの手をすばやく固く気どってきっちり握りしめた。その瞬間にあの息子、ベンボウの甥《おい》のベンボウ・サートリスがはいってきた。「君のことは聞いてる」とスティヴンズが言った。

「ねえ、ガウァンはヴァージニア大学にいったんだよ」と少年は言った。（訳注　この大学は地方の有名校）

「ああ」とベンボウは言った、「その大学のことはどこかで耳にしたことがあるな」とベンボウは言った。

「それは光栄ですね」とスティヴンズは言った、「とにかく誰もかれもハーヴァード大学（訳注　米国で最古の高級な大学）へ行けるわけではないですからね」

「ところで」とベンボウは言った、「ぼくはオクスフォード出身でしてね」（訳注　二重の皮肉。一、近くのオクスフォードという町には二流のミシシッピ州立大学がある。二、しかし彼は英国の本物のオクスフォード大学を出た）

「ホレスはいつも自分がオクスフォードへ行ったと人に言うんですよ、そうするとみんなは彼が州立大学を出たと思うでしょ、それからあとになって、本当のオクスフォード大学に行ったんだと言って感心させるわけ」とミス・ジェニイは言った。

「ガウァンはね、よくオクスフォードへ行くんだよ」と少年は言った、「あっちに仲のいい女の子がいるんだって。その人をよく ダンスに連れてくんだよ、そうだね、ガウァン?」

「そのとおりだ、兄弟」とスティヴンズは言った。「赤毛の娘だ」

「静かにおし、ボリイ」とナーシサは言った。彼女は兄のほうに向いた。「ベルやリトル・ベルはお元気?」そして彼女は別のことを口に出しかけ、それから言いださずにやめてしまった。それでも彼女の視線は熱意と真剣さをこめて兄に注がれていた。

「彼がベルを捨てて家出することばかり期待していると、彼はほんとにあんたの期待にこたえてしまうかもしれないよ」とミス・ジェニイは言った。「彼はいつかそうするだろうよ。しかしそれでもナーシサは満足しまいねえ」と彼女は言った。「たしかにナーシサは、あんたがベルと結婚するのには反対したけど、彼女だってほかの女と同じでね、あんたみたいな夫でもだしぬけに妻を捨てて家出したとなると、やっぱり腹を立てるのさ」

「さあ、おしゃべりはやめて」とナーシサは言った。

「ほんとだよ」とミス・ジェニイは言った。「ホレスはここのところずっと手綱をもぎ離そうとあばれてるんだからね。でもねえホレス、あんまり激しく突っ走らないほうがいいよ、もしかすると向うの端は結んでないかもしれないからね」

廊下の向うで小さな鐘が鳴った。スティヴンズとベンボウが同時にミス・ジェニイの椅子を押そうと動き寄った。「我慢していただけませんか?」とベンボウは言った。「この家の客はぼくのほうらしいですからね」

「あら、ホレス」とミス・ジェニイは言った。「ねえナーシサ、誰かを屋根裏部屋にやって箪笥《たんす》から決闘用ピストルを取ってこさせておくれ」彼女は少年のほうに向き、「それからお前は先に行って、音楽を始めろと言っておくれ、そして殺された人のために二本のバラも支度しておけとね」

「音楽ってどれを始めるの?」と少年は言った。

「バラは食卓にあるわ」とナーシサが言った。「ガウァンが贈ってくれたのよ。さあ食事に行きましょう」

　窓ごしにベンボウとミス・ジェニイは二人の姿をながめていた――ナーシサはやはり白い服、スティヴンズはフラノのズボンに青い上着姿で、庭を歩いている。「あれはヴァージニアの紳士ですね、あの晩の食事のときに、ヴァージニアでは紳士に酒の飲み方を教えるなんて話した男ですね。甲虫《かぶとむし》をアルコールに漬けると、甲虫石《スキャラベ》（訳注　神聖コガネムシ。その型に作った焼物）ができる、ミシシッピ人をアルコールに漬けると紳士ができる――」

「ガウァン・スティヴンズだよ」とミス・ジェニイは言った。彼らは二人が建物の陰へ消えるのを見送った。かなりしてから、二人の廊下を歩いてくる音が彼の耳に聞えた。

はいってくるのを見ると、彼女の連れはスティヴンズではなくて息子のほうなのだった。「彼はゆっくりできないんですって」とナーシサは言った。「オクスフォードへ行くんですとさ。金曜の晩に大学でダンスがあって、若い女性と約束したんだそうですわ」「そこでなら十分に紳士の飲みっぷりを披露できるってわけだ」とホレスは言った。「ほかにも紳士ぶれることがあるだろうし――だから彼は早めに出かけたがってるのさ」「ガールフレンドをダンスに連れてくんだってさ」と少年は言った。「彼は土曜にはスタークヴィルへ行くんだよ、野球を見に行くんだ。ぼくを連れていってくれると言ったのに、ママは許してくれないんだ」

4

夕食後のドライヴに大学構内を走らせている町の人や、余念なく考えにふけりながら図書館へ歩いてゆく教師や大学院学生はテンプルの姿をよく見かけたであろう――手には気軽く上着をつかみ、走っているせいか長い両脚は金色を帯び、クープという名で知られる女子寮の明るい窓の前を影絵《シルエット》になって走りぬけ、図書館の壁のつくる影のなかでは姿が消え、そしてたぶんかがんで身をまわすためにスカートに最後の渦巻をみせて、彼女はエンジンを掛けたまま待っている車にとびのるのだ。それらの車は町の青年たちのものであった。大学にいる学生たちは車を持つことを許されていなかった、それで学生たちは——無帽でニッカーズボンをはき明るいセーター姿の連中は——町の青年たちを見くだしていた。町の青年たちはポマードをつけた頭に帽子を気どってかぶり、上着は少し細くて締り加減、少しだぶついたズボンという町スタイルであり、学生たちは彼らの姿を優越感と嫉妬《しっと》の眼で見くだしていた。

こうした状態は週日の晩のことであって、隔週ごとの土曜の夜にあるレター・クラブでのダンスや、年三回の正式舞踏会になると、町の青年たちのほうがうらやむのだ——彼らは同じような帽子に高いカラーをした姿をして、ふてくされた何気ない態度をみせてうろつき、テンプルが学生の黒ずんだ腕によりそって体育館にはいってゆくのをながめ、そして彼女が渦巻くような輝きとなって音楽の輝く渦巻のなかに消えてゆくのを見送るのだ——彼女がそのきゃしゃな頭を高くあげ、大胆に塗った口紅や柔らかな顎《あご》をみせ、うつろな眼で左右を見やり、すっきりと、気どって、つつましくはいってゆくのを見送るのだ。

そのあと、ガラスの向うで音楽が響き、町の青年たちは窓ごしに見つめるのであり、その視線のなかで彼女は黒い服の二本の腕からつぎの二本の腕へと忙しく移りかわってゆき、曲の合い間にもそのほっそりした腰はつぎの動きを待ちかまえ、両脚は音楽のリズムをとって小刻みに動いている。町の青年たちは身をかがめて瓶から酒をあおり、煙草《たばこ》に火をつけ、それからまた身をのばすと、燈火《とうか》を浴びて動かぬ姿となる——そりかえったカラーや帽子をかぶった頭、それがいくつも並んでいて、帽子をかぶってマフラーをした姿はまるで黒いブリキ板を切りぬいて窓わくに釘《くぎ》づけにした半身像の列のようだ。

楽団がお別れの『楽しきわが家』を演奏するころには、こんな連中が三、四人きまって出口のあたりにたむろしている——彼らの顔は冷やかで、喧嘩《けんか》腰《ごし》で、寝不足のために少し間のびしていて、彼らがそんな表情で見つめるなかを、ダンスと音楽の余波《なごり》につつまれた男女が出てくるのだ。彼ら三人はテンプルとガウァンが春のきざしの薄寒い夜更《よふ》けのなかに出てくるのを見まもった。彼女の顔色はまったく血の気がなく、その上をいま白粉《おしろい》ではたいたばかりらしくて、赤い髪のカールものびてしまっていた。いまや瞳《ひとみ》ばかり目立つ両眼をうつろに瞬間だけ男たちの上へ注いだ。それから片手をあげて活気のない身ぶりをしたが、それは男たちに向けてしたものかどうか、誰にもわからなかった。青年たちはそれに答えず、彼らの冷たい眼つきには何の光も生れなかった。ガウァンが彼女の腕のなかに自分の腕をすべりこませるのを、彼らは見まもっていた——それから彼女がガウァンの車に乗りこむときのぞかせた脇腹《わきばら》や腿《もも》の形も見た。その車は長くて低いロードスターで、前部に予備のライトもついていた。

「あの野郎は誰だい？」とひとりが言った。

「あたしの父は判事なのよ」と二番目が苦々しい陽気な口真似《くちまね》をしてみせた。

「ちぇっ。町へ行こうぜ」

彼らは歩きだした。一度は車に向ってわめいたが、それは止らなかった。鉄道線路の踏切を越える橋の上で、彼らは立ちどまって瓶から酒を飲んだ。最後のひとりがそれを手すりごしに投げ捨てようとした。二番目の男がその腕を捕えた。

「おれによこせ」と彼は言った。彼はその瓶を注意深く砕き、破片を道路にばらまいた。他の男たちは彼を見まもっていた。

「お前はたしかに大学のダンス・パーティに行く資格ねえや」と最初の男が言った。

「やくざ者だぞ、お前は」

「あたしの父は判事なのよ」と相手はギザギザの破片を道路に立て並べながら言った。

「ほら車が来たぞ」と三人目の男が言った。

それは三個のヘッドライトをつけていた。男たちは手すりによりかかり、ライトをさえぎるように帽子を傾けたまま、テンプルとガウァンが通り過ぎるのを見送った。テンプルの頭は低く、彼によりそっていた。車はゆっくりと動いた。

「お前はやくざな野郎だよ」と最初の男が言った。

「そうかい？」と二番目が言った。彼は何か薄い布地をポケットから取りだし、はたつかせた——男たちの顔を横切ってかすかなにおいが漂った。「おれがそうかい？」

「お前、自分でそう言ってるじゃないか」

「ドックはメンフィス市であのパンティを手に入れたんだ」と三番目が言った。「すごい淫売《いんばい》からさ」

「お前はしようがねえ嘘《うそ》つき野郎さ」とドックが言った。

彼らが見まもっていると、扇状のヘッドライトや、小さくなってゆく赤いテイルランプが、やがて女子寮の前で止った。ライトがついた。車が動きだした。それはふたたび近づいてきた。男たちは光芒《こうぼう》に向って帽子をかしげながら、一列に並んで手すりによりかかっていた。砕けたガラスがあちこちで光を放った。その車は近寄ってくると、彼らの前で止った。

「君たち、町へ行くのかい？」とガウァンがドアをあけながら言った。彼らは手すりによりかかったままだったが、やがて最初の男が、「それはありがとうよ」と無愛想に言い、彼らは乗りこんだ——他の二人が後部のオープン席へ、最初の一人はガウァンの隣へ。

「そこはよけなよ」と彼は言った。「あそこで誰かが瓶を割りやがったからな」

「ありがとう」とガウァンは言った。車は走りつづけた。「明日、君たちはみんなスタークヴィルの試合へ行くのかい？」

オープン席にいる二人は何も言わなかった。

「さあね」と最初の男が言った。「まあ行かんと思うよ」

「ぼくはここらになじんでいないんだがね」とガウァンは言った。「今夜の酒をきらしちまってるんだ。それに明日は早くにデイトがあるしね。君たち、どこかひと瓶手にはいるところを、教えてくれないか？」

「えらく遅いものなあ」と最初の男は言った。彼は他の連中を振返った。「ドック、こんな遅くなっても、どこかで見つかるか？」

「ルークでなら買えるかもしれんよ」三番目が言った。

「その人はどこに住んでいるの？」とガウァンが言った。

「このまま行きなよ」と最初の男は言った。「いまに教えるから」彼らは広場を横切り、町から半マイルほど出ていった。

「これはテイラー（訳注　オクスフォードから西南にある町）へ行く道だね、ええ？」とガウァンは言った。

「そうだよ」と最初の男は言った。

「ぼくは明日の朝早くあそこまで走ってゆくんだ」とガウァンは言った。「臨時列車が出る前にあそこに着かなきゃならんのでね。君たちはたしか試合に行かないとか言っていたね」

「まあ行かんだろうね」最初の男は言った。「ここで止れよ」急な坂がそりあがっていて、その頂上にはいじけた楢《なら》の林があった。「ここで待っててくれ」と最初の男は言った。ガウァンはライトのスイッチを切った。彼らにはその男の丘を上ってゆく足音が聞えた。

「ルークというのはいい酒を持っているのかい？」とガウァンは言った。

「とてもいいぜ。まず、どこのにも負けねえほどさ」と三番目が言った。

「飲んでみていやだったら、それきり飲まなきゃいいのさ」とドックが言った。ガウァンはぐるりと振向いて彼を見やった。

「あんたが今夜飲んだのと同じぐらいのものさ」と三番目が言った。

「それだって飲む義理はなかったんだぜ」とドックが言った。

「このあたりでは、どうもぼくが学校で飲んでたほどのいい酒を作らないようだね」とガウァンは言った。

「あんた、どっから来たんだい？」と三番目が言った。

「ヴァージニア――いや、ジェファスンの生れなんだ。ヴァージニア大学に行ってた。あそこではね、酒の飲み方を教えてくれるんだ」

他の二人は何も言わなかった。最初の男は靴の先から小さな土を蹴落《けおと》しながら坂道をおりて戻ってきた。彼は果実を漬ける瓶を持っていた。ガウァンはそれを持ちあげて空にすかした。薄青くて無邪気な様子の瓶だった。彼はその栓を抜いて、さしだした。

「飲みなよ」

最初の男が受取り、それをつぎの後部シートにいるほうへさしだした。

「飲めよ」

三番目が飲み、しかしドックは断わった。ガウァンは飲んだ。

「こりゃあひどい」と彼は言った。「君たち、よくこんなものを飲めるね」

「ぼくら、ヴァージニアでは安酒は飲まんのでねえ」とドックが口真似した。ガウァンはすわったまま振返り、相手を見やった。

「黙れよ、ドック」と三番目が言った。「あんた、この男を気にすんなよ」と彼は言った。「やつはひと晩じゅう腹が痛くてしかたないんだから」

「畜生め」とドックが言った。

「君はぼくをののしったのかね？」とガウァンが言った。

「もちろんそうじゃないのさ」と三番目が言った。「ドックは悪いやつじゃないぜ。さあ、ドック、一杯飲めよ」

「飲んでやるとも」とドックは言った、「こっちへよこしな」

彼らは町へ戻った。「あの店は開いてるだろう」と最初の男が言った。「駅の前の」

それは菓子屋と食堂を兼ねた店だった。なかにはよごれたエプロンをかけた男がひとりいるきりだった。男たちはなかにはいって奥のほうへ行き、テーブルと四つの椅子《いす》のある小さな囲い部屋へはいった。店の男は四つのグラスとコカコーラを持ってきた。

「ねえ、砂糖と水と、レモンをひとつくれませんか？」とガウァンが言った。男はそれらを持ってきた。他の連中はガウァンがウイスキー・サワーを作るのを見まもっていた。

「向うではこうやって飲めと教えられたんでね」と彼は言った。男たちは彼が飲むのを見つめた。「これはたいして強くないよ、ぼくにはね」と彼は言い、瓶からグラスについだ。彼はそれを飲んだ。

「あんたはたしかに飲むね」と三番目の男が言った。

「ぼくはいい学校で覚えたんだよ」そこには高い窓があった。その向うの空は薄青く、前より新鮮な色であった。「諸君、もう一杯どうぞ」と言いながら彼は自分のグラスにまたついだ。他の男たちはめいめい控え目についだ。「その学校ではね、控え目に飲むよりも酔いつぶれろ、と教えたんだよ」と彼は言った。青年たちは彼がその一杯を飲むのを見まもった。彼の小鼻のあたりに急に汗が浮きだすのを認めた。

「あれ以上は彼も飲めないぜ」

「誰がそう言ったね？」ガウァンは言った。彼はグラスに一インチほどついだ。「少しはましな酒があったらねえ。ぼくの土地にはグッドウィンという男がいてね、そいつは――」

「学校じゃあ、あれっぱかりつぐのを酒というんだぜ」とドックが言った。

ガウァンは彼を見やった。「君はそう思うのかい？　じゃあ、これを見たまえ」彼はグラスに酒をついだ。男たちは酒が上ってゆくのを見まもった。

「おい、いい加減にしろよ」と三番目の男が言った。ガウァンはグラスの縁までいっぱいに満たし、それを持ちあげると、ゆっくりと飲みほしていった。彼はグラスを用心深く下へおろすのを覚えていた。それからつぎに気がついたのは外の空気であり、そしてその冷たい灰色の新鮮さであり、引込線のなかにいる長い客車の頭部であえいでいる蒸気機関車であり、そして彼は誰かに、自分は紳士らしく飲むことを覚えたんだと言いきかせていた。彼はなおも男たちに話そうとしていたが、今度の場所はアンモニアとクレオソートのにおいのする狭苦しい場所で、そこの便器にゲロを吐きだし、自分は六時半にテイラーへ行かねばならない、臨時列車が着くからだと説明しようとしていた。そんな錯乱状態が過ぎると、彼はひどい倦怠感《けんたい》を感じた――虚脱感、けっしてしてはならないことだがそこに横たわりたいという欲望、そしてマッチの炎の中で壁にもたれかかったまま、彼の眼はゆっくりとそこに書かれた名前を読みとろうとしていた。片眼を閉じ、壁によりかかったまま、ゆらゆらと揺れてひとりつぶやき、その名前を読んだ。それから彼は男たちを見やり、頭を振った。

「娘の名……名前、娘の、ぼくの知ってる。いい子だ。遊び好き。彼女連れてくんだ、デイトして、スターク……スタークヴィルへさ。付添いなんかいない、わかるかい？」

そこにもたれかかり、よだれを流し、ひとりでつぶやき、眠りにおちた。

すぐに眠りから出ようともがきはじめた。彼にはそれが眠りこんだ直後のように思われたが、それでいてその間もずっと時間の経過したことを意識していて、実はその時間のために自分が起きねばならんのだ、さもないと後悔するぞと気づいていたのだ。長いこと彼は自分がただ視力の戻るのを待って眼をあけているのを意識していた。それからすでに自分が目をさましていると気づかぬままふたたび物を見はじめていた。

彼はじっと静かに横たわっていた。いわば眠りを振捨てえたことで、目をさましてから遂行すべき大目的そのものも達成してしまったかのような気持になっていたのだ。彼は低い車の屋根の下で、ぎごちない姿勢のまま横たわり、ふぬけの状態で、見なれぬ建物の前面や、その上で朝日に赤く染まった小さな雲が動くのを見やっていた。それから、彼の意識を奪い去った原因である吐き気を腹部の筋肉が取納めてくれて、彼はようやく四つん這《ば》いの姿勢になると、車の床を這い、そこでドアに頭をぶつけた。その打撃で急に意識がはっきり戻ってきて、ドアをあけ、地面へとなかばころげ落ちるようにおりると、なんとか立ちあがり、ひょろついた走り方で駅のほうに向った。彼は倒れた。四つん這いになったまま、からの引込線や陽に満ちた空を、不信感と絶望感とともに見あげた。立ちあがり、走りだした――よごれた夜会服、カラーははじけて髪はばらばらの姿。ぼくは酔いつぶれたんだ、と憤激に似た感情とともに考えた、ぼくは酔いつぶれた、酔いつぶれたんだ。

プラットフォームには人っ気がなく、箒《ほうき》を持った黒人がいるだけ。「あれまあ、白人さん」と彼は言った。

「汽車」とガウァンは言った。「臨時列車。あの線にはいっていた列車」

「あれは行っちまった。ほんの五分もめえに」なおも掃く姿勢に箒を構えたままの黒人が見まもるなかで、ガウァンは身を返して走りだし、車のなかへよろめきこんだ。

あの瓶が床にころがっていた。彼はそれを横へ蹴りのけ、エンジンを掛けた。少しは胃袋に何か入れねば、とは知っていたが、それをする時間がなかった。彼は瓶を見おろした。彼の内臓は冷たく逆転したが、それでもその瓶を持ちあげ、飲んだ、がむしゃらに、無理にも飲みくだし、発作を押えようとして煙草《たばこ》を口に押しこんだ。すぐといえるほどの間に、気分がよくなるのを感じた。

時速四十マイルで町の広場を横切った。時間は六時十五分だった。テイラー街道にはいり、速力を増した。速度を落しもせずにまたも瓶から飲んだ。テイラーに着いたとき、ちょうど列車が駅から出ようとしていた。彼が二つの荷馬車の間に停車したとき、最後の客車が通り過ぎた。その客席のドアがあいた、テンプルがとびおりて、数歩ほど客車にそって走った、そうする彼女に、車掌が身を乗りだして拳固《げんこ》を振りあげていた。

ガウァンは車から外に出ていた。彼女は向きをかえ、足早な歩き方で彼のほうにやってきた。それから足どりをゆるめ、止った、また歩きだし、彼の荒れすさんだ顔や髪を、よごれきったカラーやワイシャツを見つめながら近寄ってきた。

「酔ってるのね」と彼女は言った。「あんたは豚よ、きたない豚よ」

「すごい晩だったんだ。君にはとても想像もできないほどだったんだ」

彼女は周囲を見まわした――寒々とした黄色い駅、のんびり煙草を噛《か》みながら自分を見まもっている作業服姿の男たち、線路の向うには小さくなってゆく列車、そこから四度だけ吐きだされた煙がいまや消えかかろうとして、そのとき汽笛の音がここまで伝わってきた。「きたない豚みたい」と彼女は言った。「そんな格好じゃ、どこにも行けやしないわ。服を着がえてもいないのね」車のところで彼女はふたたび立ちどまった。「あんたのうしろにあるの、何、それ？」

「ぼくの酒瓶さ」とガウァンは言った。「はいりなよ」

ガウァンを見やった彼女――紅を厚く塗った唇、相手を探るような冷たい眼、かぶった縁なし帽子の下からはカールした赤い髪のほつれ毛が出ている。彼女はまた視線をかえして駅舎が新しい朝のなかに醜悪な姿をさらしているのを見やった。それから車にとびこみ、両脚を体の下に引きながら、「ここから出てよ、早く」彼は車を始動させ、まわした。「あたしをオクスフォードへ連れていって」と彼女は言った。また駅のほうを見返した。駅舎はいま影のなかにあった――高い空をかすめる雲の影がその上に落ちていた。「ほんとよ、いいわね」と彼女は言った。

その日の午後は、荒涼とした松風のささやきに満ちた林のなかをフルスピードで走っていたが、二時ごろ、ガウァンは車を砂利道から狭い道へ転じた。その道はくずれがちな土手と土手の間を、杉やゴムの樹《き》の生える低地へおりてゆくのだった。彼は夜会服の下に安物の青い事務用ワイシャツを着こんでいた。両眼は血走っており、顔はむくみ、その顎《あご》は青い不精《ぶしよう》ひげだらけで、そんな彼を見やりながら、車が溝にはいってはねたり揺れたりするたびに体を突っぱらせたりしがみついたりしながら、テンプルは考えた――あたしたちがダムフリーズで別れたときから、彼はひげをあたらないんだわ。彼、髪油を飲んだんだわ（訳注 禁酒法時代、ヘヤーオイルはアルコールを含有していたため）。ダムフリーズで髪油をひと瓶買って、それを飲んだんだわ。

相手の視線を感じて、彼はテンプルを見やった。「さあ、そんなにふくれた顔するなよ、な。あと少し行けばグッドウィンのところでひと瓶買えるんだ。十分とはかからない。あの列車が着く前にスタークヴィルへ連れてゆくよ。ぼくはそう言ったのを覚えてるし、そのつもりなんだ。ぼくの言うこと信じないかい?」

彼女は何も言わず、優勝旗《ペナント》を飾った列車がすでにスタークヴィルにいる光景を考えていた――それに色どり華やかなスタンド、楽団《バンド》、バス・ホルンののっぺりした輝き、緑のダイヤモンドには選手たちが点々と散って、身をかがめ、短くて甲高い叫び声をあげるがそれは水鳥が鰐《わに》に襲われて相手の姿が見えぬままにあげる悲鳴のような声、じっと動かず、身構えして、短い無意味な叫び声で互いに励ましあう――その声はもの悲しく、疲れて寂しい感じだ。

「君のカマトトぶりでぼくに一杯くわそうという気だろうけど、だめさ。昨日の夜、ぼくは君の言う町のぐうたら連中とむだにすごしたみたいだけれど、実はそうじゃないんだ。連中にただで飲ましたのも、ぼくが気前のいい男だからじゃないんだ。そんなに甘く考えないでくれ。君は実にうまいな、そうだろ、ええ？　車を持ってるやつならどんな田舎っぺとでも週日はたっぷり遊びまわって、土曜日になるとぼくをたぶらかしてるんだ、そうだろ？　ぼくはね、便所の壁に書かれた名前を見たんだぜ、君の名前をね。ぼくの言うこと、本気にしないのかい？」

彼女は何も言わなかった。スピードを出しすぎる車が片方の土手から反対側へと揺らぐたびに、体を突っぱらせていた。彼はそんな車をろくに操ろうともせず、なおもテンプルを見まもっていた。

「ほんとさ、ぼくをだませるような女の子がいたら、お目にかかり――」その道は平たい砂地になり、頭上も両側もすっかり籐藪《ケーンブライヤー》やいばらで覆《おお》われていた。車はゆるくくずれる轍《わだち》の跡のなかで右や左に揺れた。

彼女は一本の大木が道を横切って倒れているのを見た、しかしただもう一度自分の身を突っ張らせただけだった。彼女には自分の巻きこまれた一連の出来事からみて、こうしたすさまじい結末が来るのも当然しごくに思えた。すわったまま身を固くして静かに見まもっていると、ガウァンは、明らかに前方を見ている様子なのに時速二十マイルのスピードのままその大木に突っこんだ。車は衝突し、はねかえり、ふたたび大木のなかに突っこんでから横ざまにひっくりかえった。

彼女は体ごと宙に浮くのを感じ、肩に何かが強く当るのを感じると同時に、眼は二人の男が道ばたの林の端からのぞいている光景を映しとっていた。よろめきながら立ちあがり、頭をねじるようにまわすと、二人の男が道路へ踏みだすのを見た――ひとりはきっちりした黒い服に麦藁帽子《むぎわら》、煙草をふかしており、もうひとりは無帽で、作業服を着て猟銃を持っていて、そのひげだらけの顔を鈍感な驚きでいっぱいにしている。なおも走るうちに彼女の体全体が骨なしのようになり、うつぶせにばったり倒れたが、なおも気持では走っていた。

なおも止らぬままの気持でぐるりと振向いてすわる姿勢になったが、その口はもはや声も出ぬままに音のない嘆きの声を発して大きく開かれていた。作業服の男は短い柔らかなひげに囲まれた口をあけて無邪気な驚きをみせつつ、なおも彼女を見やっていた。もうひとりの男は、ぴったりした服の肩の線をくっきりみせた姿で、引っくりかえった車によりかかっていた。やがてエンジンは止ったが、それでも空《くう》にあがった前輪はゆっくりと、なおも不精げに回転しつづけていた。

5

作業服を着た男は裸足《はだし》でもあった。彼はテンプルとガウァンの先にたって歩いていった——その道はテンプルには一歩ごとに踵《かかと》まで埋まりそうな砂地なのだが、男は手にした猟銃を振りながら、平べったい足で苦もなく砂を蹴《け》りたててゆく。ときおり肩ごしに二人を振返って、ガウァンの血だらけの顔やよごれた服を見やり、またハイヒールのために歩き悩んでよろめくテンプルを見やった。

「歩くにゃあ骨折りだよう、なあ」と彼は言った、「彼女はその踵のたけえ靴を脱いじめえば、よっぽど楽になるによう」

「そうしようかしら？」とテンプルは言った。立ちどまり、ガウァンにつかまって交互に脚をあげ、自分の突掛け靴《スリッパーズ》を脱いだ。男は女の様子を見まもり、その靴を見おろした。「ちっ「その片っぽうのなかにおれの指二本もへえらねえだろうなあ」と彼は言った。「ちっと見せてくれねえかね？」彼女は片方を渡した。彼はそれを手のなかでゆっくりとまわした。「へえ、驚いたもんだ」と彼は言った。ふたたびその薄青い空虚な眼でテンプルを見やった。その髪は気ままに麦藁のようにのびていて頭の天辺《てっぺん》あたりは色褪《いろあ》せていたが、両耳から襟首にかけては色の濃い乱れた巻毛になっていた。「それに、とっても背のたけえ娘だなあ。目方はいくらあるね？」テンプルは手をさしのばした。相手はゆっくりと靴を返しながら、彼女を、彼女の腹部と腰を、見やっていた。「まだ彼は種をうえこんでねえだろうなあ、どうだね？」

「さあ、おい」とガウァンは言った、「出かけようじゃないか。ぼくらは車を手に入れて、夜までにはジェファスンに戻らなきゃならないんだ」

砂地が終ったとき、テンプルは腰をおろして突掛け靴をはいた。脚をあげると、男が自分の腿《もも》を見やっているのに気づき、スカートを強く引きおろし、とびあがるように立ちあがった。「さあ」と彼女は言った、「行きましょうよ。道を知らないの？」

家が視野にはいってきた。それは杉林の上にあらわれたのであり、さし交わす黒い梢《こずえ》からすけて見える向うには、林檎園《りんごえん》がのんびりと午後の陽を浴びていた。家はいたみきった芝生のなかに建っていて、周囲は放棄されたままの地所やくずれた畜舎ばかりだった。どこにも農作のしるし――鋤《すき》やらその他の農具――といったものはなかったし、どの方角をみても物の植わった畑は眼にはいらなかった。いわばそれは暗い林のなかで風雨に傷《いた》んでゆく廃屋でしかなく、あたりには微風が悲しげなつぶやき声をたてているばかり。テンプルは立ちどまった。

「あたし、あそこに行きたくないわ」と彼女は言った。「あんたが行って、車を手に入れてきてよ」と彼に向って言った。「あたしたち、ここで待ってるから」

「お前さんたちはあの家へ行くんだと彼が言ったよう」と男は言った。

「誰が言ったの？」とテンプルは言った。「あの黒い服の人は、あたしにこうしろと命令できると思ってるの？」

「さあ、行こうや」とガヴァンは言った、「グッドウィンに会って、車を都合しよう。遅くなるばかりだ。グッドウィンのかみさんもここにいるんだ、そうだろ？」

「うん、そんなところだよう」と男は言った。

「さあ、行こう」とガヴァンは言った。一同は家へ歩いていった。男はヴェランダへのぼり、ドアのすぐ内側に猟銃を置いた。

「彼女はどっか、このへんにいるだよう」と彼は言った。またもテンプルを見やって、「あのかかあに面倒かけることはねえだよう」と彼は言った。「リーがあんたたちを町に連れてゆくでなあ」

テンプルは彼を見やった。二人はまじめな顔つきで、まるで二人の子供か二匹の犬のするように、じっと互いを見やっていた。「あんたの名前、なんていうの？」

「おれの名はトーミーだよう」と彼は言った。「何も心配することはねえよう」

玄関からなかにはいると、廊下が家の奥へ通じていた。彼女ははいっていった。

「おい君、どこへ行くんだ?」とガウァンは言った。「ここで待っていればいいだろう?」彼女は答えなかった。廊下をずっと歩いていった。背後からはガウァンの声と男の声が聞えた。家の裏側のヴェランダに陽が当っているのが、裏への出口の長四角に切りとられた部分だけ、はっきり見えた。その向うには雑草の生い茂った斜面があり、そして大きな畜舎、それは裏口の破れた姿で荒涼とした陽ざしのなかに静まりかえっている。ドアの右手にはこの家の別棟か離れかになっている建物の角が見えた。しかし物音といえば表側の男たちの声のほかには何も聞えなかった。

彼女はゆっくりと進みつづけた。それから立ちどまった。向うのドア口が黒く四角く縁取っている陽当りのなかに、男の頭部の影が落ちていたからである。彼女は半ば向きを変え、逃げ去ろうという身構えになった。しかしその影は帽子をかぶっていなかった。そこで彼女は向きなおり、爪先立《つまさきだ》ちでドア口まで行くと、あたりをうかがった。ひとりの男が陽ざしのなかで粗末な椅子《いす》にすわっていた——まわりに白髪だけ残して禿《は》げた後頭部を彼女のほうにみせ、両手は荒削りな杖《つえ》の上にのせている。彼女は家の裏側のヴェランダへ出ていった。

「こんにちは」と彼女は言った。その男は動かなかった。彼女はふたたび前に出て、それからすばやく肩ごしに背後を見やった。そのヴェランダがL字型をつくってそこに別棟があるが、その部屋のドアからはひと筋の煙が流れ出ていたように思えた、少なくとも眼の端でその煙をとらえたように思ったが、しかし見なおすと消え去っていた。この戸口の前には二本の柱に渡した紐《ひも》があって、洗ったばかりらしい四角の布が三枚、ぐったりと湿って垂れており、また色褪せた桃色の絹地でできた女の下着もあったが、それはさんざ洗いかえされたために、縁についたレースの部分が布地自体のほぐれた糸目と同じようになっていた。それには薄青い木綿のつぎが当ててあり、丹念に縫われた跡をみせていた。テンプルはふたたびその老人に眼を向けた。

はじめ彼女は老人が両眼を閉じているのだと思った、しかしそれから、老人にはまるで眼などないのだと信じこんだ、というのも、両方の瞼《まぶた》の下にはきたなくて黄色っぽい粘土玉としか思えぬものがはまっていたからだ。「ガウァン」と彼女は低い声で言い、それから「ガウァン」と悲鳴をあげて頭をそらせたままぐるりと向きを変えたが、その瞬間、さっき煙が流れ出たと思ったドアの向うからひとつの声が聞えた——

「その男は耳が聞えねえんだ。何の用だい？」

彼女はまたも向きを変えて走りだし、なおも老人を見やったまま、勢いをゆるめもせずヴェランダからとびおり、灰や空罐《あきかん》や白骨の散らかるなかで四つん這《ば》いの姿勢となって、そこではじめてポパイが家の角から自分を見まもっているのを見た——突っ立ったまま両手をポケットに突っこみ、口から垂れた煙草《たばこ》の煙がその顔の前をゆらめきのぼっている。なおも止らずに彼女はヴェランダへ駆けのぼり、台所部屋へとびこんだ、するとそこにはひとりの女がテーブルの前にすわり、火のついた巻煙草を手にしたまま、ドアのほうを見まもっているのだった。

6

ポパイは建物をまわって歩いていった。ガウァンはヴェランダの端にもたれかかり、自分の血まみれの鼻をそっとふいていた。例の裸足の男は壁ぎわにしゃがみこんでいた。

「しようがねえなあ」とポパイは言った、「この男を裏へ連れてって洗ってやったらどうだ？　喉《のど》を切られた豚みてえな格好で一日じゅうここにすわらせとく気なのか、ええ？」彼は煙草を雑草のなかへはじきとばし、踏段のいちばん上に腰をおろすと、時計の鎖の端についたプラチナの小型ナイフで靴についた泥を削りはじめた。裸足の男は立ちあがった。

「君はたしか、あのこと——」とガウァンが言った。

「しーっ！」と相手は言った。頭をポパイの背中に向って振り、ガウァンへ目くばせや顔をしかめるしぐさを始めた。

「それからお前はあの道の向うで番をするんだ」とポパイは言った。「分かったか？」

「あそこはあんたが見張るはずと考えてたけどよう」と男は言った。

「おめえは考えなくていいんだ」とポパイは言って、なおもズボンの裾《すそ》の泥を削りつづけた。「おめえは四十年も考えないんできたんだろ、おれの言ったとおりすりゃあいいんだ」

二人が裏のヴェランダへ着いたとき裸足の男は言った、「彼は誰にも我慢できねえんだよう——ほんに変な男だよう、な？　まったくサーカスに出るようなヘンチキ人間さ——彼はね、ここじゃあリーのほかは誰が飲んでも気に入らねえんだよう。自分もまるきし飲まねえ——おれが一杯でも飲むと、あの男は鯰《なまず》でも呑《の》んだみてえな顔をするんだよう」

「彼は君が四十歳だと言ったね」とガウァンが言った。

「それほどではねえよう」と相手は言った。

「君はいくつだい？　三十？」

「わからねえよう。だけんど、彼の言ったほどの年じゃねえよう」あの老人が陽ざしのなかで椅子にすわっていた。「あれは親父《おやじ》さんだあ」と男は言った。

杉林の青い影が老人の足もと近くまでのびていた。ほとんど膝《ひざ》まで達していた。老人の手が伸びて膝のあたりを探り、その影のなかにはいり、影のなかに手首までつかったまま静かに動かなくなった。それから立ちあがり、椅子につかまり、杖で自分の前をたたきながら、二人のいるほうへずり足でまっすぐやってきたので、二人は急いでわきへよけねばならなかった。老人は椅子を陽のいっぱい当るあたりへ持ちだし、ふたたびそこへすわると杖の頭へ両手を重ねあわせ、またも太陽のほうへ顔をあげた。「あれは親父さんだあ」と男は言った。「盲《めくら》で、それにつんぼでなあ。自分が何を食っているのか、わかりもしねえし、気にもしねえ。ああなっちゃあ、何もかもおしめえだよう。ああはなりたくねえよう」

二本の柱の間に渡した板の上には亜鉛びきのバケツやブリキの鉢、黄色い石鹸《せっけん》のかけらを入れた割れ皿などがあった。「水なんかどうでもいい」とガヴァンは言った。「さっき話した酒のことはどうなった？」

「あんたはもうたっぷりやったみたいに見えるよう。だもんで車をあの木にまともにぶち当てちまったんだろ」

「さあ、頼むよ。どっかに少しばかり隠してないのかい？」

「畜舎にはちっとばかあるよう。だけんど、彼に聞かれちゃだめだよう、知れると彼はみんなこぼしちまうからなあ」彼はドア口まで戻ってゆき廊下のほうをのぞきこんだ。

それから二人はヴェランダを離れ、畜舎のほうに向った――かつては勝手口の庭だったがいまでは杉と楢《なら》の若木でいっぱいの場所を横切っていった。男は二度も肩ごしに振返った。二度目のときに言った――「あすこであんたの奥さん、何か用あるようだよう」

テンプルが台所部屋の戸口に立っていた。「ガヴァン」と彼女は呼んだ。

「あんた、手を振るかなんかしなよう」と男は言った。「彼女が黙らねえと、あの男が聞きつけるかもしんねえからよう」ガヴァンは手をはためかせた。二人は歩みつづけ、畜舎にはいった。入口をはいるとすぐに粗末な梯子《はしご》がかかっていた。「おれが上にあがるまで待ちなよ」と男は言った。「えらく腐ってるからねえ、二人だと、もたねえかもしれねえ」

「じゃあ、どうして直さないんだい？　君は毎日これを使うんじゃあないのか？」

「いままでは、ちゃんともってたものよう」と相手は言った。彼は上った。それからガヴァンがあとに続き、揚《あ》げ蓋《ぶた》を通って上へ行くと、なかは破れた壁や屋根から横ざまにもれ落ちる陽の光で薄黄色だった。「おれの歩くところを歩きな」と男は言った。「さもねえと、ゆるんだ板にのっかって、気がつくめえに下に落ちちまってらあ」彼は床をたどってゆき、そして片隅に積まれて腐りかけた干草の山から陶製の瓶《かめ》を掘りだした。「ここだけは彼も捜さねえんだよう」と彼は言った。「女の子みてえな手をよごすのが恐《こえ》えからねえ」

二人は飲んだ。「おれはあんたを前にここで見たことあるねえ」と男は言った。「だけんど名前は覚えてねえけどよう」

「ぼくの名はスティヴンズさ。もう三年間もリーから酒を買ってるんだ。彼はいつ帰ってくる？　ぼくは町へ行かなくっちゃならないんだ」

「彼はじきに戻るだよう。おれはあんたを前に見かけたなあ。三日か四日めえの晩にも別の男がジェファスンから来た。その名も思い出さねえけんど、まったく、えらいおしゃべりだったよう。どうして自分の細君がいやになったか、そんなことばっか、しゃべくってた。もうちっと飲みねえよう」と彼は言った——それから彼は動きをやめ、ゆっくりしゃがみこみ、上げた手に瓶を持って、頭をかしげて耳を傾けた。しばらくするとさっきの声がまた、下の入口あたりから聞えた。

「ジャック」

男はガウァンを見やった。口をあんぐりとあけ、薄ばかな人間がうれしがるときの表情になった。その柔らかくて黄色い口ひげのなかで、まばらに残った歯はよごれて乱杭《らんぐい》となっていた。

「おい、ジャック、そこにいるのか」と声が言った。

「聞えたろ？」と男はささやきながら、声のない喜びをみせて身を震わせた。「おれをジャックって呼んでるだよ。おれの名はトーミーだによう」

「おい」と声は言った。「お前がどこにいるか知ってるぞ」

「行ったほうがよさそうだよう」とトミーは言った。「うっかりすると、やつは下から床ごしに射《う》つかもしんねえからよう」

「おい、冗談じゃないぜ」とガウァンは言った。「なぜそうと早く――ここにいるよ」と彼はどなった。「いま行くよ！」

ポパイはチョッキに人さし指を引っかけた姿で、戸口に立っていた。陽は沈んでいた。二人が降りてきてドアのところへあらわれたとき、テンプルが裏のヴェランダからおりてきた。立ちどまり、二人を見つめ、それから斜面をおりていった。彼女は走りはじめた。

「お前はあの道へ行って番してろと言ったろ」とポパイは言った。

「おれとこの人はちっとばかり、ここに立ち寄っただけだよう」とトミーは言った。

「おれはお前にあの道へ行けと言ったんだ、言わなかったか？」

「うん」とトミーは言った。「あんたは言ったよう」ポパイはガウァンのほうを見やりもせずに身をかえした。トミーがあとに従った。その背中はなおもひそかな喜びに震えていた。テンプルは家への途中でポパイにすれちがった。走るのをやめはしなかったが、それでも立ちどまりそうに見えた。彼女のはためくコートさえ彼女に追いつかぬほどの勢いだったが、それでいてわずかの瞬間、ポパイに向って固い挑むような媚《こび》をつくって歯をみせたようだった。彼のほうは止らなかった――その傲慢《ごうまん》で気どった細い背中はたじろぎもしなかった。テンプルはふたたび走った。トミーを通り過ぎ、ガウァンの腕にしがみついた。

「ガウァン、あたしこわいわ。彼女があたしに言うのよ、絶対に——あんた、また飲んでたのね、その血さえ洗い落さないで——彼女が言うのには、あたしたちすぐにここから出てゆかないと……」その両眼はまったく黒みを帯び、顔は夕闇《ゆうやみ》のなかでいかにも小さくたよりなげだ。彼女は家のほうを見やった。ポパイはちょうど道路を曲りかけていた。「彼女は水をとりにあの泉までずっと歩かなくちゃなんないのよ、彼女は——あそこには、炊事ストーヴの箱のなかにとってもかわいい赤ん坊がいるの。ガウァン、彼女が言ったわ、暗くなってからここにいちゃあいけないって。彼に頼むようにって言ったわ。彼が車を持っているのよ。彼女の話だと、どうしても彼は——」

「誰に頼めって？」とガウァンは言った。トミーが二人のほうを見返っていた。それから彼は歩き去った。

「あの黒い服の男に。彼はしてくれないだろうと彼女は言うのよ。だけどわからないわ。さあ行きましょうよ」二人は家に向って歩きはじめた。小道が家をまわって正面へと続いていた。その車は小道と家の間、高い雑草の中に停っていた。テンプルはその車のドアに手をかけながら、ふたたびガウァンのほうに向いた。「これならじきに着いちまうわ。あたしの町にこれと同じのを持ってる人を知ってるけど、これ、八十マイルは出るのよ。彼、あたしたちをどこかの町まで送ればすむわけ。だってあの女の人にきかれて、あたしたちは結婚しているって答えちゃったんだもの。だからどこかの鉄道の駅までですむわけよ。それにジェファスンより近い駅があるかもしれないわ」彼女はガウァンを見つめてささやきながら、手でドアのへりをなでていた。

「ああ」とガウァンは言った。「ぼくに頼めって言うんだな、そうだろ？　君は何にも知らないんだ。あの人非人がしてくれるとでも思うのかい？　あいつとどこかへいっしょに出かけるんなら、ここに一週間いたほうがましだよ」

「彼女が出てゆけと言うのよ。あたしがここにいちゃあいけないって言うのよ」

「君はいつそんな間抜けになったんだい！　さあ、しっかりしろよ」

「彼に頼んでくれないのね？　あんたは彼にきいてくれないのね？」

「いやだよ。リーが来るまで待ちなよ。本当さ。彼が車を都合してくれるよ」

二人は小道を歩いていった。ポパイは柱によりかかって煙草に火をつけていた。テンプルはこわれかけた踏段を駆けあがった。「ねえ」と彼女は言った。「あたしたちを町に車で連れていってくれる？」

ポパイは口に煙草をくわえ、両手でマッチを囲いながら頭をそむけた。テンプルの口は卑屈なつくり笑いをかたちづくった。ポパイは煙草をマッチに近づけた。「いやだね」と彼は言った。

「ねえ」とテンプルは言った。「仲よくしてよ。あのパッカードなら簡単に行けるでしょ。ねえ、どう？　あたしたちお金を払うわ」

ポパイは煙を吸いこんだ。マッチを雑草のなかへはじきとばした。低い冷たい声で言った——「おいジャック、お前の淫売《いんばい》をそっちへ連れてゆきな」

ガウァンはまごついた動きをした——まるで無骨でのろまな馬が突然鞭《むち》をあてられたかのようだった。「おい、いいか」と彼は言った。ポパイは息を吐きだし、煙が二本の細い筋になって下へ吹きだされた。「いまのは好かんね」とガウァンは言った。「君は誰にしゃべってるのか知ってるのか?」彼は例のまごついた動きを示した、まるでその動きをとめることも完了することもできぬような態度。「その言い方は気にくわんね」ポパイは頭をまわして、ガウァンを見やった。それから彼が視線をはずすとテンプルがだしぬけに言った——

「あんたのその服がぴったりしてるのは、どっかの河に落ちたせいなの? 夜になると脱げないもんで、削り落すんでしょ?」それからガウァンの手で尻《しり》を押されて頭をそむけたまま、ハイヒールを鳴らしてドアのほうへ動いていった。ポパイは動きもせずに柱へもたれかかり、肩ごしにその横顔を見せていた。

「あの男を怒らせるな——」とガウァンは低くささやいた。

「あんたは悪党よ、ギャングよ!」とテンプルは叫んだ、「あんたは冷酷なギャングなのよ!」

ガウァンは彼女を家のなかへ押しこんだ。「君はまさかやつに頭をぶち抜かれたくはないんだろ？」と彼は言った。

「あんたはあの男をこわがってるのね！」とテンプルは言った。「あんたおじけづいてるのよ！」

「その口をしめな！」とガウァンは言った。彼はテンプルを揺さぶりはじめた。下手なダンスをしているかのように、二人の足は裸の床板の上をこすった、そしてつかみあったまま壁に倒れかかった。「いいか」と彼は言った、「また君はこっちの気持をあんなふうにさせようとしてるんだぞ」彼女は振放し、走りはじめた。彼は壁にもたれたまま、テンプルが黒い影になって裏のドアから外へ走り出るのを見まもっていた。

彼女は台所部屋に走りこんだ。そこは暗くて、ストーヴの火口《ほくち》のあたりからかすかな光がもれるのみだった。彼女は振向きざまドアからとびだし、そしてガウァンが斜面を畜舎のほうへおりてゆくのを見た。また飲みに行く気だわ、と彼女は思った――また酔っぱらう気なんだわ。今日だけでも三度目だわ。廊下の中は夕闇が濃くなっていた。彼女は爪先立《つまさきだ》ちの姿勢で耳をすまし、あたしお腹《なか》かすいたわ、一日じゅう食べてなかったわ、と考えていた――さらに考えはのびて学校のこと、燈火《とうか》がついた窓の列、夕食のベルの響きに向ってゆっくりと歩いてゆく男女、そして家では父親がヴェランダにすわり、手すりに両足をのせて、芝生を刈りこんでいる黒人をながめやっている姿。彼女は爪先立ちでそっと動いた。ドアの片隅には猟銃が立てかけてあり、彼女はそのかたわらにしやがみこむと、泣きはじめた。

すぐに彼女は泣きやみ、息をつめた。自分がよりかかっている壁の向うで何かが動いているのだ。それはかわいたコツコツという音をたて、すぐそのあとから探るようなかすかな物音が続いてドアを横切った。それが廊下のなかにあらわれると、彼女は悲鳴をあげた——自分の肺が息を吹きだしたあともなおあえいでいるのを感じ、胸がからになってもなお横隔膜が動いている感じのままで、老人が廊下をやってくるのを見つめていた——老人はがに股《また》でずり足の歩き方、片手には杖《つえ》、もう一方の手は腹のあたりから三角の角度に肘《ひじ》を突きだした姿。彼女は走りだし、ヴェランダの端に立って股をひろげた漠とした人影を走り過ぎ、台所部屋に走りこみ、ストーヴの向うの片隅にとびこんだ。身をかがめ、箱を引きだし、自分の前に据えた。彼女の手は赤ん坊の顔にさわり、それから両腕をひろげて箱を抱きかかえ、その向うの薄暗いドア口を見つめながら、懸命に祈ろうとした。しかし天なる父へ呼びかける言葉はひとつも頭に浮んでこなかった、そこで彼女は言いはじめた、「あたしの父は判事なのよ、あたしの父は判事なのよ」そうくりかえしていると、しまいにグッドウィンが軽い足どりで部屋に走りこんできた。彼はマッチをすり、それを頭上にかかげて彼女のほうを見おろしていて、しまいにその炎が彼の指に達した。

「何だ」と彼は言った。テンプルは彼の軽くてすばやい足音を二度聞いた。それから男の手が彼女の頰にさわり、そして彼はテンプルの襟首をつかんで箱の背後から引きだした、まるで子猫をつまむように。「おれの家で何をしてるんだ?」と彼は言った。

7

女の立っている前の炊事用ストーヴでは肉の揚るぶつぶついう音がしていたが、それをさえぎるように、どこかランプのついた廊下の向うから話し声がテンプルの耳に伝わってきた——人の言葉、ときおりは笑い声、それも若さからか年輩のせいからか、すぐとうれしい気分になりがちな男の荒《すさ》んだあざけり笑い。一度は二人の男がその重たい靴で廊下を踏みならしてくるのも聞えた。そしてそのあとでじきに亜鉛びきのバケツを鳴らす柄杓《ひしゃく》の音や、笑ってばかりいた男ののしり声。上着をしっかり押えながらテンプルはドア口から、子供じみた羞恥《しゅうち》半分の好奇心に駆られて、外をそっとのぞいてみた、そしてそこにガウァンと、カーキ色ズボンの男のいるのを見つけた。彼、また酔っぱらってるんだわ、と彼女は思った。テイラーを出てから、これで四度目だわ。

「彼はあんたの弟なの?」と彼女は言った。

「誰が?」とその女は言った。「誰があたしの何だって?」女はぶつぶついう鍋《なべ》のなかの肉を裏返した。

「ここにはあなたの弟も住んでるのかと思ったの」

「よしとくれ」と女は肉をワイヤー・フォークで裏返した。「いなくてしあわせさ」

「あんたの弟はどこにいるの?」とテンプルはドアの外をのぞきながら言った。「あたし兄弟が四人もあるのよ。二人は弁護士で、ひとりは新聞記者なの。もうひとりはまだ学校にいるわ。イェール大学にね。あたしの父は判事なの。ジャクスン市のドレイク判事よ」彼女は父を思い出した——白い麻の服を着て、手には棕櫚《しゅろ》のうちわを持ち、ヴェランダにすわって、芝を刈ってゆく黒人をながめている姿。

女はオーヴンをあけてなかをのぞいた。「あんたはここに誰にも呼ばれたわけじゃないんだよ、いいね。あたしだってここに泊れなんてすすめなかったんだよ、いいね。あたしは陽のあるうちに行きなとすすめたんだからね」

「あたし、行けなかったのよ。あたし自分であの男に頼んでみたのよ。ガウァンはいやだと言うもんだから、あたし、自分で頼んでみたのよ」

女はオーヴンの蓋《ふた》を閉じ、向きなおり、電燈を背にしてテンプルを見つめた。「行けなかったって? あんた、あたしがどうやって水を手に入れるのか知ってるかい? 歩いて取りに行くんだよ。一マイルもね。一日に六度もさ。どんなにたいへんか勘定してみな。それも家にいるのがこわくて外へ出かけるわけじゃないんだよ」彼女はテーブルに近寄り、煙草《たばこ》の包みを取りあげてそこから一本を振りだした。

「一本もらえる？」とテンプルは言った。女は包みをテーブルの上にすべらせた。ランプの火屋《ほや》をはずし、燈心の炎から自分の煙草に火をつけた。テンプルは包みを取りあげ、そのまま立ってガウァンと連れの男が家のなかへ戻ってゆくのに耳をすませていた。

「男って酔っぱらいばかりみたいねえ」と彼女は嘆くような声で言い、自分の指のなかで煙草がつぶれてゆくのを見おろしながら、「でもたぶん、あんな人たちが多いから……」女は炊事ストーヴに戻っていった。肉を裏返した。「ガウァンは幾度も酔っぱらったんだわ。今日だけでも彼、もう三度も酔っぱらったのよ。テイラーであたしが汽車をおりたときに、もう酔っていて、あたしは謹慎中の身だもんだから、見つかったらたいへんよと言ってあの瓶を捨てさせようとしたのよ、それからつぎにあの田舎の店に寄ってそこで彼のワイシャツを買おうとしたら、そこでまた酔っぱらったの。だからあたしたち食べるひまなくて、そしてダムフリーズに止ったとき彼は食堂にはいっていったけど、あたしは心配で心配で食べる気になれなくて、それに彼が見つからなくなって、それから彼が別の通りから戻ってきて、彼にさわってみたら瓶があったけど、彼はあたしの手を払いのけたの。彼ったらあたしが彼のライターを持ってるって言いつづけて、それから自分でなくしちまって、あんたがなくしたのよとあたしが言ったら、自分は一度もそんなものを持ったことないと言い張るのよ」

フライパンのなかでは肉が低い音をたてて揚っていた。「彼は行くさきざきで三度も酔っぱらったのよ」とテンプルは言った。「一日に三度もなのよ。バディは——これ、ヒューバートのこと、あたしのいちばん下の弟——彼はね、もしあたしが酔っぱらいといっしょにいるのを見つけたら、あたしを思いきりたたきのめすと言ったわ。それなのにあたしったら、いま、一日に三度も酔っぱらう人といっしょにいるんだわ」尻でテーブルにもたれかかり、片手では煙草を押しつぶしながら、彼女は笑いはじめた。「こんなこと、滑稽《こっけい》よ、ね、そうでしょ?」それから息をとめて笑いを押えると、たちまち彼女の耳にはランプのたてるかすかな音が聞えた、それにフライパンのなかの肉、炊事ストーヴにかかった薬罐《やかん》のしゅうという音、それから屋内を伝わってくる人声、荒くれてぶっきらぼうで無意味な男っぽい人声。「それなのにあんたは毎晩あの人たちに料理をこさえてやるのね。あの人たちみんなここで食べるんでしょ、夜になると、あんな人たちでいっぱいなのね、暗いなかで……」彼女はつぶした煙草を落した。「赤ちゃんを抱いていい? やり方は知ってるのよ、ちゃんと抱くわ」彼女は箱に走り寄り、かがみこみ、眠っている赤ん坊を持ちあげた。赤子は眼を開き、泣きはじめた。「さあ、さあ、テンプルちゃんが抱いてるのよ」その細い両腕で高く危なっかしくささえ、揺すった。「ねえ」と女の背中を見やりながら、「あなたが彼に——あなたのご主人にということだけど、頼んでくれない? あの人なら車を手に入れて、あたしをどっかへ連れていってくれるわ。頼んでくれる？　彼にきいてくれる？」赤子は泣き叫ぶのをやめていた。その鉛色をした瞼《まぶた》は薄い膜となって眼球の形を示していた。「あたし、こわがってるんじゃないのよ」とテンプルは言った。「あんなことって、めったに起らないわ。そうでしょ？　彼らだってほかの人と同じですものね。あんただってほかの人と同じだわ。こんなかわいい赤ちゃん持ってて。それにそのうえ、あたしのお父さんは判、判事だしね。知、知事さんだって家へ夕食に来るのよ——なんてかわいいあ、あ、あかちゃんなのかしら」彼女は泣きべそ声を出しながら、赤子を自分の顔まで持ちあげ、「もしも悪い人が来てテンプルちゃんをいじめたら、知事の兵隊さんたちに来てもらいまちょうね、ねえ、……」

「ほかの人と同じじって、どんな連中と同じなんだい？」と女は肉を裏返しながら言った。「あんたはどう思うかしらないけど、うちのリーはあんたみたいな安っぽい小娘の尻なんか追いかけないんだよ——」彼女は火口の蓋をあけ、自分の煙草を投げこみ、がちゃんとしめた。赤子に頬ずりをしたので、テンプルの帽子は押しあげられ、もつれた巻髪《カール》の上にだらしない角度で危うくかかっていた。「なんであんたはこんなところへ来たんだい？」

「ガウァンのせいなのよ。あたし彼に頼んだのよ。どうせ野球の試合には間にあわなかったけど、でもなんとか臨時列車がスタークヴィルから帰る前にあそこに着いてと彼に頼んだの。そうすれば、あたしが列車に乗ってなかったこと、わからないですむでしょ、だってあたしが途中下車したのを見たのは、みんな告げ口しない人ばかりだったんですもの。でも彼は聞かないの。ちょっとここに立ち寄って、少しばかりウイスキーを手に入れようと言うの、それももう自分が酔っぱらってるくせにねえ。二人でテイラーを出たときからずっと酔いどおしだし、あたしは謹慎中でしょ、もしお父さんが知ったら死んじまうわ。そう言っても彼、聞こうとしないの。どこの町でもいいからあたしをおろしてちょうだいといくら頼んでも、平気で酔っぱらっちゃったのよ」

「謹慎中?」と女は言った。

「夜中に寮を抜けだしたからなの。だって車を持てるのは町の男の子たちだけで、そういう人と金曜か土曜か日曜かにデイトしたら、学生たちはもうデイトしようとしないのよ、だってみんな車を持ってないんですもの。だからあたし抜けだすほかなかったの。そしたらあたしをきらいな女子学生が学長に言いつけたのよ、それというのも彼女の好きだった男の子とあたしがデイトして、そのあとでは彼が二度と彼女とデイトしなかったからなのよ。だからあたし、抜けだすほかなかったの」

「あんたは抜けだしたりしなけりゃあ、男の車に乗りこまなくてすんだわけさ」と女は言った、「そうだろ? だからさんざ抜けだしておいて、いまさら泣きごと言ってもしようがないさ」

「ガウァンはあの町の男の子じゃあないのよ。ジェファスンの生れよ、そしてヴァージニア大学へ行ったわけ。あそこでは紳士らしい飲み方を教えてくれたなんて口癖みたいに言ってて、あたしがどこでもいいから車からおろしてちょうだい、あたし二ドルしかないから切符を買うだけお金貸してと頼んだのに、彼ったら――」

「へん、あんたみたいなのはよく知ってるよ」とその女は言った。「きれいごとですます女さ、お高くとまって、並の人間とはつきあわないんだ。夜は若いやつらと抜けだすくせに、本当の男らしい男に尽すことなんてことは知らないのさ」女は肉を裏返した。「取れるものは何でも取るくせに、自分は何ひとつ出さないんだ。『あたしは清い娘なのよ、そんなことできませんわ』若い男と抜けだして、そいつにガソリンを使わせて食事もおごらせて、それでいて男がちょっとでも手を出そうものなら、気絶しそうな顔して、だめよ、あたしの父は判事なのよ、四人の兄弟がみんな怒るわなんて言うんだ。それでいていざ面倒なことにまきこまれると、泣きつくのは誰のところだい？　あたしたちのような人間になんだ、お偉い判事さんの靴の紐《ひも》を結ぶ値打ちさえないあたしたちになんだよ」赤子を抱いたままテンプルはその女の背中を見つめていて、落ちそうな帽子の下の顔は小さな青ざめた仮面のようだ。

「あたしの兄貴はね、フランクをぶち殺してやると言ったんだよ。あたしといっしょにいるのを見つけたらなぐるぞなんて言いやしなかったよ――あの黄色い馬車にいる畜生をぶち殺すんだと言ったんだ、そしたらあたしの親父《おやじ》は兄貴をどなりつけて、まだ自分の家族ぐらいは自分で切りまわせるんだと言って、あたしを家に追いこんでから部屋に閉じこめて、フランクを待ちぶせるために橋のほうへ出かけた。でもあたしは臆病者《おくびょうもの》じゃなかったのさ。雨樋《あまどい》を伝わって下までおりて、先まわりしてフランクに話した。お願いだからよそへ行ってと頼んだけれど、彼はおれたちいっしょに行こうと言ったわ。あの馬車のなかに戻ったとき、あたしはこれが最後だと知った。それがわかってから、もう一度逃げてくれって頼んだんだけど、彼はあたしを家まで馬車で連れてってあたしのスーツケースを取り、そして父親とも話をつけようと言い張った。彼もやっぱり臆病者じゃなかったんだ。あたしの親父はヴェランダにすわってた。『その馬車からおりろ』と言うから、あたしはおりて、彼にはそのまま逃げておくれと言ったけど、彼もやっぱりおりてきて、二人で小道を歩いてゆくと、親父はドアの内側あたりに手をのばして猟銃を取りだした。あたしが前に出てフランクをかばうと、親父は『おめえも一発くらいたいのか』と言って、あたしは前にいようとしたけどフランクがうしろに押しのけてそしたら親父は彼を射《う》って、そして言ったよ、『地べたに這《は》いつくばって泣くがいい、この淫売《いんばい》め！』」

「あたしもそう呼ばれたわ、さっき」とテンプルは低い声で言った——なおもその高くて細い両腕に眠る赤子を抱き、女の背中を見つめている。

「ところがあんたみたいなお上品女ときたら、上辺《うわべ》だけ気前いい連中なのさ。何ひとつ出さないくせに、いざ困ったとなると……あんた、自分がいまどんな羽目になってるのか知ってるのかい？」女はフォークを手にしたまま、肩ごしに見やった。「いまも男の子とデイトしてるとでも思ってるのかい？　あんたのご機嫌をとるのに夢中なちびっ子どもとさ。いいかい、あんたが頼まれもしないのにはいってきたのがどんな人間の家か、これから教えてやるよ。あんたは自分勝手に抜けだしてきた場所へまた送りかえしてもらいたがってるけどね、いいかい、あの人が自分の仕事も放りだしてあんたの頼むようなことをする人間かどうか、教えてやるよ。彼はフィリピンで兵隊をしてたときに、土地女のことから相手の兵隊を殺したんだよ、そしてレヴンワース（訳注　キャンザス州、連邦刑務所のある町）に送られたんだ。それから戦争になったんで、そこから出されて戦争に送られたのさ。勲章を二つもらったよ、そして終っちまうとまたレヴンワースへ連れもどされたけれど、それからやっと弁護士が議員さんを動かして彼を外へ出したのさ。それであたしもなんとかジャズらなくてすむようになって――」（訳注　ジャズは身を売るの意の俗語）

「ジャズる？」とテンプルは低い声で言った。彼女はなおも赤子を抱いていて、その薄い服装や落ちかかる帽子の様子自体、やせ脚のひょろ長い幼児に劣らぬたよりない姿なのだ。

「そうさ、かわい子ちゃん！　あたしがあの弁護士に払うのに、ほかにうまい方法があったとでも思うのかい？　いいかい、そういう男なんだよ、あんたが当てにして――」片手にフォークを持ったまま女は近づいてきて、テンプルの顔の前で柔らかく意地悪く指を鳴らした。「――世話になろうとしてる男ってのはね。あんたみたいなお人形面《づら》した浮気娘が――どこに行っても男にもてるにちがいないと思ってる小娘が何か言ったって……」色褪《いろあ》せた服の下で女の胸は深くぐっと盛りあがった。腰に両手を当て、冷たくて燃えるような眼をテンプルに注ぎながら、「男だって？　あんたは本物の男なんて見たこともないのさ。だから、本物の男にほしがられるのがどんなことか、見当もつきゃしないのさ。でもね、あんたはそんな男に会わないで、かえってしあわせなのさ。会わなけりゃあ、そのお人形面にちょうど似合いの相手をつかまえて、あとはただ、こわくて手も出せなかったものをうらやんでるだけですむからさ。一度でも、あんたを淫売女と呼ぶような男らしい男に会えば、あんたはただ、はい、はいと言って、そう呼んでくれた男の足もとで裸になって泥んなかを這いまわるのさ……その子をよこしなよ」テンプルは赤子を抱きしめたまま女を見つめていて、その口もとはまるで「はい、はい」とでも言っているように動いていた。女はフォークをテーブルに投げだし、「放しなよ」といい、赤子を抱きとった。赤子は眼をあけ、泣いた。女は椅子《いす》を引きだし、それに腰かけて赤子を膝《ひざ》の上にのせた。「向うの物干し紐にかかったおしめをひとつ取っておくれ」と女は言った。テンプルは床に立ったままで、まだその唇を動かしている。

「あんた、あそこへ出るのさえこわいんだね——そうなんだろ?」と女は言った。女は立ちあがった。

「いいわ」とテンプルは言った。「あたしが取る——」

「あたしが取るよ」紐も結ばぬどた靴が台所の床を鳴らしながら横切った。戻ってくると、別の椅子をストーヴのそばへ引きだし、その上へ残りの布二枚と肌着をひろげ、それから自分もすわって赤子を膝の上に抱きとった。赤子は泣き声をあげた。「静かにおしよ」と彼女は言った、「さあ、静かに」ランプの光の中で、女の顔はおだやかな、もの思いに沈んだ感じになった。赤子のおしめを替えてやり、その子を箱のなかへ置いた。麻袋の布地をカーテンにした食器棚から大皿をとりおろし、ナイフをとりあげ、近寄ってきてテンプルの顔をまた見つめた。

「いいかい。あんたに車を見つけてやったら、きっとここから出てゆくかい?」と女は言った。相手を見つめながらテンプルは口を動かした——まるで言葉をためし、言葉を味わっているといった様子だ。「あんた、裏口から出てって、車に乗っていっちまって、二度とここに戻らないでいられるかい?」

「ええ」とテンプルはささやいた。「どこへでも。何でもするわ」

女は冷たい眼を動かしもせぬまま、テンプルを上から下までながめた。テンプルは体じゅうの筋肉が、昼日中に断ち切られた葡萄蔓《ぶどうづる》のように縮こまってゆくのを感じた。

に来やがって」

「胆《きも》っ玉《たま》もない阿呆《あほう》な小娘のくせに」と女は冷たい調子をこめて言った。「冷やかし半分に来やがって」

「違うのよ。違うのよ」

「これで家へ帰ったら、みんなへの土産話ができたってわけだ。そうだろ？」顔と顔をつきあわせていて、二人の声はまるで、近くに立った二つの無色の壁の上の影のようだった。「冷やかし半分に来やがって」

「何でもするわ。ここから出られさえすれば。どこへでもいいから」

「あたしが心配してんのはリーのほうじゃないんだ。あの人がここへ迷いこんでくる牝《めす》犬《いぬ》をみんな追っかけまわすとでも思ってるのかい？　気になるのはあんたさ」

「ええ、あたし、どこへでも行くわ」

「あんたみたいのは知ってるのさ。何度も見たことがあるのさ。しじゅう走ってて、それでいて速すぎる走り方じゃない。走ってても本物の男は見分けられるぐらいの速さなんだ。あんた、この世で男を持ってるのは自分だけだとでも思っているのかい？」

「ガウァン」とテンプルはささやいた、「ガウァン」

「あたしはあの男のために尽してきたんだよ」と女は低く言った。ほとんど動かさぬ唇の間からは静かで熱のない声がもれてきた。まるでパンの作り方を暗誦《あんしよう》しているかのようだ。「あたしは夜勤のウェイトレスになったのさ。そうすれば日曜日には刑務所にいる彼に会えるからさ。小さなアパートで二年間暮したよ、ガスコンロで自炊しながらね、なぜってあたしは彼にそう約束したからさ。でもね、あたしは彼に嘘《うそ》をついて、彼を刑務所から出すための金を作ったのさ、そしてあたしがその金をどうやって作ったか彼に話したら、彼はあたしをぶちのめしたのさ。そういう人間の暮す場所へ、あんたは呼ばれもしないのにやってきたんだ。誰もあんたにここへ来いなんて頼まなかったんだ。あんたがびくついていようがいまいが、誰も気にしやしないのさ。びくつく？　あんたなんか本当にびくつくだけの胆っ玉もないのさ、本当に恋におちいることだってできやしない女なんだよ」

「あたしお金を払うわ」とテンプルはささやいた。「あんたの言うこと、何でも聞くわ。お父さんに頼めばきっとしてくれるわ」女はテンプルを見まもっていて、その顔は動きがなく、しゃべっているときの口調におとらぬ硬い表情だ。「あんたに服を送るわ。あたし、新しい毛皮のコートを持ってるの。クリスマスのときに買ったばかりなのよ。新品と同じくらいのものなの」

女は笑った。その口が笑ったのであり、何の音ももれず、顔全体は動かなかった。「服だって？　あたしは一度、毛皮のコートを三つも持っていたのさ。その一つは酒場の横の路地にいる女にやったよ。服だって？　いやになるね」だしぬけに振向き、「車をめっけてやるよ。ここから出てったら二度と戻ってくるんじゃないよ、いいかい？」

「ええ」とテンプルはささやいた。テンプルは青ざめた顔で身動きもせず、まるで夢遊病者のように立ったまま、女が肉を大皿へ移し、その上へ肉汁をかけるのを見まもっていた。女は天火の中からビスケットのはいった深鍋《ふかなべ》を出し、ビスケットを皿の上に置いた。「手伝わせて」とテンプルがささやいた。女は何も言わなかった。二つの皿を取りあげ、出ていった。テンプルはテーブルに行き、包みから煙草《たばこ》を取りだし、ぼんやりとランプを見つめて立っていた。その火屋《ほや》の片側は黒ずんでいた。そこを横切って割れ目が細い銀の曲線を描いていた。ランプ自体はブリキ製で、首のあたりにはきたない油がついていた。あの人はどうやってだかこのランプから煙草に火をつけたわ、とテンプルは考えながら手に煙草を持ち、ゆらめく炎を見つめていた。女が戻ってきた。スカートの端を持ちあげ、それでストーヴから油煙だらけのコーヒー・ポットをつまみあげた。

「あたしがそれを運びましょうか？」とテンプルは言った。

「いいよ。いっしょに来て夕食を食べな」女は出ていった。

テンプルは手に煙草を持ったままテーブルのわきに立っていた。ストーヴの影が子供の寝ている箱の上に落ちた。詰め物が厚く敷かれて、その柔らかな短い曲線《ひだ》のなかに埋まって、赤子はまるで灰色の影を積み重ねた存在のように見え、彼女は歩み寄って箱の上にかがみこみ、そのパテ色の顔や薄青い瞼《まぶた》を見おろした。うっすらとした影が赤子の頭を覆《おお》い、額にもぬれた色を落していた。片方の細い手を上にあげ、拳固《こぶし》をかためた手を頬の横に当てていた。テンプルは箱の上にかがみこんだ。かがみこむと、彼女の影が大きく壁におちた——その上着はぶよつき、帽子はすさまじくばらついた髪の影の上であぶなく引っかかっている。「かわいそうな赤ちゃん」と彼女はささやいた、「かわいそうな赤ちゃん」男たちの声が前よりも高くなった。廊下には床をこする足音、椅子のきしる音、男たちの声を越えてまたもひとりの男の高笑いの声。彼女は振向き、また身動きもせずドアを見まもった。女がはいってきた。

「行って夕ご飯を食べな」と女は言った。

「あの——車は」とテンプルは言った。「いまならあたし出てゆけるわ、彼らが食べてる間に」

「車って、何だい?」と女は言った。「あっちへ行って食べな。誰もあんたをひどい目になんか会わせないよ」

「あたしお腹《なか》はへってないの。今日一日食べてないわ。でも全然お腹へってないのよ」

「行って食べなよ」と彼女は言った。

「あたし、待っててあんたが食べるときに食べるわ」

「行って自分のご飯を食べな。あたしは今夜のうちにここを片づけたいんだからね」

8

テンプルが台所部屋から食堂にはいったとき、その顔は無理に機嫌をとる卑屈な表情にこわばっていた。コートをしっかり押え、帽子を例のだらしない格好で後頭部にくっつけたまま食堂にはいったのだが、その瞬間は緊張で盲《めくら》同然になっていた。じきにトミーの姿が見えた。彼女はまっすぐ、まるで前からずっと彼を求めていたかのように彼のほうへ進んでいった。何かがさえぎった——固い前腕。彼女はトミーを見やったまま、それを避けようとした。

「こっちだよ」とガウァンがテーブルの向う側から言い、椅子をうしろに押しやりながら、「そこをまわってこいよ」

「おめえは出てゆきな、兄弟」と彼女をさえぎった男が言い、彼女はそれがいちばんよく笑っていた男なのだと気づいた。「おめえは酔っぱらってるんだろ。姉ちゃん、ここに来いや」彼の固い前腕がテンプルの腹に当った。彼女はトミーに無理強いの笑いをみせながらその腕を押した。「少し動けよ、トミー」とその男は言った。「この盤広面《ばんぴろづら》の畜生め、てんで礼儀知らずだぜ、ええ?」トミーはばか笑いをし、自分の椅子を床の上でずり動かした。男はテンプルの手首をつかんで自分のほうに引いた。テーブルの向うではガウァンがテーブルに身をささえながら立ちあがっていた。彼女は抵抗しはじめて、トミーに笑い顔を向けながら男の指を一本ずつはがそうとしていた。

「ヴァン、やめろよ」とグッドウィンが言った。

「おれの膝にのんのしな」とヴァンが言った。

「放してやりな」とグッドウィンが言った。

「放せるなら放してみな」とヴァンは言った、「誰でえ、そんなでけえ口きくのは」

「放してやれ」とグッドウィンは言った。それから彼女は自由になっていた。ゆっくりと後ずさりしはじめた。その背後からあの女が皿を持ってはいってきていたが、横にどいた。なおも痛ましくこわばった笑いを浮べたまま、テンプルは部屋の外へ後ずさりしていった。廊下に出ると、ぐるりと身をまわして走りだした。ヴェランダから駆けおり、そのまま雑草のなかへ走りこんだ。小道に出ると五十ヤードほど闇《やみ》のなかを走っていったが、それから休止もせずに身をひるがえし、家まで走りもどってきてヴェランダにとびあがり、ドアのところにうずくまると、ちょうどそのとき誰かが廊下から出てきた。それはトミーだった。

「おや、こんなとこにいたのかよう」と彼は言った。何かを無骨な手つきで彼女にさしだしながら、「さあ、これ」と彼は言った。

「それ、何?」と彼女はささやいた。

「肉がちっとばかあるよ。あんたは朝から食べてねえだろうによう」

「そう、朝もよ、そう」と彼女はささやいた。

「ひとくち嚙《か》みなよう、すれば元気になるで」と彼は皿を彼女に突きだしながら言った。「あんた、ゆっくりすわって食べるだよう、誰にも邪魔されねえとこでなあ。しかたねえ連中だもんなあ」

テンプルはドア口にもたれていて、その顔は彼の漠とした姿の影のなかにあり、食堂からの光を映じて小さな幽霊のように青ざめていた。「あの女——あの人……」「彼女は台所にいるよう。おれにあそこへ連れてってもらいてえかい?」食堂のなかからはひとつの椅子が床をこする音が聞えた。まばたきしながら、トミーは小道を行く彼女を見おくった——そのほっそりした体はふと一瞬だけ動かなくなり、背後から来る自分の一部を待ちうけるかのように見えた。それからその姿は影のように家の角をまわって消え去った。彼は食べ物の皿を手に持ったままドア口に立っていた。それから頭をまわして廊下の奥を見やると、ちょうど家の裏側へ抜けている向うの出口に、台所部屋へ向うテンプルの姿がちらりと見えた。「しかたねえもんだ、あの男どもは」

彼がまだ立っている間に男たちがヴェランダへ戻ってきた。

「やつは食い物の皿を持ってるぜ」とヴァンは言った。「ハムを盛りあげた皿で釣ろうって気だな」

「釣ろうって、何を?」とトミーが言った。

「おい、君」とガウァンが言った。

ヴァンはトミーの手から皿をたたきおとした。彼はガウァンに向いた。「おめえ、気にいらねえのか?」

「そうだ」とガウァンは言った、「気にいらんよ」

「じゃあ、気にいるようにしたらどうだ?」とヴァンは言った。

「ヴァン」とグッドウィンが言った。

「あんたは自分の気にいらねえことをやめさせるほど偉いのかよ、ええ?」

「そうさ」とグッドウィンは言った。

ヴァンは台所のほうへ行きはじめ、トミーは彼のあとからついていった。トミーはドア口のあたりで立ちどまり、台所部屋のなかにいるヴァンの声に耳をすました。

「ちょっと、散歩に出ようや」とヴァンが言った。

「ここから出てゆきな、ヴァン」

「散歩に行こうや」とヴァンは言った。「おれはいい人間なんだぜ。ルービーにきいてみろや」

「さあ、すぐに出てゆきな」と女は言った。「それともあたしがリーを呼んでもいいのかい？」彼は明りを前にして突っ立っていた――カーキ色のワイシャツにズボン姿、なでつけた金髪にそって、耳には一本の煙草をはさんでいる。女はテーブルぎわにある椅子《い》にすわっており、その背後にテンプルが立っていた――口をあけ、瞳《ひとみ》ばかりが黒く目立つ両眼だった。

瓶《かめ》を持ったトミーはヴェランダへ戻ってくると、グッドウィンに言った。「男たちはあの娘っ子をいじめねえほうがいいよう」

「誰がちょっかい出してるんだ？」

「ヴァンさ。あの子はびっくらしてらあ。あの子をほっといてやればいいによう」

「よけいなお節介やくな。お前は知らんぷりしてろ、わかったな？」

「あの連中は彼女をいじめねえほうがいいによう」とトミーは言った。彼は壁ぞいにうずくまった。男たちは飲んでおり、瓶を取ったり渡したりしながら、しゃべっていた。彼は半ばうつろな心で男たちに耳をすましていた――ヴァンの語る大仰で愚劣な都会生活の話に夢中で聞きほれ、ときおりはばか笑いをし、自分の番が来ると飲んでいた。ヴァンとガウァンがしゃべっており、トミーは聞き役になっていた。「あの二人はいまにやりだすにちげえねえよう」と彼は隣で椅子にすわっているグッドウィンにささやいた。「あの調子だもん、ねえ？」二人は声高にしゃべりあっていた――グッドウィンは椅子から身軽くすばやく立ちあがった、そして彼の両足は床に軽い音をたてて動いた。トミーが眼を向けると、ヴァンは立ちあがっており、ガウァンは自分の椅子の背につかまって、まっすぐ身をささえていた。

「おれはそんな気で――」ヴァンが言った。

「じゃあ、言うな」とグッドウィンは言った。

ガウァンが何か言っていた。あの人もしようがねえ、とトミーは思った。もうちゃんとした口もきけやしねえ。

「ぼくの相手をそんな言い方――」ガウァンは言い、椅子によりかかって揺れた。それが倒れた。ガウァンは壁にぶつかった。

「なんだと、おれは――」ヴァンが言った。

「――ジニアの紳士。ぼくはちっとも――」ガウァンは言った。グッドウィンは手の甲で一撃して彼を払いのけ、ヴァンをつかんだ。ガウァンは壁にもたれこんだ。

「おれがすわれと言ったら、すわるんだ」とグッドウィンは言った。

それからのち、彼らはしばらくの間おとなしくなった。グッドウィンは自分の椅子に戻った。彼らは瓶をまわし飲みしてしゃべりはじめ、トミーは耳をすましたが、しかしじきに、またもテンプルのことを考えはじめた。まるで自分の両脚が床の上を動いてゆき、体全体が強い不快感にもだえるような気分を覚えた。「あの娘っ子には手を出さねえほうがいいよう、なあ」と彼はグッドウィンにささやいた。「みんなあの子をいじめちゃあいけねえよ」

「お前の知ったこっちゃない」とグッドウィンは言った。「あいつらの勝手にさせて……」

「みんなあの子をいじめちゃあ、いけねえよう」

ポパイが玄関のドアから出てきた。彼は煙草に火をつけた。その顔が両手の間に照らしだされ、頬が吸うためにへこんだ――それをトミーは見まもり、それからさらに、マッチの小さな彗星《すいせい》が雑草のなかに落ちるのを眼で追っていた。彼もそうだあ、と彼は言った。あの二人ともそうだよう――と体をゆっくりくねらせながら思った。あのかわいそうな娘っ子。おれ、あの畜舎のとこへ行って見張っててやろう。そうともよう。彼は立ちあがった――両足は床の上になんの音もたてなかった。小道へおりてゆき、家の角をまわった。そこの窓には明りがついていた。あそこは誰も使ったことねえによう、と彼は言い、立ちどまり、それから言った、あんなとこに娘っ子が泊るというわけかよう、そして窓に近寄り、のぞきこんだ。窓はおりていた。ガラスのはまっていないところには、錆《さ》びたブリキ板が釘《くぎ》づけにされていた。

テンプルはベッドにすわっていた。両脚を体の下に敷きこみ、背をまっすぐのばし、両手を膝《ひざ》に置き、後頭部には落ちそうに傾いた帽子をつけていて、その姿はいかにも小さく見えた。その姿勢自体でさえ十七歳以上の体格をもつ者のものとは見えず、むしろ八歳か十歳の子にふさわしくて、両肘《りょうひじ》を身にぴったりとつけ、椅子で食いとめたドアのほうに顔を向けているのだ。そこはがらんとした部屋で、あるのはただ継ぎ布仕立ての色褪《いろあ》せた上掛けののったベッドとひとつの椅子だけだった。壁は漆喰塗りだったが、いまではひび割れてあちこち剝《は》げ落ち、布のささくれだった下地をむきだしにしていた。その壁にはレインコートとカーキ布の覆《おお》いをした水筒がかかっていた。

テンプルの頭は動きはじめた。その動きはいかにもゆっくりしていて、まるで壁の向うにいる誰かの歩みに合わせて頭をまわしているかのようだ。その頭はねじれて苦しく見えるほどにまわった、しかもその間も他の筋肉はまったく動かさず、その様子は菓子をいっぱい詰めた復活祭の張子人形のようで、頭はうしろ向きの位置のまま停止した。それから頭は後戻りしはじめた、壁の向うの見えない足音に合わせるかのようにゆっくりとまわり、ドアを押えている椅子まで達すると、そこでしばらく止った。それから正面を向き、トミーが見まもるなかで、靴下の上部から小さな時計を取りだし、見おろした。時計を手にしたまま顔をあげ、彼のほうをまっすぐ見やった。その両眼は二個の穴のように静かでうつろだった。少しするともう一度だけ時計を見おろしてから、それを靴下のなかに戻した。

彼女はベッドからおりてコートを脱いだが、そのまま動かなくなった——その薄い服を着た体はすんなりと細く、頭を垂れ、両手を前に握りあわせている。それからまた彼女はベッドにすわった。両脚をぴったりと合わせ、頭を垂れてすわっていた。つぎには頭をあげ、部屋を見まわした。トミーの耳には暗いヴェランダからの男たちの声が聞えた。それはまたも高くなり、やがて落着いた低いつぶやきにと沈んでいった。

テンプルはとびあがるように立ちあがった。両腕を細く高くあげて服のホックをはずすと、その影が彼女の動きを真似《まね》た。一動作で服から抜けだしたが、薄い下着のまま少しかがんだ姿はマッチ棒のように細く見えた。その頭はドアの突っかい棒になっている椅子の前に現われた。服《ドレス》を放りなげ、その手をコートにのばした。搔《か》き集めるようなしぐさでそれをとりあげ、両方の袖口《そでぐち》を探りながらそれで体を覆った。それからコートを胸部にあてたまま、ぐるりと振向いてトミーの眼をまともに見つめ、またぐるりと身を返すと小走りに走って椅子の上に身を投げかけた。「あの男たちがわりいんだよう」とトミーはささやいた、「しかたねえ男どもだよう」表のヴェランダからは男たちの声が聞えてきて、トミーの体はまたもせつない焦燥感にゆっくりともだえくねるのだった。

「しかたがねえ男どもだよう」

彼がふたたび部屋をのぞきこんだとき、テンプルはコートを着こみながら、彼のほうに向って動いてきた。釘にかかったレインコートをはずし、それを自分のコートの上に羽織ってからボタンを掛けた。水筒をとりはずすと、ベッドに戻った。水筒をベッドに置き、床から自分の服を拾いあげると、手で埃《ほこり》を払い、丁寧にたたんでからベッドの上にのせた。それから上掛けを引きはぐと、下からはマットレスが現われた。そこには敷布も枕《まくら》もなかったし、さわると玉蜀黍《とうもろこし》のかすかなかわいた音をたてた。

彼女は突掛け靴を脱いでベッドの上に並べ、それから上掛けの下にはいった。トミーにもマットレスのかわいた音が聞えた。彼女はすぐには横にならなかった。後頭部に例の帽子を小粋《こいき》な角度にくっつけたまま、しばらくじっと静かにすわりこんでいた。それからつぎに水筒と服と靴を自分の頭のほうへ動かし、レインコートを両脚のあたりにかけ、上掛けを引きあげつつ横になったが、それから起きあがり、帽子をはずして髪をふりはなし、帽子を他の品物といっしょに置いて、それでようやく寝る支度がととのったらしかった。またも彼女は身動きをやめた。レインコートをあけて、どこかからコンパクトを取りだした、そしてその小さな鏡のなかに自分の動きを見まもりながら、五本の指で自分の髪をひろげ、ふくらませ、顔に粉をはたき、コンパクトをもとに戻すとふたたび時計を見やり、そしてレインコートのボタンをかけた。服をひとつずつ上掛けの下に置き、仰向《あおむ》けに寝てから上掛けを顎《あご》まで引きあげた。男たちの声はちょっとの間、静かになっていた、そしてトミーの耳には、マットレスのなかにある穂軸のすれあうかすかなかわいた音が聞きとれた。そのマットレスの上ではテンプルが、両手を胸の上に組みあわせ両脚をまっすぐ行儀よく伸ばし、まるで古い墓所にある寝像のように、仰向いて寝ているのだった。

男たちの声は静かだったからトミーは彼らのことをすっかり忘れていたのだが、そのときグッドウィンの言う声が聞えた――「やめろ。おい、やめろ！」椅子の砕ける音。グッドウィンの身軽な靴音、蹴《け》りのけられたかのように椅子がヴェランダぞいにころがる音、そしてトミーは身をかがめ、両肘を少し張って熊《くま》のような機敏な低い姿勢になった、すると彼の耳には玉撞《たまつ》きの玉がたてるようなかわいた軽い音が幾度か聞えた。「トミー」とグッドウィンが言った。

必要となると彼は穴熊や洗熊のもつような、あの遅鈍でいて稲妻のように敏捷《びんしょう》な動作をみせることができた。建物をまわってヴェランダにあがったときにはちょうどガウァンが壁にたたきつけられ、そのまま下にずりさがって、ヴェランダから雑草のなかへどさりと落ちこんでいった、そしてポパイが玄関口のドアからその頭を突きだしていた。「彼をとっつかまえろ！」とグッドウィンが言った。トミーは横足ずりに襲ってポパイにとびかかった。

「おら、つかめえ――はあ！」と彼は言いかけてポパイに思いきり顔をなぐりつけられ、「そんなことすっか、ええ？　ここにじっとしてれや」

ポパイは動きをやめた。「ちぇっ。お前がこいつらにひと晩じゅう、あんなもの飲ましとくからだぞ。やめろと言ったろ。ちぇっ」

グッドウィンとヴァンは一個の影になっていた――声もなく、狂憤のままにがっしり黙って組みあわさっていた。「放せ！」とヴァンがどなった。「ぶち殺して——」トミーはその二人にとびかかった。二人はヴァンを壁に押しつけ、動けぬように押えつけた。

「押えたな？」とグッドウィンが言った。

「うーん。押えたよ。動かねえでおけやあ。あんた、ほんにぶんなぐっちまっただね」

「ちきしょう、やつを——」

「さあ、さあ、——なんで彼をぶっ殺してえだよう？　あの人を食うわけにはゆくめえが、ええ？　こんなことして、ポパイさんにあのジドー拳銃《けんじゅう》でみんなぶっ殺されても、かまわねえかよう、ええ？」

それから騒ぎはすんでしまった、まるで狂奔する黒風の過ぎ去ったあとのようで、あとにはただ平穏な空虚さが残り、そのなかで彼らは静かに動いていた。ガヴァンを雑草のなかから持ちあげ、運ぶときには互いに低い調子の親しげな注意の言葉を言いあいながら、あの女の立っている廊下のなかへ動いてゆき、それからテンプルのいる部屋のドア口まで来た。

「あの子は錠をおろしたぜ」とヴァンは言った。彼は強くドアをたたいた。「ここをあけな」と彼はどなった。「おめえにお客を連れてきてやったぜ」

「なんだ。それには錠なんかないぞ。押してみろ」とグッドウィンが言った。

「よしきた」とヴァンが言った。「じゃあ、押すぜ」彼は蹴りつけた。椅子はしなってから、部屋のなかへはじけとんだ。ヴァンはドアをばんと鳴らしてあけ、一同はガウァンの両脚を持ちあげながらなかにはいった。ヴァンは椅子を部屋の隅へ蹴りつけた。それから彼はテンプルがベッドの向うの片隅に立っているのを見た。ヴァンの髪は、少女のもののように、顔じゅうに乱れさがっていた。彼は頭をひと振りしてそれを払いのけた。その顎は血だらけで、彼はわざと血の唾《つば》を床に吐きつけた。

「さあ、いいか」とグッドウィンはガウァンの上半身を運びながら言った、「やつをベッドにのせるんだ」彼らはガウァンをベッドに放りだした。その血だらけの頭は端から外へころがり出た。ヴァンはぐいと突いて彼をマットレスに押しこんだ。彼は手をあげながら、うめき声をあげた。ヴァンはその顔を平手打ちした。

「この野郎、静かに寝てろ——」

「放っとけ」とグッドウィンが言った。彼はヴァンの手をつかんだ。一瞬の間、二人は互いににらみあった。

「放っとけとおれは言ったんだ」とグッドウィンは言った。「さあ、出てゆけよ」

「まもらんくちゃ……」とガウァンはつぶやいた。「……娘を。ジニアのしん——紳士はまもらんく……」

「さあ、ここから出てゆきな」とグッドウィンは言った。

あの女はトミーと並んでドアの内側に立ち、背中をドア口にもたせかけていた。安物のコートを着こんだ下から、夜着の裾《すそ》が足先までむきだしに見えていた。

ヴァンはベッドからテンプルの服を取りあげた。「ヴァン」とグッドウィンは言った、「おれは出てゆけと言ったろ」

「聞えたよ」とヴァンは言った。彼はその服を振った。それから隅にいるテンプルを見やった――両腕を深く交差させて両手で両肩をつかんでいる姿。グッドウィンはヴァンのほうへ動いた。ヴァンは服を捨てると、ベッドのまわりをまわった。ポパイが煙草《たばこ》を指にはさんだままドアからはいってきた。女の隣にいるトミーは、思わず息を吸いこんでその乱杭歯《らんくいば》の間で音をたてた。

彼はヴァンがテンプルの胸を隠しているレインコートに手をかけ、それを裂きあけるのを見たのだ。それからグッドウィンが二人の間にとびこんだ――彼の眼にはヴァンが身をかわしてぐるりとまわるのや、テンプルが裂けたレインコートをまさぐるのも見えた。ヴァンとグッドウィンはいまは部屋の中央にいて、互いに拳固《げんこ》を振いあっていた、それから彼はポパイがテンプルのほうへ歩いてゆくのに眼を向けた。なおも彼はポパイの背中を見まもりながら一方では眼の片隅で、ヴァンが床にのびていてグッドウィンが少しかがみがちに立ちはだかっているのを見ていた。

「ポパイ」とグッドウィンが言った。ポパイはなお進んでいった――煙草の煙が肩ごしに流れもどり、頭を少し横に向けているため、まるで彼は自分の行く方角を見ていないかのようだ。斜めに垂らした煙草のせいで、彼の口はどこか顎の線の端にでもついているかのように見えた。「その女にさわるな」とグッドウィンは言った。

ポパイはテンプルの前に止った——なおも顔を少し横に向けたままだ。その右手は上着のポケットに突っこまれている。もう一方の手はテンプルの胸を覆うレインコートの下で動いていた。トミーはそれを見てとった——というのもその動きがレインコートの表に影となって伝わっていたからだ。

「その手を引きな」とグッドウィンが言った。「放しな」

ポパイは手を引いた。両手を上着のポケットに突っこんでから身をまわし、グッドウィンを見やった。なおも彼を見まもりながら、部屋を横切った。それから彼を背後に残してドアから出ていった。

「さあ、トミー」とグッドウィンは静かに言った、「こいつをつかみな」二人はヴァンを持ちあげ、外に運びだした。女は横にどいた。彼女はコートを前で押えたまま壁によりかかった。部屋の向うの隅ではテンプルが猫背になって立ち、裂けたレインコートをいじくっていた。ガウァンは鼾《いびき》をかきはじめた。

グッドウィンが戻ってきた。「おまえ、ベッドへ戻ったらどうだ」と彼は言った。女は動かなかった。彼は手を彼女の肩に置いた。「ルービー」

「その間にあんたは、ヴァンが始めたのに邪魔してさせなかった仕事をすまそうっててのかい？　かわいそうなおばかさんだよ、あんたは」

「さあ、行けよ」と彼は女の肩に手を置いたまま言った、「ベッドへ戻りな」

「もしも手を出したら、あたしに帰ってこなくていいよ。戻ってくるんじゃないよ。あたし、もういないからね。あたしに義理だてしなくていいよ。そんな義理はないんだから」

　グッドウィンは女の両方の手首を握り、ゆっくりと左右に開いていった。ゆっくりと着実に女の両手をその背後へとまわしてゆき、そこで両手を自分の片手でつかんだ。もう一方の手で彼は女のコートをあけた。下の寝間着は褪《あ》せた桃色の絹地で、レースの縁どりがしてあったが、幾度も幾度も洗濯されたために、針金に引っかかった衣服のように、ほぐれ糸だらけになっていた。

「おや。仲間にはいろうとめかしこんだわけか」

「これっきりしか持たないのは誰のせいだい？　誰のせいだい？　あたしのせいじゃないよ。あたしは服なんかみんなあの晩、黒人女にやっちまったんだからね。でもこれだったら、どんな黒ん坊にやったって鼻先で笑われるだけだよ、そうだろ？」

　彼はコートを放した。彼が女の両手を放すと、女はコートの前をかきあわせた。女の肩に手を当てると、彼は女をドアのほうへ押しはじめた。「さあ、行けよ」と彼は言った。女の肩が動いた。それだけが動いたのだ、腰から上の上半身だけが向きを変え、顔をねじむけて彼を見まもっていた。「行けよ」と彼は言った。しかし彼女の上半身だけが向きを変え、その尻《しり》と頭はまだ壁に触れたままだった。彼は身をまわし、部屋を横切ってゆき、すばやくベッドをまわってテンプルの前に来ると、そのレインコートの前を片手でつかんだ。彼女を揺さぶりはじめた。レインコートの厚ぼったくギャザーしたところを引っつかみ、彼女を揺さぶり、その小さな体がぶかついた衣服のなかで音もなくがたついて、その両肩や大腿部《だいたいぶ》が壁にぶつかりつづけた。「このばか娘！」と彼は言った。「このばか娘！」ランプの光の当っているテンプルの顔、その両眼は大きく見開かれてほとんど黒くみえ、その二つの瞳《ひとみ》のなかには二つの彼の顔が小さく映じていた――それはまるで二個のインク壺《つぼ》にはいった二個の大豆のようだった。

彼はテンプルを放した。彼女は床にくずおれはじめ、レインコートがかすかな音をたてた。彼はそれをつかまえ、またも揺さぶりはじめながら、肩ごしに女のほうを見やった。「ランプを取りな」と彼は言った。女は動こうとしなかった。その頭を少しだけかしげていて、この二人の者について思案にふけっているかのように見えた。グッドウィンはもう一方の腕をテンプルの膝《ひざ》の下にまわした。彼女は自分の体が滑空するように感じ、気がつくとベッドの上でガウァンと並んで仰向きに倒れていて、体の揺れるたびに鳴る玉蜀黍の穂軸のかわいた音がいま静まってゆくところだった。彼女の見まもるなかでグッドウィンは部屋を横切ってゆき、暖炉の上からランプを取った。あの女もまた彼の動きを追って頭をまわしていて、その顔の半面だけが近づいてくるランプの光に浮きだしてみえた。「さあ行けよ」と彼は言った。女は身を転じた、そして彼女の顔は影のなかにはいり、いまやランプはその背中や、その肩に置かれた彼の手を照らしていた。彼の影が部屋じゅうを完全に覆《おお》ってしまった——その腕が逆にそりかえってのび、ドアに達した。ガウァンは鼾をかいていた——いかにも苦しげであり、呼吸のたびに深い休止に達して、まるで二度とふたたび息をしないのではないかと思われる息づかいだった。

　トミーはドアの外側、廊下のなかにいた。

「連中はまだトラックのほうに行っていないのか？」とグッドウィンが言った。

「まだだよう」とトミーは言った。

「行って、様子を見たほうがよさそうだな」とグッドウィンは言った。彼らは歩きだした。トミーは二人が別のドアからはいるのを見まもった。それから彼は、素足のために音もたてず、首を少しのばして耳をすますます様子で台所のほうへ行った。台所部屋では、ポパイが椅子《いす》にまたがったすわり方で、煙草をふかしていた。ヴァンはテーブルのそばに立っていて、鏡の破片を前に置き、小さな櫛《くし》で髪をとかしていた。テーブルの上には湿って血のにじんだ衣類と一本の燃えている煙草。トミーはそのドアの外側の暗いあたりにしゃがみこんだ。

　グッドウィンがレインコートを着て出てきたときには彼はまだそこにしゃがんでいた。

グッドウィンは彼を眼にとめずに台所へはいっていった。「トミーはどこにいる？」と彼は言った。トミーはポパイが何か言うのを聞いた、そしてそれからグッドウィンがヴァンを従えて、いまはレインコートを腕にかけて現われた。「さあ、行こうぜ」とグッドウィンは言った。「あの荷をここから運びだすんだ」

トミーの薄青い眼は、猫の眼のように、かすかに光りはじめた。彼がポパイのあとから部屋にはいったとき、すでに女は闇《やみ》のなかにその光を認めたのであり、ポパイがテンプルの寝ているベッドの前に立っている間もそうだった。彼の両眼は突然闇のなかから女に向って光った、しかしそれから消え去り、女は自分のそばにいる彼の息づかいを聞きとることができた。またもその両眼が女に向って輝いた——怒りと疑惑と悲しみを帯びた光だ、そしてまたも消え去り、彼はポパイのあとについて部屋から這《は》い出ていった。

彼はポパイが台所へはいるのを見たが、すぐにはあとをつけなかった。出口のところで止り、そこにしゃがみこんだ。彼の体全体は疑惑に仰天したまままたももだえはじめた——体を右から左へと揺すりはじめるにつれて彼の素足は床の上でかすかな音をたてて動き、両手は股《もも》のところに置いたままゆっくり絞りあわされるのだった。やっぱりリーもそうなんだよう、と彼は言った、リーもだ。しようもねえ男たちだよう。しようもねえ男たちだよう。二度、彼はヴェランダぞいに忍んでいって、台所部屋の床にポパイの帽子の影がおちているのを見つけ、それから廊下まで戻ってくると、テンプルが横になりガウァンが鼾をかいている部屋のドアの前に行った。三度目には彼はポパイの煙草のにおいをかいだ。彼があのままあそこにいて、娘に手を出さんけりゃあいいに。そしてリーもだよう、と彼は言い、鈍いが呵責《かしやく》ない心配にとらわれて左右に体を揺すりながら、それにリーもだよう。

リー・グッドウィンが斜面を越えてから裏のヴェランダにあがってきたとき、トミーはまたも出口の外側にしゃがみこんでいた。「どうしたんだ……」とグッドウィンは言った。「どうして来なかったんだ？　お前のことを十分も捜しまわってたぜ」彼はトミーをにらみつけ、それから台所のなかをのぞきこんだ。「いいか？」と彼は言った。ポパイがドア口へ来た。グッドウィンはふたたびトミーを見やった。「お前、何をやってたんだ？」

ポパイはトミーを見やった。トミーはいまは立ちあがっていて、ポパイを見ながら、足の裏側を交互に他の足で掻《か》いていた。

「おめえ、ここで何をしてたんだ？」とポパイが言った。

「なんにもしてねえよう」とトミーは言った。

「おれのあとをつけまわしたのか？」

「誰もつけまわしてねえよう」とトミーはふくれ顔で言った。

「じゃあ、これからもそうするなよ」とポパイは言った。

「行こうぜ」とグッドウィンは言った、「ヴァンが待ってるんだ」彼らは出かけた。トミーは二人のあとからついていった。一度だけ家のほうを見返ったが、それから彼らのあとをのそのそと歩いた。時をおいて彼の体のなかをあの辛《つら》い心配の波がうねった――まるで彼の血が突然に煮えかえるような感じとなり、やがてそれはヴァイオリンの音楽を聞いたときのような情けない気持へと冷えてゆく。「しょうがねえ男たちだよう」と彼はつぶやいた。「しょうがねえ連中だよう」

9

その部屋は真っ暗だった。女はドアの内側の壁ぞいに立っていた――安物のコートとその下にレースで縁どりした絹の夜着《ナイトガウン》を着て、錠のないドアのすぐ内側に立っていた。ベッドの上ではガウァンが鼾をたてているのを聞くことができた、そしてヴェランダや廊下や台所からは他の男たちの動く音や話し声も聞えてきたが、ドアにへだてられて、どの声が誰のものか聞きわけられなかった。しばらくすると男たちは静かになった。それからあと聞えるものといえば、ただガウァンがその痛めた鼻や顔で息をする詰り気味の苦しげな鼾ばかりだった。

女はドアが開くのを耳にした。男が忍び足もせずにはいってきた。女のすぐそばを向うへ進んでゆく。女は男がしゃべる前から、それがグッドウィンだと知った。彼はベッドに行った。「おれはレインコートがほしいんだ」と彼は言った。「ちょっと起きて、脱いでくれ」テンプルがすわる姿勢になり、男が彼女からそれを取去るとき、マットレスのなかにある玉蜀黍《とうもろこし》の穂軸が鳴り、それを女の耳は聞きとった。彼は床を歩きもどり、外へ出ていった。

女はドアのすぐ内側に立っていた。女は男たちの呼吸の仕方でそれが誰であるかみんな聞きわけられるのだ。それから、何も聞えず感じもせぬうちに、ドアが開き、そして女は何かのにおいをかぎはじめた——ポパイが髪に使っている髪油《ポマード》だ。しかし女にはポパイがはいってきて通り過ぎたのが、まったく見えなかった——彼がはいりきったのさえわからずにいて、それを待っていると、しまいにポパイのあとからトミーがはいってきたのでポパイが奥へ行ったことを知ったのだった。トミーもまた部屋のなかへ音もなく這いこんだのであり、もし彼の両眼が光らなかったら、女にはポパイのときと同じく、彼のはいったことに気づかなかっただろう。ところがその両眼が光ったのだ、胸あたりの高さで、深い疑惑の念を帯びた輝きをみせ、それから消え去ってしまうと、女は彼が自分のそばにうずくまったのを感じとった。さらに、トミーも闇のなかでポパイの立っているベッドのほうを見つめているのだとわかった。ベッドではテンプルとガウァンが横になっていて、そこからはガウァンの引っかかりがちな息づかいと鼾の響きが聞え、そのほうをトミーもまた見つめているのだ。女はドアのすぐ内側に立っていた。

玉蜀黍の穂軸から出る音は女の耳には届かなかった、それで隣にトミーをしゃがませたまま、女は眼に見えないベッドのほうに顔を向けてじっと動かずドアの内側に立ちつづけていた。それからふたたびあの髪油のにおいをかいだ。というよりもむしろ、トミーが彼女のそばから、音もなく動き去ったのを感じとったというべきかもしれぬ。まるでそれは彼の立っていた位置がひそかに空虚になることで、その黒い沈黙のなかから柔らかな冷たい風が彼女のほうに吹きおくられたとでもいったふうなのだ——女はトミーを見たり聞いたりせぬまま、彼がまたもポパイのあとをつけて部屋から這い出たのを悟ったのだった。二人が廊下を向うへ行く足音は実際に聞えた、そしてそれが消えると、家じゅうが静まりかえった。

女はベッドまで行った。彼女がさわるまでテンプルは動かなかった。さわられたとたん、あばれはじめた。女はテンプルの口を手さぐりに見つけると、その上に手をかぶせた。もっともテンプルは叫ぶつもりではなく、ただ玉蜀黍の穂軸のマットレスの上に寝たまま、手でコートの前を胸のあたりでしっかり押えながら頭をごろつかせ、体を左右に揺すったり寝返ったりしてあばれたのだが、音はたてなかった。

「このばか!」と女は細いがきついささやき声で言った。「あたしだよ、あたしなんだよ」

　テンプルは頭をごろつかさなくなった、しかし体はなおも女の手の下で左右に揺れ動いていた。「お父さんに言いつけるから！」と彼女は言った。「お父さんに言いつけるから！」

　女はテンプルを押えつけた。「起きなよ」と女は言った。テンプルはあばれるのをやめた。こわばった体つきでじっと寝ていた。女にはテンプルの荒い息づかいが聞きとれた。「あんた、起きられるかい、そっと歩くことができるかい？」と女は言った。

「ええ！」とテンプルは言った。「ここからあたしを出してくれる？　出してくれる？　くれる？」

「ああ」と女は言った。「起きなよ」テンプルが起きあがるとたんに玉蜀黍の穂軸がかすかな音をたてた。濃い闇のなかでガウァンが、容赦なく深い鼾《いびき》をたてていた。女は彼女を立たせた。「しっ」と女は言った。「黙って。静かにしなよ」

「あたし、自分の服がほしいのよ」とテンプルはささやいた。「何も着てないの、あたしただ……」

「あんたのほしいのは服なのかい」と女は言った、「それともここから出ることなのかい？」

「ええ」とテンプルは言った、「じゃあ、かまわないわ。ただここから出してくれさえすれば」

素足のためか、二人の動きは亡霊じみてみえた。屋内から出ると、ヴェランダを横切り、畜舎のほうへ進んでいった。家から五十ヤードも離れたとき、女は立ちどまると振返りざまテンプルをぐいと自分のほうへ引寄せ、両肩をつかんで顔を自分の顔に近づけたと思うと、低い声で相手をののしった——溜息《ためいき》ほどの低さだが憤怒《ふんぬ》でいっぱいの声だ。それからテンプルを突き放し、二人は歩きつづけた。入口の廊下へはいった。そこは真の闇だった。テンプルの耳には女が壁をまさぐっているのが聞えた。ドアがぎいと鳴って開いた、女が彼女の腕をとり、導きながら一段だけのぼると、そこは壁のありかが感じとれたり穀物のかすかにかびたにおいのする床張りの部屋となり、それから背後にドアをしめた。彼女がそうしたとたんに何かが近くで忙しく動き走り、まるで小さな妖精《ようせい》の足音のような微小な音をたてた。テンプルは足の下に何か動くものを踏みつけ、ぐるりと振向きざま女にしがみついた。

「ただの鼠《ねずみ》だよ」と女は言った、しかしテンプルは体ごと相手にかじりつき、両腕でしっかりつかまって両足を床から上げようともがいていた。

「鼠?」と彼女は悲鳴をあげた。「鼠? ドアをあけて! 急いで!」

「やめな! やめなったら!」と女は低い声で叱《しか》りつけた。鎮《しず》まるまでテンプルを押えつけていた。それから二人は壁ぎわに並んでひざまずいた。しばらくすると女がささやいた、「あそこのところに綿の実の打殻が少し積んであるからね。そこなら横になれるよ」テンプルは答えなかった。女によりそってうずくまり、ゆっくりと身を震わせていた、そして二人はそこに、真の闇のなかで、壁ぎわにうずくまっているのだった。

10

料理ストーヴのうしろにある箱の中では赤子が、まだ――それとも、すでに――眠りこんでいて、女はひとり朝食の支度をしていたが、そのときふと、たどたどしい物音が近づいてきてドア口で止るのを耳にした。見返るとそこに不様《ぶざま》でいたましい血だらけの幽霊が立っていて、やがて女にはそれがガウァンだとわかった。その顔は二日の不精《ぶしよう》ひげに覆《おお》われたうえに痣《あざ》が目立ち、唇は切れていた。片眼はふさがっており、ワイシャツや上着は血で裾《すそ》までよごれていた。ふくれこわばった唇で何かを言おうとしているらしいが、はじめ女にはひと言も理解できなかった。「行って顔を洗っておいでよ」と女は言った。「待ちな。ここに来てすわっておいで。あたしが洗面器を持ってきてやるから」

彼は女の顔を見つめ、何か話そうとする口つきをした。「ああ」と女は言った。「彼女は無事だよ。あっちの畜舎にいるよ、眠ってるさ」女はそれを我慢づよく三度か四度もくりかえさねばならなかった、「畜舎にいるんだよ。眠ってるよ。あたしは明るくなるまでいっしょにいてやったのさ。さあ、顔を洗いなよ」

ガウァンはようやく少し落着いた。車を手に入れたいということを話しはじめた。「いちばん近いのはタルの店だよ、二マイル離れたところさ」と女は言った、「顔を洗って、それから少し朝ご飯を食べなよ」

ガウァンは台所にはいってきたが、なおも車を手に入れることを口にして、「なんとか車をめっけて彼女を学校へかえしたいんだ。そうすればほかの寮生たちが彼女を忍びこませてくれる。そうすれば万事解決だ。それで問題はないと思うんだ、そうだろう?」彼はテーブルまで来て、包みから煙草《たばこ》を一本取りだし、震える両手で火をつけようとした。煙草を口まで持ってゆくのにも骨折り、火をつけることなどまったくできなくて、しまいに女が来てマッチをさしだした。しかし彼はそれを一度吸っただけであり、あとは見えるほうの片眼で手のなかの煙草を、ぼんやり驚いた眼つきで見おろしながら立っていた。煙草を投げ捨ててドアのほうに向ったが、よろめき、そして体をささえると、「ぼくは行って車をめっけるんだ」と言った。

「はじめに何か食べなよ。コーヒーを一杯飲めば、楽になるかもしれないよ」と女は言った。

「車を手に入れるんだ」とガウァンは言った。ヴェランダを横切る途中で、ちょっと立ちどまって顔に水を振りかけたが、顔つきを改めるほどの洗い方ではなかった。

家から出て歩きだしたときもまだふらついていて、自分はまだ酔ってるんだ、と彼は思った。何が起ったのかは漠然としか覚えていなかった。ヴァンのことと自動車の転覆事故とを混同していて、自分が二度もなぐり倒されたことは知らないでいた。記憶にあるのは昨日の晩それも早いうちに酔いつぶれたことだけであり、彼はいまも自分が酔っているのだと思っていた。しかしあのこわれた車のある所に達し、そこで小道を見つけてそれをたどって泉まで行き、その冷たい水を飲むと、自分の欲していたのは酒なのだ、自分は酒を飲みたいのだと気がついた。そこにひざまずき、冷たい水で顔をぬらしたり、乱れた水面に映る自分の反映をながめたりしながら、口ではたえずちぇっ！　といった言葉を一種の絶望感とともにつぶやきつづけていた。あの家へ戻って酒を飲もうという考えが頭に浮んだが、しかしそうすれば自分がテンプルやあの男たちと顔を合わせねばならないと考えた――あの男たちのなかにいるテンプルの姿を彼は思いうかべた。

街道に出たときには、太陽は高くなって暖かだった。ちょっと着がえてくるんだ、と彼は言った。別の車で戻ってこよう。彼女に言う言い訳の言葉は町へ行く途中で決めればいいんだ――そう考えたのもテンプルが彼を知っている人々の間に帰ったときのことを思いうかべたからだ。ぼくは二度も酔いつぶれた、と彼は自分に言った。二度も酔いつぶれたんだ。ちぇっ、ちぇっ、とつぶやき、怒りと恥ずかしさに耐えきれずに体はそのみじめな血だらけの服のなかで身もだえするのだった。
空気と動きのために頭は前よりも明瞭《めいりよう》になりはじめた、しかし肉体的に気分がよくなるのに比べて、これから先のことは暗さを増してゆくばかりだった。町、世間、それが暗い袋小路のように思えはじめた……彼はそのなかをどこまでも歩いてゆかねばならず、その間も人々の非難の眼を気にしてたえず身の縮むような思いをせねばならぬのだ、……この思いに駆られ、昼近くになって求めていた家に着いたときには、もはやふたたびテンプルと会うことは想像しただけでも耐えられぬものになっていた。そこで彼は車を雇い、その運転手にしてもらう仕事を話し、金を払い、さらに歩いていった。少しすると反対方向へ行く車が止って彼を拾いあげた。

11

テンプルは目をさました——海老《えび》のように体を丸めて横たわっていて、その顔には太陽の光が金色のフォークの縞目《しまめ》になって落ちていた。体じゅうのこわばった筋肉に血がちくちくと流れるのを感じながら、寝たまま静かに天井を見つめあげていた。天井は壁と同じで荒削りの板を雑に並べただけであり、継ぎ目には細い黒い綿が現われている。

片隅には梯子《はしご》がかかっていて、梯子の頭には四角な穴が薄暗くあいていて、そこにも細い陽光が落ちこんでいる。壁にあるいくつもの釘《くぎ》からは馬具の片々がこわれたままかわききった様子でつりさがっていて、彼女は寝たまま、自分をささえているものを思案げにつまんでいた。それを手にいっぱいほどつまみ取り、それから頭をあげ、ずりおちたコートの下にある自分の肉体を見た――ブラジャーとパンティの間、パンティと靴下の間にあるむきだしの部分を見つめた。それから鼠を思い出し、あわてて起きあがると床にとびおり、ドアにとびついてそれを引っかいた――その手にはなおも綿殻を握っていて、顔は十七歳という年ごろのする熟睡のせいで少しふくれていた。

彼女はドアに錠がおりているものと思いこんでいた、それでしばらくの間はあけることができず、しびれた手は荒削りの板を引っかきつづけて、しまいに自分の爪《つめ》の音が聞えるほどになった。ドアは手前に開き、彼女はとびだした。たちまち中へはねもどって、ドアをばたんとしめた。あの盲人が斜面を小走りにおりていたのだった――杖《つえ》をさしだしてたたきながら、もう一方の手は腰に当ててズボンの上あたりをつかみ、もつれるような足どりでおりてきたのだ。畜舎の前を通るとき、ズボンつりを尻《しり》のあたりにぶらさげたまま、運動靴で前廊下にあるかわいた籾殻《もみがら》をこすってゆき、やがて視界から消え去って、からっぽの仕切りの列の前を軽くたたいてゆく杖の音がした。

テンプルはコートを体にしっかり押えながら、ドアのうしろにしゃがみこんだ。盲人が仕切りのひとつにはいったのを聞きとると、ドアをあけ、外をうかがった。あの家のほうを見やると、その建物は明るい五月の陽光を浴びて安息日めいた静穏な姿で立っており、彼女は男女の学生たちが新しい春の服を着て寮のなかから出てくる姿を思いうかべた——涼しげにゆっくりと鳴る教会の鐘のほうに向って、彼らが日陰の通りをゆったり歩いてゆく光景。テンプルは自分の脚をあげて、靴下のよごれた足裏を見おろし、掌《てのひら》でそれをこすり、つぎにはもう一方の足裏もこすった。

盲人の杖がふたたび鳴った。彼女は頭をそらしてドアをしめ、細い隙間《すきま》を残してそこから彼の過ぎ去るのを見張った。盲人は前よりもゆるい足どりであり、その猫背の背中にはズボンつりが掛っていた。彼は斜面をあがって、家へはいっていった。それからテンプルはドアをあけ、こわごわ外へ踏みだした。

荒れた土を踏むたびに靴下ばきの両脚を縮めながら、それでも彼女は家を見つめてすばやく歩いていった。ヴェランダにのぼってから台所部屋にはいってゆき、立ちどまってあたりの静かさに耳をすました。料理ストーヴは冷えていた。上には黒くなったコーヒー・ポットがのっており、それによごれたままの深鍋《ふかなべ》。テーブルの上にはよごれた皿の類《たぐい》が乱雑に積み重ねられていた。あたし、いつから食べていないのかしら……いつから……前の日はまる一日だったわ、と彼女は考えた、あたし、いつから食べていないのかしら……それにあの晩はダンスだったし、それに夕食なんか食べなかった。金曜日のお昼から食べていないんだわ、と彼女は考えた。それなのにいまは日曜なのであり、彼女は青空に立つ涼しげな教会の尖塔《せんとう》のなかの鐘や、鐘のまわりでオルガンの低音の反響に似た声をたてている鳩《はと》の群れを思い出した。ドアに戻って外をのぞき見した。それからコートをしっかり身に押えながら、外に出ていった。

彼女は母屋《おもや》にはいると廊下を走っていった。廊下の向う、陽の当った表のヴェランダはドアに縁どりされて、そこだけ四角く明るい。彼女はその四角を見つめながら、首をのばした姿勢で走っていった。誰もいなかった。出口の右手にある部屋のドアまで行き、それをあけてなかにとびこんでドアをしめると、ドアに背を当ててよりかかった。ベッドはからっぽだった。色褪《いろあ》せた継布づくりの上掛けはベッドを横切って丸まっていた。カーキ色の覆いのついた水筒と片方の部屋履きがベッドの上にのっていた。床には服と帽子が落ちていた。

彼女は服と帽子を拾いあげ、その埃《ほこり》を手やコートの端でこすり落そうとした。それから片方の突掛け靴を捜そうとして、上掛けをめくったり、ベッドの下をのぞいたりした。しまいに暖炉のなかに見つけた。それは鉄製の薪置《まきお》き台とひっくりかえった煉瓦《れんが》の山との間、丸太の燃えかすの灰のなかに横ざまになって半ば灰に埋もれており、まるで誰かにそこへ投げこまれたか蹴《け》りとばされたかのようだった。彼女はその灰をあけてからコートでこすり、ベッドの上に置いた、それから水筒を取って壁の釘にかけた。水筒には黒い文字で、USと刷りこまれ、そして消えかかった兵隊番号がついていた。

彼女の脛《すね》は長く、腕は細っこくて、盛りあがった小さなお尻——全体が子供めいた肢体でいてもはやまったく子供ではなく、といってまだ完全に女になっていない——そのテンプルが手早く動いて靴下をぴんと伸ばし、細くて薄い服のなかに体をすべりこませた。いまならあたし、何だって我慢できるわ、と一種のものうい鈍い驚きとともに静かに考えて、あたし、どんなものにだって我慢できるわ。片方の靴下の上部から、切れた黒リボンについた時計を取りだした。九時。五本の指でもつれた髪の毛を梳《す》いて三つ四つほどの綿の実の殻をつまみだした。コートと帽子を取りあげ、またもドア口にいって耳をすました。

彼女は裏のヴェランダまで戻ってきた。洗面器のなかにはきたない水が残っていた。それをゆすぎだし、水を満たし、顔を洗った。釘にはよごれたタオルが掛っていた。それをこわごわ用いてから、つぎにコートからコンパクトを取りだして使っていて、そのときはじめて彼女はあの女が台所の入口から自分を見ているのに気づいた。

「おはよう」とテンプルは言った。女は赤子を腰のあたりで抱いていた。その子は眠っていた。「ヘロー、ベイビー」とテンプルは言いながら身をかがめ、「ベビちゃん、いちゅまで眠っててんのよ。テンプルちゃんを見てよ」二人は台所にはいった。女はコーヒーをコップについだ。

「冷えたかもしれないよ」と女は言った。「あんた自分で火を起す気があれば、暖かいのが飲めるけどさ」オーヴンから女はパン焼鍋を取りだした。

「冷えてないわ」とテンプルは言い、生温かいコーヒーをすすったが、それは小さなちくちくする針が胃袋や腹の中で四方に飛び散るかのような感じだった。「あたし、お腹《なか》すいてないわ。あたし、二日も食べてないけど、でもすいてないの。変でしょ？　あたし食べてないのに……」彼女はこわばったお世辞笑いをつくって女の背中を見やった。「お便所《バスルーム》はないんでしょ、あるの？」

「なんだって？」と女は言った。肩ごしに振返ってテンプルを見やると、テンプルはあの縮むような訴えるようなお世辞笑いで女を見つめかえしていた。女は棚から通信販売用の厚いカタログを取りだし、そこから幾ページかを引裂いてテンプルに手渡した。「あんたも畜舎へ行くよりほかにないのさ、あたしたちみたいにね」

「あたしも？」とテンプルは紙を持ったまま、言った、「畜舎へ？」

「男たちはみんな出かけちまったよ」と女は言った。「午前中は戻ってこないよ」

「ええ」とテンプルは言った。「畜舎ね」

「そうさ、あの畜舎さ」と女は言った、「ただ、あんたが清純すぎて、そんなことしないですむんなら別だけどね」

「ええ」とテンプルは言った。ドアから顔を出し、雑草のびっしり茂る空地の向うを見やった。いかめしげに立っている杉林の間から、陽を浴びた果樹園の木々が明るく見すかされた。彼女はコートを着て帽子をかぶり畜舎に向って歩いていった。片手には引裂かれたカタログの幾ページ——それには物干し挾《ばさ》みとか特許絞り器とか洗濯用粉石鹼《せっけん》といったものの小さな挿絵写真《カット》がいっぱい散らばっていて——彼女はそれを持ったまま畜舎へはいってゆき、紙を幾重にも折り返し折り返ししながら立ちどまったが、それからあいた仕切り囲いにおじけた早い視線を投げつつ歩きだした。結局彼女はその畜舎のなかをまっすぐ通りぬけたのだった。裏にも出口があって、外には朝鮮朝顔がどぎつい白と紫の花を咲かせていた。彼女はまたも陽の光のなかへ、雑草のなかへ歩みこんでいた。それから走りはじめた——それはつぎの脚が地につかぬうちに前の脚を蹴あげるほどの走り方であり、その勢いに雑草の大きくて湿って悪臭のある花は横になびいた。彼女は身をかがめ、身をひねって柵《さく》の錆《さ》びてたるんだ針金の間をくぐりぬけた、そして木立ちのなかの下り斜面を走っていった。

丘をおりきると、川があって小さな谷の両斜面の間を分けて砂地がくねりつづいており、あちこち陽の当るところはまぶしい白さを見せていた。テンプルは砂地のなかに立ち、陽のさしこむ葉かげのなかの鳥の声を聞き、耳をすまし、あたりを見まわした。その干あがった小川をたどってゆくと、丘の肩が突き出てきてそこに奥まった場所をつくっているところへ来た。あたりには野茨《のいばら》が密生していたし、頭上を覆《おお》う枝には新しい若葉にまざって去年の葉が落ちもせずいっぱいについていた。彼女はしばらくの間そこに立ったまま、一種の絶望感とともにあの紙を折ったり開いたりしていた。立ちあがったとき、小川の上に並んで光っている雑草の向うに、しゃがんでいる男の姿を見つけた。一瞬間、彼女はそこに立ちすくんで、自分が自分の肉体からとびだし、片方の突掛け靴からとびだしてゆくのを見まもった。斑《まだら》な陽の光のなかで自分の両脚が砂を蹴って数ヤードも輝き走るのを見まもり、それからぐるりと回転して走りもどり、靴を拾いあげるとまたも身をまわして走りはじめた。

あの家が見えたとき、彼女は表のヴェランダに面する方角にいた。そこでは盲目の老人が椅子《いす》にすわりこんで、顔を陽ざしのほうに仰向《あおむ》けていた。森の端まで来ると、彼女は立ちどまって突掛け靴をはいた。いたみきった芝生を横切り、ヴェランダにはねあがり、廊下のなかを走っていった。裏のヴェランダに出たとき、ひとりの男が畜舎のドアの前にいるのを見た。その男は家の方角を見やっていた。テンプルはヴェランダを大股《おおまた》の二歩で横切って台所にはいった。そこにはあの女がテーブルのわきにすわって、赤子を膝《ひざ》にのせたまま煙草《たばこ》をふかしていた。

「彼はあたしを見張ってたのよ！」とテンプルは言った。「いつもずっと見張ってたんだわ！」彼女はドアのわきに身を寄せて外をのぞいた、それから女のほうにやってきたがその青ざめた小さな顔にある両眼は、葉巻の火であけた二個の穴のように空《うつ》ろだった、そして彼女はその手を冷えたストーヴにのせた。

「誰がいたって？」と女が言った。

「そうなの。彼がいたの。あの藪《やぶ》のなかにいたのよ、ずっとあたしを見張ってたのよ」テンプルはドアのほうを見かえり、女に眼を戻し、そしてはじめて自分の手がストーヴの上に置かれているのに気づいた。悲鳴をあげながらその手を放し、口に当てがった、そして身を返すとドアへ向って走りだした。女はなおも赤子を片腕に抱いたまま、一方の手でテンプルをとらえ、そしてテンプルは台所のなかへはねもどった。グッドウィンが家の方角へと歩いてきていたのだ。彼は一度だけ二人を見やり、それから廊下のなかへと行ってしまった。

テンプルはもがきはじめた。「放してよ」とささやき、「行かしてよ！　放して！」身をもがき、あばれ、女の手をドアの柱に押しつけてよじり、しまいに自由になった。ヴェランダからとびおり、畜舎に向って走り、なかに走りこみ、梯子をのぼり、揚《あ》げ蓋《ぶた》を通るとふたたび立ちあがって、腐った干草の山へ向って走っていった。

それから彼女は、はっと思う間に、逆立ちの姿で走っていた——自分の両脚がなおも宙を蹴って動いているのをみとめ、それから仰向きのまま軽くどさりと落下して、そこにじっと倒れたまま天井にあいた長四角の穴を見つめあげていると、その穴の端にある天井板は片方の釘の抜けた板のもつゆるやかな揺れ方と音とともにもとに戻っていった。

さしこむ陽の光のなかにかすかな埃が舞いおりてきた。

彼女の手は自分が落ちこんだもののなかを手さぐりした、そしてこれで二度目だが、また鼠《ねずみ》のことを思い出した。全身が複雑な跳躍運動を起し、その勢いで柔らかい綿殻の山の上に立ちあがり、ぐらつく自分をささえようと両手をのばして隅の両側の壁を両手で突っぱって顔をあげると、顔から十二インチと離れないところに横桁《よこげた》があってその上に鼠がうずくまっていた。瞬時、両者は眼と眼でにらみあった、それから鼠の眼はふいに二個の小さな電球のように赤く光り、それは彼女の頭にとびかかってきて、彼女はうしろにとびはね、またも足の下にごろりとまわる物を踏みつけた。

彼女は反対側の壁の隅へ倒れこんだ——綿殻や、中身をかじりとられた玉蜀黍《とうもろこし》の穂軸も少し散らばる山のなかへ顔からうつぶせになったのだ。何かがどさりと壁にぶつかり、はねかえって彼女の手に当った。いまや鼠はその隅に、床の上に、いるのだった。ふたたび両者の顔は十二インチとは離れていず、鼠の両眼はまるでその肺臓の呼吸に合わすかのように熱く燃えたり冷却したりした。それから鼠は立ちあがった——背中を隅の壁につけ、前足を縮めて胸につけ、そして小さなもの悲しい声で彼女に向って鳴きはじめた。それを見まもりながらテンプルは四つん這《ば》いになって後退した。それから立ちあがると、ドアにとびつき、それをたたき、その間もドアに体を押しつけて身をそらして肩ごしに背後の鼠を見張りながら、なおも素手のままドアの板を引っかきつづけた。

12

女が赤子を抱いたまま台所部屋のドアの内側に立っていると、グッドウィンが母屋のなかから現われた。その褐色の顔は小鼻のあたりだけが目立って白ばんでおり、そして女は言った、「あら、あんたまで酔っているのかい?」彼はヴェランダの上を歩いてきた。「あの子はここにはいないよ」と女は言った。「ここに見つかりやしないよ」彼は女をなぎ払って通り過ぎ、あとにぷんとウイスキーのにおいを残した。女は身をめぐらして彼を見まもった。彼はすばやく台所のなかを見まわし、それから振向いて、女がドアのところでそこを防ぐように立っているのを見やった。「あんたにゃあ、あの子は見つかりやしないよ」と女は言った、「あの子は行っちまったんだよ」男は腕を上げながら女に近づいてきた。「あたしに手を出さないでおくれ」と女は言った。

彼はゆっくりと相手の腕をつかんだ。その両眼はやや血走っていた。左右の小鼻は蠟《ろう》のように白くみえた。

「手を放しとくれ」と女は言った。「放しとくれったら」ゆっくりと彼は女をドア口から押しのけた。女は相手をののしりはじめた。「あんたにできるとでも思っているのかい？　あたしがそんなことさせるとでも考えているのかい？　あたしどころか、どんなばか女でもさ」二人は身動きもせず、互いに舞踏の最初の瞬間のように顔を向きあわせたまま立ちすくんでいて、つぎにはそれが筋肉の躍動する恐ろしい瞬間へと盛りあがっていった。

これという動きも見えぬ間に、彼は女をはねのけた。女は一回転してテーブルにぶっつかり、倒れまいとして腕を背後へ伸ばし体をねじ曲げて手をきたない皿の列に突っこみ、ぐんなりした赤子を抱いたまま相手を見つめていた。彼は女の方へ歩み寄った。「来るなったら」彼は足をゆるめずに女のほうに進んでゆき、それから女は包丁で彼に打ちかかった。彼は女の手首を捕えた。女は抗《あらが》いはじめた。彼は相手から赤子をむしりとり、それをテーブルに置き、女のもう一方の腕が彼の顔をかすめた瞬間にそれを捕え、両方の手首を片手につかみかえてから、女の顔を打った。それはかわいた平板な音をたてた。彼はまたもなぐった——最初は片方の頬を、それからもう一方の頬を打ち、女の首は右から左へと揺れた。「女にはこうしてやるもんなのさ」と彼は言い、なおもたたいた。「わかったか？」そして女を放した。女は後ずさりしてテーブルにぶっつかり、赤子を抱きあげ、半ばテーブルと壁の間にかがむようにしながら、彼が身をかえして部屋を出てゆくのを見まもっていた。

「近寄るな」と女は言い、その手をわずかにあげたので肉切り包丁がみえた。

赤子を抱いたまま、女は部屋の隅にひざまずいた。赤子は身動きもしなかった。女ははじめその片方の頰に手を当ててみて、それからもう一方にもさわった。立ちあがると赤子を箱のなかに置き、釘《くぎ》から日除《ひよ》け帽子をとって頭にのせた。別の釘から、かつては白い毛皮で縁どられていた外套《がいとう》をとりはずし、そして赤子を抱きあげると部屋から出ていった。

トミーは畜舎のなかにあるまぐさ部屋のわきに立って、母屋《おもや》のほうを見やっていた。あの老人は表のヴェランダの陽当りにすわっていた。女は踏み段をおり、小道をたどって道路まで出ると、見返りもせずに先へ進んだ。あの倒れた木や転覆した車のところまで来ると、道路をはずれて小道へはいった。百ヤードほど行くと泉に達した。そのかたわらにすわると赤子を膝の上にのせ、スカートのへりをめくってそれを赤子の眠っている顔にかけた。

ポパイが藪のなかから出てきた――その泥のついた靴で用心深く歩を運び、泉の向う側に立つと女を見おろした。彼の手はするりと上着のなかへはいり、煙草を一本つまみだすと、それを口にもってゆき、親指でぱちっとマッチをつけた。「いやんなるぜ」と彼は言った、「おれはやつに言ったんだ、ひと晩じゅうあの連中にくだらねえものを飲ませたらどうなるか、ちゃんと話したんだ。何にでも掟《きまり》ってものがあらあ」彼は家の建っている方向へ眼をそらせた。それから女のほうを見返り、その日除け帽子をかぶった頭を見やった。「しようがねえ家さ」と彼は言った。「何の役にもたたねえのさ。ほんの四日前も変な野郎がここにしゃがんでるのをめっけたけどな、おれに本を読むかどうかききゃあがるんだ。まるで本なんかでおれをおどかせるって気でいやがる。電話帳でも見せればおれが胆《きも》をつぶすとでも思ってやがるんだ」ふたたび彼は家の方角へ眼を向けたが、まるで襟のカラーがきつすぎて首が苦しいとでもいった頭の振り方だった。彼は日除け帽子の天辺《てっぺん》を見おろした。「おれは町へ行くぜ、わかったか?」と彼は言った。「おれはここから出てゆくぜ。こんなところはたくさんだ」女は眼を上げなかった。女は赤子の顔の上にかかったスカートの端をなおした。ポパイは藪のなかを、軽いがさつく音をたてながら歩いていった。やがてそれらの音もやんだ。沼地のどこかで一羽の鳥が鳴いた。

あの家に着く前にポパイは小道をはずれて木立ちの茂る斜面にはいった。そこを抜けたとき、彼はグッドウィンが果樹園の木にもたれて、畜舎のほうをながめているのを見た。ポパイは森の端で止り、グッドウィンの背中を見やった。また別の煙草を口にくわえ、指をチョッキに押しこんだ。果樹園を横切って用心深い歩き方で進んだ。グッドウィンは彼の足音を聞いて肩ごしに振返った。ポパイはチョッキからマッチを取りだし、ぱしっと炎をたてて煙草に火をつけた。グッドウィンはまた畜舎に眼を向けた。ポパイは相手の肩のあたりに立ち、畜舎を見やった。

「あそこには誰がいるんだい？」と彼は言った。グッドウィンは何も言わなかった。ポパイは鼻から煙をふきだした。「おれはここを出てくぜ」と彼は言った。グッドウィンは何も言わずに畜舎を見まもっていた。「聞えたかい、おれはここから出てゆくんだぜ」とポパイが言った。頭をまわしもせずにグッドウィンは彼をののしった。ポパイは静かに煙草をくゆらせ、その煙は彼の静かで柔らかな黒い視線をよぎって渦巻いた。それから彼は身をまわして家に向っていった。あの老人は陽当りにすわっていた。ポパイは家のなかへはいらなかった。そのかわりに芝生を横切って進み、杉林にはいり、家からは彼の姿が隠れるところまで行くと、身をかえして庭や雑草の茂った空地を横切り、畜舎のなかへ裏口からはいっていった。

トミーはまぐさ部屋のドアの横に尻《しり》をおろしてしゃがみこみ、家のほうを見やっていた。ポパイは煙草をくゆらせながらしばらく彼を見ていた。それから煙草をはじきとばし、静かに仕切り部屋のひとつへはいった。秣槽《まぐさおけ》の上には木の干草架《かけ》が立ち、その上方には天井裏への上り口があった。ポパイはその干草架を登り、静かに天井裏に続く穴へ這いこんでいった——そのきっちりした背広に皺《しわ》が出て、狭い肩や背中には横に、細い線をいくつもみせながら。

13

トミーがまだ畜舎の内廊下に立っている間に、とうとうテンプルはまぐさ部屋のドアをあけた。彼を認めると、うしろへとびさがって身をひるがえしかけたが、それからぐるりと体をまわし、彼に向って走り寄ると、とびついてその腕にかじりついた。それから彼女はグッドウィンが母屋の裏口に立っているのを見つけると、身をひるがえしてまぐさ部屋にとびこみなおし、頭をドアのあたりに押しつけるや、イイイィィィと細い声、まるで瓶のなかのあぶくが出すような声をたてた。両手でドアをひっぱってしめようとあがきながら体を傾け、耳ではトミーの声を聞いていた——

「……リーの言うにゃあ、べつにあんたを痛くしねえとよう。何もしねえでただ横になってりゃあ……」それは彼女の意識に浸《し》みこまぬかわいた物音でしかなく、その点では彼のもじゃつく眉毛《まゆげ》の下の薄青い両眼もまた同じだった。彼女はドアによりかかり、泣きじゃくりながらそれをしめようとしていた。それから彼の手が無骨に彼女の股《もも》を探るのを感じた。「……言うにゃあ、何にも痛くねえとよう。べつに何もしねえでただ……」彼女は相手を見やった——その固い手をおずおずと自分の尻に当てている男。「いいわ」と彼女は言った、「わかったわ。あの人をここに入れないでくれるなら」

「ここへ誰ひとり入れねえように、おれに番しろというのかよう?」

「いいわ。あたし鼠なんかこわくないわ。あんたはあそこにいて、彼がはいらないようにしてよ」

「いいとも。おらあ、そこにいて、誰にもあんたをつかめえさせねえようにするよう。ちゃんとここにいるよう」

「いいわ。そのドアをしめて。彼はここに入れないでね」

「いいともよう」彼はドアをしめた。テンプルは家のほうを見やりながら、内側からそれによりかかった。トミーはドアをぴったりしめるために、彼女を押しかえした。「あれは痛くねえとよう。ただ寝てるだけでいいとよう」

「いいわ。そうするから。彼をここには入れないようにしてね」そのドアはしまった。彼が錠をさしこむ音。それから彼はドアを揺すってみせた。

「ちゃんとしまってるよう」と彼は言った。「もう、だあれもあんたに手を出せねえよう。おれはちゃあんと、ここにいるよう」

彼は籾殻《もみがら》の上にしゃがみこんで、家のほうをながめはじめた。しばらくするとグッドウィンが母屋の裏口にやってきて彼のほうを見やった、そして両膝《りょうひざ》をかかえてしゃがんだトミーの眼はまたも光りだした――その瞳《ひとみ》のなかの薄青い虹彩《こうさい》の部分が急にはっきりして、小さな車のようにくるくるまわった。トミーはちょっと腰を浮かせたまましゃがみつづけ、するとしまいにグッドウィンが母屋のなかへはいっていった。それで彼はほっと溜息《ためいき》をつき、まぐさ部屋の平板なドアを見やり、するとふたたび彼の両眼は臆病《おくびょう》で探るような憧《あこが》れるような炎とともに輝き、両手はゆっくりと両の脛《すね》をこすり、体を左右に貧乏ゆすりしはじめた。それから動きをやめ、身をこわばらせ、グッドウィンが家の角を横切ってすばやく杉林へはいるのを見まもった。彼はその乱杭歯《らんぐいば》の上に唇を少しめくりあげたまま、じっとしゃがみこんでいた。

テンプルは綿の実の殻や中身のからの玉蜀黍の穂軸が山積みになったなかですわっていたが、ふと頭をあげて梯子《はしご》ののびた上にあいた天井の揚《あ》げ蓋《ぶた》のほうを見やった。屋根裏の床を歩くポパイの足音を聞きつけたのだ。それから彼の脚が現われ、用心深く梯子の段を探った。肩ごしにテンプルを見張りながら、彼は梯子をおりてきた。

テンプルは少し口をあけ、じっと静かにすわっていた。彼は立ったまま彼女を見やった。まるで首のカラーがきつすぎるかのように、幾度も顎《あご》を突きだしては動かしはじめた。両肘《りょうひじ》をもちあげ、片肘ずつ掌《てのひら》ではたいた、そして上着の裾《すそ》もはたき、それから手を上着のポケットに入れたまま、物音もたてず彼女の視野のなかを横切っていった。彼はドアを押してみた。それからそれを揺さぶった。

「ドアをあけろ」と彼は言った。

何の物音もしなかった。それからトミーがささやいた、「そりゃあ誰だね？」

「ドアをあけろ」とポパイは言った。ドアがあいた。トミーはポパイを見た。眼をぱちくりさせた。

「あんたがこんなかにいるなんて、知らなかったよう」と彼は言った。彼はポパイを越えてまぐさ部屋のなかをのぞこうとした。ポパイは手をトミーの顔にぺったりつけて押しかえし、身を乗りだして母屋のほうを見あげた。それからトミーを見やった。

「おれのあとをつけるな、と言わなかったか？」

「あんたのあとなんかつけてねえよう」とトミーは言った。「おれは彼を見張ってんだよう」とその頭を家のほうに動かした。

「じゃあ、彼を見張ってろ」とポパイは言った。トミーは頭をまわして母屋の方角をながめた、そしてポパイは上着のポケットからその手を抜きだした。

綿殻や玉蜀黍《とうもろこし》の穂軸の山にすわっているテンプルには、その音はマッチをするほどの音にしか聞えなかった――それは一瞬の間に情景に幕をおろして冷厳な終局をもたらしてしまう小さな短い響きだった、そして彼女はそこにすわって、両脚を自分の前にまっすぐ伸ばし、両手をぐんにゃり上に向けて膝の上に置き、ポパイの上着のぴっちりした背中や角ばった両肩の線を見やっていた。ポパイのほうはドアから身を乗りだし、ピストルは背中に近い脇腹《わきばら》に当てがっていて、その銃口から出る煙は薄く彼の脚を伝いおりていた。

彼は身をまわしてテンプルを見やった。ピストルをかすかに振ってから、それを上着のなかにしまいこみ、彼女のほうに歩いてきた。彼は動いているのに何の物音もたてなかったし、錠のはずれたドアは外に開いてからふたたびドアの柱に打当ったが、それもまったく音をたてなくて、まるで音響と静寂とが逆転し交替してしまったかのようだ。彼の近づいてくる音が重苦しくがさがさと響くのだがそれも彼女には静かさとしか聞えず、彼はその静かさを押しのけながら近づいてくるのであり、そして彼女は何かがあたしに起るんだわと言いはじめた。彼女はそれを、両眼のかわりに黄色い球をはめた老人に向って言っているのだった。「何かがあたしに起るのよ！」と彼女は叫んだがその相手は陽当りのなかで椅子《いす》にすわりこみ、両手を杖《つえ》の上に重ねているだけだ。「やっぱりそうだと言ったでしょ！」と彼女は叫んだ。彼女はそれらの言葉を熱い沈黙のあぶくのように周囲の明るい静寂のなかへぶちまけたのであり、しまいに老人はその頭や二個の痰唾《たんつば》の塊を彼女の上に向けたが、そこでは彼女が荒削りの、陽に当った板敷の上で身をよじり、あばれているのだった、「あたしが言ったでしょ！　いつもそう言ってたでしょ！」

14

眠る赤子を膝にのせて泉のかたわらにすわっているうちに、女は自分が牛乳瓶を忘れてきたと気づいた。彼女はポパイが立ち去ってからなお一時間もそこにすわったままでいたのだった。それから道へ戻り、家へ向って歩きはじめた。赤子を腕に抱いて家への距離を半ばほど来たとき、ポパイの車とすれちがった。彼女はそれがやってくるのを耳にして道ばたによけ、そこに立ったまま車が丘をおりてくるのを見まもっていた。その車にはテンプルとポパイがいた。ポパイは何の表情もみせなかったが、テンプルの方は女をまともからじっと見やった。帽子の下から女をまじまじと見つめたのだが、それでいて相手を認めたという表情ではなかった。その顔は振向きもせず、眼には自覚の色もなかった。道ばたに立った女にとって、それはまるで死人の色をした小さな仮面が糸につながって引去られ消え去ったのと同じだった。車は轍《わだち》のなかを揺れたりはねたりしながら去っていった。女は家への道をたどった。

あの盲目の老人が表ヴェランダの陽当りのなかにすわっていた。廊下にはいったとき、女は急ぎ足だった。赤子の薄い重さを忘れていた。二人の寝室にいるグッドウィンを見つけた。彼はよれよれのネクタイを締めかけているところだった――その彼を見て、彼がたったいまひげを剃《そ》ったのだと気がついた。

「ねえ」と女は言った。「何だっていうの？　何だっていうの？」

「タルのところまで歩いていって、保安官に電話しなくちゃあならねえ」と彼は言った。

「保安官」と女は言った。「そう、いいわ」彼女はベッドまで来て赤子を注意深く下へおろした。「タルのところね」と女は言った。「そうね。あそこには電話があるわ」

「お前は飯をつくらなきゃあ困るぜ」とグッドウィンが言った。「親父《おやじ》がいるんだからな」

「あの人には冷たいパンをやってもいいのよ。気にしないから。料理ストーヴに少し残ってるわ。彼は気にしないわ」

「おれが行くんだ」とグッドウィンは言った。「お前はここにいな」

「タルのところね。あたしが行くわ」タルというのはガウァンが車を見つけた家の男だった。それは二マイル向うにあった。タルの家族は食事中だった。彼らは女に立ち寄れと言った。「ちょっと電話を使いたいだけなのよ」と女は言った。電話は彼らが食べている食堂にあった。テーブルにすわっている彼らのそばで女は電話をかけた。その番号はわからなかったから、「保安官」と幾度も忍耐強く言った。やがて保安官が出たが、その日は日曜でしかも昼食中だったので、テーブルのまわりでタルの家族がみんなすわっているのだった。「人が死んだんです。タルさんの家を過ぎて一マイル来たら、右へ曲るんです……そう、オールド・フレンチマンという揚所。ええ。こちらはグッドウィン。グッドウィンの妻です……グッドウィン。そう」

15

ベンボウは午後も少し過ぎたころ妹の家に着いた。そこはジェファスンの町から四マイル離れていた。彼とその妹は七つ違いであり、ともにジェファスンの町で生れたのであり、いまでも彼らはその町にある生家を所有していた。もっともベンボウがミッチェルという男の離婚した妻と結婚してキンストンに移ったときには、妹はこの家を売りたがったものだ。ベンボウは売るのに同意しなかった、それでいて彼は金を借りてキンストンに新しい木造の家を建てたのであり、その金の利息をいまだに払っているのである。

彼が到着したとき、誰もいなかった。彼は家にはいり、ブラインドをおろした薄暗い客間にすわっていると、まだ彼の到着を知らぬ妹が階段をおりてくる足音が聞えた。彼のほうは何の物音もたてなかった。彼女は客間のドアをほとんど通り過ぎて姿を消しかけ、そこではじめて立ちどまって彼をまともに見やったが、何の驚きもみせず、その表情は相変らずおだやかで愚鈍で英雄の彫像めいた無感動さだった。白い服を着ていた。

「あら、ホレス」と彼女は言った。

彼は立ちあがらなかった。何か悪いことをした子供といった気配をみせてすわっていた。「どうして君は知――」と彼は言った。「ベルが君に――」

「もちろんよ。土曜日にあの人が電報をくれたのよ。あなたが家出したから、もしここへ来たら、自分はケンタッキーの実家に帰ったし、ベルちゃんを迎えに人を送ったからと言ってほしい、というわけ」

「ちぇっ、癪《しゃく》にさわるな」とベンボウは言った。

「どうして?」と彼の妹は言った。「自分は家を捨てたがっているくせに、妻が出てゆくのはいやなわけなのね」

彼は妹の家に二日間滞在した。元来が話好きでない妹は、他人のことに無関心なのんびりした暮しぶりをみせていた――まるでそれは外の畑でなくて囲われた菜園で暢気《のんき》に育つ玉蜀黍か小麦といったふうだ、そしてこの二日間、彼女は部屋のなかを行き来するとき、平静だがかすかに滑稽《こっけい》でもの悲しい不満の様子をたえず漂わせていた。

夕食のあとで彼らはミス・ジェニイの部屋にすわっていて、そこではナーシサがメンフィス市の新聞を読んで聞かせてから子供を寝かせに行く習慣になっていた。彼女が部屋から出てゆくと、ミス・ジェニイはベンボウを見やった。

「家にお帰りよ、ホレス」と彼女は言った。

「キンストンの家には行きませんよ」とベンボウは言った。「といってここに泊ってるつもりもありません。ぼくはナーシサのところへ逃げてきたんじゃないですからね。ぼくはひとりの女をやめてすぐ別の女のスカートにすがりつくような男じゃありませんよ」

「そんなことを自分に言いきかせてばかりいると、いまに自分がそういう人間だと信じるようになるよ」とミス・ジェニイは言った。「そうなったらどうするね？」

「そのとおりですね」とベンボウは言った。「そうなったら、ぼくは妻と家にいるほかなくなるな」

妹が戻ってきた。何か腹を決めたといった態度で部屋にはいってきた。「さあ、来たぞ」とベンボウは言った。妹はその日一日じゅう彼に話しかけなかったのだ。

「ホレス、どうするつもりなの？」と彼女は言った。「キンストンにはあなたが片づけねばならない仕事があるんでしょ」

「ホレスだって、何かせねばならぬことがあるはずだよ」とミス・ジェニイは言った。

「わたしが知りたいのはね。なぜ彼が家出したかということさ。ベッドの下に男でもめっけたとでもいうわけかい、ホレス？」

「そんな幸運はなかったですよ」とベンボウは言った。「あの日は金曜日でした、だしぬけにぼくは悟ったんです、もうこれ以上は停車場へ行って海老《えび》の箱をさげて帰るなんてことはできない――」

「でもあなたはそれを十年間もやってきたんでしょ」と彼の妹は言った。

「知ってるさ。だからこそぼくは、自分という人間が海老のにおいを好きになれないとわかったんだ」

「それが理由でお前はベルを捨てたのかい？」とミス・ジェニイは言った。彼を見やってから、「ひとりの男にうまく尽せなかった女は、つぎの男にもいい細君にはなれないものさ――そんなことを知るのにお前もえらい時間をかけたもんだねえ、ええ？」

「でも黒ん坊みたいに、ただ黙って家出しちまうなんて」とナーシサは言った。「そればかりか、酒の密造屋や街の女と交際したりするなんて」

「でもね、彼はその街の女を捨てて出てきちまったんだよ」とミス・ジェニイは言った。「ただしお前があのマニキュア棒をポケットに入れて町を歩きまわって彼女に渡してやる、となったら話は別だけどね」

「そのとおりです」とベンボウは言った。彼はまたもあの三人、彼自身とグッドウィンとトミーのことを話しはじめた――三人がヴェランダにすわって、瓶《かめ》から酒を飲みまわしてはしゃべりあい、ポパイは家のまわりをうろついて、ときどきやってきてはトミーにカンテラをつけてあの畜舎へいっしょに行けと頼むが、トミーはそれをしようとしないで、それでポパイがののしり、トミーは床にすわりこんで裸足《はだし》を床板にかすかな音とともにこすりつけて、うれしそうな笑い声で、「ねえ、彼はほんとにおっかねえんだよう――」

「その男はいかにもピストルを持ってそうな感じでね、それが誰にもはっきりわかるんです」とベンボウは言った。「酒を飲まない、というのも、彼の話だと、飲むと胃袋がでんぐりがえって病気になるんだということでした。それに彼はぼくらといっしょになってしゃべったりしないし、ほかに何にもしないんです――ただそこらをうろついて、煙草《たばこ》をふかしてる、ちょうど、ふくれっ面《つら》の病気の子供みたいにね。

「グッドウィンとぼくは互いに話しましたよ。彼はフィリピンや国境にいたとき騎兵隊の軍曹だったし、フランス戦線では歩兵連隊にいたそうです。なぜ歩兵隊に転属したか、そして階級を下げられたか、口を割りませんでしたがね。人を殺したのかもしれないし、脱走したのかもしれない。彼はマニラやメキシコの女の子の話をしましたよ、するとあの薄ばかの男がばか笑いをして、そして瓶からぐーと飲んでからそれをぼくに押しつけて、『もうちょっと飲みねえよう』と言って、それからぼくはあの女がドアのすぐ内側にいてこっちの話を聞いているのを知ったんです。彼らは結婚していないんです。それもすぐにわかりましたよ、ちょうどあの黒服の小柄な男が上着のポケットに平たい小型ピストルを持ってるとすぐわかったのと同じです。それでも彼女はあそこで女中仕事をやってるんです。かつて華やかなときにはダイヤモンドや自動車も持ってた女なのにね――しかもそれは現金よりももっときびしい通貨で買いこんだものなんですがね。それからあの盲人、あの老人はいつもテーブルにすわって誰かの世話を待ってるんですが、その様子が盲人特有の不動さをみせてるんです、いわば普通の人には聞くことのできない音楽を聞いているときのように、眼球をぐるりとまわして眼の裏をみせていてね。あのグッドウィンが老人を部屋から連れだして、かき消すように姿を隠しちまいました。それから二度と老人を見かけなかったですよ。彼が何者なのか、誰と血続きなのかわからずじまいでした。たぶん百年前にあの家を建てた老フランス人があの盲人を好きじゃなくて、自分が死ぬか引越すかしたときに、彼をおいてきぼりにしたんでしょうね」

つぎの朝ベンボウは妹から町の家にはいる鍵《かぎ》をもらい、町へ出ていった。それは横町にあり、十年間も空家だった。彼はその家をあけ、窓から釘《くぎ》を抜き去った。家具はもとのまま残っていた。彼は新しい作業服に着がえ、モップやバケツを使って床をこすりあげた。昼になると町へ行き、寝具や罐詰《かんづめ》食品を買った。まだ六時になっても働いていると、彼の妹が車で乗りつけてきた。

「ホレス、家へ帰りなさい」と彼女は言った。「あなたにはできないわ。あなたって、こんなことできる人じゃないでしょ、それがわからないの？」

「始めたとたんにそれは気がついたさ」とベンボウが言った。「今朝とりかかるまで、床を洗うなんてことは片腕とバケツ一杯の水があれば、誰にもできると思ってたよ」

「ホレス」と彼女は言った。

「ぼくのほうが年上なんだぜ、忘れるなよ」と彼は言った。「ぼくはここに泊りこむつもりさ。上掛けも少しはあるからね」夕食には彼はホテルに行った。戻ってきたとき、妹の車がまたも玄関先にあった。黒人の運転手がベッド用の敷布類を運んできたのだった。

「ナーシサ様があなたにこれを使えとのことで」と黒人は言った。ベンボウはその包みを戸棚にしまい、自分が買ってきた敷布などでベッドをととのえた。

翌日の昼ごろ台所のテーブルで冷えた食事をとっていると、通りに馬車の止るのが窓ごしに見えた。三人の女がおりてきて舗道の端に立ち、人目もかまわずに化粧をなおし、スカートや靴下の皺《しわ》をのばし、互いの背中をはたき、包みを開いたり、さまざまな飾りを身につけたりした。馬車は行ってしまっていた。彼女たちがそのあとから歩いてゆくのを見送って、彼は今日が土曜日なのを思い出した。作業服を脱ぎ捨てて背広に着がえ、家を出た。

彼はその横丁から広い大通りへ出ていった。左に折れると広場へ行く道となり、やがて二つの大きな建物の間から広場がみえてくるが、あたりは二本の蟻《あり》の列のように続く群衆でくろずんでおり、上空には郡役所の丸屋根がそびえたち、その下には樫《かし》やニセアカシアの木々が残雪のような斑《まだら》な花をみせていた。彼は広場のほうへ歩いていった。からの馬車に追いこされ、彼もまた幾人かまだ歩いている女たちを追いこしたが、彼女たちは、黒人も白人も、そのぎごちない服の着方や歩きぶりですぐに田舎者とわかるばかりか、お互い同士さえごまかせないのに、町の人は自分たちを町の住人と思うだろうと信じこんでいる様子だった。

広場に通じる横丁はどの路地もいっぱいに馬車がつながれていて、それらの馬は首をのばして前の荷車の囲い板ごしに鼻を突っこみ玉蜀黍《とうもろこし》の穂を食っていた。広場のなかは二列に並んだ車がずっと続き、そんな車や馬車を乗りつけた連中は作業服やカーキ服姿でのんびりと群れており、通信販売で買ったスカーフをかぶったりパラソルをさす者もいて、店に出たりはいったり、果物やピーナッツの殻で歩道をよごしたりしていた。彼らは羊のようにゆっくり、平然と、人の通りぬけられぬほど道いっぱいに動いてゆき、そして洒落《しゃれ》たワイシャツやカラーをつけた町の人間が忙しげにいらだつ様子でいるのをのんびりながめるが、その表情は家畜か神様のもつ大きくてのんびりした神秘さを帯びていて、いわば時間の外側で動いている存在、時間などは緑の玉蜀黍や綿のゆったり無邪気にひろがる土地へ、それも黄色い午後のなかへ、置いてきてしまったといったふうなのだ。

ホレスは彼らの間にはさまり、その悠長な流れにあちこち押されながら、べつにいらだちもせず動いていった。なかには知合いの者もいたが、それらの人はほとんど商人とか知的職業の人であって、彼のことを少年のときから青年時代、そして共同経営の弁護士になったことまで覚えていた――ニセアカシアの枝が薄い膜をつくっている向うには、彼の父と彼とで事務所を持っていたきたない二階屋の窓も見えていて、窓ガラスはいまも相変らず水や石鹸《せっけん》を知らぬ様子だった――そして彼はときおり立ちどまっては、背後の急がぬ人々のたまりにはいって彼らと話を交わした。

陽ざしの明るい空気のなかには、喫茶店やレコード店のドアのなかで鳴る容赦ないラジオやレコードの音が満ちていた。こうしたドアの前には人だかりがして、人々が一日じゅう聞いているのだ。彼らの心を最も動かす曲といえば旋律も主題もごく単調な民謡《バラッド》なのだ、別れや復讐《ふくしゅう》や後悔が機械的に歌われ、それは空電《スタティク》と針で誇張されてぼやけた音となり――実体のない声は模造材製のキャビネットや内側が小石張りの拡声器から響きだし、その下には恍惚《こうこつ》とした顔の群れと節くれだったのろまな手――苛酷《かこく》な大地との長い闘いでいたましくきびしく悲しい形になった手――をもつ人たちが耳をすましているのだ。

それが土曜日だった――それは五月のことだから、自分の耕地を放っておける季節ではない。にもかかわらず月曜日には彼らはまたも戻ってきたのだ。ほとんどの連中がおきまりの作業服やカーキ服あるいはカラーなしのワイシャツ姿のまま郡役所や広場のあたりに群れ集まり、どうせ来たのだからとばかり店にはいって少しばかり取引をしていた。一日じゅう、ひと塊の連中が葬儀屋の客間のドアあたりに立っていたし、子供や若者は、学校の本を持つのも持たぬのも、ガラスに鼻を平べったく押しつけてのぞきこみ、さらに大胆な者や町の若い連中は二人連れ三人連れになってなかにはいり、トミーと呼ばれた男をながめるのだった。その男は木のテーブルの上に、裸足のまま作業服を着て寝ており、陽に褪《あ》せた髪の毛が後頭部にかたまるあたりにはかわいた血がこびりついていて、そこが火薬で焼け焦《こ》げていた。検屍官《けんしかん》はそのそばにすわって、トミーの姓は何かを確かめようとしていた。しかし誰も知らなかった——あの田舎あたりで十五年間も彼と知りあっていた連中でさえそうだし、またしばしば土曜になると町に出てきた彼が、帽子もかぶらず裸足のまま、うっとりとうつろな眼つきをして、頬《ほっ》ぺたを薄荷《はっか》入りの固い飴玉《あめだま》でふくらませて暢気に歩いている姿を見知っていた商人たちでさえ、知らなかった。誰に聞いても、トミーは姓など持っていないのだった。

16

保安官がグッドウィンを町へ連行してきた日、刑務所には黒人の殺人犯がはいっていた――彼は妻を殺したのだった、剃刀《かみそり》で妻の咽喉《のど》を掻《か》き切ったのであり、それで妻は咽喉から血を噴出させて頭全体をますます後方へのけぞらせながら小屋のドアから走り出て、静かな月の照る小道に六歩か七歩も踏みだしたのだった。囚人は夕暮れになるとき まって窓によりかかって歌をうたった。夕飯のあとになると下の柵《さく》ぞいに幾人かの黒人が集まる――洒落た仕立直しの背広服や汗じみの出た作業服が肩と肩を並べあい、殺人犯の声に合わせて黒人霊歌を合唱すると、いっぽう白人たちは夏近い葉の茂りをみせた並木の薄闇《うすやみ》のあたりで歩みをゆるめたり立ちどまったりして、合唱に耳を傾ける――死ぬべき定めの者たちとすでに死んだも同然の者とが天国を歌い、人生の疲れを歌うのを聞く、それとも彼らの聞くのは、歌と歌の合い間に高い闇から来る豊かで底知れぬ感じのあの声だろうか。それは角《かど》の街燈《がいとう》を囲うように立つ天国の木《にわうるし》の乱れた影のあたりから、悩ましく悲しく落ちてくる――「あと四日だよう！　すりゃあ、北ミシシッピいちばんの歌い手は、やられちまうんだよう！」

ときおり囚人は日中でも窓によりかかることがあり、そのときにはひとりで歌っていた、もっともしばらくすると一人二人とよごれた服の少年や配達籠《かご》を持ったりした黒人が柵のあたりに立ちどまり、白人は道の向い側にある自動車修理場の油によごれた塀ぞいに椅子《いす》を傾けてすわったまま、揺がぬ顔つきで耳を傾けているのだ。「もう一日だよう！　そしたら一巻のおしめえだよう。そうだあ、おらあ天国に行けねえよう！　地獄に行くこともできねえよう！　そうだあ、おらあこの監獄にもいられねえんだよう！」「うるせえな、あの野郎」とグッドウィンは言い、黒い髪の頭を、そして骨張って褐色で少ししかめた顔を、上に振ってみせ、「おれはあの男の運を笑える立場じゃあねえさ、だけど冗談じゃねえ……」彼は打明けようとしなかった。「おれはしなかったんだからな。それはあんた自身よく知ってるだろ。おれがやりっこねえことはあんたも知ってるだろ。おれは自分の考えてることなんか打明ける気はねえよ。あれはおれのしたことじゃねえ。さつは手はじめにおれからとりかかるほかなかったのさ。だから好きなようにさせとけばいいのさ。おれはしろなんだ。ところが、もしおれが打明けたら、もしおれが自分の考えや信じてることを打明けたら、もうおれは無事じゃいられなくなるんだぜ」彼は監房のなかの簡易ベッドにすわっていた。彼は窓を見上げた。それはサーベルの傷跡ほどの細い隙間《すきま》が二本ある窓だった。

「あの男はそれほどの射《う》ち手なのかい？」とベンボウは言った。「この細い窓のこっち側にいる人間を射てるほどなのかい？」

　グッドウィンは彼を見やった。「誰のことだ？」

「ポパイさ」とベンボウは言った。

「ポパイがあれをやったって言うのか？」とグッドウィンは言った。

「彼がやらなかったのかね？」とベンボウは言った。

「おれは自分の言うつもりのことはもうすっかりしゃべったんだ。おれはね、自分で嫌疑を晴らさなくともいいんだ。さつがおれを疑うんなら、そのままにしとけよ」

「すると君が弁護士をほしがるのは、何のためだね？」とベンボウは言った。「ぼくに何をしてほしいというわけだね？」

　グッドウィンは彼から顔をそむけたままだった。「おれの子供が釣銭の勘定をできるぐらい大きくなったとき、あんたに新聞配りの仕事でも見つけてもらいたいと思ったのさ」と彼は言った、「ルービーは大丈夫さ。お前、そうだろう、ええ？」片手を女の頭に置き、その髪をこすった。彼女はグッドウィンの隣に、簡易ベッドの上にすわっていて、膝《ひざ》に赤子をのせていた。それは麻薬で眠った人間のような不動さをみせて寝ており、パリ街頭の乞食《こじき》が持ち運ぶ子供に似ていて、その細くとがった顔はかすかに汗ばんでなめらかで、髪は湿り気を帯びた物影ほどのものでしかなく、それが骨張って血管の浮いた頭部にかぶさっていた、そして鉛色の瞼《まぶた》の下には薄くて白い半月形が出ていた。

女はグレイの絹の服を着ていた。手で巧みに縫われて丹念にブラシもかかった服だが、どの縫目にも並行して細くかすかに光る跡があり、このアイロン跡は他の女性の眼に、たとえ百ヤード離れていても、ひと目で見抜かれてしまうだろう。その肩には紫色の飾りがついているが、これは十セント店《ストア》か通信販売で買ったものらしい。ベッドの上、彼女のかたわらには、きちんとかがったヴェールのついたグレイの帽子がのっていた。ベンボウはそれを見やりながら、いったいあんなヴェールが流行したのは幾年前のことだろう、女たちがヴェールをしなくなったのは、どのくらい前のことだろうと考えたが、思い出せなかった。

彼はこの女を彼の家に連れていった。二人は歩いていった——彼女は赤子を抱き、彼はミルク瓶や少しばかりの食料品と罐詰などをかかえていった。赤子はまだ眠っていた。「あんたが抱いてばかりいるのはたいへんだから」と彼は言った、「その子に子守りをつけたらどうかね」

彼は女を家に残して、ふたたび町へ戻った、それは電話を使うためであり、そして妹にかけて迎えの車を頼んだ。その車が来た。昼食をしながら、彼は妹とミス・ジェニイにこの事件について話した。

「またよけいなお節介をしてるのね！」と彼の妹は言ったが、その顔の表情は平静で、声だけが怒りに満ちていた。「あなたがあの人から奥さんと子供を奪いとってしまったとき、あたし穴にもはいりたい気持だったのよ、それでも自分にこう言いきかせたわ、少なくとも彼は恥ずかしくて二度とここに戻ってこられないからいいわ、とね。そしてあなたが黒ん坊のするみたいに勝手に家を出て妻を置いてきぼりにしたとき、あたし、それも恥ずかしいことだと思ったけど、まさかあなたが彼女を永久に捨てる気だなんて信じこまないから、あまり気にしなかったわ。そしたら今度は何の特別の理由もないのに、ここから出ていってあの家をあけ、ひとりで床をこすったりしはじめたでしょ、それも町じゅうの人が見てるなかで、浮浪人みたいにあそこで住もうなんて——だいたい世間ではみんなあなたがこの家に滞在するものと思っているから、それを断わってよそに住めば変に思われるのは当然でしょ、それなのに——それにいままた、あなたは自分自身の口から言ったとおりの街の女、人殺しの妻なんかとわざとつきあったりするんですからね」

「仕方がないんだ。彼女は何ひとつ持ってないんだ、誰ひとりもね。まず完全に五年は流行遅れになった仕立直しの服を着てるんだぜ、それにあの赤ん坊、いつも半分死んだみたいになってる子供を、洗濯しぬいて綿布《めんぷ》みたいになった毛布一枚にくるんでるんだ。彼女のほうでは誰にも何ひとつ頼まないで、ただ放っておいてくれと言い、なんとか自分の暮しをまかなってゆく気でいるというのに、君たちみたいに保護されて清浄なる女性は——」

「あんたの話だと、酒の密造屋のくせにこの国いちばんの立派な弁護士を雇うお金がないというわけだね、ええ?」とミス・ジェニイは言った。

「そのことじゃないんです」とホレスは言った。「たしかに彼はもっとよい弁護士を雇えるでしょうね。ぼくの言うのは——」

「ホレス」と彼の妹は言った。さっきから彼を見まもっていたのだった。「あの女の人はどこにいるの?」ミス・ジェニイもまた車椅子から少し身を乗りだして彼を見まもっていた。「兄さんはあの女をあたしの家に連れこんだというわけ?」

「あれはぼくの家でもあるんだからね」と彼は言った。彼は妻のためにキンストンの町に漆喰塗りの家を建てたが、それを抵当に入れた金でジェファスンの家の所有権を守ってきた。だからこの十年間、彼はその抵当の利息払いについては妻をごまかしつづけてきたのだ、それによって、妻の知らぬままジェファスンの家を妹と共有してきたのであり、おかげで妹があの家を見知らぬ人に貸したりしないでこられたのだった。「あれはいま空家なのだし、それに赤ん坊をかかえた——」

「あれはあたしの父と母が、そしてあなたの父と母がいた家なのよ、あの家であたしは——あたし、いやよ。我慢できないわ」

「じゃあ、ひと晩だけでいいよ。朝になったら彼女をホテルに連れてゆく。彼女の身にもなってやれよ、ひとりきりで、あんな赤ん坊をかかえて……あれが君とボリイだったと想像してみろよ、しかも夫はたしかにやらなかったとわかっている殺人の嫌疑をかけられていて――」

「あの女のことなんか考えたくないわ。こんな話、あたし、何もかも聞かなければよかったわ。あたしの兄さんが――考えただけでもいやだわ。結局あなたは自分ですべて尻《しり》ぬぐいすることになるのよ、それがわからないの？　あとにきたないものが残るということじゃないのよ、それよりもあなたが――あの――とにかく、あたしの生れた家に街の女を、人殺しの女を連れてくるなんて」

「くだらない泣きごとだよ」とミス・ジェニイは言った、「でもね、ホレス、それは法律家の言う通謀罪とか黙認共犯とかじゃないのかい？」ホレスは彼女を見やった。「なんだかお前、この事件では普通の弁護士がする以上にこの人たちにかかずらわってるみたいだよ。お前自身、事件の起きた現場に、幾日か前に行っていたしね。どうやらお前は人に話した以上のことを知っていそうだ、とみんな考えはじめるかもしれないよ」

「そうですかね」とホレスは言った。「法律の大家ブラックストンの夫人みたいな人がそばにいるのに、ぼくはなぜ弁護士で金持になれなかったのかなあ。ぼくも年をとってあなたと同じ法律学校で学べる年齢《よのなか》になれば、金持になれるでしょうね」

「あたしがお前だったら」とミス・ジェニイは言った、「いまから車で町に帰って、彼女をホテルに連れていって落着かせるね。まだ時間も遅くはないからね」

「そして全部すっかり片づくまでキンストンに戻ったまま出てこないことね」とナーシサが言った。「あの人たちはあなたとは階層が違うのよ。どうしてあなたがこんな仕事をせねばならないの？」

「ぼくには暢気《のんき》に傍観してられないんだ、眼の前で不正義がのさばるのを――」

「ホレス、この世の不正をすっかり片づけられる者なんて誰もいないんだよ」と、ミス・ジェニイは言った。

「そうですとも。ただ皮肉なことに、ぼくはそのどぶさらいの仕事にとっつかまってるわけなんです」

「なるほど」とミス・ジェニイは言った、「それはきっと、彼女があの海老《えび》のことなど何も知らなくて、おまえもそんな女の人にはじめて出会ったからなんだろうね」

「とにかく、ぼくは相変らずあんまりしゃべりすぎちまったようですね」とホレスは言った。「こうなったらあなた方を信頼するほか――」

「ご心配は無用だよ」とミス・ジェニイは言った。「このナーシサがそんなことを人に話すと思うかい？　自分の身内のものが、女出入りでも盗みでもし放題の連中と仲よしだなんてこと、ナーシサが世間の人に知られたいと思うかい」彼の妹には世間体を気にする性質があったのだ。キンストンからジェファスンまで来る四日間、彼は妹のこの自己閉鎖的性質を当てにしてきたのだった。すでに自分の腹を痛めた子があってその心配をせねばならぬ以上、彼女は――その点ではどんな女もだが――自分で生みもせず自分と結婚もしていない男（訳注 すなわちホレスのこと）が何をしようと、気にしないことだろう。しかし世間体を考える彼女の閉鎖性は彼も当てにしえたのだ、なにしろ彼女はそんな性質をもう三十六年間持ちつづけていたからだ。

彼が町の家に着いたとき、ひとつの部屋には明りがついていた。家のなかにはいって歩いていったが、その踏む床は彼が自分でこすったものであり、下手なモップの使い方をむきだしに示していた、その点では十年前に、もういまはなくなった金槌《かなづち》を使って窓や鎧戸《よろいど》を釘《くぎ》づけにしたときから少しも腕があがっていないのだ、なにしろいまだに自動車の運転も習えずにいる彼だからだ。しかしそれは十年前のことで、いまは金槌も新しいものを使って錆《さ》びついた釘を抜きとり窓を明けたのであり、かくして覆《おお》いのかぶった家具が亡霊じみた様子で取囲む間隙《かんげき》には、こすられた床が澱《よど》んだ水たまりのように薄く光っているわけなのだ。

女はまだ起きていて、服も着たままだったが、帽子だけは脱いでいた。その帽子は赤子の眠っているベッドにのっていた。そこは長いこと人の住まなかったにおいがいっぱいで、そこにぽつりと裸電球がつけられてベッドだけ寝支度されている様子は、かえってこれが空部屋だという印象を作っていたのだが、そのうえ、彼女の帽子と赤子が並んでベッドに置かれている様は、ますますそこが仮の宿だという感じを強めていた。そこでは家庭の象徴である女性の存在さえ、一本のコードからぶらさがるたくさんの電球に通う電流のような微弱さしかなかった。

「あたし、台所に支度するものがあるから」と彼女は言った、「じきに戻ってくるわ」

その子はベッドに寝ていて、その上には笠《シェード》のない電球がつりさがり、そして彼は考えた、女ってものは、ほかのものに手をつけなくとも、引越すときには必ず電燈《でんとう》の覆いだけは持ってゆくものだなあ、なぜだろうなあ……そして赤子を見おろした。その鉛色の両頰、それと対照的に薄青い瞼はかすかに盛りあがって青っぽい白さをみせており、頭にまつわりつく髪の毛はぬれた影のようであり、握りしめて上にあげている両手も汗をかいているらしかった。彼はそれを見おろしながら考え、ああ、なんてひどいこった、ああ……

彼はこの赤子をはじめて見たときのことを考えていた――町から十二マイル離れたあの荒廃した家のなかでストーヴのうしろに置かれた木箱のなかに寝ていた姿、それからあの家に覆いかぶさるようなポパイの黒服姿――あの男の影はマッチ一本ほどの大きさもないくせに、ふだんはそれより二十倍も大きなはずのあの家の上へかえって巨大に無気味に覆いかぶさっていた。それから彼ら二人――彼自身とあの女――が台所にいた、そしてテーブルには洗われた質素な皿類があり、ひび割れてすすけたランプが光を放っていた、そしてグッドウィンとポパイとはどこか外の暗闇《くらやみ》のなかにいて、そこは虫や蛙《かえる》の声で平穏だったがそこにさえポパイの存在が黒い漠とした脅迫となって漂っていた。あの女はストーヴのうしろから木箱を引きだすと、その上にかがむようにして立ったが、両手はまだそのぶかついた服のなかに隠したままだった。「このなかに置いとくほかないんだわ、だって鼠《ねずみ》がこの子をかじるからね」と彼女は言った。

「おや」とホレスは言った。「息子を持ってるんだね」それから女は彼に両手を示したのだった、ぱっとさしだしたその身ぶりは自然であると同時に気おくれして恥ずかしげで誇り高くもあった、そして彼に、マニキュア用の棒ぐらいならもらってもいいわと言ったのだった。

女は戻ってきた。何か新聞紙で丹念に包んだものを持っていた。彼はそれがおしめで、洗ったばかりのものだと知った、それも女がこう言う前に悟ったのだ――「あたし、ストーヴに火を起したわ。ちょっと勝手にしすぎたかもしれないけど」

「そんなことないさ」と彼は言った。「ただね、ちょっと裁判のための用心が必要なんだよ」と彼は言った。「この事件を有利に運ぶためには、みんなが一時的には少しは不便をしのんでも、それはしかたがないわけなんだ」彼女は聞いているように見えなかった。ベッドの上に毛布をひろげ、赤子を抱きあげてそれにのせた。「状況はあんたにもわかるね」とホレスは言った。「弁護士であるぼくが、法廷に提出された事実以上のことを知っているなんて裁判官に疑われたら――言いかえれば、ぼくらはみんなに、こういう印象を与えなければいけないんだ、すなわちあの殺人にたいしてリーが拘留されたのはただ――」

「あんたはジェファスンに住んでるの？」と女は赤子を毛布に包みながら言った。

「いや、キンストンに住んでるんだ。もっとも前にはここに――この町で、事務所を開いていたがね」

「でもこの町にはあんたの身内がいるんだわ――女連中がね。それが前にこの家に住んでたんだわ」女は赤子を抱きあげ、そのまわりを毛布でくるんだ。それから彼を見やった。「もういいわ。心配しないでいいさ。いままで親切にしてくれて、ありがと」

「何言ってるんだ」と彼は言った、「まさか君はぼくが――さあ行こう。ホテルに行けばいいんだ。君はそこでひと晩休息したまえ。ぼくは朝早くに戻ってゆくから。その子を渡したまえ」

「あたしが抱いてゆくからいいわ」と女は言った。ほかにも何か言いたげに彼を静かに見やっていたが、しかしやがて歩きだした。彼は明りを消し、あとから出て、ドアに鍵《かぎ》をおろした。女はすでに車のなかにいた。彼も乗った。

「ホテルだ、アイソム」と彼は言った。「ぼくはね、なぜだか運転を習う気がしないんだ」と彼は口をつぎ、「ぼくは自分が、何か習うことにはわざと背を向けて生きてきたみたいで、それを考えると……」

その通りは狭くて、静かだった。いまは舗装されていたが、それでもまだ彼には以前のことを思い出せたのであり、以前は雨でも降ったあとでは、両側の溝は音をたてて流れ、道は泥と水の等分にまざった小川と化してしまって、そのなかで彼とナーシサが、たくしあげたズボンの裾《すそ》に泥をつけた姿で遊びまわったものだった――木を削っただけのボートを押したり、錬金術師のように無我夢中で同じ場所を踏みつけ踏みつけして泥をこねまわしたものだった。しばらく時がたつと、この通りの両側には、まだ当時はコンクリートがなかったから、赤煉瓦《あかれんが》の歩道が敷かれたが、それも長々と不揃《ふぞろ》いに、勝手に、海老茶色の寄木細工のように並べられたのであり、それは踏まれつづけた末、真昼の陽さえさしこまぬじめついた黒土のなかにめりこんでいったものだ。それがコンクリートになったとき彼と彼の妹はその上に裸足《はだし》の足跡をつけ、それが家の門のあたりのコンクリートにいまでもくっきり残っている。

間を置いて立つ街燈が前方はるかまで続くにつれて一点にと集中してゆき、その角にガソリン・スタンドの張り出し屋根がみえた。だしぬけに女は身を乗りだした。「ねえ、ここで止めて」と女は言った。アイソムはブレーキを踏んだ。「ここでおりて、歩いてゆくわ」と女は言った。

「そんなこと、しないでいいんだ」とホレスは言った。「アイソム、行けよ」

「いいえ、待って」と女は言った。「これから先は、あんたを知ってる人たちに会うから。それにあの広場も通るし」

「かまうもんか」とホレスは言った、「行けよ、アイソム」

「じゃあ、あんたがここでおりて、待っててよ」と彼女は言った、「彼にここへすぐに迎えに戻るようにするから」

「そんなに気をまわすことなんかないんだ」とホレスは言った。「いいかい、ぼくは――行けったら、アイソム！」

「そんなに無理しなくていいのに」と女は言った。また座席の背へもたれかかった。それからまたも前へ乗りだした。「あのね、あんたが親切にしてくれたことは、よくわかるわ。その気持はわかるけれど――」

「というと、ぼくは弁護士として十分な男ではないというわけかい？」

「なんだかあたし、起ったことはしかたがないって気がするわけなのよ。いまさら、じたばたしたってどうにもならないわ」

「たしかにそうさ、もし君が本当にそんな気持でいるんならね。しかし君はそうじゃないんだ。もしそんな気だったら、さっきアイソムに駅へ連れてゆけと命令しただろうね。そうだろう？」女は赤子の顔にかかった毛布の端を払いのけながら、うつむいていた。

「君は今夜よく休むんだ、そしてぼくが朝早くに迎えに行くからね」彼らは刑務所を通り過ぎた――その四角な建物の壁には細い隙間《すきま》の列が切り裂かれたように並んで、薄明りをもらしていた。中央にある窓だけが窓といえるだけの幅を持っていて、それには細い鉄棒が十字に組みこまれている。そのなかに黒人の殺人犯がいて窓にもたれ、その下の柵《さく》ぞいには頭の列——労働で鍛えた両肩の上に、帽子をかぶったのや無帽の頭が並んでおり、そして入りまじった声が豊かに悲しげにわきあがって柔らかな、底知れぬ夕暮れのなかへ消えてゆく——天国や人生の疲れを歌う声だ。「いいかい、全然心配することなんかないんだ。誰でもみんなリーがしなかったことは知ってるんだから」

彼らはホテルに乗りつけた。そこでは地方まわりのセールスマンたちが舗道べりに並べた椅子《いす》にすわりこみ、歌声に耳を傾けていた。「だめよ、あたしは——」と女は言った。ホレスは車から降りるとそのドアをあけたまま押えた。女は動かなかった。「ねえ、あたしの言うことを聞いてよ——」

「わかってる」とホレスは言い、手をさしだしながら、「わかってるさ。ぼくは明日来るからね」女を助けおろし、セールスマンたちが振返って彼女の脚を見まもるなかを、二人はホテルへはいってゆきフロントへ行った。あの歌声は壁や燈火のなかで薄れながらも、なお二人のあとからはいってきた。

ホレスが手続きをすます間、女は子供を抱いたままそばに静かに立っていた。「ねえ」と女は言った。給仕は鍵を持って階段のほうへ行きはじめた。ホレスは女の腕にさわって彼女をその方向へ軽く押した。「ねえ、聞いてよ」と女は言った。

「明日の朝ね」と彼は言った。「早くに来るからね」と言い、女を階段のほうへ連れてゆこうとした。しかし女はなおもしりごみして彼を見やっていたが、それから体を彼のほうに向けなおすことでその腕をときはなした。

「じゃあ、いいわ」と女は言った。赤子のほうへ少し顔を傾けたまま、低い平板な調子の声で言ったのだった。「あたしにはお金がないんだよ。はっきり言っちゃうけどね。最後の荷はポパイが払わずに――」

「うん、とにかく」とホレスは言った。「明日の朝に話をしよう。君が朝食をすますころには来るからね。おやすみ」彼は車のなかへ、歌声のなかへ、戻っていった。「家だ、アイソム」と彼は言った。彼らの車はUターンして、またも刑務所やその窓の鉄棒に寄る姿や柵に並ぶ頭の列を通り過ぎた。鉄格子《てつごうし》や細い隙間をつけた壁の上には、天国の木《にわうるし》の影が斑《まだら》に落ちていて、ほとんど風もないのにもの恐ろしげに震えたり息づいたりしていた――そして歌声は豊かに、もの悲しく、後方へ消えてゆく。車はなめらかに早く走って、あの細い横丁を通り過ぎてゆく。「ここだ」とホレスは言った、「お前、どこへぼくを――」アイソムはブレーキを踏んだ。

「ナーシサ様があなたを家へ連れてこいというお話で」

「へえ、彼女がそう言ったのかい？」とホレスは言った。「それはご親切さま。ぼくは気が変ったから、と彼女に言ってくれないか」

アイソムはバックして狭い横丁にはいり、続いて杉の植わった車寄せ道のなかへ曲ってゆくと、ヘッドライトは前方の刈込みもせぬ庭木のトンネルを探った——そこはまるで最も深い海底の闇で、光線から色彩を摂取できさえせぬものがうごめくなかを過ぎてゆくかのようだ。車は玄関口で止ってホレスはおりた。「ぼくがたよりにするのは妹じゃあないんだ、と彼女に言ってくれ。覚えられるかい?」と彼は言った。

17

刑務所の庭の隅に立つ天国の木《にわうるし》からは、らっぱ形の花がすっかり落ちつくしていた。落ちた花は厚く積み重なり、踏みつけると足の下でねばつき、甘い上にも甘すぎるにおいは飽満と頽廃《たいはい》の甘さで鼻孔を満たした、そしていまでは夜になると、新芽の茂りきった枝葉がそのぎざぎざした影を鉄格子の窓に落して上下に貧乏ゆすりをしている。その窓は雑居房についており、監房の石灰塗りの壁は落書きでよごれきっていた——鉛筆や釘《くぎ》や爪跡《つめあと》などで書かれたり引っかかれたりした名前や日付や冒瀆《ぼうとく》と猥雑《わいざつ》の小歌などがいっぱいだった。夜ごと、あの黒人の殺人犯は窓によりかかり、不安定に交錯する木の葉に囲まれた鉄格子の影を顔に浴びながら、下の柵ぞいに並んだ連中の声に合わせて歌っていた。

ときには昼のうちにも歌うことがあって、そういうときは聞き手となるのはただ通行人や浮浪児や、道路向うの修理工場の連中だけであった。「あと一日だ！　天国には場所もねえよ！　地獄にもおめえのいる所はねえ！　白人の監獄にはおめえの場所はねえよう！　黒んぼ、おめえ、どこへ行く？　おーい、黒んぼ、おめえはどこへ行くんだよう？」

毎朝アイソムが牛乳のはいった瓶を持ってくると、それをホレスが赤子のために、ホテルにいる女のところへ届けに行った。ある日曜日、彼は妹のもとへ出かけた。そのときは女をグッドウィンの監房のなかに残して立ち去ったのだが、簡易ベッドにすわった女の膝《ひざ》の上には、相変らず赤子がのっていた。それまでその子は薄い三日月形の瞼《まぶた》を閉じて、まるで睡眠薬で昏睡《こんすい》状態に落ちたかのように眠ってばかりいたのだが、しかしその日はときおり、ひよわく痙攣《けいれん》的に身動きしては、泣いたりしていた。

ホレスはミス・ジェニイの部屋へ行った。妹は姿をみせなかった。「彼はしゃべろうとしないんですよ」とホレスは言った。「おれがやったというなら証拠をあげてみろ、と言うだけなんです。警察はおれから何も手掛りなんか見つけられるものか、その点ではこの赤ん坊と同じだと言うんです。たとえできたとしても保釈でなんか出たくないんです。監房にいたほうが安穏だというわけ。まあ、たしかにそうらしいですね。あそこでやってた商売は完全におしまいですからね、たとえ保安官が彼の釜《かま》や鍋《なべ》を見つけてこわさなかったとしても——」

「釜や鍋？」

「彼の蒸溜器《じょうりゅうき》のことですがね。彼を逮捕したあと、町の連中はあのあたりを狩りたてて蒸溜器を見つけたんです。彼がどんな仕事していたかは前から知ってましたけれども、彼が落ち目になるまで、じっと待ってたというわけです。それからいっせいに彼を袋だたきにした。いいお客だった連中が、ですよ——彼からウイスキーをずっと買っていたばかりか、彼のくれるものをただで飲んでいて、隙があったら彼の細君にも手を出そうとしていた連中がですよ。連中がなんて町で言っているか、聞かせたいですね。今朝だってバプティスト派の牧師が彼をお説教の材料にしていましたよ。彼を殺人犯にしたばかりでなく、姦淫《かんいん》の罪の人間として、これはヨクナパトウファ郡の自由なる民主的、宗教的《プロテスタント》雰囲気を汚染する者だ、と言ってました。どうやら牧師さんはあの赤ん坊への見せしめとして、グッドウィンとあの女を焼き殺すべきだと考えてるようですねえ——そしてその赤子を育てて英語を教えこんでやるが、それというのもただ、そうすることでこの子にこう教えるためなんです——お前を生んだ両親が浄火の炎で殺されたのはお前を罪のなかで生んだためなんだとね。どうです、考えられますか、文明化された人間が本気になってこんな……」

「あの人たちはバプティスト派だものね」（訳注　南部バプティスト派信者は罪のことを強調する。それを見さげた言葉）とミス・ジェニイは言った。「お金のほうは、どうなんだい？」

「彼はちっとは持ってるんです、百六十ドルぐらいかな。畜舎のなかにブリキ罐《かん》に入れて埋めてあったんですが、警察では彼に掘りださせたんです。『裁判が片づくまで、彼女もこの金でやってゆけるだろ』と彼は言うんです。『そうしたら、この町からおさらばするんだ。ずっと前からその気でいたんだ。この女の言うとおりにしてたら、もうとっくにおさらばしてたのになあ。お前はよくやってくれたぜ』と彼は言いましたよ。女のほうはそのそばの簡易ベッドにすわって赤子を抱いてたんですが、彼は手で女の顎《あご》を押えて、その頭を少し揺さぶりました」

「ナーシサがこの事件の陪審員にならなかったのは、ほんとによかったよ」（訳注　米国では一般市民が陪審員になって有罪・無罪を決める）

「ええ。しかしあのばかはですね、あの殺し屋と同居してたと認めないばかりか、そのことでぼくに口をきかせようとさえしないんです。こう言うんです——『警察はおれのことでは証拠は何もあげられねえよ。おれは前にもこういう目にあったんだ。おれのことを知ってる人間だったら、誰だっておれが薄のろ野郎さえいじめねえ男だと知ってるものな』しかし彼が、あの人殺しのことを持ちだされたくないのは、こんな理由からじゃあないんです。そしてそうじゃないとぼくが知っているのも承知してるんです、なぜってそれは彼がこうしゃべりつづけてたんでわかりますよ、あの作業服のままですわって、煙草《たばこ》の袋を歯ではさんでぶらさげては粉煙草を取りだして巻いたりしながら、こうしゃべくっていた——『すっかり片がつくまで、おれはここにいるよ。ここのほうが安穏でいいや、どうせ外に出たって、何もできやしねえものな。それにこの金でもってルービーは暮してゆけるし、あんたもあとでたっぷり払われるまで、これを使ってくれればいいんだ』

「しかしぼくは彼が何を考えていたか、わかってたんです。『君がこんな臆病者《おくびょうもの》だとは知らなかったな』とぼくは言ってやりました。

「『あんたはおれの言うとおりにしろよ』と彼は言うんです。『おれはここにいれば無事なんだからな』しかし彼はけっして……」ホレスは前に乗りだし、ゆっくりと両手をこすりあわせながら、「彼は全然悟ってないんです……ちぇっ、あなたが何と言おうとですよ、悪事をながめる眼のなかにさえ堕落は宿るものなんです。偶然に悪事を見ただけでもさえ、そうなんです。元来がですよ、そういう腐敗にたいしては値切ったり取引きしたりできないんです。あのナーシサの態度は、あなたも気がついたでしょ——あの事件を耳にしただけで、いかにもそわそわと疑わしげな様子になったんです。ぼくは自分の意志でこの町に戻ってきたと思ったけれど、いまになってみると——ナーシサはぼくが夜ごとにあの女を家へ連れてくるつもりだとか、そんなことを考えてたようですね、あなたはそう思いませんか?」

「あたしだって、はじめはそう思ったんだよ」とミス・ジェニイは言った。「でもいまでは彼女もわかったと思うねえ、理由は何であれ、あんたがこれを一生懸命にやる気でいるということがね。あんたが他の依頼人の報酬なんか見向きもしないでひたむきにこれをやるらしいということがね」

「というと、あの女は金を持ってるくせに無一文だとぼくに思いこませようとしてたとおっしゃるんですか?」

「そうでしょ? あんたは礼金なしでも、ちゃんとやってゆくでしょ?」

ナーシサがはいってきた。

「あたしたちいま、殺人や犯罪のことを話してたんだよ」

「あらそう。でももうおしまいにしてね、お願いだから」とナーシサは言った。彼女はすわらなかった。

「ナーシサも自分の悲しみでいっぱいなのさ」とミス・ジェニイは言った、「そうでしょ、ナーシサ?」

「今度は何です?」とホレスは言った、「息子のボリイが酒でも飲んだのを見つけた、というわけ?」

「彼女は捨てられちまったんだよ。恋人に置いてきぼりにされたんだよ」

「そんなばかなこと言って」とナーシサは言った。

「そうだとも」とミス・ジェニイは言った、「ガウァン・スティヴンズが彼女を捨てちまったんだよ。オクスフォードの舞踏会《ダンス》から帰ってきて、さよならを言いさえせずに行っちまった。手紙ひとつよこしたきりでね」彼女は自分の椅子《いす》のまわりを捜しはじめた。「それでいまじゃあ、ドアのベルが鳴るごとに、あたし、ぞくっとするんだよ、もしも彼の母親が——」

「ミス・ジェニイ」とナーシサは言った。「あたくしの手紙を返して」

「お待ち」とミス・ジェニイは言った。「ああ、ここにあった。ねえ、あんたはこれをどう思う？　麻酔もかけずに人間の心臓にむずかしい手術をする場合、こんな手荒なことでいいのかねえ？　あたしたちはいろいろ学ぶために結婚したものだけれど、近ごろの若い人は結婚するためにこうしたことをいろいろ学ぶんだ、と言う人がいるけど、どうやらそれは本当らしいねえ」

ホレスはその一枚の便箋《びんせん》を取った。

親しいナーシサ

この手紙、こっちの住所も日付も略します。もしもぼくの心がこのページみたいにからっぽだったら、こんな手紙さえ書く必要がないわけですけどね。あなたには二度と会いに行きません。その理由は書けない、なぜならぼくはまともから正視できないほど恥ずかしい経験をくぐったからです。ただその闇《やみ》のなかにひと筋の光があるとすれば、自分の愚行によって誰ひとり他人を傷つけなかったこと、それからぼくの愚行がどの程度のものかは、あなたにはけっしてわからないですむだろうということの二つです。もしぼくがあなたに会えば、そのことを話さねばならず、だからあなたには二度と会わないのです。どうかぼくのことを悪く思わないでください。こう言える権利があればいいと思うけれど、たとえぼくの愚劣な行為を知るときがあっても、どうかぼくを軽蔑《けいべつ》しないでください。　G

ホレスはその手紙、一枚きりの便箋を読んだ。それを両手に持ってささえていた。しばらくは何も口をきこうとしなかった。

「あきれたね」とホレスは言った、「ダンス場なんかで誰かが彼のことをミシシッピ大学の学生と間違えたんで、彼はひと騒ぎしたんだよ。あの学生野郎め」

「あたしがあなただったら、そんな口——」とナーシサは言った。しばらくしてから、また言った、「ホレス、この事件はどれぐらい長くかかるわけなの？」

「できるだけ早く切りあげるつもりさ。彼を刑務所から釈放できる道を君が教えてくれれば、明日にでも……」

「その道はひとつしかないわね」と彼女は言った。ちょっとの間彼を見つめた。それからドアのほうを向いた。「ボリイはどっちのほうに行ったのかしら？　夕食がじきだというのにねえ」彼女は出ていった。（訳注　ナーシサは彼に家庭へ帰るのが彼の道だと暗示した）

「もしもあんたが根性のない人なら、彼女の言う道というのが何か、わかるはずだよ」とミス・ジェニイが言った。

「ぼくに根性があるかどうかは、あなたがその道と反対の道は何か教えてくれたら、自分で判断しますよ」

「ベルのもとへお帰りよ」とミス・ジェニイは言った。「家へお帰り」

あの黒人の殺人犯はある土曜日に呆気《あつけ》なく首をくくられ、手軽く埋められてしまうのだ。ひと夜の彼は鉄格子《てつごうし》の窓にもたれて歌ったり五月の夜の柔らかで多彩な闇に向って叫びかけたりしているが、つぎの夜には地上から去ってしまってその窓の席をグッドウィンに明けわたすのである。グッドウィンのほうは保釈もなしで六月に開かれる法廷審議を待っていた。それでいてなおも彼は殺人現場にポパイがいたとホレスが公表することを許さないのだった。

「そうとも。いいかい、やつらはおれを犯人に仕立てる証拠なんか持ってやしないんだ」とグッドウィンは言った。

「持っていないなんて、どうしてわかる？」とホレスは言った。

「とにかく、向うがどんな証拠を持っていようといまいと、おれは法廷で黒白をつける方法のほうでゆくよ。だって、もしもやつがあそこにいたとおれが言ったとでもメンフィスあたりへもれてみろ、そんな証言をしたあとでおれがこの監房まで無事に帰れるとでも思うのか、ええ？」

「法律が君を守ってくれるさ。正義が、文明がね」

「そうさ、もしおれが残りの一生をあそこの隅にうずくまって暮すのならな。ここに来てみろよ」と彼はホレスを窓のそばへ招きよせた。「あの向うのホテルにはな、この窓の中を見通せる窓が五つあるんだ。この間おれはやつが二十フィート離れたあたりで、ピストル持ったまま煙草の火をつけたのを見たんだ。これでわかったろ。とんでもねえや。証言なんかしたら、その日の法廷からここへ帰る間におだぶつだぜ」

「しかしたとえば司法妨害罪というのがあって――」

「妨害罪くそくらえだ。おれが殺したと向うで証明できるんなら、したらいいんだ。トミーはたしかに畜舎でめっかったさ、うしろから射《う》たれてな。そのピストルを、やつらに見つけさせりゃあいいんだ。おれはあそこにいた人間さ、待っていたんだぜ。逃げだしやしなかったんだ。しようと思えばできたのに、そうしなかったんだぜ。それに保安官に通知したのもおれだったんだぜ。もちろん、あそこには女房と親父《おやじ》のほかはおれしかいないから、その点は不利にみえらあ。だけども、もしもこれが小細工だとしたら、誰だってもうちっとましな手を使うぜ。そんなことは常識でもわかるだろ?」

「しかし君を裁くのは常識の力じゃなくって、あの陪審員たちなんだからね」とホレスは言った。

「じゃあ向うの好きなようにさせるさ。手にはいる証拠はこれだけだものな。おれは死人を畜舎でめっけてから、誰もそれにはさわらないままにしておいたし、家のなかにはおれとおれの女房と子供と親父きりだし、家のなかのものにも何ひとつさわらねえ、そして保安官に通知したのはおれだったし——いや、わかってるさ、たしかにこんな方法だと、危ねえ橋を渡ることになるかもしれねえさ、だけどもおれがあの野郎のことで口を割ったりしたら、危ねえ橋さえ渡るチャンスがないんだ。おれが何を食らうか、おれにはよくわかってるんだ」

「しかし君はピストルの音を聞いたんだ」とホレスは言った。「そのことはもう君が話してくれたんだから」

「いいや」と彼は言った、「おれは聞かなかった。なあんにも聞かなかったね。そんなこと、おれは何にも知らねえよ……ちょっとルービーと話したいから、あんた、すまねえけど外ですこし待っててくれねえか?」

五分間たって、ようやく彼女はホレスといっしょになった。彼は言った——

「この事件では、まだぼくの知らないことがあるね、君やリーがぼくに打明けずにいることがあるね。君がそのことをぼくに言わないようにと、いまリーは君に口止めしたんだ。そうだろう?」彼女は赤子を抱いて彼のかたわらを歩いていた。赤子はまだときおり泣いては、だしぬけにその細い体を動かした。女はそれをあやし、小声で歌ったり両腕のなかで揺すったりした。「君があんまり抱き歩きしすぎるからじゃないかな」とホレスは言った。「その子をホテルに置いておければ……」

「リーはね、この事件のあつかい方を心得てるらしいわ」

「しかし弁護士というものは、すべての事実を知らねばならんのだよ、何もかもね。何を証言し、何を証言しないかは弁護士が決めるんだ。さもなければ弁護士なんて必要ないのさ。あれじゃあまるで歯の治療に金を払ってから、その医者に向って口をあけるのを拒否するのと同じだよ、わかるね、ええ? どんな患者でも、歯医者や医者にこんな態度をしやしないよ」女は口をきかず、ただ頭を赤子のほうにかしげていた。赤子は泣き声をたてた。

「静かに」と女は言った。「さあ、静かにおし」

「さらに困ったことに、司法妨害罪というものがあってねえ。たとえば彼があの現場には誰もいなかったと証言する、そして彼が無罪を証明されて――これはありそうにないことだけどね――釈放されそうになったとする、するとそこへ誰かが出てきてあの現場でポパイを見たとか、彼の車が出てゆくのを見たとか言うとする。そうすると彼らはこう言うにちがいない――リーは小さなことでも真実を言わなかったんだから、ましてや自分の命がかかっていることならなおさら本当を言うわけがない、とね」

二人はホテルに着いた。彼は女のためにドアをあけてやった。女はホレスに眼を向けなかった。「リーはいちばんいい方法を知ってると思うわ」となかへはいってゆきながら言った。赤子はか細いみじめな泣き声をあげた。「静かに」と女は言った、「シシィィィ――」

アイソムはパーティへ行ったナーシサを迎えに出ていたから、その車が角に止って彼を乗せたのは、かなり遅くなってのことであった。燈火《とうか》がちらほらつきはじめていて、夕食後に広場へ来ていた人たちもそろそろ家へ帰りはじめていたが、それでもまだあの黒人殺人犯が歌いはじめるには少し早すぎた。「彼は早いとこ歌ったほうがいいんだ」とホレスは言った。「あと二日しか残っていないんだからなあ」しかしまだ彼はあそこにいなかった。刑務所は西に向いていて、そこに昼の名残のかすかな銅色の陽が落ち、きたない鉄格子や小さくて青ざめたしみのような片手を浮きあがらせ、そしてほとんど風もないのに青い筋となった煙草《たばこ》の煙が外に流れ出て、ちりぢりに消えていた。「たとえ残った時間を数えながら声をふりしぼる哀れな黒ん坊がいないとしたって、それでも自分の夫をあそこに入れておくのは楽じゃあないだろうし……」

「たぶん刑務所では延期して、あの二人をいっしょにつるすかもしれないわね」とナーシサは言った、「ときどき彼らはそんなふうにするわ、そうでしょう?」

その夜ホレスは暖炉のなかに小さな火をおこした。実際は寒いほどの日ではなかった。いまの彼は食事をホテルで取っていたから、ひと部屋しか使っていず、あとはどこもふたたび鍵《かぎ》をおろしてしまっていた。彼は本を読もうとした、そしてつぎには諦《あきら》めて服を脱ぎ、ベッドにはいって暖炉にある燃え残りの火を見まもった。町の時計台で十二時を打つのが聞えた。「この事件が片づいたら、ヨーロッパへ行こう」と彼は言った。「ぼくは変化が必要なんだ。ぼくか、あるいはミシシッピ州か、どっちかが変るべきなんだ」

たぶんあの柵《さく》にそって幾人かの人間がまだかたまっているであろう。なにしろ今夜は彼の最後の晩になるはずだからだ——あの毛深くて小さな頭をした彼が鉄格子に、ゴリラのようにとりすがって、歌をうたっていて、その間も彼の影の上には、そして格子縞《こうしじま》の穴となった窓の上には、悲しげにぎざついた葉を茂らせる天国の木《にわうるし》が息づき動いており、下に落ちた最後の花がいまや舗道の上にべたべたとよごれたしみをつくっているのだ。ホレスはまたもベッドの上で寝返りをうった。「あんなきたないものは舗道から片づけなきゃあだめなのにな」と彼は言った。「ああ、ちぇっ、きたない、ちぇっ」

そのつぎの朝は遅くまで眠っていた。明け方近くまで眠れなかったのだ。そして誰かがドアをたたいている音で目をさました。六時半だった。彼はドアまで行った。ホテルに働く黒人の給仕がそこに立っていた。

「なんだい？」とホレスは言った。「グッドウィン夫人のことか？」

「彼女はあなたが起きたら来てくれと言ってます」と黒人は言った。

「十分したら着くからと言ってくれ」

彼がホテルへはいってゆくとき、医者の持つような黒鞄《くろかばん》をさげた若い男とすれちがった。ホレスは上へあがっていった。女は半ば開いたドアのなかに立って、廊下を見やっていた。

「とうとう医者を頼んだわ」と女は言った。「どうせ、いつかは見てもらいたかったんだけど……」その子はベッドに寝ていた——両眼を閉じ、赤らんだ顔に汗をかいていて、握った両手を頭の上にかかげて十字架にかかった人間のような姿勢をしていた。せわしない呼吸の合い間に、笛のようなあえぐ声を出した。「この子ひと晩じゅう、病気だった。あたし外へ行って薬を買ってきて、なんとか静かにさせようとして、そのまま夜が明けちまった。それでしまいに医者を頼んだわけ」女はベッドの横に立ち、赤子を見おろしていた。「あそこには女がいたのさ」と彼女は言った。「若い娘だよ」

「娘——」とホレスは言った。「あ、そうか」と彼は言った。「そのこと、すっかりぼくに話してくれないか」

18

ポパイの車は土の道から砂の道へと早いスピードで走り過ぎていったが、その動きには、あわてた様子も逃亡の素ぶりも見えなかった。テンプルが彼の横にいた。帽子は後頭部に押しつぶされたようにのっていて、そのねじれた端からは束になった髪がはみでていた。顔には夢遊病者の表情を浮べ、車の揺れるごとにぐねぐね動いていた。ポパイのほうへ揺れかかり、鈍い反射運動で片手をあげた。彼はハンドルを離しもせずに、肘《ひじ》でテンプルを押しかえした。「しゃんとしてろよ」と彼は言った。「しっかりしろい」

倒した木のあるところへ来る前に、彼の車はあの女を通り過ぎた。女は道ばたに立っており、腕には赤子を抱いていて、その顔には女の服の裾《すそ》が折りかえしてかけてあった。女は頭にかぶった色褪《いろあ》せた日除《ひよ》け帽子の下から二人を静かに見やっていて、その姿はテンプルの視野にとびこんでから、何の動きも合図もみせずにそのままひらめき去った。

車が倒れた木の前まで来ると、ポパイは道からぐいとはずれて、藪《やぶ》のなかに乗りいれ、垂れた木の枝の間を押し進んでまたもとの道へ、茨《いばら》の茎をぴしぴしと折って塹壕《ざんごう》の銃隊が発射するような音をたてながら押し進んだが、その間もまるでスピードは落さなかった。倒れた木の横にはガウァンの車が横倒しになっていた。テンプルがぼんやりと阿呆《あほう》じみた表情で見やるうちに、それもたちまち背後に飛び去った。

ポパイは勢いよく砂地の轍《わだち》へ戻った。だがその動きにはいじけた逃亡の様子などうかがわれず、ただ小意地の悪い気短さで運転をするという感じしかなかった。車は馬力があった——砂の道でさえ時速四十マイルを保ち、そのまま狭い谷を上って街道へ出ると、そこで北へ曲った。彼のわきにすわったテンプルは、いまや砂利のなめらかに高まる音と化し去った動揺にもなおも両足を踏んばりながら、鈍い眼つきで前方を見つめていた、そして昨日彼女が通ってきた道路はいまや糸巻に巻きとられる糸のようにもとの方向へ回転しはじめ、彼女は自分の血が腰のあたりへゆっくり浸《し》みだしてゆくのを感じていた。席の隅にぐったりとすわり、たえず後方へと転回してゆく風景を見まもっていて——遠景にはずっとひらけた松林とそのなかに点々と淡い花水木《はなみずき》の花、はますげのひと叢《むら》、新しい綿の畑は青くひろがって、人の動きもなくおだやかで、まるで日曜日の本質はただ空気である、光と影でできたものであるとでもいうようだ——両足をぴったり合わせたまますわり、自分の血が熱い小さなしみとなって流れるのに気をとられながら、ぼんやりと独り言を言っている——あたしはまだ出血してるんだわ。まだ出血してるんだわ。

それは明るくて柔らかな日であった。午前ではあったがすでに五月のあの信じがたいほど優しい輝きが満ちわたり、それはやがて午後の暑さが間もないことを思わせた。空の高みには生クリームの塊のようなぽってりした雲が、鏡に映ったもののような軽い感じで流れ、その雲の影の群れはのったりと街道を横切って這《は》ってゆく。今年は紫色の春だったと言えただろう。果実《なりもの》の木々、とくに白い花をつける木はいずれも花の咲く時節には葉が小さかったし、花もまた去年の春の輝くような白さを獲得しなかった、そして花水木はいつもの純白のかわりに薄青い哀れな花をつけ、それも満開にはならなかった。しかしライラックや藤《ふじ》やハナズオウ、そしてみじめたらしい天国の木《にわうるし》でさえ、今年ほどみごとだったことはなく、いずれも燦爛《さんらん》と紫に咲きほこり、四月と五月の生動する大気のなかで高い香気を百ヤードもあたり一帯に吹きおくったのだった。ヴェランダぞいのいかだかずら《ブーガンヴィリア》の花はバスケット・ボールほどの大きさとなり、気球のように軽々と気どって構えていた、そして走り過ぎる道路ばたを漠然と痴呆じみた顔で見つめながら、テンプルは叫びはじめたのだった。

それはむせび泣きで始まり、しだいに高まっていったが、だしぬけにポパイの手で打切られてしまった。両手を膝《ひざ》の上にのせ、背をまっすぐ伸ばしてすわったまま彼女は悲鳴をあげ、彼の指のざらつく苦さを感じていると、車は砂利のなかに車輪をめりこませて停止しはじめ、彼女は自分のひそかな血を感じていた。それから彼はテンプルの首筋をわしづかみにした、そして彼女は口を小さなからの洞窟《どうくつ》のように円くあけたまま身動きしなくなった。彼はその相手を揺すぶった。

「黙れ」と彼は言った。「黙るんだ」強くつかんで黙らせ、「自分をみてみろ。ほら」もう一方の手でフロント・ガラスの上についたミラーをぐいとまわした。そして彼女は自分の姿を見た。あみだになった帽子やもつれた髪や円くあけた口をみとめた。その映像を見やりながら、彼女はコートのポケットを探りはじめた。ポパイの手が離れた、そして彼女はコンパクトを取りだし、それをあけ、鏡をのぞきこんだが、なおも少しばかりすすり泣いていた。顔に粉をはたき、口紅を塗り、帽子をなおしたが、その間もなお膝の上の鏡のなかへすすり泣いていて、ポパイはそれを見やっていた。彼は煙草に火をつけた。「自分でも恥ずかしくならねえか、ええ?」と彼は言った。

「まだ流れてるのよ」と彼女は泣き声をあげた。「感じるのよ」口紅の棒をかかげたまま彼を見やり、そしてまたも口をあけた。ポパイは彼女の首筋をつかんだ。

「さあ、やめろ。いいな、黙るんだ、ええ?」

「ええ」と彼女はむせび泣いた。

「じゃあ、いいな。おい、さあ、しっかりしろい」

テンプルはコンパクトをしまった。彼はふたたび車をスタートさせた。

道路は日曜の行楽の車でにぎわいはじめた――小さくて泥のこびりついたフォードやシボレー、ときおりは大型のオープンカーがすばやく動いてゆき、それにはコートにくるまった女たちと埃《ほこり》だらけのピクニック用の籠《かご》がのっている。トラックにはさまざまな服を着た無表情な田舎者が、丹念に彫られた色彩つきの木彫像のように積みこまれていたし、たまには四輪馬車や二輪馬車もいた。ある丘の上には風雨にいたんだ木造の教会があり、その前の木立ちには、馬やぼろ自動車やトラックの群れがつながれていた。森はやがて畑になり、前よりも家の数がしげくなった。向うの地平線には屋根のむらがるなかに一つ二つの尖塔《せんとう》があり、上空には煙が漂っていた。砂利道はアスファルトになり、彼らはダムフリーズの町へはいった。

テンプルは眠りからさめたような顔で、あたりを見まわしはじめた。「ここじゃないわ！」と彼女は言った。「だめよあたし――」

「おい、静かにしろ」とポパイは言った。

「だめよ、あたし――もしかすると、あたし――」と彼女は泣き声をあげた。「あたしお腹《なか》がすいてるのよ。ずっと食べてないの……」

「飢死にするほどじゃねえだろ。町にはいるまで待ってろよ」

テンプルは呆然《ぼうぜん》とした生気のない眼であたりを見まわした。「ここには知ってる人がいるかもしれないから……」彼はガソリン・スタンドへ向って車をまわした。「あたし、外に出られないのよ」と彼女は泣き声をあげた。「まだあれが出てるんですもの、本当なのよ！」

「お前が外へ出ろなんて誰が言った？」彼は車からおり、ハンドルの向うのテンプルを見やった。「お前はそこにいるんだ」彼はテンプルが見まもるなかで舗道を歩いてゆき、ひとつのドアにはいった。それはきたない菓子屋だった。彼は煙草をひと包み買い、一本を口にくわえた。「飴《あめ》ん棒を二、三本くれや」と彼は言った。

「どんな種類で？」

「飴ん棒さ」と彼は言った。カウンターにあるガラスの蓋物《ふたもの》の下にはサンドイッチの皿が置かれていた。彼はそのひとつをとり、カウンターに一ドル投げだし、ドアのほうへ向った。

「はいおつりですよ」と店員が言った。

「とっとけよ」と彼は言った。「じきに金持になるぜ」

彼が車に戻ってみると、なかはからだった。彼は十フィートほど離れてから止り、サンドイッチを左手に持ちかえた。その顎《あご》からは火のつかぬ煙草が垂れさがっていた。ホースをかけていたガソリン・スタンドの店員が彼を認め、親指で建物の角のほうをぐいとさした。

角の向うには壁があって、くぼみになっていた。その狭いなかには金屑《かなくず》やゴムが半ばほど詰った油だらけの樽《たる》があった。その樽と壁の間にテンプルはうずくまっていた。

「彼がね、あたしを見そうになったのよ！」と彼女は泣き声をあげた。「あたしをまともから見そうになったんだもの！」

「誰が?」とポパイは言った。彼は通りのほうへ見返った。「誰がお前を見たって?」

「彼があたしのほうにまっすぐ歩いてきたのよ! 大学の男の子よ。あたしのほうにまっすぐ向いたまま──」

「おい、さあ。そこから出てこいよ」

「彼があたしを見──」ポパイは彼女の腕をつかんで引いた。テンプルはつかまれた腕を動かしながら角まで来て身をかがめ、建物の端から青ざめた顔をそっとのぞかせた。

「さあ、出てこいったら」それから彼の手がテンプルの首筋へ行き、そこをぐっとつかんだ。

「ああ」と彼女はつまった声で悲鳴をあげた。それはまるで、彼が片手でテンプルをゆっくり引きあげて立たせたかのようであった。そのほか二人の間に何の動きもみえなかったのだ。並ぶとほとんど同じ高さであり、二人はいかにもつつましい様子に見えた──まるで二人の知人が教会へはいる前におだやかに立ち話をしているといった様子だ。

「お前、来るつもりなのか?」と彼は言った。「え、どうなんだ?」

「だめなのよ。もう靴下のところまで来てるんだもの。ほら」彼女は身を縮めるような動作でスカートを持ちあげ、それからまたスカートをおろして身を伸ばし、彼にぐいとつかまれるや上半身をそりかえらせてまたも声の出ぬ口をぱっくりあけた。彼はテンプルを放した。

「さあ、いっしょに来るか?」

彼女は樽の背後から出てきた。彼がその腕をとった。

「あれがあたしのコートのお尻《しり》にいっぱいついてるのよ」と彼女は訴えた。「ほら、見てよ」

「大丈夫さ。あしたはお前に別のを買ってやる。さあ来いよ」

二人は車に戻りはじめた。建物の角で彼女はまたもしりごみした。「お前、もちっと痛い目をみてえのか、ええ?」と彼はささやいたが相手にはさわらなかった。「そうなのか?」テンプルは歩きつづけてそっと車にはいった。彼がハンドルを握った。「ほら、お前にサンドイッチを買ったぜ」それをポケットから取りだし、彼女の手に押しこんだ。「さあ、やれよ。食べな」テンプルは従順にひと口嚙んだ。彼は車をスタートさせ、メンフィスへの道路にはいった。またもや、テンプルは食いちぎったサンドイッチを口にしたまま、嚙むのをやめて口を子供そのままの、あの円い情けなさそうな表情に形づくった――またも彼の手がハンドルをはなれて相手の首筋をぐいとつかんだ、そしてテンプルはすわったまま身動きもせず、じっと彼を見つめたままその口を開いたのであり、嚙みかけのパンや肉の塊がその舌の上にのっているのだった。

二人は午後の半ばごろメンフィス市に着いた。本町通りの先にある丘の麓《ふもと》でポパイは細い通りへ曲りこんだ――そこには煤《すす》けた木造の家が並び、それはいずれも木の張り出しヴェランダを幾層も突きだしていて、家の前には芝のない空地が少しあり、ときおりは何かつまらぬ種類の木が——たとえばやせて枝も刈りこまれた木蓮《マグノリア》とかいじけた楡《にれ》の木や灰色のうつろな花を咲かせるアカシアなどが——車庫の背後などに散らばっている。ひとつの空地には屑鉄の山。同じ外見の家だが地面から下にさがってドアのついた大部屋にはオイル・クロースをかぶせたカウンターや背のない坊主《ぼうず》椅子《いす》の列、金属製のコーヒー沸かし、そしてきたないエプロンをして口に楊枝《ようじ》をくわえたでぶの男などがその薄闇《うすやみ》のなかからふいに現われたが、それはまるで無意味で無気味な失敗した写真の効果に似ていた。丘のほうからは——すなわち光のいっぱいな空へくっきりと突き出て並ぶ事務所ビルの列の向うからは——自動車の響きが伝わってきた。自家用車の警笛、トロリーバスの音、それらが河に吹く微風にのって高みから聞えてくる。その通りの端では、一台の市街電車が狭い入口にふっと姿を現わす。まるで魔法の力で現われたかのようであり、それがすさまじい響きとともに消えうせた。二階のヴェランダではひとりの若い黒人女が下着姿のまま、両腕を手すりにもたせて、むっつりと煙草《たばこ》をふかしていた。

　ポパイはきたない三階建の家のひとつへ車を乗りつけたが、その玄関は、きたない格子窓《こうしまど》つきの寝室が少し斜めに突き出たために影になっていた。家の前の陰気な草地には毛のふさふさした二匹の小犬がいた——白くて毛虫めいた感じの犬であり、一匹は首のまわりに桃色のリボン、他方は青いリボンをつけ、あたりの安っぽさとは矛盾した気どったいやらしさをみせて動きまわっていた。陽に当ると二匹の毛は、まるでガソリンで洗われたもののように見えた。

あとになるとテンプルは自分のドアの外にこの二匹の犬の騒ぐのを聞いた――鳴いたりうなったりして、またときには黒人の女中がドアをあけると重なるようにはいってきて、ベッドにのぼったり寝そべったり、はあはあと腹に波をうたせてあえぎながらミス・リーバの膝にのるかと思うと、彼女の胸の豊かなふくらみにはいりこんで、その手にある金属製の長コップをなめまわすのだ。このミス・リーバはしゃべるとき、指輪のはまった手でつかんだ長コップを振りまわす癖があった。

「このメンフィスにいる人ならリーバ・リヴァースがどんな女か誰だって知ってるのさ。町の人間なら、お巡《まわ》りにでも誰にでも聞いてごらん、知ってるから。あたしの家にはね、メンフィス市のお偉方がたんと来てるんだから――銀行の頭取とか弁護士とかお医者とか、そんな人たちがみんなさ。いつかなんぞ、うちの家族用の食堂で警察の部長が二人もビールを飲んでいて、その間に警察署長《コミショナー》ご自身は二階でうちの女の子とおねんねしてたのさ。下の二人が酔っぱらっちまって署長さんのドアをぶちこわして押しこんでさ、そしたら彼はすっぱだかでスコットランド踊りをやってたのさ。それがね、七フィートもあるのっぽで、ピーナッツみたいな頭をした五十男なんだよ。とてもいい人だったねえ。あたしのことはよく知ってたよ。あの人たちはみんなこのリーバ・リヴァースを知ってるんだよ。お金を湯水みたいに使うんだからね、ほんとにさ。あの人たちはあたしをよく知ってるのさ。あたしが人を裏切るような女じゃないってね、そうなんだよ」彼女はビールを飲んでから長コップのなかへ太い息を吐いた、そしてもう一方の手を――まるで砂利石ほどの黄色いダイヤの指輪をはめたほうの手を――豊満に波打つ胸の間にさしこんだ。

彼女はほんのわずかの動作をするにも、その動作が彼女に与える喜びより幾倍もの大きな息づかいをせねばならぬといった様子であった。二人がこの家にはいったとたんといえるほどすぐに、彼女はテンプルに向って自分の喘息《ぜんそく》の話を話しはじめたのだ――毛糸編みの寝室用スリッパをはいた両足を重たげにあげては、二人を案内して階段をあえぎ上りつつ話しはじめたが、そのときも片手に木製の数珠《ロザリー》、もう一方の手にはあの長コップを持っていたものだ。数珠《ロザリー》というのもいま教会から戻ったばかりだったからで、それに黒い絹服を着ていて、でこでこ飾った帽子をかぶっていた、そして長コップの下半分は中身の冷たさのためにまだ霜がついていた。足もとに二匹の犬がじゃれつくままに、太い腿《もも》を交互にあげて上りながら、肩ごしに振返っては粗雑で、息のとぎれがちな、かみさんじみた声でしゃべりつづけた。

「あんたを、ほかじゃなくて、あたしの家に連れてきたなんて、ポパイはよく心得てるよ。あたしゃ長いことポパイに――ねえあんた、あんたに女の子を当てがおうとしてから、もう幾年になるかね？　あたしゃ、いつも言ってるんだよ、若い男はどうしたって、いつまでも女の子なしにいられれっこな……」あえいで、足もとの犬どもをののしりながら立ちどまって彼らを押しのけ、「あそこへお戻り」と数珠《ロザリー》を振りあげた。彼らは歯をむきだし、いかにも意地悪げな甘え声で吠《ほ》えたて、そして彼女はビールの薄い香りのなかで壁にもたれていた——片手を胸に当て、口を開き、呼吸を求めるせつない恐れから両眼を光らせて宙を見すえ、長コップは薄闇にある鈍い銀貨のように沈着な柔らかな輝きをみせていた。

その狭い回り階段は小さな踊り場ごとに折れ曲っていた。光線は玄関口にかかる厚地のカーテンや踊り場の奥にある鎧戸《よろいど》の窓から、ものうげな感じでもれ出ていた。それは消耗し、疲弊し、困憊《こんぱい》したような感じだ——明るい陽光やその陽光と昼間の活気ある騒音から閉ざされて、腐り水のように長いこと澱《よど》んだままの倦怠感《けんたいかん》だ。あたりには投げやりな食事から生れるにおいと酒の気がまざり漂い、それでこういう場所にはまったく無知なテンプルでさえ、静まりかえったドアの前をいくつも通るたびにあの向うには何があるのかおぼろに感じとったらしかった——あの向うには淫《みだ》らな衣装と、多用されて饐《す》え疲れ不毛となった肉体のひそかなささやきとが気味悪く入りまざって、彼女を取囲むのだ。彼女とミス・リーバの背後や足もとでは、二匹の犬が毛を光らせて走りまわり、階段に絨毯《じゅうたん》を留める細長い金具を爪《つめ》で引っかいて音をたてた。

しばらくのち、テンプルは裸の腰にタオルを巻いたままベッドに横たわっていて、犬どもがドアの外で鼻を鳴らしたり鳴いたりするのを聞いていた。彼女のコートと帽子はドアについた釘《くぎ》に掛っており、服と靴下は椅子にのっていた、そして彼女の耳にはどこからか洗濯板を使うぱしゃぱしゃという音が聞えてくるように思え、それでたちまち、さっきパンティを脱がされたときに覚えた隠れたいという衝動にまたも激しく襲われるのだった。

「さあ、大丈夫だよ」とミス・リーバは言った。「あたしだってね、四日間も出血してたことがあるんだから。あんなもの、何でもありゃしない。クィン先生が二分間でとめてくれるよ、それにミニーがあれを洗ってプレスしてくれるから、誰にもわかりゃしないよ。あれだけの血を出せば、ほんとならあんた、千ドルの値打ちがあるのにねえ」彼女は長コップを持ちあげて飲み、するとその帽子についた萎《しお》れかかった花は、瀕死《ひんし》の嘆きの声とともに揺れ動いた。「あたしたち女ってのは、かわいそうなものなのさ」と彼女は言った。いずれも引きおろされた窓覆《シエード》いは年寄りの肌のように無数に細かくひび割れていて、それが明るい空気を受けてかすかにふくらみ、そこからは日曜日の交通の音が陽気に、のんびりと、かすれて、余響の波にのって部屋のなかへ流れこんでいた。テンプルはベッドに動かずに寝ていた――両脚をまっすぐに合わせたまま伸ばし、敷布《シーツ》を顎まで引きあげていて、その顔は豊かにひろがった髪に囲まれて小さく、そして青ざめ

ていた。ミス・リーバは長コップからひと飲みして、太い息をついた。持前のがさつい
たかすれた声で、テンプルがいかに運のいい娘かを説きはじめた。
「ねえ、あんた、このあたりの女の子はね、みんな彼をつかまえようとしてたんだよ。
ひとりの女なんか――ときどきここに来る結婚した若い子だけどね、彼を部屋に連れて
きてくれれば、それだけで二十五ドルやるってミニーに言ったんだよ。だけども彼は連
中なんかに見向きもしなかったのさ。連中といっても、ひと晩に百ドルも稼ぐ女の子た
ちだけどね。おあいにくさま。彼は金を湯水みたいに使うけれど、ちょいと踊りの相手
になるだけで、どの子にも知らんぷりさ。あたしゃね、彼が相手にするのはこんな平凡
な淫売女《いんばいおんな》たちじゃないって察してたのさ。連中によく言ったもんだ、こう言ってやった
よ、みんなのうちで彼をつかまえた者がいたら、その指にダイヤをはめてやるよ、でも
それができるのは、おまえたちみたいな平凡な淫売女じゃないよ、とね。じゃあミニー
があんたのものを洗ってプレスして、もとのとおりにしてくれるからね」
「あれはもう着れないわ」とテンプルは泣き声をあげた。「あたし、いやだわ」
「いやだったら、着なくともいいよ。あんたがミニーにやってもいいのさ、もっとも彼
女があれをどうやって着るのか、あたしゃ見当も――」ドアのところで犬どもが前より
も声高く吠えはじめた。足音が近づいてきた。ドアが開いた。あの黒人の女中がビール
の小瓶とジンのグラスとを盆にのせてはいってきて、犬どももその足もとからはねこん

できた。「そして明日は店が開いたら、あんたとあたしで買物に行こうよ、ちょうど彼もそうしろと言ってたしね。あたしが言ったように、彼をつかまえられる女の子はダイヤモンドを身につける、というところさ、ほんとだとも。あたしの言うことが――」彼女は長コップを上にあげながら、山の動くように身をまわした、というのも二匹がベッドに駆けあがってから、なお互いに意地悪く吠えあいつつ彼女の膝《ひざ》にとびついたからであった。彼らのしゃくれた平板な顔からはビー玉めいた両眼が短気な凶暴さをみせて光り、口を開くごとに桃色のなかから針のような歯がみえた。「リーバ！」とミス・リーバは言った、「おりなさい！　ミスター・ビンフォード、お前も！」彼らの歯が手のあたりで鳴るままに払い落して、「お前、あたしを噛もうとしたね！　お前――お前はこの人――ねえ、あんたの名前なんと言ったっけ？　さっきは聞えなかったんだよ」

「テンプル」とテンプルはささやいた。

「あのね、姓のほうじゃなくて、呼び名さ。ここじゃあ、あんまりしかつめらしくしないんだよ」

「だから、それよ。テンプル。テンプル・ドレイクなの」

「あれまあ、男の子の名をつけられたね、ええ？――ミニー、お前ミス・テンプルのものを洗ったかい？」

「えーえ」と女中は言った。「いまストーヴのうしろにかわかしてあるよ」彼女は足首のあたりで歯を鳴らしている犬どもを用心して押しのけながら、盆を持って近寄ってきた。

「ちゃんと洗ったかい?」

「よーく時間かけたよ」ミニーは言った。「あんなに落ちねえ血なんて、まるで生れてはじめて——」衝動的な動きとともにテンプルは寝返りをして頭から上掛けをかぶってしまった。彼女はミス・リーバの手を感じた。

「さあさあ。あんた。あんたの飲物をお取り。これはあたしのおごりだよ。あたしはポパイの彼女ならちゃんと世話を——」

「あたし、ほしくないわ」とテンプルは言った。

「さあ、さあ」とミス・リーバは言った。「これをお飲みよ、そうすれば気分がよくなるんだから」彼女はテンプルの頭を持ちあげた。テンプルは上掛けを咽喉《のど》もとでしっかり押えた。ミス・リーバはグラスを彼女の唇に当てがった。テンプルはそれをごくりと飲み、またも身をくねらせて横になったが、なおも上掛けをしっかり押えていて、その上に出た両眼は大きく開いて黒かった。「あんた、きっとそのタオルを皺《しわ》くちゃにしちまったよ」とミス・リーバは手を上掛けの上に置きながら言った。

「ううん」とテンプルはささやいた。「大丈夫よ。まだちゃんとしてるわ」彼女は身を縮めた——二人には上掛けの下でテンプルが両脚を縮めるのが見てとれた。

「ミニー、お前、クィン先生を呼んだかい？」とミス・リーバは言った。

「えーえ」ミニーはビール瓶から長コップへとついでいて、その金属コップの内側では鈍い霜がビールのあがるにつれて上にあがっていった。「でも、日曜の午後にはどこにも往診しないと」

「誰がお願いしてるのかを言ったのかい？　ミス・リーバが頼んでるんだとあの先生に言ったのかい？」

「えーえ。でも行かないと言って——」

「もう一度行って言いな——こう言いな、あたしが——いや、お待ち」彼女は大儀そうに立ちあがった。「あの人がそんな言葉を返すなんて、それだけでも三度ばかり刑務所にぶちこまれる値打ちがあるんだから」彼女はドアのほうへ重そうに歩いてゆき、犬どもはそのフェルトのスリッパにまつわりついた。女中があとから出ていってドアをしめた。テンプルの耳にはミス・リーバがおそろしく緩慢に階段をおりながら犬どもを叱《しか》りつけているのが聞えた。その声は消え去っていった。

窓覆《シエード》いはかすかにきしる音をたてながら、絶え間なく風にふくらんでいた。テンプルは置時計の音を耳にしはじめた。それは暖炉の上にのっていて、その下には火格子《ひごうし》があり、奥には火のかわりに緑色の模造紙の筒が詰っていた。その置時計は花模様をした陶器製で、それを四人の陶製の妖精《ニンフ》がささえていた。表面にはねじり棒のような型で鍍金《めっき》をほどこされた針が一本だけ残っていて、それが十と十一の間をさしていた。その様子はもともと平板である時計の表面に頑固不屈な表情を与えていた——まるで自分は時間なんかと関係ないのだといった表情である。

テンプルはベッドから起きあがった。身にまとったタオルを押えたままドアのほうへ忍び足で歩きだした。耳をそばだてて聞きとろうとする緊張から、両眼はややうつろだった。いまは暮れ方になっていて、薄暗い鏡は夕闇《ゆうやみ》を透明な長方形に仕切って直立させたかのようであり、彼女はその鏡に自分の姿をちらりとみとめた——それはおぼろげな亡霊、影の奥の奥のほうで動いているかすかな影。彼女はドアに達した。たちまち幾百もの入りまじった物音がいちどきに彼女へ襲いかかってきて、あわててドアを引っかきまわし、やっと錠の鉄棒を見つけ、タオルを下に落しながらそれをさしこんだ。それから顔をそむけたままタオルを拾いあげ、走りもどってベッドにとびこみ、上掛けを顎《あご》まで引きあげて押えてそこに横たわり、自分の血のひそかなささやきに耳をすませていた。

彼らがドアをたたいたとき、彼女は少しの間なんの物音もたてなかった。「ねえ、先生なんだよ」ミス・リーバは息づかいも荒くあえいだ。「さあ、いい子だから」「だめなのよ」とテンプルは言った。その声はかすかで小さい。「あたしベッドにいるのよ」

「さあ、ねえ、先生があんたをちゃんとしてくれるのよ」彼女は息も荒くあえいだ。

「ああ、もう一度、前みたいにたっぷり息が吸えたらねえ。もう、たっぷり息を吸えなくなってから幾年だろ……」ドアの向うのほうに、テンプルは犬どもの声を聞きとった。

「ねえ、あんた」

彼女はタオルを押えながらベッドから起きあがった。そっと黙ってドアまで行った。

「あんた」とミス・リーバは言った。

「待って」とテンプルは言った。「その前にあたしがベッドに戻るから——さきに行かせて」

「やっぱり、いい子だよ」とミス・リーバは言った。「きっと、聞きわけのいい子だと思ってたよ」

「じゃあ、十を数えて」とテンプルは言った。「いまから、十を数えてくれる？」彼女はドアの板に向って言った。音をたてぬように錠の鉄棒をすべらせ、それから身をひるがえしてベッドへ走りもどった——その裸足《はだし》の足音はぱたぱたとしだいに弱まって消えた。

医者は肥《ふと》り気味の男で、髪は薄くなった巻毛をしていた。角縁《かくぶち》の眼鏡をかけていたが、レンズごしの眼玉はゆがんでみえず、まるで眼鏡は気どりのためだけのもののようだ。テンプルは上掛けを咽喉もとでしっかりつかんだまま、医師を見まもった。「ほかの人を外に行かして」と彼女はささやいた、「ちょっとでいいから、出てってもらって」

「さあ、心配ないよ」と、ミス・リーバは言った、「先生があんたをちゃんとしてくれるよ」

テンプルは上掛けにしがみついた。

「このお嬢さんがちょっとだけ……」医者は言った。その髪は額から上にかけてすっかり薄くなっていた。口の両端には窪《くぼ》みができていて、唇は厚くて赤くて濡《ぬ》れていた。眼鏡の向うの両眼はめまぐるしくまわる小さな自転車の両輪を思わせた。そういう金属じみた薄茶色をしていた。彼は手を伸ばしたが、それは厚ぼったい白い手で、指にはフリーメーソンの指輪（訳注 世界的友好団体会員のしるし）をはめ、手の甲から上のほうまでみごとな薄赤い毛がいっぱい生えていた。ひやりとした空気が彼女の体にそっとすべった、そして彼女は眼を閉じた。両脚をぴったり合わせて仰向《あおむ》きに寝たまま、泣きはじめた。悲しげに、諦《あきら》めたように——まるで歯医者の待合室にいる子供のように。

「さあ、さあ」とミス・リーバは言った、「ジンをちょっとお飲みよ。きっと気分がよくなるよ」

窓辺では、ひび割れた窓覆《シエード》いがときおり窓枠に当ってかすかな音をたて、夕暮れの光をほのかな波のように部屋へ送りこんでいた。窓覆いの下からは煙色をした夕暮れの光が、毛布をはためかせて送る煙信号のように、ふわふわと流れこんで、部屋のなかを濃い色に仕立てていた。置時計をささえている四つの陶製人形は、ひっそりとなめらかな姿勢をみせて光っていた――その膝、肘《ひじ》、脇腹《わきばら》、腕そして胸のあたりはいずれも微妙に曲りくねって欲情をそそる姿態だ。ガラスの表面は、いまは鏡みたいになって、残りを惜しむ光をすっかり吸いこむかのようであり、その深い静寂をたたえた表面はひそかな身ぶりで衰残の時間をとどめていたが、それはまるで戦争から帰った片腕の兵士のような姿だった。それがさす時刻は十時半。テンプルはベッドに寝たままその時計を見やって、十時半という時刻について考えていた。

彼女は大きすぎるガウンを着ていて、その絹地の桜色は白い敷布の上で黒く見えた。髪もいまは櫛《くし》を入れられて、黒々とひろがっていた、そして上掛けから出ている顔と咽喉と両腕は青ざめていた。他の人々が部屋を出てゆくと、彼女は頭から上掛けを引っかぶって、しばらく横になっていた。じっとしたままドアがしまるのを聞き、次には降りてゆく足音や、医者の軽くてとめどない声、ミス・リーバの苦しげな息づかいなどがきたない廊下のなかで夕闇にまぎれて消えうせてゆくのに耳をすませていた。それからベッドからはねおきるとドアまで走ってゆき、錠の棒をさしこみ、走りもどってきてまたも上掛けを頭から引っかぶり、すっかり息苦しくなるまでは固く丸くなって寝ていた。

名残の濃黄色《サフランいろ》の光が天井や壁の上部に当っていたが、それさえすでに紫色をまじえはじめていた、というのも西の空たかくにメイン・ストリートの高層建築が歯型の稜線《りょうせん》を並べて陽をさえぎったからだ。窓覆い《シエード》がばたついて光を入れるたびに、光は薄れて色褪《いろあ》せたものになってゆく――それをテンプルは見まもっていた。夕陽の残映が置時計の表面に集約されるにつれて、暗がりにあいた円い穴だった文字盤は、やがて原初の混沌《カオス》の空虚のなかにつりさがる円盤となり、つぎには輝く水晶の球と化していった――そしてこの球だけが混沌《カオス》を整える力をそのひそかな神秘の奥深くにいだいているのであり、まわりの複雑怪奇な世界では、その傷だらけの表面を古傷のような煩悩《ぼんのう》が新しい災厄をはらみつつ猛烈なスピードで闇に向って渦巻き進んでいるのだ。

彼女は十時半という時刻について考えていた。ダンスに行くので着がえをする時間――ただしそれは人気があるから平気で少し遅れてゆける女の子の場合だ。あたりの空気は湯あがりの女子学生たちのために湿っていて、それに電燈《でんとう》の光線の下ではたく白粉《おしろい》は畜舎の屋根裏に舞う籾殻《もみがら》を思わせ、彼女たちは互いをながめあったり、比べあったり、こんな裸のままでダンス場へ行ったら男の子がどんなに興奮するかしらとしゃべりあったりしていた。もっともなかには、とくに脚の短い子は、それに賛成しなかった。なかにはいい体の子もいたが、そんな連中もそのまま出てゆく勇気などなかった。いちばんひどい体つきの女の子が言った、男の子はね、女子学生なんてみんなドレスを着ないと醜女《ぶおんな》だと思ってるのよと。彼女は言った、あの「蛇」はそれまで幾日もイヴを見かけていたのよ、それでもアダムが彼女にいちじくの葉をつけるまでは彼女の魅力に気づかなかったんだわ。そんなこと、どうして知ってるのよ？ と女の子たちが言うと、彼女は言った。だって「蛇」はアダムよりも前からあそこにいたからよ、天国から追放されたのは「蛇」のほうが先だったのよ、だから「蛇」はずっとあそこにいたんだわ。しかし女の子たちの聞いたのはその意味ではなかったから、あんた、どうしてそれを知ってるのよ？ と言いつづけ、そしてテンプルは彼女が化粧箪笥《だんす》の前までみんなに追いつめられた光景を思いうかべた。彼女を半月型に取囲んだ女の子たちは梳《す》いた髪や両肩から石鹸《せっけん》や白粉のにおいをぷんぷんさせ、その眼はいずれも彼女の肌をナイフで刻むように見つめていて、しまいにこちらもその見つめる部分が気になりだすほどであり、いっぽうその女の子の醜い顔にある眼は勇ましくておじけて挑むように大胆であり、女の子たちにあんたはどうして知ってるのよ？ と責められてしまいに口をあけて打明け、手をあげてそれは自分が本当にしたことだと誓った。その瞬間に、いちばん若い女の子が身をひるがえして部屋から走り出ていった。彼女は浴室に閉じこもり、そして女の子たちは彼女がげえと吐くのを聞いたのだった。

テンプルは午前の十時半という時刻を思った。日曜の午前には夫婦づれが教会のほうへゆっくり歩いてゆく時間だ。彼女は今日がまだ日曜日なのを思い出した。置時計の薄ぼけた平和そうな姿を見やりながら、今日はまだ同じ日曜なんだわと思った。たぶんいまは今朝の十時半なんだわ、あの十時半なんだわ。そうするとあたしはここにいないはずだわと彼女は思った。ここにいるのはあたしじゃない。とすれば、あたしは学校の寮にいるんだわ。今夜はデイトがあって相手は……彼女はデイトをした学生のことを考えた。しかしそれが誰だったのか思い出せなかった。彼女はデイトの相手をラテン語教科書の虎《ポニィ》の巻に書きこんでおき、あとは相手が誰だろうと気にしないのが癖だった。あとは服を着がえさえすれば、しばらくしてその誰かが迎えに来るからだ。だからあたし、起きて着がえを始めたほうがいいわ、と置時計を見ながら言った。

彼女は起きあがり、静かに部屋を横切っていった。置時計の表《おもて》を見まもった、しかしそこには自分の姿は見えず、ただ小さな幾何模様となった光と影がゆがんでかすかにガラスの表面をよぎっているばかりだった。あれはこのあたしの寝間着《ネグリジェ》なんだわと思い、自分の両腕や胸のあたりを見おろした。胸の乳房を覆《おお》ったネグリジェは下まで流れ落ち、その裾《すそ》からは彼女の足の指が、歩くたびに間をおいてちらちらと現われた。彼女はドアの錠を静かに引きだした、そしてベッドに戻ってくると、寝ころんで両腕に頭をのせた。

部屋のなかにはまだわずかばかり光が残っていた。自分が自分の腕時計の音を聞いていたのに気づいた――もう、かなりの間そうしていたのだった。この家じゅうにさまざまな音が満ちているのにも気がついた――それはどこか遠くからのように、こもった聞きわけにくい響きとなって部屋のなかへ浸《し》みこんできた。どこかでベルがかすかにしかし甲高く鳴ったし、誰かが衣装をこすりながら階段をあがってくる。その足音はドアの外を通り過ぎ、さらにもうひとつの階段をあがっていって聞えなくなった。彼女は腕時計に耳をすました。一台の車が窓の下でギヤーを入れてスタートした、そしてふたたびかすかなベルの音、それが甲高く長く響く。彼女は部屋のなかに残っていると思ったかすかな光が街燈からのものだと知った。それから、いまは夜であり、向うの闇のなかには都会の騒音が満ちているのだということに気づいた。

彼女は二匹の犬が階段をすさまじい爪音《つめおと》とともに上ってくるのを聞いた。その音はドアを過ぎてから止った、まったく静かになった――あまりに静まりかえったので、その二匹が闇のなかで壁ぞいにうずくまって階段を見張っているのだと、はっきり眼に描きだせるほどであった。あのうちの一匹はミスターなんとかという名だったわ、とテンプルは考えながら、階段にミス・リーバの足音がするのを待ちかまえていた。しかしそれはミス・リーバではなかった――その足音は落着きすぎていたし軽すぎた。ドアが開いた、犬どもが二個の漠とした影となってとびこんできて、ベッドの下に這《は》いこみ、うずくまって鳴きたてた。「これ、犬ったら！」とミニーの声が言った。「こぼしちまうよ、ほんとに」明りがついた。ミニーがお盆を運んでいた。「夕食を持ってきただよ」と彼女は言った。「あの犬どもはどこ行ったかねえ？」

「ベッドの下」とテンプルは言った。「何もほしくないわ」

ミニーは近づいてくるとお盆を下に置いてテンプルを見おろしたが、その陽気な顔は心得た気楽な表情だった。「あたしになにかしてもらいたいかね――」と彼女は言いながら手を伸ばした。テンプルはすばやく顔をそむけた。彼女の耳にはミニーがひざまずいて犬どもを手なずける声が聞えた、そしてそれにたいして犬どもが臆病《おくびょう》な濁ったうなり声や歯を噛《か》みならす音。「さあ、ここへ出ておいでな」とミニーは言った。「こいつら、彼女《マダム》が酔いだすと何をやらかすか、よく知ってるんだよ。おいで、ミスター・ビンフォード」

テンプルは頭をあげた。「ミスター・ビンフォード?」

「青いリボンをしてるほうだよ」とミニーは言った。かがみこんで、その腕を犬どものほうへ振った。二匹ともベッドの頭のほうの壁ぎわに引っこみ、そこからすさまじい恐怖に駆られて彼女に吠《ほ》えたてていた。「ミスター・ビンフォードはね、ミス・リーバのいい人だったよ。十一年もここの宿主《やどぬし》だったけんども、二年ばかり前に死んだよ。あくる日にミス・リーバはこいつらを買って、ひとつにミスター・ビンフォードと名をつけてからに、別のにはミス・リーバとしたのさ。あの人は墓参りに行くたんび、今日の夕方みたいに飲みはじめるんだよ、するっていうと、この二匹とも逃げだすというわけさ。でもミスター・ビンフォードは幾度もとっつかまっただ。この前なんかあの人はこいつを二階の窓からおっぽりだしてからに、おりていって、ミスター・ビンフォードの衣装箪笥をぶちまけて、みんな外に放りだしちまったよ、あの人が埋められるときに着てた服は別だけどさ」

「それで二匹ともあんなにおじけてるのね。そこにいたってかまわないわ。あたし、気にならないから」

「それしかしかたねえみたいだ。ミスター・ビンフォードはどうやっても、この部屋を出そうにねえものね」彼女はまた身を伸ばして立ち、テンプルを見やって、「あの夕ご飯を食べなよ」と言った。「気分がよくなるよ。それにジンも一杯、そっとくすねてきただよ」

「何もほしくないの」とテンプルは言って顔をそむけた。ミニーが部屋を出てゆく音が聞えた。ドアが静かにしまった。ベッドの下では二匹の犬が緊張とすさまじい恐怖に駆られて壁ぎわにうずくまっていた。

電燈が天井の中央からさがっていた——笠《かさ》は薔薇《ばら》色《いろ》の紙を筒型の覆いにしたもので、それは電球の突き出ているあたりが茶色に変色していた。床には模様入りの海老《えび》茶色《ちゃいろ》の絨毯《じゅうたん》が敷かれ、あちこちを細長い切れで留めている。オリーヴ色の壁の上には石版刷りの絵が二枚、額にはいってかかっている。二つある窓の上からは機械織りのレースのカーテンがさがっているが、埃《ほこり》っぽい色をしているために、まるで軽く凝結した埃の筋が幾本も突っ立っているように見える。部屋全体が、どこかこってりとくどくてとりすました雰囲気をもっている——たとえば安っぽいニス仕上げの化粧箪笥にはゆがんだ鏡がついているが、その澱《よど》んだ水たまりのようななかにはなおも名残の亡霊たちが愛欲の身ぶりや消耗した欲情のままに浮き漂っているかのようだ。片隅には色褪せて傷だらけの細長い油布が絨毯の上に釘留《くぎど》めしてあって、そこに洗面台が据えられ、上には花模様の水鉢と水差しと一列のタオル、そして向うの隅には汚物入れの瓶《かめ》が、やはり薔薇色の紙を円くはられて置かれている。

ベッドの下の犬どもは物音ひとつたてなかった。テンプルはかすかに身動きした、するとマットレスやばねがかわいた泣き声をあげ、それがすさまじい静寂へと消えてゆく。その静寂のなかに二匹の犬がうずくまっているのであり、彼女はその姿を思いうかべた――むくむくした毛の不格好な姿、残忍で、気まぐれで、甘やかされてむなしい誇りだけしかない庇護《ひご》された暮し、それが何の警告もなしにたちまち奪い去られて命がけの恐怖と戦慄《せんりつ》の淵《ふち》に突き落されてしまうのだが、そんな一撃を与える手というのが、ふだんは、彼らの暮しの安寧を守り保証してくれているものそれ自体なのだ。

この家のなかは物音でいっぱいだった。個々には聞きわけがたいし遠い物音であったが、それは彼女にとって目ざめとか復活とかいった感じとともに伝わってきたのだったた――いわばいままで眠りこんでいたこの家が、いまや暗いなかで起きあがろうとしているかのようなのだ。彼女は甲高い女の声が大笑いしているとも思えるような物音を聞いた。お盆からのぼる湿ったにおいが彼女の顔の前を横切った。頭をまわしてそれを見やった。その盆には蓋《ふた》つきや蓋なしの厚手の陶器皿がいくつものっていて、それらの中央には一杯の薄青いジン、ひと箱の煙草《たばこ》とひと箱のマッチが置かれていた。彼女はすべり落ちるガウンを押えながら肘《ひじ》をあげた。蓋をあげてみると下には厚いステーキ、ポテト、グリーンピース、ロールパン、そして何かわからぬ桃色のものは第六感で——ほかに考えられぬという勘からだろうが——甘いものと見当をつけた。またもすべり落ちるガウンを引きあげながら、彼女はこうした食事をしつけた場所を思い出した——明るい声が無数に響きあったりフォークのがちゃつく音のこもった学生食堂や、家での夕食のテーブルにいる父や兄弟たちを思い出し、つぎには借りもののガウンのこと、そしてミス・リーバが明日は買物に行こうと言ったことなどを思っていた。でもあたし、二ドルしか持ってないのに、と彼女は思った。

食物を見おろしながらテンプルは自分がまったく空腹でない、それどころかそれを見るのさえいやだと気がついた。彼女はグラスを取りあげ、顔をしかめながら、ぐっと飲みほした、そして下に置くと、急いで顔をそむけながら煙草をまさぐった。マッチをすりかけてから、またもお盆のほうを見やり、指先でおずおずとポテトの細い一片をつまみあげ、食べた。もう一方の手には火のつかぬ煙草を持ったまま、もうひとつ食べた。つぎには煙草を下に置き、ナイフとフォークをとりあげると食べはじめた——ずりかかるガウンを肩の上に引きあげるので時おり休みながら、食べつづけた。

食べ終ると、煙草に火をつけた。あのベルがふたたび鳴り、続いてまた少し違った調子で鳴るのを聞いた。女の声が甲高く走り、ドアがばたんと鳴った。二人の人間が階段をあがってきて、ドアの前を過ぎ、ミス・リーバの太い声がどこかから聞えた、そして耳をすますと彼女が階段を苦労してあがってくる音。テンプルがドアを見まもっていると、しまいにそれが開いてミス・リーバが長コップを片手にして立っていた。ぶかついた普段着を着ているのに、ヴェールをつけた未亡人用の円帽子《ボンネット》をかぶっている。花飾りのついたフェルトのスリッパで部屋のなかへはいってきた。ベッドの下の犬どもは声をそろえて情けなさそうな絶望のうなり声をあげた。

背中のホックをはずしたままの服はぐんなりとミス・リーバの両肩のあたりにかかっていた。指輪をはめたほうの手を胸に当て、もう一方の手は長コップを高く突きだしていた。金歯でいっぱいの口を大きくあけて、苦しげな息にあえいでいる。

「ああ苦しい。たまりゃしない」と彼女は言った。犬どもはベッドの下からとびだすや脚を夢中で動かしてドアへ突進した。それが走り過ぎようとしたとき、彼女は振向いて長コップを投げつけた。それはドアの柱に当り、壁にビールをはねかけてから寂しい音をたててころがった。彼女は激しい音をたてて息を吸いこみ、その胸をつかんだ。ベッドの前まで来ると、ヴェールごしにテンプルを見おろした。「あたしたちゃ、二羽の鳩《はと》みたいに仲よかったんだよ」と嘆きの声をあげ、むせび、その手の指輪は波打つ胸のなかでちかちかと光った。「それなのにあの人、あたしを残して死んじまったんだよ」彼女は音をたてて息を吸いこみ、開いた口の形は隠れた肺臓の苦悶《くもん》の形そのものとなり、薄青くて円い両眼は恐怖に戸惑った色でまんまるく、いまにもとびだすかのようだ。「二羽の鳩みたいだったんだよう」と彼女は荒い息苦しい声でわめくのだった。

ふたたび時間のほうが、置時計のガラスの向うの死の身ぶり《ジエスチヤー》に追いついた——すなわち、いまはベッドわきのテーブルにあるテンプルの腕時計も十時半をさしているのだった。ということは二時間もの間、放っておかれたまま耳をすまして寝ていたわけなのだ。いまでは階下からのいろいろな声を聞きわけられるようになっていた。というのもかなりの間この部屋の黴《かび》くさい孤独のなかにいて、そうした声を聞いていたからだ。しばらくすると自動ピアノが鳴りはじめた。ときおりは窓の下の通りで自動車のブレーキのきしる音が聞えたし、一度は激しく口喧嘩《くちげんか》する二つの声が昇ってきて窓覆いの下から這いこんだ。

二人の人間が——男と女が——階段をあがってきて彼女の隣の部屋にはいるのが聞えた。それからミス・リーバが階段をあえぎのぼって、テンプルのドアを過ぎるのを聞いた、そしてテンプルは眼を大きく見開いて身動きもせぬ姿勢で、ミス・リーバが金属製の長コップで隣のドアをたたいては何かどなっているのを聞いていた。そのドアのなかでは男も女もまったく静まりかえっていて、それがあまりひっそりしているので、テンプルはふたたび犬どものことを思い出した——二匹がしゃちほこばった怒りと恐怖にすくんでベッドの下の壁ぎわにうずくまる姿を思い出した。彼女はミス・リーバが無表情なドアに向って激しくどなっているのに耳をすました。それはすさまじいあえぎとなって消えてゆき、それからふたたび男のようなむきだしのえげつないののしりとなって高まる。壁の向うでは男と女がまったく物音をたてなかった。テンプルは寝たまま廊下側の壁を見つめていて、その向うではミス・リーバの声がまたも、長コップでドアをたたく音とともに、高まっていった。

自分の部屋のドアが開いたときテンプルはそれを聞きも見もしなかった。どれほど長く気づかなかったかわからないが、ふとドアのほうに眼を向けると、そこにポパイが立っているのを見たのだ。その顔には帽子が斜めに傾いていた。彼はなおも物音ひとつたてずに部屋へはいり、ドアを閉め、錠の鉄棒をさし、ベッドのほうへ来た。テンプルはベッドのなかで次第に身を縮めはじめ、上掛けを顎《あご》まで引きあげてその向うの彼を見まもった。彼は近寄ってくると、テンプルを見おろした。彼女は身を縮めながらゆっくりと身をくねらせた——いわば教会の尖塔《せんとう》に縛りつけられたかのような容赦ないたよりなさから自然に身が縮んだのだ。彼に向って笑いかけたが、その笑い顔はこわばった嘆願の表情のまま陶製のものと化し、その口はゆがんだ。

彼が手をテンプルの上に置くと、彼女は泣き声を出しはじめた。「いやよ、だめよ」とささやいた。「いまはだめと言われたわ、だめとあの人が――……」彼は上掛けを引っぱり、横へ投げ捨てた。彼女は両手を開いたまま何かを上に押すようにさしあげ、じっと身動きもせずにいて、その尻《しり》の皮膚の下の筋肉はまるで恐怖に駆られた群衆の解体するときのように、ちりぢりに拡散してゆく。彼がふたたび手を伸ばしたとき、テンプルは自分がなぐられるのかと思った。彼の顔を見つめていると、それはまるで泣きだしかけた子供の顔のようにゆがんだり、びくついたりしはじめ、それから彼がいななくような声を出すのを聞いた。彼はテンプルのガウンの上部をつかんだ。彼女は相手の手首を押えた、そして右に左にと体をくねらせながら口は叫ぼうと開きはじめた。彼の手がその口に蓋をした。テンプルはその手首をつかみ、彼の五本の指の間から唾《つば》を垂らしながら猛烈に下半身をくねらせあばれ、そうしながら彼がベッドのわきにしゃがみこむのを見た。その顎のない顔がゆがみ、青黒い唇が熱いスープを吹くときのように突きだされるのを見た。それが馬のような高いいななき声を出すのを聞いた。壁の向うではミス・リーバがしゃがれた苦しげながなり声で、猥雑なののしり言葉を廊下いっぱいに響かせていた。

19

「しかしあの子はね」とホレスは言った。「あの子は無事だったのさ。君だってあの家を出たとき、あの子が無事だと知ってたはずだ。ほら、あの子が彼といっしょに車で行くのを見たときさ。彼はただあの子を町まで乗せていってやっただけさ。彼女は無事だったよ。君だってそうだと知ってるんだ」

女はベッドの端に腰をおろしたまま赤子を見おろしていた。赤子は色褪《いろあ》せているが清潔な毛布をかけられ、頭の両脇《りょうわき》に両手を投げだして寝ていたが、その姿はまるで、耐えがたい苦悩が現出したのを見て、まだそれにさわらぬうちに即死したといった様子だ。両眼は半ば閉じていて、眼球がぐるりとまわっているために白い部分だけ見えたが、それは薄いミルクのような色だ。顔はまだ汗でじとついていたが、呼吸は前より楽になっている。ホレスが部屋にはいったときのような、あの弱々しい笛のような息づかいはなかった。ベッドの横の椅子《いす》の上にはコップが置いてあり、それにはかすかに色のついた水が半分ほどと、スプーンがはいっていた。開いた窓を通して広場の数知れぬ物音が伝わってきた——車、荷馬車、下の歩道を歩く足音——そしてホレスの眼には郡役所が見え、ニセアカシアと水かしわの立っている下の地面では穴に向って銀貨を投げて遊ぶ男たちも見えた。

女は赤子の上に思案げな顔を伏せていた。「あそこはあんな娘の来るところじゃなかったんだよ。リーは誰にでも、女は連れてくるなとしつこいほど言いきかせたし、あたしだって、だから彼女に、暗くならないうちにこう言ったわ、あの連中はあんたとは違う種類なんだ、早くここから出てゆきなとね。でも彼女を連れてきたあの男が動かなかったのよ。ヴェランダで男たちといっしょにすわりこんで、そのうえに飲んだくれてさ、本当だよ、食事に来たときなんか、ろくに歩けやしなかった。顔についた血を洗おうとさえしないんだからね。ああいう若造の考えではね、リーがうしろめたい商売をしてるから、自分たちもあそこへ行ったら勝手次第に何でもあの家で……たしかに大人だって悪いけれど、でも少なくともあの人たちは他のものを買うのと同じようにウイスキーを買うわ。あの若造みたいな連中、あいつらにはわかんないのよ、法を破る暮しだって遊びなんかじゃないということがね」ホレスには彼女が膝《ひざ》の上で固く握りあわせた両手をねじっているのが見えた。「ああ、あたしに何でもできる力があったら、酒を作ったり買ったり飲んだりする男なんか、みんな縛り首にしてやるわ、どいつもこいつも、みんな。

「だいたい、どうしてあたしだけがひどい目にあうのよ、あたしたちだけがさ？　あの娘っ子に、あんな連中に、あたしが何をしたっていうのよ？　あの子にはちゃんと、あそこから早く出てゆけと言ったんだよ。暗くなるまでいちゃあだめだと話してやったんだよ。でもあの娘を連れてきた若造がまた酔っぱらっちまって、ヴァンと喧嘩を始めたんだ。それにあの娘があちこちわざと眼につくように走りまわったりしたせいだわ。本当に落着かなかった。ひとつのドアからとびだしたかと思うと、たちまちまた別のところから走りこんできたりしてさ。それにあの若造もヴァンをほっておけばよかったんだ――だってヴァンはいつもトラックで夜中に帰るんだから、ポパイが彼にはうんと飲ませないでおくわけ。でもあれは土曜の夜だったものね。どうせ彼らはひと晩じゅう飲み明かしてたんだわ。あたしはそんなことを幾度も幾度も我慢してきたけど、しまいにリーに言ったわ、ここから出てゆこうよ、ここにいても何にもならないし、あの晩みたいな騒ぎに巻きこまれてもここには医者も電話もないんだから、とね。そしたらやっぱりあの小娘がやってきたんだわ、あたしがさんざんあの男に苦労して、あの男のために尽してきたというのに」頭を垂れ、両手はなおも膝の上に置いたまま身動きせぬ女の姿は、台風で崩壊した家のなかに立つ一本の煙突のような、いかにも力のぬけた不動さがみえた。

「ベッドの向うの隅に、あのレインコートを着て突っ立ってたわ。あの若い男がまた血だらけになってみんなに連れこまれたとき、あの娘はそれほどたまげてたのよ。みんなが彼をベッドに寝かせて、そしてヴァンがまたなぐりつけると、リーがヴァンの腕を押えたわ、その間もあの娘は突っ立ったままで、お面にあいた穴みたいな眼つきをしてた。レインコートは壁にかかってたんだけど、それをコートの上から着こんでたわ。自分の服はベッドの上にちゃんとたたんでおいてあった。男たちはその上からどさりとあいつを投げだした、血だらけのままね、そしてあたしが言ったわ、『あら、あんたまで酔ってるのかい？』だけどリーはちょっとこっちを見たきりだった、そいであたしは、彼の鼻が酔ったときいつもそうなように、もう白っぽくなってるのに気がついたわ。

「あの部屋のドアには錠なんかなかったけど、でもね、じきに彼らがトラックのほうへ出かけてゆくから、そのあとでなんとかできると思ったわ。それからリーはあたしを部屋から追いだして自分もランプを持って出たから、あたしは彼らがヴェランダへ戻ってくるまで待って、それからあの部屋へまた忍びこんだ。そしてドアのすぐ内側に立ってた。あの若者はベッドの上で鼾《いびき》をかいてたわ――鼻も口もぶち割られたもんで、苦しそうな息をしていて、それから男たちがヴェランダにいる声も聞えたわ。それからみんなは部屋の外や家のまわりや裏のほうへ行ったりして、その音が聞えてきた。それからみんな静かになったわ。

「あたしは壁によりかかって立っていた。彼は鼾をかいたり息をつまらせたり、しゃっくりやうめき声をたてたりしていて、あたしはその闇《やみ》のなかに寝ているあの娘のことを考えてた。きっとあの娘は両眼をあけて、耳をすませてるんだわとね、そしてあたしはそこに突っ立ったまま、男たちが行っちまってなんとかできるのを待ってたわけよ。あたしは言ったよ、『お前さんが結婚しないのは、あたしの責任なのかい？　あんたもここにいたくないんだろうけど、こっちはそれに負けないほどあんたにここにいてほしくないんだ』あたしはそう言ったのさ、『あたしはあんたみたいな連中からは何の助けもなしに生きてきたんだ、それなのにあんたがあたしに助けを求めるなんて、何の権利があってするんだい？』だってあたしは彼のために何もかもしてきたんだからね。彼のためには泥まみれになってきたんだ。何もかもおっぽりだしてきたんだ、それでいていまこっちで頼むことといったら、邪魔しないでおくれということだけなんだ。

「それからドアの開くのが聞えたわ。はいってきたのはリーだと息の仕方でわかったわ。彼はベッドのところへ行って、『そのレインコートをよこせ。起きて脱ぎな』と言って、それから彼女から剝《は》ぎとる間に玉蜀黍《とうもろこし》の穂軸がかさかさ鳴って、それから彼が出ていったわ。ただレインコートをとりにきただけだった。あれはヴァンのレインコートだったわ。

「あたしはあの男たちといっしょに暮してきたわ。リーにばかり危ない橋を渡らせて、いざ彼が捕まったとなっても指一本あげようとしない連中とね。そしてあたしはあの連中がいる家で、暗い夜もさんざん歩きまわったから、しまいにはみんなの息づかいで誰が誰だか当てられるようになったし、それにポパイがはいってきたときは、あの髪についたにおいでかぎわけられた。トミーは彼のあとをつけまわしていたわ。ポパイのあとからあのドアのなかへはいってきて、あたしのほうを見て、それであたしは彼の眼が猫のように光るのを見たわ。それからその眼が消えて、彼があたしのそばにしゃがんでいるのを感じることができた、それから二人ともポパイがベッドへ行く音を聞いて、それにあの男がぐうぐう鼾をかくのも聞いてたわ。

「玉蜀黍の穂軸のかすかに鳴る音だけ聞えて、だからあたしまだ大丈夫なんだと思ったわ、それから少しするとポパイが出ていって、トミーがそのあとについてそっと這《は》いだしてって、それからあたしはそこに立ったまま二人がトラックのほうへ行く足音を聞いてた。それからベッドのほうへ行った。あたしがさわったとたん、あの子はあばれはじめたわ。あの子の口に手で蓋《ふた》をして声を出させまいとしたけど、そんな声なんかはじめっから出さなかった。ただそこに寝たまま、頭を右から左に振りたて、自分のコートをつかんで身をもがいていただけだった。

「『ばかだね！』とあたしは言ったわ、『あたしだよ――あの女だよ』」

「だけどあの子は」とホレスは言った。「あの娘は無事だったのさ。あんたはつぎの朝赤ん坊のミルク瓶をとりに家へ戻る途中で彼女を見かけたね、そして彼女が無事だったと知ったわけだ」その部屋は広場に向いていた。窓を通して若い男たちが郡役所の庭で貨幣を投げている様子や、通り過ぎる馬車やつなぎ鎖につながれた馬などが見えた、また窓の下の歩道をゆっくりと歩いてゆく人々の足音や声が聞えた——何かうまい物を買って帰り、落着いた食卓で食べたりする人々だ。「あの子は無事だったのさ。そうだろう？」

その晩ホレスは雇い車《ハイヤー》で妹の家へ出かけた——彼は電話で迎えの車を呼ばなかった。妹の部屋にはミス・ジェニイがいた。「おや」と彼女は言った。「ナーシサはじきに——」

「彼女には会いたくないんです」とホレスは言った。「彼女の恋人のすてきな育ちのいい若者。あのヴァージニアの紳士ですね——彼がなぜ帰ってこなかったのかわかりましたよ」

「誰のこと？　ガウァンかい？」

「そう、ガウァンだ。もっとも、彼は帰ってこないほうがいいな。そうですとも、もしやつの顔でも見かけたら、ぼくはただじゃあ——」

「何だというの？　あれが何をしたというの？」

「あの日、彼はばかな小娘をあそこへ連れだして、酔っぱらってから、置き去りにして逃げちまったんです。なんてことする男だ。もしもこれがあの女のためじゃなかったらぼくは——まったくあんな人間がこの地上を歩いていると思うと……それも気どった服を着て、ヴァージニア大学に行ったというだけで大威張りしてずうずうしくのさばっているかと思うと……列車のなかだろうとホテルだろうと町のなかだろうと、いいですか、もしもやつを見つけたら——」

「おや」ミス・ジェニイは言った。「はじめはあんたが誰のことを言っているのか、わからなかったよ。とにかく、彼がこの前ここに来たのをあんたも覚えているんだね。あんたが来たすぐあとさ——夕食までいなくてオクスフォードへ出かけていった日のことさ、覚えてるかね？」

「ええ。あのときだって、もしそうとわかってれば、ぶんなぐって——」

「彼はナーシサに結婚してくれと頼んだんだよ。ところが彼女、子供はひとりいるだけでたくさんよと彼に言ったのさ」

「妹には情なんかないですよ。相手の男を侮辱しなければ気がすまない女ですからね」

「それであの青年はかっとなって、オクスフォードへ行くと言ったんだよ——あそこなら自分がばかにされないですむような女がいるとか、そんなことを言ってたね。とにかく」と彼女はホレスのほうを眼鏡ごしに見るためにちょっと頭をかがめながら、「あたしの考えではね——男親が娘を甘く見すぎるのはしかたないけど、男ってものは自分と血続きでない女のこととなるときまって……とにかく、なぜだか、男っていうのは、自分の妻や娘にかぎって悪い行いなどしないと思いこみ、そのくせ妻でも実の娘でもない女のこととなると、きまって身持ちが悪いものと思いこむんだけど、これはどうしたわけだい？」

「ええ」とホレスは言った、「たしかに妹はぼくの妻でも実の娘でもありませんよ。ありがたいことにね。だから彼女がときどきは悪党に出会って危ない目にあったって、ぼくは気にしません。しかしあんなばかな男に惚《ほ》れたなんて考えると――」

「じゃあ、あんたはどうするつもりなんだい？　油虫退治の運動でも起す気かい？」

「まあ、あの女の言ったことでもやりますかね――五十歳以下の男でウイスキーを買ったり売ったり考えたりする者は、誰もかれも射殺の義務あり、という法案を通す運動ですよ……ぼくも悪党なら我慢できますけどね、しかし彼女がいつもきまってあんなばか者に引っかかる女だと思うとねえ」

彼は町に戻った。夜はむし暑く、闇のなかには生れたての蟬《せみ》の声が満ちていた。彼はベッドと椅子と化粧簞笥《だんす》をそれぞれ一個だけ使っていて、簞笥の上にはタオルをひろげてそこに自分のブラシや時計、パイプや煙草袋《たばこぶくろ》を置き、一冊の本にもたせかけて彼の養女リトル・ベルの写真も立てかけておいた。彼はその写真を少し動かして顔が正面を向くようにした。その前に立ってながめていると、その甘ったるくてつかみどころのない顔は、古びた厚紙のなかから彼の肩の上方の何かを見つめていた。彼はキンストンの家にある葡萄棚《ぶどうだな》のことを考えはじめていた――夏の夕暮れの薄明るさや低い話し声、それが彼の近づいてゆくにつれて暗く静まりかえってしまったものだ。元来彼は二人にたいして悪意を持たず、特に彼女にたいしては悪意どころか好意さえ持っているのに、彼が近づいてゆくとひっそり静まりかえって、ただ彼女の白いドレスが青白くささやきかけるばかりだ、いやそれに彼女の奇妙で小さな肉体の、甘美で切迫した動物的なささやきもあった――あの肉体は彼が生んだものではないが、そのなかにはいま、熟れはじめた葡萄の発酵するような魅惑が微妙にも漬けこまれているように思えた。

彼は突然に動いた。写真もまた自分の意志で動くように、危なくもたれかかっていた本から少しずりおちた。写真の人物は光線の反射の下で少しぼやけて、澄んでいる水がかき乱されたなかに何か見なれた物を見たときのような印象になった――そして彼はその見なれた顔を静かな恐怖心と絶望感で見つめたのだ。突然その顔が罪のために浅ましく老《ふ》けこみ、甘美さを失ってぼやけ、両眼は優しさよりも秘密にかげって見えはじめたのだ。彼は思わず手を伸ばし、ばたりと写真を倒した。するとふたたびその顔は口紅を塗った唇をとりすまして固く結んで、優しそうな眼つきのまま彼の肩の向うを思案げに見つめているのだった。彼はベッドに寝ころんだ――服を着たまま、明りをつけ放しで寝ころんでいて、しまいに郡役所の時計が三つ鳴るのを聞いた。それから自分の時計と煙草袋をポケットに入れると、家から出ていった。

鉄道の駅は四分の三マイル離れていた。その待合室には弱い電球がひとつ、ぽっつり点《つ》いていた。がらんとしていて、ベンチには作業服の男が畳んだ上着に頭をのせ鼾をかいて眠っていて、ほかには木綿服の女がよごれたショールをかけ、萎《しぼ》んで硬くなった花を縁に飾った新品の帽子を無粋に堅苦しくかぶってすわっているだけだった。彼女の頭は垂れていて、あるいは眠っているのかもしれない。両手を膝《ひざ》にのせた紙包みの上に重ね、足もとには麦藁《むぎわら》のバスケットを置いている。そのときになって、ホレスは自分がパイプを忘れてきたのに気づいた。

列車が来たとき、彼は石炭殻の敷かれた線路ばたの構内を行ったり来たりしていた。あの男と女は乗りこんだ——男は皺《しわ》くちゃになった上着を持ち、女は紙包みとバスケットを持っていた。この二人のあとから彼は普通車の車室へはいっていったが、そこは鼾に満ちていた、そしていくつもの体が半ば通路へはみだしている様子は突然の殺戮《さつりく》が終ったあとのようで、いずれもがっくり仰向《あおむ》いた頭、開いた口、そして咽喉《のど》は思いきり上にそりあがってまさに刀の一撃を待っているといった様子だった。

彼はうとうとと眠った。汽車は走ったり、止ったり、揺れたりした。彼は目をさましてはまた眠った。誰かに揺すられて眼をあけると桜色の夜明けになっていて、まわりにはひげをそらぬままの腫《は》れぼったい顔の群れ、それらは虐殺《ぎゃくさつ》に耐えぬいたといった緊張に青ざめたような顔つきだが、瞬《まばた》きして互いを見やったりするうちに、その死人のような眼のなかに、ひそかな漠とした波になって個性の色が戻ってくるのだった。彼は下車し、朝食を食べ、また別の列車に乗り換え、ひとつの客車にはいってゆくと、そこでは赤ん坊が手に負えぬほど泣きたてていて、彼は靴の下にピーナッツの殻を踏みつけながら澱《よど》んだ小便《アンモニア》くさい通路を歩いていって、しまいにひとりの男のわきに空席を見つけた。少ししたと思うと、その男は前にかがみこみ、彼の両脚の間に嚙《か》み煙草の汁をぺっと吐いた。ホレスは急いで立ちあがり、喫煙車へはいっていった。そこもいっぱいだったし、その客車と黒人専用車の間のドアは開いて揺れていた。通路に立っている彼にはその向うに細まってゆく車室が見えた——緑のビロード張り座席が並ぶ上には帽子をかぶった弾丸頭がいくつも突き出ていてそれが一様に揺れ動き、その間も話し声や笑い声の波がこちらへ吹きもどされてきて、それが青くて酸《す》っぱい空気のなかに濃くたまってゆく。そのなかでは白人たちがすわったまま、通路に唾《つば》や煙草を吐いていた。

彼はまたも乗り換えた。今度は待っている乗客の半分が若い連中で、学生らしく着こんだワイシャツやチョッキには意味のわからぬ小さいバッジをつけており、二人の娘は同じように化粧した小さな顔をして薄い派手な服を着ていて、まるで明るいせわしない蜂《はち》どもに取囲まれた同じ造花二つといった様子だった。汽車が来ると、彼らは陽気に突進した——しゃべったり笑ったりしながら、無邪気に無遠慮に年上の人々を肩で押しのけ、座席にぶつかったりたたいたりしてどさりとすわりこみ、顔を仰向けて笑い、彼らの冷たい顔がまだ歯をみせているうちに、三人の中年の婦人たちが、満員になった席の間を、左に右にと捜す眼つきで車内を歩いていった。

二人の娘はいっしょにすわり、薄茶と青の色をした帽子を脱ぎ、ほっそりした手をあげて柔らかな若い指で短い髪をととのえなおしたが、その上では二人の若者が座席の背にのしかかって肘《ひじ》をつき頭を突きだしていたし、さらにまわりには色とりどりの帯《バンド》を巻いた大学《カレッジ》帽子がさまざまの高さ低さに群がっていた、というのも帽子のかぶり手たちは座席の腕木に腰かけたり通路に立ったりしていたからだが、やがてそのなかに車掌の赤帽子がまざって、車掌は学生たちの間を、鳥の鳴き声じみたもの悲しげないらだった声とともに動いてきた。

「切符をどうぞ。切符をどうぞ」と彼は単調な口調だった。ちょっとの間、若者たちにはさまれて、帽子しか見えなくなった。すると二人の学生が急いで戻ってきて、ホレスの背後の座席にすわった。彼には二人の息づかいが聞えた。車掌の鋏《はさみ》は二度かちかちと鳴った。彼はうしろのほうへやってきた。「切符をどうぞ」と彼はうたった。「切符を」彼はホレスの切符をとり、それから二人の学生のすわっているところで立ちどまった。

「もうぼくのは渡したよ」とひとりが言った。「向うで」

「預かり証はどこにあるね?」と車掌が言った。

「そんなものくれなかったよ。ただぼくらの切符はとったけどね。ぼくのは番号は

——」と彼はその番号を口早に、いかにも素直な気持いい口調で言った。「ジャック、お前の番号は覚えてないか？」

二人目も素直な気持いい口調で番号をくりかえした。

「もちろんぼくらの切符、あんたが持ってるはずだよ。よく見てごらんよ」彼は歯の間から口笛を吹きはじめた——何げないふりで切れぎれのダンス・リズムを気ままに鳴らした。

「君は学生食堂で飯を食うのか？」ともうひとりが言った。

「いいや。生れつき口が臭いもんでね」車掌は先へと進んでいった。口笛には両手で膝をたたく伴奏がつき、ダァ・ダァ・ダァという叫びとともに高潮に達した。それがついには無意味な悲鳴のようなわめき声となってめまぐるしく続いた——それはホレスにとって、自分のすわっている前で印刷されたページがすさまじくめくられていくような感じで、心には首尾もない無意味な刺激が過ぎ去るだけだった。

「彼女は、切符もなしに、千マイル、旅をした」

「マージもさ」

「ベスもさ」

「ダァ・ダァ・ダァ」

「マージもさ」

「おれは、女に、金曜の晩、パンチを入れるぜ」

「イーウイー」

「お前はレバーが好きか？」

「そんな奥まで届かねえ」

「イーウイー」

彼は口笛を鳴らし、ますます踵《かかと》で床を踏み鳴らし、ダァ・ダァ・ダァと叫びつづけた。最初の学生が座席の背をぐいと押したのでホレスの頭は揺れた。彼は立ちあがった。

「行こうや。車掌は行ったぜ」ふたたび座席の背がホレスにぶつかり、そして彼は二人が戻っていって通路をふさぐ仲間に合流するのを見送った。その連中のひとりが、上を向いた女子学生の明るくて柔らかな顔に、そのざらつく手をぺたりと押しつけるのも見えた。彼らの向うでは両腕に赤子を抱いた田舎女が座席にもたれて立ったまま両足を踏んばっていた。ときおり彼女はふさがった通路やその奥のあいた座席のほうへ振返った。

オクスフォード駅で下車した彼は、帽子をかぶらず派手な服を着た女子学生の群れにまざってしまった——それらのうちには手に本を持った者もいて、それがまた派手なワイシャツを着た一群に囲まれていた。通りぬけられぬ塊となり、護衛役の男子学生と手をつなぎ、子犬同士のように気ままにじゃれつきながら、彼女たちは大学のほうへと丘を登っていった。小さな尻《しり》を振りながら、ホレスが追い越そうと舗道をおりて進むと、それを見返って冷たい無表情な眼を向けるのだった。

丘の上へ着くと、そこには大きな木立ちがあり、そのなかを道は三本に分れて通っていて、緑の葉をすかしてみる向うには、赤煉瓦《あかれんが》や灰色の石の建物が輝いてみえた。いまそこからは鮮やかな高い鐘の音が響きはじめた。学生の群れはそこで三本の流れとなり、たちまち二人だけの小道になると彼らはつないだ両手を振ったかと思うと、だしぬけによろめき歩き、子犬じみた叫び声とともに互いにぶつかりあい、いわば子供たちの夢中な気まぐれさそのままに歩いてゆく。

大きな道になってそれは大学郵便局の前へ彼を導いた。彼はなかにはいり、窓口の人がどくまで待った。

「若い娘さんを捜しているんですがね、ミス・テンプル・ドレイクというんです。どうも、ちょっと遅れて会いそこなったみたいなんですが」

「彼女はもうここにいませんね」と局員は言った。「二週間ばかり前に退学しましたよ」その局員は若くて、角縁眼鏡の顔はなめらかで平板であり、丹念に手入れした髪をしていた。やがてホレスは自分が静かに尋ねているのに気がついた。

「彼女がどこへ行ったか、君にはわかりませんかねえ？」

局員は彼を見やった。前にかがみ、声を低めてから、「あんたもやっぱり刑事ですか？」

「うん」とホレスは言った。「そうなんだ。それはどうでもいい。そんなことは関係ないんだ」それから彼はまた静かに階段をおり、陽ざしのなかへ歩きもどった。そこにしばらく立っている間も、彼の両側を女子学生の波がたえず流れていった――色とりどりの服装、むきだしの腕、短く刈った明るい髪、いずれも同じ小利口で無邪気でものおじしない表情（とくに彼女たちの眼にそれがよく出てると彼は知っていた）、そして同じように大胆に塗りたくった唇――彼女たちの流れはまるで動く音楽のようだ、陽光のなかに流れだした蜂蜜《はちみつ》のようだ、奇妙に明るくてはかなくて朗らかであって、それは過ぎ去った日々や消えた喜びのすべてをほのかに思い起させるかのようだ。熱気のなかに震えて、輝いて、その流れの行く林の空間には石や煉瓦の建物が蜃気楼《しんきろう》のようにちらついて、それらは頭部の欠けた円柱、南西風に吹かれてゆっくりくずれてゆく緑色の雲に浮き漂う塔の群れといった感じで、無気味に、軽々と、柔らかにみえ、そこに立っている彼は甘美にとりすました鐘の音に耳を傾けながら、さて、どうしようと考え、さてこれからどうしようと問い、そして自分に向って答えていた――そうさ、何にもないんだ。何もない。これでおしまいなんだ。

彼は片手に煙草《たばこ》を詰めたまま火をつけぬパイプを持ち、汽車の出る時間より一時間も前に停車場へ戻った。便所にはいると、そのきたなくよごれた壁に、彼女の名前が鉛筆で落書きされているのを見た。テンプル・ドレイク。彼はそれを静かに読んだ。頭をかしげ、火のついていないパイプをゆっくりとまわしながら読んだ。

汽車の来る三十分前になると、女子学生たちが集まりはじめた——丘からのんびりした足どりでおりてきて、プラットフォームに集まってくるのだが、相変らず薄手の明るい甲高い笑い声をたて、同じような白っぽい脚を並べ、薄着の服の下にある肉体はたえず若いもの特有のぎごちない、そして肉感的な無目的な動きをみせていた。

帰りの汽車は一等車をつけていた。彼は普通車を通りぬけて一等車へはいった。ほかに乗客はひとりしかいなかった。客車のなかほどの窓寄りにいる男で、帽子のない頭をうしろにもたせかけ、指輪をはめた手には火のついていない葉巻を持っていた。汽車が動きはじめ、彼女たちのなめらかな頭が後方へどんどん消え去ってゆくと、その乗客は立ちあがって普通車のほうへ歩きはじめた。腕にはコートをかけ、手には薄い色のよごれた帽子を持っていた。ホレスは正面を向いたまま眼の隅から、男が胸ポケットをまさぐるのを見てとった、それからまた男の大きくて柔らかで白い襟首には髪がきっちり刈りそろえてあるのに気づいた。まるでギロチンでやられたみたいだな、とホレスは思い、なおも男を見送っていると、男は通路にいる列車給仕の横をすりぬけ、帽子を頭にのせる動作とともに彼の視野からも心からも消え去ってしまった。汽車は走りつづけ、カーヴでは揺れ、ときたま家がひらめき過ぎ、小さな谷や大きな谷を横切るときには、生えだしたばかりの綿畑が扇状にひろがっていた。

汽車は速力を落した、そしてふたたび揺れ、汽笛が四つ鳴った。あのよごれた帽子の男が胸ポケットから葉巻を取りだしながらはいってきた。ホレスを見ながら通路を早足でやってきた。葉巻を指にはさんだまま、足どりをゆるめた。列車はまた揺れた。男は手を伸ばし、ホレスの向い側の座席の背をつかんだ。

「ベンボウ判事じゃねえかね？」と彼は言った。ホレスが見上げるとそこに相手の顔があったが、それは年齢や思想の影も留めぬ盤広《ばんびろ》のぶよついた顔、左右には肉づきのいい広大な頰があってその中央には小さくて鈍感そうな鼻があり、いわばそれは巨大な台地を見おろしているかのよう——いやそればかりか、そこには漠とした微妙な矛盾感さえ生じているのだ、たとえばそこに小さな鼻をつけたのは、神様が広大な原野に栗鼠《りす》とか鼠《ねずみ》といったおとなしい働き者を置いて、それによってご自分の冗談仕事に画竜点睛《がりようてんせい》をほどこしたわけだとでもいったらよいだろうか。

「あんたはベンボウ判事でねえかね？」と彼は言いながら手をさしだした。「わたしは上院議員のスノープスだよ、クラレンス・スノープス」

「あ、そうか」とホレスは言った。「うん、ありがたいけど」と彼は言った、「判事と呼ばれるのは、まだだいぶ先のことらしいなあ。いつかそうなりたいけれどもね」

相手は葉巻のほうの手をホレスの顔の前で振った。もう一方の手は掌《てのひら》を上にしていて、その薬指にはまった巨大な指輪の根本あたりはかすかに色が変っていた。ホレスはその手に握手し、そして放した。「オクスフォードであんたが乗ったとき、たしかあんただと思ったんだがね」とスノープスは言った、「ただわたしは――すわってかまわんかね?」そう言ったときはすでにその脚でホレスの膝《ひざ》を押していた。彼はコートを――油じみたビロードの襟つきの着古した青いコートを――座席に投げだし、そして自分もすわったがそのとき、列車が止った。「まったくのとこ、わたしは男の仲間に会うのが大好きでね、いつでも……」彼はホレスの前を横切って身を乗りだし、窓から外のきたない駅をのぞき見した――白墨で何か書きなぐってある掲示板、急送貨車に積まれた金網張りの鶏籠《とりかご》には寂しげな鶏が二羽、塀のあたりには作業服の男が三、四人、のんびりと煙草を嚙《か》みながら動いている。「もちろん君はもうわたしの郡にいない人だが、しかしやっぱり男の友達は男の友達だでなあ、たとえ投票はどっちに入れようとそれは別問題だよ。なぜって友達は友達なんだでなあ。相手が自分の役に立とうが立たなかろうが……」彼は火のついていない葉巻を指にはさんだまま、そりかえった、「すると、あんたはあのでかい町から来たんじゃあねえんだね」

「そうさ」とホレスは言った。

「まあ、あんたがジャクスンに来たら、喜んで世話をするよ。いまでもあんたがわたしの郡に住んでるつもりになってね。人間、昔の友達の世話もできねえほど忙しくっちゃあ、一人前でねえ――といつもこう言ってるんだ。ところで、あんたはいま、たしかキンストンに住んでるんだったな、そうだね？　あそこの議員たちも知ってるよ、うん。なかなかいい連中だよ、二人ともね、ただ、ちょっと名前は思い出せねえけども」

「ぼくにも思い出せないな」とホレスは言った。汽車が出発した。スノープスは通路に乗りだして後方を見やった。彼の明るいグレイの服はプレスされてはいたが、クリーニングした様子はなかった。「さて」と彼は言い、立ちあがると自分のコートをとりあげた。「あの町に来たら、いつでも……あんたはジェファスンへ行くんだね、たしか？」

「そうだ」とホレスは言った。

「じゃあ、いずれまた」

「このままここに乗ってったらどう？」とホレスは言った。「ここのほうが楽だし」

「あっちへ行って、一服しようと思ってね」とスノープスは葉巻を振りながら言った。

「じゃあ、いずれまた」

「ここでも吸えるよ。ご婦人は乗っていないんだから」

「うん、まあ」とスノープスは言った。「ホリー・スプリングでまた会いましょうや」

彼は普通車のほうへと歩いてゆき、葉巻を口にした姿のまま消え去った。ホレスは十年前の彼が図体の大きな、頭の鈍い青年だったのを思い出した。食堂経営者の息子だったが、この一族というのが近郊のフレンチマンズ・ベンドあたりからジェファスンへとこの二十年間にぼつぼつ移り住んできて、しまいには他の一般人の投票など当てにせずに、多くの分家となった一族だけで彼を議員に選びだしたのだった。

ホレスは冷えたパイプを手にしたまま、じっと動かずにすわっていた。それから立ちあがり、歩きだして普通車のなかを通りぬけ、喫煙車へはいっていった。スノープスは通路にいて、四人の男たちのすわっている席の腕木に腿《もも》をのせ、火のついていない葉巻を持った手で身ぶりをしていた。入口に立ったホレスは彼の視線をとらえ、手まねきした。少しするとスノープスはコートを手にして彼のもとにやってきた。

「州の都会《ザ・キャピタル》では様子はどうだね？」とホレスは言った。

スノープスは粗野なずうずうしい調子の声でしゃべりはじめた。その言葉からしだいに浮びあがってくるのは愚劣でこぎたない目的のためにする愚劣な謀略とこぎたない政治腐敗の図であって、それは主としてホテルの部屋のなかで行われるのであり、そこへ給仕が酒瓶を仕込んでふくらんだ上着姿ですべりこむと、とたんにちらりと衣装戸棚のなかへ隠れる女のスカートが見えたりするのだ。「あんたが町に来たら、いつでも声をかけなせえ」と彼は言った、「わたしは男友達を案内してまわるのが大好きでね。町の誰にきいてもわかるよ、もし町に何かがあれば、クラレンス・スノープスはきまってその場所をかぎつけるんだよ。ところで、あんたはなんか手ごわい事件を扱ってるようだねえ」

「まだ何とも言えないな」とホレスは言った。「ぼくは今日、オクスフォードに降りたんだ。ぼくの養女の友達に話があって、大学に立ち寄った。彼女のいちばんの仲よしの娘なんだが、もうあの学校にいなくなってたね。ジャクスンから来た娘で、名前はテンプル・ドレイクと言うんだ」

スノープスは厚ぼったくて小さくて濁った眼をして彼を見まもっていた。「ああ、ドレイク判事の娘だね」と彼は言った。「家出した娘だ」

「家出した？」とホレスは言った。「家に逃げかえった、というのと違うかい？　どんな面倒が起きたのかな？　学校を落第でもしたのかな？」

「知らんね。新聞に出たとき、みんなはあの娘が誰かと駆落ちしたと言ってたけどね。例の、ほら、自由結婚とかいうやつさ」

「しかし彼女が戻ってきた以上、そんな駆落ちじゃなかったわけだ。こりゃあ、うちのベルが聞いたら驚くニュースだなあ。彼女はそれで、いまは何をしてるの？　たぶんジャクスンでまた遊びまわってる、というところかね？」

「あそこにはいないよ」

「いない？」ホレスは言った。彼は相手が自分を探るように見ているのに気づいた。

「いまどこにいるんだい？」

「親父《おやじ》さんがあの子をどこか北のほうへ送りだしたのさ、叔母さんをつけてね。ミシガンへさ。二、三日前の新聞に出てたよ」

「おや、そうなのか」とホレスは言った。なおも冷えたパイプを握っていて、彼はいま自分の手がマッチを求めてポケットを探っているのに気づいた。彼は深く息を吸いこんだ。「ジャクスン市の新聞はいい新聞だねえ。この州でもいちばん信頼のおける新聞だよ、そうじゃないかい？」

「むろんさ」とスノープスは言った。「あんたはオクスフォードへ彼女を捜しに出かけたのかい？」

「いや、違うんだ。たまたまぼくの娘の友達に会ったところが、彼女が学校をやめたと聞かされたわけでね。じゃあ、ホリー・スプリングでまた」

「うん、いいとも」とスノープスは言った。ホレスは一等車に戻り、すわってからパイプに火を点じた。

列車がホリー・スプリングに近づいて速度を落すと、彼は出口まで出ていったが、それから急いで車内に戻ってきた。スノープスが普通車から現われた、そして給仕が踏み台を手にしたままドアをあけて階段を外へ折りだした。スノープスはポケットから何かを取りだし、それを給仕に与えた。「さあ、ジョージ」と彼は言った。「葉巻をとりな」

ホレスは下車した。すでにスノープスは、他の誰よりも頭半分ぬけだした上によごれた帽子をのせて、向うを歩いてゆく。ホレスは列車給仕を見やった。

「それ、彼がくれたんだね、ええ？」

給仕はその葉巻を掌の上でころがした。彼はそれをポケットに入れた。

「それをどうするんだい？」とホレスは言った。

「こいつぁ、知ってる人間にあげられる代物《しろもの》でねえですよ」と給仕は言った。

「彼はよくこんなことするのかい？」

「年に三度か四度かね。ところがどうも、あっしにばっかりこの運が当るみてえで、かなわねえんで……はい、ありがと」


ホレスは、スノープスが待合室にはいるのをみとめた——あのよごれた帽子や大きな首筋はふたたび彼の心から消えうせた。彼はもう一度パイプに煙草《たばこ》を詰めた。一丁《ブロック》ほど離れたところからメンフィス行きの列車のはいってくるのが聞えた。彼が駅に着いたときには、それはもうプラットフォームにいた。開いた乗降口のそばにスノープスが立ち、新品の麦藁帽《むぎわらぼう》をかぶった二人の若者と話していたが、その厚い両肩や身ぶりにはどこかしら忠告指導しているといった様子がうかがわれた。その列車は汽笛を鳴らした。二人の若者が乗りこんだ。ホレスは駅の角をまわって身を隠した。

自分の乗る列車が来たとき、彼はスノープスが先に乗りこんで喫煙車へはいってゆくのを見とどけた。ホレスはパイプの火をたたきおとし、普通車にはいり、ずっと奥のほうの席を見つけて、うしろ向きになってすわった。

20

ホレスがジェファスン駅から外へ出ると、町行きのタクシーが彼の横へ来て止った。それは彼が妹の家に行くときにいつも使うタクシーだった。「今日はただで乗せてあげますぜ」と運転手が言った。

「それはありがとう」とホレスは言った。彼は乗りこんだ。車が広場にはいったときには郡役所の時計はまだ八時二十分をさしていたが、それでもあのホテルの窓には明りが消えていた。

「たぶん赤ん坊が眠ってるせいだな」とホレスは言った。「すまんがね、ぼくをホテルでおろして――」それから彼は運転手が自分を何気ない好奇心の眼で見まもっているのに気づいた。

「あんたは今日、町にいなかったね」と運転手は言った。

「うん」とホレスは言った。「なんだい？　今日ここで何か起ったのかい？」

「あの女はもうあのホテルにいませんぜ。ウォーカー夫人が刑務所に連れてったとかいう話ですぜ」

「へえー」とホレスは言った。「とにかくぼくはあのホテルでおりるよ」

ロビーには人っ気がなかった。少しするとホテルの主人が現われた。ごま塩頭になった男で、楊枝《ようじ》をくわえている。ちんまりと腹が突き出ているので、チョッキのボタンはあけている。「あの女はもうホテルにいなかった。「あの教会の婦人連がしたんでさあ」と彼は言った。指に爪楊枝《つまようじ》を持ってから声を低めて、「今朝やってきたんです。みんな委員たちばかりでさあ。あんたもあの連中がどんな調子か、ご存じでしょ」

「というとあんたは、自分のところへ泊る客については、バプティスト教会の言うなりになってるわけかい？」

「あの婦人連にはかなわんですよ。一度こうと決めたら、彼女たちがどんな調子か、よくご存じでしょ。そうなりゃあもう諦《あきら》めて、向うの言うままにするほかありませんや。もちろん、わたしとしても――」

「ちぇっ、もしも男なら――」

「しーっ、しーっ」と主人は言った。「あの連中がこうと決めたらどんな調子か、ご存じ――」

「たしかにあの時は男がいなかったから、どうしようもなかったわけだ――しかしもし君が自分を男と呼ぶんならどうして――」

「わたしだって自分の立場がありますからねえ」と主人は泣き言めいた口調になった。

「あけすけに言うとなれば、そうなんですよ」彼はちょっと後ずさりして帳場によりかかった。「自分のホテルに誰を泊らせようと泊らせまいと、それはわたしの勝手でしょ」と彼は言った。「このあたりの人間だったら、たいていはわたしと同じことを言うにちがいないですぜ。その人々の名前は言いませんがね。わたしは誰にだってぺこぺこしませんぜ。あんたにだってそうですよ」

「彼女はいまどこにいる？　それとも連中は彼女を町から追っぱらっちまったのか？」

「お客がここを出たあとは、こっちの知ったこっちゃないですよ」と主人は言い、うしろを向いた。「もっとも、誰かが彼女を泊めてやったでしょうがね」

「そうとも」とホレスは言った。「これがキリスト教徒なんだ、キリスト教徒なんだ」彼はドアのほうへ向った。主人が彼を呼んだ。彼はぐるりと振向いた。相手は書類棚から紙片を取りだしていた。ホレスは帳場へ戻った。紙はその上に置かれ、主人は口から楊枝を突きあげながら、両手をついて身を乗りだした。

「あんたが払うからと、彼女が言ったんでね」と彼は言った。

彼は震える手で金を下へ置きながら勘定を払った。彼は刑務所の庭にはいり、ドアまで行ってノックした。しばらくすると、やせてだらしない様子の女がランプを持って、男物の上着を胸に当てがったまま現われた。うかがうように彼を見あげて、彼が口をきる前にこう言った。

「あんたはグッドウィンのかみさんを捜してるんだね、え？」

「そうだ。いったいどうして——どうして——」

「あんたは弁護士さんだね。前に会ったことあるよ。彼女はここにいるさ。いま眠ってるよ」

「ありがとう」とホレスは言った。「ありがとう。きっと誰かがしてくれると思った——まさか誰ひとり——」

「あたしゃ女と子供にはいつでもベッドを用意しとくのさ」と女が言った。「エドがなんと言おうと平気だよ。あんた、何かとくべつ彼女に会いたいことあるのかい？　彼女はいま眠ってるんだけどね」

「いや、いいんだ、ただちょっと会いたいだけ——」

女はランプごしに彼を見まもっていた。「じゃあ、いまあの人を起すことたあないだろ。朝になったらやってきて、彼女の泊る場所を見つけておやりよ。急ぐこたあないよ」

つぎの日の午後ホレスは妹の家に出かけたが、今度も雇い車《ハイヤー》を使ったのだった。彼は何が起ったかを妹に話しきかせた。「こうなれば彼女をあの家に連れて帰るほかないと思うね」

「あたしの家にはいやよ」とナーシサが言った。

彼は妹を見やった。それからゆっくりと丹念に自分のパイプに煙草を詰めはじめた。「ねえ君、これは好ききらいの問題じゃないんだよ。それぐらい君にもわかるはずだがねえ」

「あたしの家にはいやよ」とナーシサが言った。「そのことはもう話がついたと思ってたわ」

彼はマッチをすってパイプに火をつけ、そのマッチを用心深く暖炉の中へ落した。「君にはわからないのかい、彼女は実質的には町の通りへ放りだされたようなもんなんだよ。それは――」

「それも辛《つら》いことじゃないでしょ。彼女はもとからそんなことには慣れてるはずだから」（訳注 街の女だったから、の意）

彼は相手を見やった。パイプをくわえ、燃え方に注意しながらふかしていたが、その柄を握る自分の手が震えるのに気づいた。「いいかい。明日になると、あの婦人連は彼女に町から出ていけとさえ言うかもしれない。それというのも彼女が正式に結婚していない男の子供を抱いて、この町の神聖なる通りを歩くから、という理由からなんだ。だが誰がそんなことを連中に告げ口したんだろう？　ぼくの知りたいのはそこさ。このジェファスンでそのことを知っているのは誰もいなくて、ただひとり――」

「そんな話は、あんたからはじめて聞いたけどねえ」とミス・ジェニイは言った。「だけど、ナーシサ、どうして――」

「あたしの家にはいやよ」とナーシサが言った。

「そうか」とホレスは言った。彼は平均に燃えるようにパイプを吸った。「むろん、それでことは片づいたな」と彼はかわいた軽い声で言った。

彼女は立ちあがった。「兄さんは今夜ここに泊るの？」

「何だって？　いや。いいや。ぼくは――ぼくは彼女に刑務所に迎えに行くと言ったんだ、そして……」彼はパイプを吸った。「まあ、それは気にならんだろ。まあ、気にせんでほしいねえ、少なくとも」

彼女はなおもたたずんだまま振返った。「ここへ泊るの、それとも行くの？」

「なんなら、ぼくは彼女に車がパンクしたからだとさえ言えるのさ」とホレスは言った。「結局のところ時間というのは便利な道具なのさ。ちゃんと使えば、まるでゴム輪みたいに、何でも引伸ばせるものさ、そしてしまいにぱちんと切れて、あとには両方の手の親指と人さし指の間に悲しみと絶望の小ちゃな塊がくっつくだけ、というわけさ」

「ホレス、あなたは泊るの、それとも泊らないの？」とナーシサが言った。

「まあ、泊ることにするよ」ホレスは言った。

彼はベッドにいた。闇《やみ》のなかに一時間ほども横になっていたが、すると部屋のドアが開いた――それが開くのを、見るとか聞くとかするよりもむしろ感じたのだ。それは妹だった。彼は肘《ひじ》をついて起きあがった。彼女はベッドへ近づくにしたがって、ぼんやりとした姿を現わした。そばに来ると彼を見おろした。「兄さんはこんなこと、いつまで続けるつもりなの?」と彼女は言った。

「ほんの朝までさ」と彼は言った。「ぼくは町に戻るよ。もう二度とぼくに会う必要はないさ」

彼女は身動きもせずにベッドの横に立っていた。しばらくすると彼女の冷たいかたくなな声が彼のほうへおりてきた――「あたしが言ってることの意味、ご存じのはずよ」

「ぼくは彼女を二度と君の家に連れていかないと約束するよ。なんならアイソムをおくって、カンナの花壇に隠して見張らせたらいい」彼女は何も言わなかった。「ぼくがあそこに住むだけだったら、君は文句は言わないだろう。どうだい?」

「あなたがどこに住もうとかまわないわ。問題はあたしが住む所がどこかなのよ。あたしはここに住むのよ、この町にね。ここにとどまっているほかないのよ。だけどあなたは男でしょ。そんなこと、問題じゃないわ。勝手にどこへだって行ける身分よ」

「ああ、そうか」と彼は言った。彼はじっと静かに横たわった。妹はその上に身動きもせずに立っていた。二人の口調は静かで、まるで壁紙のことや料理のことを相談しあっているかのようだった。

「わかるでしょ、この町はあたしの家と同じようなものなのよ、あたしがこれから一生暮すほかない所なのよ。あたしが生れた所なのよ。あなたがどこに行こうと何をしようと、あたしはかまわない。あなたがどれだけの女性を持とうと、それがどんな人だろうと、あたしはかまわないわ。だけれどあたしの兄さんが、人の噂《うわさ》になっている女とかかりあうのには我慢できないの。あなたがあたしのために気をくばってくれるなんて、そこまでは期待しないわ、でもね、あたしの父や母のために遠慮してほしいと頼んでるのよ。あの女をメンフィスに連れていってほしいわ。人の噂だと、あなたはあの男が刑務所から出る保釈金を貸してやらなかったそうだけど、彼女をメンフィスに連れていったらいいのよ。そのことで彼につく嘘《うそ》ぐらい、思いつけるでしょ」

「なるほど。君はそういう考えでいたんだな、ええ?」

「あたしは特別何も考えてないわ。気にもしていないわ。でも町の人々がそう考えているのよ。だからそれが本当だろうとなかろうと、それは関係ないのよ。ただあたしの気になるのは、あなたのおかげで毎日、あたしがあなたをかばう嘘をつかねばならぬということなの。ホレス、この町から出てってよ。あなた以外の人は誰でも、これが残酷な人殺し事件だと気がついているのよ」

「それももちろんあの女のせいで起きた、というわけだろうね。あの連中はきっとそう言ってるのさ――連中の臭くて手前勝手な、自分だけ高尚ぶった信心ぶりから言えば、そうなのさ。そろそろ、トミーを殺したのはぼくだった、とでも言いはじめるところだろう、ええ？」

「誰が殺したかなんてべつに問題じゃないのよ。問題なのは、あなたがこれにどこまで巻きこまれてゆくかなのよ。もう町の人たちは、あなたと彼女が夜になるとあたしの家に忍びこんでると信じはじめてるのよ」彼女の冷たくてかたくなな声が彼の頭上の闇のなかに言葉を形づくった。窓を通って、蟬《せみ》とこおろぎのものうげな不協和音が風の吹く闇のなかで伝わってきた。

「それを君は信じるのかい？」と彼は言った。

「あたしが何を信じようと関係ないことだわ。ホレス、ここから立ち去ってよ。お願いだわ」

「彼女をおいたままでかい――彼らをほっぽらかしにしてかい？」

「彼がなおも無罪だと言い張るなら、弁護士を雇ったらいいわ。その費用はあたしが払います。兄さんならご自分よりも優秀な刑事弁護士をめっけられるでしょ。彼女には知れずにできますわ。それに知っても気にしないでしょうね。だってあの女は兄さんをただで利用して、そしてあの男を刑務所から出す腹なのよ。それだけの気持しかないのよ。兄さん、あの女が金をどこかに隠しているのに気がつかないの？　あなたは明日町に戻るのね、そうでしょ？」彼女は身をまわし、その姿は闇のなかへとけはじめた。「朝食は食べてらっしゃいね」

つぎの日の朝食で妹は言った――「この事件で反対側にたつのは誰なの？」

「地方検事にきまってるさ。どうして？」

彼女はベルを鳴らして、新しいパンを持ってこさせた。ホレスは彼女を見まもった。

「君はどうしてあんなことを聞いたんだい？」それから彼は言った――「あのこそこそ野郎」彼は同じジェファスンで育ち同じ学校へ通ったこの地方検事のことをしゃべりはじめた。「きっと彼はあの前の晩、打つ手がなくなっちまったんだ。それであのホテルさ。世間の評判をあおるために、あのホテルから彼女を追いだしたんだ。ちぇっ、もしもぼくがそれを知っていたら――あの男がただ議員に選ばれたいために、あんなことをするやつだと知ってたら……」

ホレスが立ち去ったあとで、ナーシサはミス・ジェニイの部屋へ行った。「その地方検事って誰ですの？」と彼女は言った。

「あんたはちっちゃいときから彼のことを知っているよ」とミス・ジェニイは言った。「あんたは彼を選挙さえしたんだよ。ユースタス・グレーアムさ。なんでそんなことを知りたがるんだい？ガウァン・スティヴンズの後釜《あとがま》をめっけているというわけかい？」

「あたし、ただ誰かしらとふと思ったのよ」とナーシサは言った。

「嘘をお言いでないよ」とミス・ジェニイは言った。「あんたがただふと思うだけの人かね。あんたは手を打ってみて、さてつぎには何が出るか待ってみるという性質《たち》なんだからね」

ホレスは散髪屋から出てくるスノープスに出会った。その顎《あご》を粉で白っぽくさせ、ポマードのにおいをふりまいていた。蝶《ちょう》ネクタイの下、ワイシャツの下方に模造ルビーの飾りボタンをつけていて、それが彼の派手な指輪と似合っていた。その蝶ネクタイも青い水玉模様のもので、玉の白い部分は近くで見るとよごれが目立った。剃《そ》りあげた首のあたりやプレスした服、ぴかぴかしている靴という姿全体から、どこかしら、この男は水洗いを抜きにしてドライ・クリーニングだけしたといった感じが滲《し》み出ていた。

「おや、判事」と彼は言った、「あんたの依頼人が、宿を見つけるのに困っているという話だねえ。わたしがいつも言ってるように――」彼は身をかがめて声を低め、その泥色の両眼をきょろつかせて――「教会なんてものは政治に割りこんじゃいかんよ、それに女連中というものは、裁判どころか政治にも教会にも手を出しちゃいかんよ。連中は家においとけば、男の訴訟などに手を出さなくとも、やることはいっぱい見つかるんだからね。それにだよ、男だってやっぱりただの人間なんだからねえ。だから男のすることとは勝手に放っとくがいちばん。ところであんた、彼女の宿をどこかに世話したかね？」

「彼女は刑務所にいる」とホレスは言った。彼は手短かにしゃべり、通り過ぎようとした。相手は見えすいた何気なさで彼の道をさえぎった。

「なんだかあんたは町じゅうをすっかり興奮させちまったらしいね。連中の話だと、あんたは明日もグッドウィンに保釈を許さないから、やつはあそこにとどまるほかなくて――」ふたたびホレスは通り過ぎようと試みた。「わたしはいつも言うんだけども、世の中の面倒事の半分は女が起すもんだよ。あの娘が親父《おやじ》をびっくり仰天させたのもそれさ。あんなふうに家をとびだしたりするんだもんねえ。あの人がだね、娘をこの州から送りだしちまったのは、ありゃあ利口なやり口だったねえ」

「うん」とホレスはかわいた、怒りに満ちた声で言った。

「あんたの事件がうまく運んでいると聞いたがね、とてもうれしいよ。あんたとわたしの間だけの話だがね、いい弁護士があの地方検事をとっちめるのは、見てても楽しいんだ。ああいう男に郡の仕事をちょっとでも任すと、たちまちでかい顔しはじめるんだ。とにかく、あんたに会えてうれしかったよ。わたしは一日二日あの町に仕事があるんだが。あんたはあっちへ行くんじゃあねえかね？」

「何だって？」とホレスは言った。「あっちって、どこ？」

「メンフィスさ。何かわたしにできることがあるかい？」

「いや」とホレスは言った。彼は歩きだした。しばらくの間、彼は眼の先がくらんで何も見えなかった。ただコツコツと歩きつづけ、顎の両脇《りょうわき》の筋肉が痛みはじめ、自分に話しかける町の人の前を通り過ぎても、それに気づかないのだった。

21

汽車がメンフィスへ近づくにつれて、ヴァージル・スノープスは口が重くなり、しだいにひっそり黙りがちになったが、反対に彼の連れのほうはパラフィンの紙袋から糖蜜《とうみつ》まぶしのポップコーンを食べつづけながら、まるで何かに陶酔したかのようにますます元気に、陽気になっていって、友達の見せる自分とは反対の状態などまるで気づかぬ様子だった。彼がなおもしゃべりまくるうちに汽車は着いた。彼は新しい模造皮の鞄《かばん》をさげ、二人とも剃りたての襟首をみせたうえに新しい帽子をかしげてかぶって駅に降りたった。待合室にはいると、フォンゾが言った――

「えーと、これから、どうするわけだい?」ヴァージルは何も言わなかった。誰かが二人を突きとばしたのでフォンゾは自分の帽子をおさえた。「これからどうするんだよ?」と彼は言った。それから彼はヴァージルを、その顔を見やった。「具合でもわりいんかい?」

「わりいとこなんか、なんもねえさ」とヴァージルが言った。

「じゃあ、これからおれたち、どうするんだい?　おめえは前にここに来たけどよ。おれは知らねえんだから」

「まあ、ちっとばか、見てまわろうじゃあねえか」とヴァージルは言った。

フォンゾは相手を探るように見ていて、その青い眼は陶器のようだった。「おめえどうかしたのかよ?　汽車んなかじゃあずうっと、メンフィスにゃ何度も来たなんてしゃべくってたくせによ。どうやらおめえ、一度だって前には――」誰かが二人を突きとばし、その間を裂いた。人の流れが二人の間を動きはじめた。自分の鞄と帽子をつかみながら、フォンゾはなんとか友達のほうへ戻っていった。

「来たことはあるさ」とヴァージルは言い、ぼんやりあたりを見まわした。

「じゃあ、これからどうするか、教えろや。あそこは朝の八時まで開かねえんだぜ」

「とすりゃあ、そんなにばたばた急がなくたってもいいだろ?」

「だけどよ、ここにひと晩じゅういるつもりはねえぜ……おめえ、前にここへ来たときは、どうしたんだよ?」

「ホテルへ行ったさ」とヴァージルは言った。

「どのホテルだい?　ここにゃあ、ホテルはひとつきりじゃねえだろ。こんなに人間がうんといりゃあ、ひとつのホテルにゃあ泊れねえだろ？　おめえの行ったのはどれだった？」

ヴァージルの眼もまた薄い擬《まが》いものの青さだった。その無表情の眼であたりを見まわし、「ガヨソ・ホテルさ」と言った。

「じゃあ、そこへ行こうじゃねえか」とフォンゾが言った。二人は出口の方へ動いていった。ひとりの男が二人に向って、「タキシー」とどなった。赤帽がフォンゾのさげた鞄を取ろうとした。「よせよ、おい」と彼はそれを引っぱりながら言った。通りへ出ると、さらに多くの運転手が二人にわめきかけた。

「なるほど、これがメンフィスかい」とフォンゾが言った。「さて、どっちへ行くんだい？」返事はなかった。振返ってみると、ヴァージルが運転手から離れようとしているところだった。「おい、おめえ、何を――」

「こっちへ行くんだ」とヴァージルが言った。「遠くねえよ」

そこまでは一マイル半もあった。ときどき二人は鞄をさげた手を持ちかえた。「なるほど、これがメンフィスかい？」とフォンゾが言った。「こんなところに生れたかったなあ、おれも」二人がガヨソ・ホテルにはいると、給仕が鞄を受取ろうとした。彼らは給仕を押しのけ、タイル張りの床をおずおずと歩き進んでいった。ヴァージルが立ちどまった。

「来いよ」とフォンゾが言った。

「待てよ」とヴァージルが言った。

「だって、おめえは前にここへ来たと言ったろ？」とフォンゾが言った。

「来たさ。だけどここのこの場所はとても高えんだ。ここだと一日一ドルくれというよ」

「じゃあ、おれたちどうする？」

「ちっとばか見て歩こうや」彼らは通りへ戻った。時刻は五時だった。二人は鞄を持ち、あたりを見まわしながら歩いていった。もうひとつのホテルへ来た。なかをのぞくと、大理石や真鍮《しんちゅう》の痰壺《たんつぼ》、忙しそうな給仕たち、鉢植えの木の並ぶ間にすわっている人たちが見えた。

「ここも、やっぱり高そうだな」とヴァージルが言った。

「じゃあおれたち、どうするんだよ？　ひと晩じゅう歩いてるわけにいかねえぜ」

「ここの通りからはずれようや」とヴァージルが言った。二人は大通りを離れた。つぎの角に来るとヴァージルはまた曲った。「この通りを見てみようぜ。あんなでけえ窓ガラスや黒ん坊の給仕がいるとこはやめようぜ。あんなのがあるから、やつらはふんだくるんだからなあ」

「どうして？　ありゃあおれたちが行く前から、儲《もう》かっちまって備えたんだぜ。おれたちがそれに金を払うなんて、どういうわけだい?」

「おれたちがあそこにいる間に、誰かがあれを割ったらどうする? それをやらかしたやつを捕えられなかったら、どうする? やつらはおれたちお客にそれをおっかぶせて、その分の金を取るってわけだ、そうだろ?」

五時半になると、二人は安い木造の家や、がらくたの置かれた空地のある狭くてきたない通りにはいった。やがて小さくて草もない庭に建った三階建の家にやってきた。玄関には、格子《こうし》づくりの申し訳だけのドアが傾いている。その前にある踏段にはゆるいガウンを着た女がすわっていて、庭のなかを動いている二匹の、白い毛のふさふさした犬をながめていた。

「あすこをためしてみようぜ」とフォンゾが言った。

「あれはホテルじゃねえよ。どこにも看板がねえだろ?」

「ホテルでねえわけがあるかよ」とフォンゾが言った。「もちろんホテルさ。三階建の家に、ただ住んでるやつなんていると思うか?」

「こっちからは行けねえよ」とヴァージルが言った。「ここは裏口だよ。あそこに便所があるの、見えねえのかよう?」と彼は頭を格子戸のほうに振った。

「じゃあ表にまわろうや」とフォンゾが言った。「来いよ」

二人はその角をまわっていった。反対側には中古自動車の売場がずっと向うまで続いていた。二人はその通りの中央で右手に鞄をさげたまま突っ立っていた。

「おめえはここらを、まるっきり知らねえんだよ、きっとそうだ」とフォンゾが言った。

「戻ろうぜ。あれが表口だったにちがいねえや」

「玄関口に便所が建てられてるってわけかい?」とフォンゾが言った。

「あの奥さんにきいてみようぜ」

「誰がよ? おれはいやだぜ」

「とにかく、戻っていって、見てみようや」

二人は戻った。あの女も犬も姿を消していた。

「ほれみろ、おめえのせいだぞ」とフォンゾが言った。「そうじゃねえか？」

「ちっと待ってみよう。たぶん彼女が戻ってくるかもな」

「もう七時ごろだぜ」とフォンゾが言った。二人は垣根ぞいに鞄をおろした。すでに燈《とう》火《か》がついていて、ずらりと並んだ窓には灯《ほ》影《かげ》が揺らめき、その向うにはおだやかに晴れあがった西空があった。

「それにハムのにおいもするぜ」とフォンゾが言った。

一台のタクシーが来て止った。肥《ふと》った金髪の女が外に出て、そのあとからひとりの男が従った。二人が歩道を歩いていって格子ドアからはいるのを彼らは見送った。フォンゾは歯の間から息を吸った。「どうだい、驚いたな」と彼はささやいた。

「あれは彼女の亭主だぜ」とヴァージルが言った。

フォンゾは鞄を持ちあげた。「来いや」

「待てよ」とヴァージルが言った。「ちっと二人の様子をみてからにしようや」

二人は待った。男のほうが出てきて、車に乗りこむと走り去った。

「彼女の亭主なもんかい」とフォンゾが言った。「おれだったら、彼女にくっついてるだろうな。来いや」彼は庭の門をはいった。

「待てったら」とヴァージルが言った。

「勝手に待ちな」とフォンゾが言った。ヴァージルは自分の鞄を持ちあげてあとに従った。彼が立ちどまると、その間にフォンゾはおずおず玄関の格子ドアをあけ、なかをのぞきこんだ。「ちぇっ、かまうもんか」と彼は言った。彼は踏みこんだ。そこには別のドアがあって、カーテンを引いたガラスの小窓が嵌《は》めこまれている。フォンゾはノックした。

「おめえ、そのボタンを押したらどうだい?」とヴァージルが言った。「町の人たちはノックなんかに答えねえのさ、知らねえのか?」

「わかったよ」とフォンゾが言った。彼はベルを鳴らした。ドアが開いた。ふんわりしたガウンを着た女が出てきて、その背後からは犬の声が二人の耳に聞えてきた。

「余分の部屋、あるかね?」とフォンゾが言った。ミス・リーバは二人を、そしてその新しい帽子や手にさげている鞄を見やった。

「誰に言われてここへ来たんだい？」と彼女は言った。

「誰にも言われねえよ。ただここを見つけたのさ」ミス・リーバは彼を見やった。「あっちのホテルは高すぎるもんで」

ミス・リーバは荒く息を吸いこんだ。「兄さんたち、何の商売なんだい？」

「おれたち、用でこっちに来たんだよ」とフォンゾが言った。「ちっとばか長く滞在のつもりさ」

「もしあんまり高くなきゃあね」とヴァージルが言った。

ミス・リーバは彼を見やった。「兄さん、どっから来たんだい？」

二人はそれを言い、名前も告げた。「おれたち、一カ月も、それ以上もいるつもりだよ。もし気にいればね」

「まあ、気にいるだろうね」と彼女はしばらくして言い、二人を見やった。「兄さんたちに部屋を貸してもいいけどね、もしも部屋で何かひと仕事するとなれば、よけいにもらうことになるよ。ここの家はね、ほかと同じように、それで暮しを立ててるんだからね」

「おれたち、しねえよ」とフォンゾが言った。「おれたちの用は学校ですますんだから」

「どんな学校だい？」とミス・リーバが言った。

「理容師学校さ」とフォンゾが言った。

「あれまあ」とミス・リーバが言った、「あんたたち、いやらしいお兄さんだよ」それから彼女は手を胸に当てて笑いはじめた。激しい息を引いては笑う彼女を、二人は真面《まじ》目《め》な顔で見つめていた。「やれやれ」と彼女は言った。「こっちへおはいりよ」

その部屋は家のいちばん上の裏側にあった。ミス・リーバは二人に浴室《バスルーム》を教えた。彼女がそのドアに手をかけたとき、女の声がして――「ねえ、ちょっと待ってよ」そしてそのドアがあくと、女が化粧着姿《きもの》で二人の前を通り過ぎた。二人は廊下を歩いてゆく女を見送り、そこに残った香水のにおいに二人の若い心は土台から揺さぶられた。フォンゾが疑わしげにヴァージルをつついた。二人の部屋へ戻ると、彼は言った――

「あれが片方のほうだ。彼女は娘を二人持っているんだぜ。しっかりおれを見張っててくれや。おれ、あの娘に追っかけられたくねえよ」

二人はその最初の晩、しばらく眠れなかった。というのも寝床や部屋が変ったし、いろいろな声に悩まされたからだ。いわば大都会の声が耳についた、というわけだ――煽《せん》情《じょう》的で奇妙で、身に迫るようでいてはるかに遠く、脅迫と希望の混ざったもの――見えぬ燈火が揺らめき輝くなかから起る深い絶えざる響き――その光は七彩の渦を形づくって回転し、そのなかでは女たちがすでに、新しい喜びと奇妙な人なつかしさをこめた、しとやかな素ぶりで動きはじめている。フォンゾは夢見心地に、薔薇色《ばらいろ》の窓覆いに幾重にも囲われた自分を思い描いた――その向うには衣《きぬ》ずれのささやきやせつなげなあえぎがあり、そこでは彼の青春の精気が無数の化身となって躍動するのだ。それはたぶん明日から始まるわけなんだ、と彼は考えた――たぶん明日の夜からなんだ……ひと筋の光が窓覆いの上部から忍びこみ、天井に扇状にひろがった。その窓の下からはひとつの声が彼の耳にとどいた。女の声だ――それから男の声――その二つが混じり、ささやき声になり――ドアがばたんと鳴った。誰かがドレスを引く音とともに、階段を上ってくる――女の人のハイヒールの踵《かかと》が、小刻みに固く鳴りつづける。

彼は家のなかの物音を聞きはじめた――いろいろな声、笑い声、自動ピアノが鳴りはじめた。「あれが聞えるか?」と彼はささやいた。

「彼女はうんと家族を持ってるらしいねえ」とヴァージルは言ったが、すでにその声は眠さに鈍かった。

「家族だって、へん」とフォンゾは言った。「パーティをしてんのさ。おれも出てえなあ」

三日目の朝、二人は家を出ようとした玄関のドアでミス・リーバに出会った。彼女は二人が留守の間、午後だけ二人の部屋を使いたいと言った。町のなかで刑事の大会があるもんで、こっちもちっと忙しくなったから、と言った。「あんたの持物は大丈夫だよ。前もってミニーにみんなしまわせておくからね。あたしの家にある物は、何ひとつ、誰も盗みやしないよ」

「彼女は何の仕事をしてるんだろうな？」通りに出たとき、フォンゾは聞いた。

「わかんねえ」とヴァージルが言った。

「おれは彼女のとこで働きてえよ、とにかく」とフォンゾが言った。「あんなに女たちがのっぺり化粧着きて、あんなにぶらぶらしてるんだものな」

「おめえにゃだめだよ」とヴァージルは言った、「あの子たちはみんな結婚してるんだぜ。あの話しっぷりを聞かなかったのかよう？」つぎの午後、二人が学校から戻ると、女性の下着が洗面台の下にあるのを見つけた……フォンゾがそれを拾いあげた。「彼女は洋裁師《ドレスメーカー》なんだ」と彼は言った。

「そうらしいや」とヴァージルは言った。「おめえの物、何か盗《と》られなかったか、よく見てみなよ」

　この家はひと晩じゅう眠らない人々でいっぱいのようにみえた。二人はこんな連中が四六時ちゅう階段を上ったりおりたりするのを耳にした、そしてフォンゾはたえず女たちや女の肉体を意識するようになった。果ては自分が独り寝のベッドにいながらも女たちにぐるりと取巻かれているような気持がしてきたし、着実に鼾《いびき》をかくヴァージルの横に寝ながらも、両耳はささやき声や衣ずれの音に向って張りつめていた。それらささやきや衣ずれは壁や床を通って伝わってくるので、いわば腰板や漆喰壁と同様、それらもまた壁や床の一部分であるかのように思われてきて、自分はメンフィス市に十日もいるけれど、知りあったのはまだ学校の同僚たちが少しいるきりだと考えたりするのだった。ヴァージルが眠ってしまったあとで、彼は起きあがっていってドアの錠をはずし、それを細目にあけておくのだったが、何も起らなかった。

十二日目になると彼はヴァージルに向って、理容師学校の学生のひとりといっしょに訪問に出かけるのだと告げた。

「どこへ？」とヴァージルが言った。

「心配すんなよ。ただついてこいよ。ちっと発見したことがあるんだ。なにしろ二週間もここにいて、あのことを知らずにいたなんて考えると――」

「それ、どれほどかかるんだい？」とヴァージルが言った。

「おめえ、何かおもしれえことするのに、ただですませたことあるか？」とフォンゾが言った。「来いや」

「行くさ」とヴァージルは言った。「だけどおれ、金を使う約束なんか何もしねえよ」

「おめえ、あっちへ行ってから、そう言うかどうかきめな」とフォンゾが言った。

その理髪学生は二人を淫売屋《いんばいや》に連れていった。外に出たときフォンゾが言った。「あの家のことを知らねえで二週間もいたなんて思うと、くやしいなあ」

「あんなとこ、知らなきゃよかったと思うよ」とヴァージルが言った。

「それだけの値打ちはあったろ、ええ?」とフォンゾが言った。

「自分で買って持ってかえれねえものは、どんなもんだって三ドルの値打ちはねえよ」とヴァージルは言った。

家に着いたとき、フォンゾが立ちどまった。「今日はな、そっとはいらなきゃあだめだぜ」と彼はいった。「おれたちがどこにいて何をしてたのか、彼女に知られでもしたら、こんなに婦人たちのいるこの家にはおいておけねえ、と言われるぜ」

「そうとも」とヴァージルが言った。「だからおめえはいやだよ。おれに三ドルも使わしといて、そのつぎは二人ともおっぽりだされるようなことするんだ」

「おめえもおれのするようにしろよ」とフォンゾが言った。「ほかのことするんじゃねえぞ。何にも言うなよ」

ミニーが二人をなかへ入れた。ピアノがガンガン鳴っていた。ミス・リーバは手にブリキの長コップを持ってドアに現われた。「おやまあ」と彼女は言った、「あんたたち、今夜はえらく遅くまで外にいたねえ」

「ええ」とフォンゾは言い、ヴァージルを階段のほうへ押しながら、「おれたち、お祈りの会に行ってたもんで」

暗いなかでベッドにはいると、二人の耳にはまだピアノの音が聞えた。

「おめえのおかげで、三ドルも使っちまったよ」とヴァージルが言った。

「ああ、うるせえよ」とフォンゾが言った。「おれはな、ほとんど二週間もこの町にいたのに、あれを知らなかったと思うと……」

つぎの日の午後、二人は夕暮れのなかを家に帰ってきた——燈火がまたたきはじめ、それがますます輝きを増し、そして女たちはまばゆく光るような両脚をみせて男たちに出会い、車に乗りこんだりしていた。

「どうだい、あの三ドル、いまはどう思う？」とフォンゾが言った。

「おれたち、今夜は行かねえほうがいいと思うな」とヴァージルが言った。「あまりかかりすぎるものな」

「そのとおりだ」とフォンゾが言った。「誰かがおれたちをめっけて、彼女に言いつけるかもしれねえしな」

二人は二晩だけ待った。「ああ、今度行けば、六ドルも使っちまうことになるなあ」とヴァージルが言った。

「じゃあ、来るなよ」とフォンゾが言った。

二人が家に戻ったとき、フォンゾは言った——「今日はな、ちっとばかり別の様子でいろよ。この間はおめえがあんなにおじけたもんで、彼女にめっかりそうだったぜ」

「見つかったって、かまわねえだろ？」とヴァージルは怒った声で言った。「彼女、おれたちを食いやしねえもの」

二人は格子《こうし》のドアの外に立ってささやきあっていた。

「彼女がおれたちを食えねえなんて、どうして言えるよ」とフォンゾが言った。

「じゃあ、食いたくねえということにするよ」

「彼女が食いたくねえなんて、どうしてわかるよ?」

「たぶんそうなのさ」とヴァージルは言った。フォンゾは格子のドアをあけた。「なにしろもう、おれはあの六ドルで何か食うことはできねえよ」とヴァージルは言った。

「使わなきゃよかったよ」

ミニーが二人をなかへ入れた。彼女は言った——「誰かがあんたたちを捜しているよ」二人はホールで待った。

「いよいよつかまっちまった」とヴァージルが言った。「だからあんな金は溝《どぶ》に捨てたも同じだとおれは言っ——」

「おい、黙れよ」とフォンゾが言った。

男がひとつのドアから現われた——帽子を片方の耳へ傾けてかぶった大男で、赤いドレスの金髪女に腕をまわしている。「クラレンスだ」とヴァージルが言った。

二人の部屋のなかでクラレンスは言った——「お前たち、こんなところへどうやってもぐりこんだんだ?」

「ただ見つけたんだよ」とヴァージルが言った。二人は彼にそのことを話した。彼はよごれた帽子をかぶり、葉巻を指にはさんだままベッドに腰かけていた。

「お前たち、今夜はどこへ行ってたんだ?」彼は言った。二人は答えなかった。彼のほうを無表情な、用心深い顔つきで見やっている。「さあ、わかってるんだ。どこだったんだよ?」二人は彼に白状した。

「それに三ドルもかかったんだよ」とヴァージルが言った。

「まったく、お前たちみてえな阿呆《あほう》はジャクスンからこっち側のどこを捜したって、まず見つからんなあ」とクラレンスは言った。「さあ、ついてこい」二人はすごすごと従った。彼は二人を家から連れだすと、三、四丁歩いていった。黒人の店や劇場の並ぶ通りを過ぎ、狭くて暗い通りへ曲り、明りのついた窓に赤い窓覆いのかかった家の前で止った。クラレンスがベルを鳴らした。二人にはなかで鳴る音楽や甲高い声や足音が聞きとれた。はいると、敷物もない廊下で、そこには二人のきたない黒人が油だらけの作業服を着た酔いどれの白人と言い争っていた。一つのドアが開いていて、その部屋には、派手なドレスを着て髪飾りをつけ、大きな笑い顔をしたコーヒー色の女たちが、部屋じゅういっぱいにいた。

「ありゃあ黒ん坊たちだぜえ」とヴァージルが言った。

「もちろん黒ん坊たちさ」とクラレンスは言った。「だけどもこれを見な」彼は紙幣を一枚自分の従弟《いとこ》の顔の前で振ってみせた。「これはな、色盲なんだぞ」

22

尋ね捜して三日目にホレスは女と赤子の住家を見つけた。それはこわれかけたぼろ家であって、なかには黒人たちへ呪《まじな》い薬をつくっているという噂《うわさ》の半気違いの白人老婆《ろうば》が住んでいた。そこは町はずれで、家のまわりにある空地、とくに玄関前には、腰までのびた雑草がびっしり生い茂っていた。裏口には、こわれた門から勝手口まで踏み固められた小道が通っていた。どこか無気味な奥行きをもつ家のなかでは、ひとつの薄暗い燈火《あかり》がひと晩じゅうともっていて、それに二十四時間のうちのどの時間でも、荷馬車や馬車が背後の細い道につながれていたり、黒人がその裏口から出たりはいったりしていた。

この家は一度、密造ウイスキーを捜す警官たちに捜索されたことがあった。彼らの発見したのは少しばかりのひからびた薬草の束やきたならしい瓶の群れ、しかもその中身は見当つかぬながらアルコール性のものでないのはたしかという代物《しろもの》だった、そしてその間も二人の男に押えられた老婆は、長い半白の髪を振りたて眼を光らせて恐ろしい顔をゆがめながら、彼らをしゃがれた声でさんざ毒づいたのだった。そこにはさしかけ小屋風の部屋がついていて、ひとつのベッドと大きな樽《たる》があり、そのなかにはいろんな廃物や屑物《くずもの》が詰っていてひと晩じゅう鼠《ねずみ》が騒いでいるのだが、あの女はここに自分の居場所を見いだしたのであった。

「ここにいれば大丈夫だ」とホレスは言った。「いつでもぼくには連絡できるからね、電話は――」と彼は隣の家の名前を渡そうとして、「いや、待った。明日ぼくはまた電話をとりつけさせよう。そうすれば君はいつでも――」

「ええ」と女は言った、「あんたはここに出てこないほうがいいから」

「どうして？ そんなことを君は――ぼくがあんなこと気にするとでも――」

「あんたはこの町に住む人なんだから」

「だからってかまうもんか。もういままで、自分のことでも女どもにさんざお節介されてきてるんだ、だからもしあの鬼婆《おにばば》あ連中が……」しかし彼は自分がただしゃべっているだけだと知っていた。それを彼女も知っているのだと彼は悟っていた。彼女が知ったのも、すべての男の行為にたいしてたえず疑惑をいだくという女性特有の心から発したことであり、この猜疑心《さいぎしん》は一見すると悪に似た醜悪なものに思われるが、実際にこの世を渡るための大切な知恵であるのだ。

「何か必要なことが出たら、あんたを見つけられると思うから」と彼女は言った、「ほかにはあたし、どうせ誰もたよれやしないし」

「いいかね」とホレスは言った、「あんな連中にけっして……お節介女ども」と彼は言った、「牝犬《めすいぬ》どもめ」

つぎの日、彼は電話をとりつけさせた。妹には一週間も会っていず、だから彼が電話を持ったことなど妹は知りうるはずがなかったが、それでいて、法廷の開く一週間前、ある晩ひとりですわってものを読んでいると電話のベルがやかましく鳴って、彼はそれがナーシサからのものだと思いこんだ。しかし実際は、遠くで響く蓄音機かラジオの音楽のなかから、男の声が用心した味気ない調子で聞えてきたのだった。

「こちらはスノープスだよ。元気かね、判事?」とその声は言った。

「なんだって?」とホレスは言った。「誰だって?」

「上院議員のスノープス。クラレンス・スノープスだよ」遠く、かすかに蓄音機が鳴り響いた、そして彼は相手の男を眼に描くことができた——よごれた帽子、厚ぼったい両肩、電話のほうにもたれかかっていて（たぶんドラッグストアか食堂のなかだ）、片方の手に握られた受話器はまるで玩具《おもちゃ》のように小さくみえ、もう一方の柔らかで大きくて指輪をはめた手を壁のように立てて、そのかげからささやき声を出しているのだ。

「ああ」とホレスは言った。「で、何の用事?」

「あんたがちっと興味を持つような情報を手に入れたんだがね」

「ぼくが興味を持つような情報?」

「だろうと思うね。どっちの側でもほしがりそうなものなんだ」ホレスの耳にはラジオか蓄音機の出す甲高い急速調のサキソフォンが鳴った。それら幾本かのサキソフォンの音が猥雑《わいざつ》に、流暢《りゅうちょう》に、互いに挑みあうかのように響きつづけた——いわば檻《おり》のなかにいる二匹の敏捷《びんしょう》な猿のようだ。彼は電話線の向うの端にいる男の太い息づかいを聞きとりもした。

「わかった」と彼は言った、「で、ぼくが興味を持つなんて、どうしてわかるんだね？」

「それは、あんたの判断にまかすよ」

「わかった。ぼくは明日の朝、町に行くからね。よかったら、どこかでぼくを見つけてくれよ」それから彼はすぐに言った、「もしもし！」相手の男はホレスの耳へじかに自分の呼吸を吹きこんでいるかのように聞えた——悠然とした太い息づかいであり、いまはそれが急にどこか無気味さを帯びてきた。「もしもし！」とホレスは言った。

「どうやら、あんたは興味なさそうだね。じゃあ、反対側の相手と取引するよ、あんたをうるさがらせるのはやめるよ。さよなら」

「いや、待ってくれ」とホレスは言った、「もしもし！　もしもし！」

「なんだね？」

「今夜、そっちへ行こう。十五分もすれば、そっちへ行け——」

「そんな必要はないよ」とスノープスは言った。「わたしは車を持ってるからね。そっちまで乗ってゆくさ」

彼は門まで歩きおりていった。今夜は月があった。杉木立ちの黒灰色のトンネルを通ると、蛍が、ぷつりと大きくあいたピンの穴となって、いくつも流れていった。杉木立ちは黒くて、切りぬき紙を張られたように空に突っ立っていた。下り加減の芝生はかすかな光輝を帯び、いわば銀に生じる緑青《ろくしょう》のような色だ。どこかで夜鷹《よたか》が鳴いた——その声は虫の声から抜け出るかのように、くりかえし震え気味のもの悲しい音色だった。三台の車が過ぎ去った。四台目が速度をゆるめ、門のほうへぐるりとまわった。ホレスはライトのなかへ踏みだした。ハンドルの向うにいるスノープスはのっそりと大きな姿であり、その体は車の屋根がつけられる前に運転席へ押しこまれたという印象を与えた。彼はその手をさしのばした。

「やあ、元気かね、判事。あんたがまたこの町に住んでるなんて知らなかったよ、サートリス夫人（訳注 ナーシサのこと）のところへ電話してみて、はじめてわかった」

「ああそう、ありがとう」ホレスは言い、その手を放した。「あんたが手に入れたものってのは、何だい？」

スノープスはハンドルに覆《おお》いかぶさるように身をかがめ、車のひさしの下から家のほうをのぞきあげた。

「ここで話そうじゃないか」とホレスは言った。「君が車をまわさないでもすむから」

の言うことだがね」彼のかがんだ姿はいかにも大きく、分厚くて、その特徴のない顔は月の反映のなかでそれ自体が月のように見えた。ホレスはスノープスが自分を見つめているのを感じた。それもさっき電話口に伝わってきた無気味さ、すなわち計算と狡猾《こうかつ》さと腹黒さをこめて、見まもっているのだ。ホレスは自分の心があちこちはねまわるのを相手にじっと見まもられているように思えた——しかも彼の心ははねまわるごとに、まるで綿殻の山に埋まったように、手ごたえのないぶよついた存在に当るだけなのだ。

「家へ行こう」とホレスは言った。スノープスはドアをあけた。「先へどうぞ」とホレスは言った。「ぼくは歩いてゆくから」スノープスは車を動かした。彼が車から出てきたときにホレスは追いついた。「それで、どんな話だね?」とホレスは言った。

ふたたびスノープスはその家を見あげた。「独り暮し、というわけだね、ええ?」と彼は言った。ホレスは何も言わなかった。「わたしはいつも言っとるんだがね。誰でも結婚した男はだね、自分だけでいられる所を持たにゃあだめだよ。自分のすることに誰も口出しさせず、のんびりとやれる場所を持たにゃいかんのだ。もちろん男ってものは細君に世話をやかせるよ、しかしだ、なんでも知らぬが仏さ、あんた、彼女たちに知れなけりゃあ、それでいいのさ。男がそういう手でやってるかぎり、細君だって文句を言うこともないってわけだ。どうだね、あんたもそういう意見じゃないかね?」

「あの女はここにいないよ」とホレスは言った、「あんたの探ってるのがあのことだとすればね。ぼくに会いたいという用件、どんなことだね？」

またも彼はスノープスが自分を見まもっているのを感じた——計算高くて絶対に人を信用しない恥知らずの視線だ。「わたしは常に言っとるんだが、たしかに自分個人のことはなかなか人に打明けられんものだよ。あんたがわたしを信じなくたって、べつに非難はせんよ。しかしだね、もうちっとわたしを知るようになれば、わたしが口の軽い男じゃないとわかるだろうな。わたしは世間を知っとるからね。物わかりはいい……葉巻どうだね？」彼の大きな手がその胸もとにひらめき、二本の葉巻がさしだされた。

「いや、けっこうだ」

スノープスが葉巻に火をつけると、マッチの光のなかで彼の顔は逆立ちした円いパイのように見えた。

「ぼくに会いに来たのは、何の話なんだね？」とホレスは言った。

スノープスは葉巻をふかした。「二日ばっか前に、これはどうやらあんたに値打ちがありそうだという情報を手に入れたんだがね——わたしの間違いでなきゃあ——」

「へえ、値打ちがありそうって、どんな値打ちだい？」

「それはあんたにまかせるよ。わたしはもうひとつ取引できる側を持ってるんだがね、しかしあんたとわたしは同じ町の人間だし、そのほかいろいろとあるからね」

ここかしことホレスの心はひらめき、走った。スノープスの一族はフレンチマンズ・ベンドに近いあたりで発生して、いまでもそこに住んでいた。この郡のあの地区に広く住みついている無学な連中の間では、いろんな情報がさまざまな経路で口から口に伝ってゆくのである。それは彼も知っていたが、しかしまさかスノープスがその情報を検察側に売りこもうとしているとは、彼には思えなかった。彼だってそれほどの大ばかではないはずだ。

「じゃあ、それが何だか、ぼくに話したらいいじゃないか」と彼は言った。

彼はスノープスが見つめているのを感じとった。「覚えとるかね、ほら、あんたが何かの仕事でオクスフォードから汽車に乗りこんで――」

「覚えてる」とホレスは言った。

スノープスは葉巻が平均に燃えるように、慎重に、しばらくの間ふかしつづけた。彼は手をあげて、首筋のあたりにもっていった。「あのとき、女の子のことをわたしに話したっけが、思い出すかね？」

「ああ。それがどうしたというんだい？」

「そのつぎのことは、あんたから口をきってほしいね」

彼は銀色の斜面に咲いている忍冬《すいかずら》のにおいをかいだ、そして夜鷹が湿ったもの悲しげな声でくりかえすのを聞いた。「というと、君は彼女のいる所を知ってるというんだね？」スノープスは口をきかなかった。「ぼくが金を払ったら、君は話す、というんだね？」スノープスは口をきかなかった。ホレスは両手を握りしめ、ポケットのなかに突っこみ、ぐっと脇腹《わきばら》に押しつけた。「ぼくがその情報に興味を持つなんてこと、どうして考えたんだい？」

「それはあんたの判断にまかすよ。殺人事件を扱ってるのはわたしじゃあないからね。彼女を捜しにオクスフォードまで出かけたのもわたしじゃあないからね。もちろん、もしあんたが興味ないんなら、わたしは向うの連中と取引するよ。ただあんたには先に話してあげたわけなんだ」

ホレスは玄関前の踏み段のほうに向いた。老人のようにぎごちなく歩を運んだ。「まあすわろうや」と彼は言った。スノープスはあとに従い、踏み段に腰をおろした。二人は月の光のなかにすわった。「彼女がどこにいるか、君は知ってるんだね？」

「この眼で見たよ」ふたたび彼は手を首筋にもっていった。「ほんとだとも。もしもあの子がいない——いなかったとしたら、もらった金を返してもいい。これ以上公平な言い方はできんよ、そうじゃないかね？」

「それで、君の言う値段は、いくらだね？」とホレスは言った。スノープスは燃え方に気をつけながら葉巻をふかした。「言いたまえ」とホレスは言った。「値切ったりしやしないから」スノープスは彼にその値を言った。「いいよ」とホレスは言った。「それを払おう」彼は両膝《りょうひざ》を引きつけてそれに両肘《りょうひじ》を立て、両手のなかに顔を埋めた。「どこに彼女は――待った。ちょっときくけど、君はバプティスト派の信者かい？」

「わたしの家はそうだよ。わたし自身は、かなり物わかりのいいほうさ。ちっとわたしを知るようになりゃあ、案外に尻《しり》の穴が小さくねえ男だってわかるよ」

「じゃあ、いい」とホレスは両手で顔を覆ったまま言った。「彼女はどこにいる？」

「あんたを信用して言うがね」とスノープスは言った。「あの子はメンフィスの淫売屋《いんばいや》にいるよ」

23

ホレスがミス・リーバの門をはいって格子《こうし》造《づく》りのドアに近づいたとき、誰かが背後から彼の名前を呼んだ。夕方だったので、風雨にいたんで剝《は》げかけた壁にある窓はどれも薄青い四角の穴にすぎなかった。彼は立ちどまって振返った。隣の家の角からスノープスの頭が、七面鳥のような様子でのぞいていた。彼は全身を現わした。家を見あげ、それから通りの左右を見やった。垣根ぞいに歩いてきて、用心深げな素ぶりとともに門からはいってきた。

「ねえ、判事」と彼は言った。「やっぱりあんたも男ってわけだ、そうじゃないかね？」彼は握手の手をさしださなかった。ただ自信ありげで同時に油断のないという態度でホレスの横にのっそり立ちどまり、ちらっと肩ごしに通りのほうを見やった。「いつも言っとるんだがね、男というものは、たまに抜けだして楽しんだってけっして悪く――」

「今度は何の用だい？」とホレスが言った。「ぼくになんの用があるというんだね？」

「まあまあ、判事。このことは町へ帰っても言いふらしやしないよ。その点ははじめから安心しておいて大丈夫。もしもわたしら男たちがだね、知ってることをみんなしゃべりはじめたら、わたしら誰ひとりだって二度とジェファスン駅で汽車から降りられんことになるよ、そうじゃないかね？」

「ぼくがそんなことをしに来たんじゃないことは、あんただってよく知ってるはずだ。いったい、ぼくになんの用があるというんだい？」

「むろんさ、わかっているよ」とスノープスは言った。「結婚して家も持って、それから細君がどこにいるかもたしかでないとなりゃあ、男がどんな気分になるか、よくわかってるよ」肩ごしにちらちら見返りながら、その間もホレスに向って目くばせした。「心配しねえで大丈夫。わたしはね、墓場みたいに口が固いんだからね。ただわたしとしちゃあ、あんたみたいないい人がへまをやる――」ホレスはもうドアのほうへ歩きはじめていた。「判事」とスノープスはよく透る低い声で言った。ホレスが振向いた。「泊っちゃあいかんよ」

「泊る？」

「彼女に会ったら、さよならすることだよ。ここはふんだくるところだからね。田舎の百姓兄さんが相手のところでね。モンテカルロより高い。わたしはここで待っとるからね。そしてあんたが戻ってきたらもっといい場所——」ホレスは前に進んで格子ドアからはいった。二時間ののち、彼はミス・リーバの部屋にすわって彼女と話していて、その間もドアの向うの廊下や階段ではなおも足音や声が響いたりしていたが、するとミニーが紙切れを持ってはいってきてホレスにさしだした。

「何だい、それは？」とミス・リーバが言った。

「あのでかくてパイみたいな顔の人がこの人にと残していったんですよ」とミニーは言った。「あんたに下へ降りてきてくれと言っとるよ」

「お前、あの男を入れたのかい？」とミス・リーバが言った。

「いいや、はいろうともしねえだよ」

「だろうね」とミス・リーバは言った。鼻を鳴らし、「あんたはあの男を知ってるのかね？」とホレスに言った。

「そう。どうも知らないと言いきれそうにないな」とホレスは言った。彼はその紙を開いた。それは広告ビラから引きちぎったもので、なかには鉛筆書きの丁寧大仰な書体で所番地が書きこまれていた。

「あの人はね、二週間ばかり前にここへ現われたんだよ」とミス・リーバは言った。「ひとりの若い男を捜しにやってきて、食堂にすわってやたらとしゃべってさ、それに女の子の尻もさわったりしたくせに、私の知ってるかぎりじゃ一セントだって使わなかったよ。ミニー、彼はあんたに何か注文したかい？」

「いんや」とミニーが言った。

「二、三日してからね、またここへ現われた。金はまるで使わないでただしゃべくってばかりいるから、しまいにあたしゃ言ったよ、『いいかね、旦那《だんな》、この部屋を使う人というのは誰でも、ときどきはいい気分にならなきゃいけないのさ』そしたらつぎのときには半パイント入りのウイスキーを持ってきた。そんなことだって上客がするんならかまわないさ。だけどあの男みたいに、三度もここへやってきてうちの女の子の尻をなでたり、半パイントのウイスキーを持ってきてコカコーラ四本だけ注文するなんてのは……あんな安っぽい下司野郎《げす》ってありゃしないよ、あんた。だからあたし、これ以上はあの男を入れるなと言ったのさ、そしたらいつかの午後、ちょっと昼寝しようと横になったばかりのときにまた――まったくミニーがどんなまじないをされてなかに入れたのか、いまだにわかんないんだけどね。いいえ、あんた、あの男が彼女に何もやるはずないよ。ミニー、彼はどうやってはいったね？　きっとお前がまだ見たこともないようなあれを見せたんだね。そうだろ？」

ミニーは頭を振った。「あたしの見たいようなもの、あの人が持ってってこねえよ。あたしはもうさんざ見ちまったで、あんなものはもうたくさんだ」ミニーの亭主は彼女を捨てたのだった。彼はミニーがここで働くことに我慢ができなかった。彼は食堂の料理人だったが、ミニーが白人の婦人たちからもらった服や宝石をすっかりさらって、食堂の女給仕といっしょに逃げてしまったのだ。

「彼はあの娘のことをなんとか掘りだそうとして、きいたり謎《なぞ》をかけたりしてたけどね」とミス・リーバは言った。「あたしのほうじゃあ、そんなに知りたいんならポパイにききゃあいいだろ、とだけ言ったのさ。あとは何にも話してやらないで、とにかくこの家から出てってもう戻ってこないどくれ、と言ってやったんだ——そしたらあの日のそれも午後の二時ごろさ、あたしが眠ってる間にミニーがあの男を入れちまって、あの男は彼女に誰かここにいるかときいて、彼女が誰もいねえと言ったら、階段をどんどん上っていったとさ。そしたら、ミニーの言うことにゃあ、ちょうどそのときポパイがはいってきたんだと。ミニーはどうしていいやら、うんと困っちまったとさ。こわいから彼を入れないわけにいかないし、でもそうしたら彼があのでかいばか野郎を二階の床にたたきつけちまうし、そうなればあたしが彼女を馘《くび》にするだろうし、彼女の夫はいなくなっちまってるし、さあ困ったたいへんだと思ったのさ。

「そいからポパイがあの猫のような足どりで二階に上ってって、そしたらあんたの友達が四つん這《ば》いになって鍵穴《かぎあな》からのぞいてるとこなんだ。ミニーの話だと、ポパイは一分ほどもやつのうしろに突っ立ってたとさ——帽子を眼の下までさげたままね。ミニーが言うにゃあ、彼は煙草《たばこ》を取りだし、そして親指の先で音もさせずにマッチをすって煙草に火をつけて、それから手を伸ばして、そのマッチをあんたの友達の首根っこにおっつけたんだと。ミニーの話だと——彼女は階段の中途に立って二人を見てたんだとさ——あいつはオーヴンから早く出しすぎたパイみたいな顔して四つん這いになってるし、ポパイは鼻から煙を吹きだしては頭をやつのほうに動かしてたとさ。それから彼女が降りてくると、十秒もしないうちにやつが両手を頭の上にあげたまま階段を降りてきたんだと——それもでかい馬車馬みたいにウム、ウム、ウムと言いながらおりてきて、それからドアにとびついて一分ももがいてて、ミニーが言うにゃあ、煙突のなかの風みてえにうなり声をあげてたと。しまいに彼女がドアをあけて外に出してやったんだとさ。それから今夜まで、あの男はここのベルを鳴らしもしなかったんだよ……その紙切れを見せとくれ」ホレスは紙片を彼女に渡した。「こりゃあ、黒ん坊の淫売屋だよ。あん畜——ミニー、あいつにね、あんたの友達はここにいないと言いな。その人はどこへ行ったかもわかりませんとそう言いな」

ミニーは出ていった。ミス・リーバは言った——

「――あたしの家にゃあ、そりゃあいろんな男が来るさ、だけども、どんな人間もいっしょくたというわけにゃいかないよ。どこかで線を引かなきゃ困るのさ。ここには弁護士だって来たよ。以前にはメンフィスいちばんの弁護士が、あそこの食堂に来ては家の女の子たちにおごったもんだよ。百万長者さ。二百八十ポンドも目方があって、だから自分用の特別ベッドを作らせてここへ送りこんだ。いまでもちゃんとこの二階にあるよ。だけどね、何もかもみんな客の言うなりじゃなくて、こっちの商売になるからさせたのさ。あたしゃ弁護士にだって、理由もなしに女の子を押しつけたりしないたちさ」

「理由のことを言うのなら、これだってとても立派な理由だと考えませんかねえ――いまひとりの男が自分のしなかったことで命を取られそうだ、というわけなんですからね。それにあんただって犯人を隠匿《いんとく》したという罪で、引っぱられるかもしれないんですからね」

「そんなら警察に彼を捕まえさせたらいいじゃないか。あたしゃ何にも関係してないよ。ここにゃあ警察だってたんと来るのさ。あたしゃちっともこわかあないよ」と彼女は長コップを持ちあげてひと飲みし、手の甲で口を横なぐりにぬぐった。「あたしゃ自分の何にも知らないことになんか手を出したくないね。この家の外でポパイがしたことは、あの人の勝手だろ。彼がこの家のなかで人を殺しはじめたら、あたしだって黙っちゃいないけどね」

「あんたは子供を持ってますか?」彼女はホレスを見やった。「あんた個人のことを探るつもりではないんです」と彼は言った。「ただ、あの女のことを考えてたんです。彼女がまたも町をさまようようになったら、あの赤ん坊はどうなることやら、と思ったんでね」

「四人も持ってるよ」とミス・リーバは言った、「四人も養ってるのさ、アーカンソーにある家でね。もっとも、あたし自身の子じゃないけど」彼女はコップを持ちあげてそのなかに眼を落し、ゆっくりとそれを揺すった。それをまた下におろした。「生れなきゃよかった子ばかりだよ」と彼女は言った。「本当に、どの子もみんなそうさ」彼女は立ちあがり、重い歩き方で彼のほうに近寄ってくると、あの荒い息づかいで彼の前に立ちどまった。手を伸ばして彼の頭に置き、彼の顔をぐいと上に向けた。「あんたはあたしに嘘《うそ》をついてやしないだろうね、ええ?」と鋭くて固くてもの悲しい眼つきになり、「いいや、あんたはそんな男じゃないね」そう言って彼を放した。「ちょっとここに待っておいで。様子を見てくるから」彼女は出ていった。ホレスは彼女が廊下でミニーに何か言いつける声や、階段を苦しげに上ってゆく足音を聞いた。

彼女が出ていったあと、彼は静かにすわっていた。その部屋にあるのは木製のベッド、絵のかかれている衝立《ついたて》、堅い詰物にふくらんだ三脚の椅子《いす》、壁に嵌《は》めこみになった金庫などといったものだった。化粧テーブルにはいくつも化粧道具が桃色の刺繍《ししゅう》のリボンにゆわえられて、あちこちのっていた。暖炉の上にはガラスの円蓋《まるぶた》にはいった蠟《ろう》製の百合《ゆり》があり、その上の壁には黒いリボンで飾った写真があって、大仰な口ひげを生やした優しい眼つきの男がこちらをのぞいていた。壁にはまやかしのギリシャ風景を刷った石版画がいくつか掛り、ひとつの絵は編糸細工のものだった。ホレスは立ちあがってドアのほうへ行った。ミニーは薄暗い廊下にある椅子にすわっていた。

「ミニー」と彼は言った、「一杯飲まなくっちゃいられないんだ。大きなのを頼む」

彼がそれをちょうど飲みほしたとき、またミニーがはいってきた。「あんたに上ってきてくれろと言ってますよ」と彼女は言った。

彼は階段を上っていった。上りきったところでミス・リーバが待っていた。彼を案内して廊下を進み、暗い部屋へとひとつのドアをあけた。「あの子には暗いなかで話すほかないんだよ」と彼女は言った。「明りはいやだって言うんだから」廊下からの燈火がドアを通って向うのベッドまで落ちた。「ここは彼女の部屋じゃないのさ」とミス・リーバが言った。「あんたとは自分の部屋でさえ会いたくないんだとさ。どうやら、ちっとはご機嫌をとらないと、ききたいことは出てきそうにないよ」二人はなかへはいった。光がベッドの上に落ち、そこにかかった上掛け布団《ぶとん》はじっと動かず盛りあがっているが、それでもなおベッドはどことなくからっぽの感じだった。彼女は息がつまっちゃうぞ、とホレスは思った。「ねえ、赤ちゃん」とミス・リーバが言った。その小山は動かなかった。「ねえ、この人が来てるんだよ。あんたはそんなに包《くる》まってるんだから、少し明りをつけてもいいね。そうすればこのドアもしめられるからさ」彼女は明りをつけた。

「これじゃあ彼女、息がつまっちまう」とホレスは言った。

「じきに出てくるさ」とミス・リーバは言った。「さあ、ききなよ。あんたが知りたいことをきいてごらん。あたしゃここにいるよ。だけど気にしないでおくれ。こんな商売をやってりゃあ、もうとっくにつんぼと唖《おし》になることぐらい、知ってるんだからね。それに、昔はちっと物好きな気があったにしろ、そんなものはこの家でとっくの昔にすり減っちまったよ。ほら、椅子があるから」彼女は身をまわしたが、ホレスは予期していて、二つの椅子を引っぱってきた。彼はベッドのわきの椅子にすわり、微動もしない小山の頭に向って、自分の知りたい点について語りはじめた。

「ぼくはね、ただ本当に何が起ったかを知りたいだけなんだよ。君は直接に関係しなくともいいんだ。君があれをやらなかったことは、ぼくもよく知っている。だから、君がまだ何も言わないうちから、こう約束するよ——君が法廷で証言することは、彼がどうしても死刑の判決をされそうになるまで、なんとか控えておくとね。君の気持はよくわかってる。だからもしもひとりの男の命がかかっていないのだったら、ぼくは君をこんなに悩ませたりしないはずなんだよ」

その小山は動かなかった。

「あの連中はねえ、その男が何もしなかったのに首をくろうとしてるんだよ」とミス・リーバは言った。「そうなればあの女は丸裸で、ひとりぼっちになっちまうのさ。あんたがダイヤモンドを持ってるのに、あの女は哀れな小ちゃい子と二人っきりさ。君、わかるだろ、わからないかい？」

その小山は動かなかった。

「君がどんな気持かよくわかるよ」とホレスは言った。「君は変名を使ったり、誰にも君とわからないような服を着て眼鏡をかけて出てもいいんだよ」

「ねえ、赤ちゃん、さつはポパイをつかまえられやしないんだよ」とミス・リーバが言った。「彼はすばしっこいんだからね。それにどうせ、あんたは彼の名を知らないんだから、もしも法廷に行ってやつらに話さなきゃならないにしても、あんたが出てったあとで、あたしが彼の耳にちょいと入れとくから、彼はどっかへ隠れちまって、それからあんたを迎えによこすだろうよ。あんたと彼はこのメンフィスにいないほうがいいのさ。弁護士さんがすっかり面倒をみてくれるからね。あんたは自分の言いたくないことなんか何ひとつ——」その山が動いた。テンプルは上掛けをはねかえし、すわる姿勢になった。その髪はくしゃくしゃで顔は腫《は》れぼったく、頬骨には二つの赤い紅のあと、そして唇はべったりキューピッドの弓の形に塗られていた。彼女は眼もくらむ敵意をみせてしばらくホレスをにらんだ、それから眼をそらした。

「お酒を飲みたいわ」と言いながら彼女はガウンを肩まで引きあげた。「あんた、風邪をひくよ」

「横になっておいでよ」とミス・リーバが言った。

「あたし、もう一杯飲みたいの」とテンプルが言った。

「とにかく横になって、その裸をお隠しよ」とミス・リーバは言いながら立ちあがった。「あんたもう夕食のあとで三杯も飲んだんだよ」

テンプルはまたもガウンを引きずりあげた。彼女はホレスを見やった。「じゃあ、あんたがお酒をくれるわね」

「さあ、赤ちゃん」とミス・リーバは言い、彼女を押して横にさせようとした。「横になって上掛けをかけて、そいからあのことを彼に話してやりなよ。じきにあたしが一杯持ってきてやるからさ」

「放っといてよ」とテンプルは言い、身をよじって振放した。ミス・リーバは彼女の両肩に上掛けを引きあげた。「じゃあ、あたしに煙草をちょうだい。あんた持ってる？」と彼女はホレスに尋ねた。

「じきにあたしが持ってきてやるよ」とミス・リーバが言った。「この人が頼んでる話をしてやるだろ、え？」

「何を？」とテンプルは言った。彼女はその黒い反抗的な眼でホレスを見やった。

「君はなにも、無理にぼくに君の――彼が――」とホレスが言った。

「あたしがしゃべるのをこわがってるなんて考えないでよ」とテンプルは言った。「あたし、どこでだって話すわ。あたしがこわがってるなんて思わないでよ。あたし、お酒がほしいわ」

「あんたは彼に話しな。あたしは一杯持ってきてやるから」とミス・リーバは言った。

ベッドの上に半身を起して上掛けを両肩にかけたまま、テンプルは彼にあの廃屋ですごした夜のことを話した——彼女があの部屋にはいって内側からドアに椅子を当てがったときから、あの女がベッドまで来て彼女を外に連れだすまでのことを語った。どうやらそこだけが、あの経験全体のうちで何かの印象を彼女に残した——言いかえると、あの夜は他の晩と比べてまだ少しは平穏に過ぎた晩だといった様子なのだ。ときおりホレスは彼女をうながして殺人の犯行自体を語らせようとしたが、彼女はそのたびにそれを避けて、自分がベッドにすわっていた様子に話を戻し、自分がヴェランダにいる男たちに耳をすませていたことや、闇《やみ》のなかで横になっていると男たちが部屋にはいってきて、ベッドのそばまで来て自分の上のあたりに立っていたことなどを語りつづけるのだった。

「そうよ。あれよ」と彼女は言う。「ただふいと起ったのよ。わかんない。きっとあんまり長いことびくついてたからだわ。しまいには慣れっこになっちまったんだわ。だからあたし、あの綿種の山のなかにすわったまま彼を見つめてたんだわ。はじめは鼠《ねずみ》かと思ったの。あそこには二匹いたわ。一匹は片方の隅にいてあたしを見ていて、もう一匹は別の隅にいたわ。あの二匹、何を食べて生きてたのかしら、だってあそこには玉蜀黍《とうもろこし》の穂軸と綿種しかなかったもの。食べるときはあの家のほうへ行ったのかもね。でもあの家には一匹もいなかったわ。家のなかではコトリともしなかったもの。はじめあたし音を聞いたときは鼠かと思った。だけれど暗い部屋のなかでも人の気配は感じられるものよ——そのこと、あんたも知ってた？　見なくったってわかるのよ。感じでピンとわかるわよ、ちょうど車に乗って、運転してる人がどっか駐車にいい場所を捜しはじめたなと感じるのと同じ——ほら、ちょっと駐車しましょうって気になったときにね」彼女はこんな調子でしゃべりつづけたのだ、いわば女性が自分は人々の注目を浴びていると気づいたときにする派手なおしゃべり調の独り言を続けたのであり、突然ホレスはこう納得したのだった——そうだ、彼女は実際に誇らしい気持で自分の経験を語っているのだ、と。その誇りとは素朴で無邪気な虚栄心ともいえるもので、いわば彼女はこの話を独り勝手な空想で作りあげているような気持なのであり、だからたえずすばやい視線を彼からミス・リーバへと転じつづけていて、それはまるで一匹の犬が二頭の家畜を小道のなかで追いたてるときのようだった。

「だからあたしが息をするたんびに、あの玉蜀黍の穂軸が音をたてるの。あんなベッドで眠れた人ってあたしのほかにいるかしら。でも誰だってしまいに慣れるものね。それとも夜はうんと疲れてて気にならないのかな。だってあたしが息をするたんびにあれが聞えたのよ、ベッドの上に起きあがってるときでさえね。あたし、まさか息をしただけで音をたてるなんて思わなかったの、だからできるだけ静かに身を起してすわってみたんだけど、それでも聞えたわ。なぜって、呼吸は下へ行くからなのね。あんたは息が上に出るもんだと思うでしょ、でも違うわ。下へ行くのよ、そしてあたし、彼らがヴェランダで酔っぱらいはじめたのを聞いてたわ。じっと考えてると彼らが頭を壁にもたせかけてるのが眼に見えてきて、あたし自分に言ったわ、いまあの男が瓶《かめ》から飲んだんだわ。いまあの男が飲んでるんだわ。あの壁はみんなが頭をもたせるんで、人が起きたあとの枕《まくら》のへこんだところみたいになってたわ。

「そのときになってあたし変なこと考えはじめたの。本当におじけちまうとそんなふうになるのね。あたし自分の脚を見おろしてて、自分を男の子にしちまいたいと思ったわけ。あたし自分が男の子だったらなあと考えてて、それからそう考えることで自分を男の子に変えちまおうと思いだしたの。そんなときどうやってするか、知ってるでしょ。学校の教室でも、あたしが何かの問題の答えだけはよく知っていて、その問題のところへ来たときあたし先生のほうをじっと見て、一心に頭のなかで言うの――あたしに当てて、当てて、当てて。あれと同じよ。それから大人が子供に話してきかせること――自分の肘《ひじ》にキッスできれば願いがかなうとかいうのね、そしてあたし、やってみたわ。本当にやってみたのよ。あたし、あんまりこわがってたから、ほんとに男に変ってもそれが自分にわかるかしらと思ったわ。あたしが自分で見る前に、という意味だけどね。それからあたし、自分が男の子になったと考え、出てってそれを彼らに見せてやるには、どうしたらいいかしらと思ったわ。あたし、マッチをすってから、こう言ってやろうかしら——ねえ、わかったでしょ？　だからもうあたしに手を出さないで。そうすればあたしベッドに戻ってゆけるわけ。あたし、どうしたらベッドに行って眠れるかとばかり考えてたわ、だって眠ったくてしようがなかったもの。あたし、すごく眠ったくって、ほとんど眼をあけてられないほどだったもの。

「それであたし眼を固く閉じて、そして『さああたしは男の子よ』と言ったわ。あたし、もう男の子よ。あたし自分の両脚を見おろして、この両脚にはどれだけ世話をしてやったかしらって考えたわ。たとえば幾度ぐらいダンスに連れてったかしらとかね——変な考えでしょ、ねえ。でも、あたしがあんなに親切にしてやったのに、いまこの両脚はあたしをこんなところへ連れてきちまったんだもの。それからあたし自分を男の子にしてとお祈りしたくなって、ほんとにお祈りして、じっとすわったまま待ってたわ。それから自分でもどうなったかわからなくって、それで見てみようと決心したの。それからあたし、まだ見るのは早すぎるかもしれないと思った、だって早くに見すぎればだめにしちゃって、祈ったことが本当に起らないでしょ。それであたし、数を言うことにしたの。最初は五十まで数えなさいと自分に言って、それではまだ早すぎると思ったから、またもう五十数えなさいと言ったわ。それからあたし、もしちょうどいいときに見ないと、今度は手おくれになると思った。

「それからあたし自分を守るようなことをすればいいと思ったわ。夏休みに外国へ行った女の子が博物館にあるもののことをあたしに話したけど、王様だかがどこか遠くに行くときには、女王様に何かはめさせたんですってね、それであたしもしそんな物があればなあと思ったの。それだからあたしレインコートを取っておろして着こんだのよ。その横に水筒がぶらさがっていて、あたしそれも取ってから置いたのよ――」

「水筒？」とホレスは言った。「なぜそんなことをしたの？」

「なぜ取ったのかわかんないわ。たぶん、あそこに掛ったままなのがこわかったんだわ。でもあたしあのフランスの物を持ってたらなあと考えてたわ。きっとあれには長くて鋭い釘《くぎ》がいくつも植わっていて、彼が気がついたときは手おくれで、あたしは彼にそれを突き刺しちまうの。彼にずぶりと突き刺しちまって、それからあたしの上に血がいっぱい掛って、あたしが彼に言ってやる、これで懲《こ》りたでしょ！　これであたしには手を出さないでしょ！　とね。まさかその正反対のようになるなんて思いもしなかった……あたしお酒ほしいわ」

「じきに一杯持ってきてあげるよ」とミス・リーバは言った。「さあ、もっと彼に話してあげなよ」

「ああ、そう。あたし、こんな変なこともしたのよ」彼女は大鼾《おおいびき》のガウァンの隣に横たわって玉蜀黍の穂軸がこすれて鳴るのに耳をすましたり闇のなかに満ちた物音を聞いたりして、そしてポパイが近寄ってくるのを感じたときのことを話した。彼女は自分の血管が鳴るのを聞くことができた、そして両方の眼尻《めじり》の小さな筋肉が裂けてだんだんひろがり、自分の左右の小鼻のあたりが冷たくなったり熱くなったりするのを感じた。それから彼が上にかぶさるように立っていて彼女はやりなと言っていた。あたしにさわりな。さわりなったら！　しなきゃあ、あんたは臆病者《おくびようもの》よ。臆病者！　臆病者！

「あのね、あたし眠りたかったの。それなのに彼はただあそこに立ったままでいるんでしょ。あたし思ったわ、彼が早くやって片づけさえしてくれれば、それから眠れるのにって。だからあたし言ったのよ、しないんならあんたは臆病者よ！　しないんならあんた臆病者よ！　それから自分の口が叫びだす形になりはじめて、それに体のなかにある熱い神経の塊もそうなった。それからあれがあたしにさわったの、あのいやらしい小さな冷たい手がレインコートの内側のあたしの裸のところをいじりはじめた。その手はまるで生きた氷みたいだったわ、それであたしの肌はぴくぴくはねはじめたの、ほら、ボートの前ではねる小さな飛魚みたいに。まるであの手が動きだす前からそれがどっちの方角に行くか知ってるみたいで、その手の行く先から逃げだすみたいに、あたしの肌はあの手の少し先をぴくぴくと動いていったわ。

「それからあの手はあたしのお腹《なか》の下のほうにおりてきて、そしてあたし昨日の夕食からあと食べてなかったもんだからあたしのお腹が鳴りはじめて止らないの、そして玉蜀黍の穂軸が音をたてはじめて、それがまるで笑ってるみたいな大きな音。あれはあたしのことを笑ってるんだと思ったわ、だって彼の手がいまにもあたしのパンティのなかにはいってこようとするのに、あたしまだ男の子に変っていなかったから。

「あれは変だったわ、だってあたしあのときは息をしていなかったんだもの。ずっと前からあたし息をしてなかった。だからあたし自分が死んじまったと思ったわ。それからあたし変なことしたの。自分が棺のなかにいるのを眼に描いたの。とてもすてきな姿なの――ほら、すっかり白い服を着せられてね。花嫁みたいにヴェールもしてて、そして泣いてるのよ、だってあたしが死んでるためか、それとも美しい姿だったからかも――いいえ、違うわ、彼らがその棺に玉蜀黍の穂軸を入れたからだわ。あたしが泣いてたのはね、自分が死んでいる棺のなかにあの人たちが玉蜀黍の穂軸を入れたからだったのよ、それでいてあたしは自分の鼻が冷えたり熱くなったり、冷えたり熱くなったりするのを感じてたし、それに棺のまわりにすわった人たちもすっかり見えてて、その人たちが言ってるの、彼女は優しい姿じゃないか、彼女、とても美しい姿じゃないか、とね。

「でもあたし臆病者！　と言いつづけてたわ、臆病者！　さわっててよ、臆病者！　ってね。あたし癇癪《かんしゃく》を起してたの、だって彼はいつまでもやってるんだもの。あたし彼にこう言おうと思ったわ。あたしがひと晩じゅうあんたの言いなりに、ここに横になってると思うの！　あたしが何をするか教えてやるわ、とね。あたしあそこで玉蜀黍の穂軸に笑われながら寝ていて、そして彼の手の動くたびにとびあがりながら、頭では彼に言うこと考えてたの、あたし彼によく話すほかないわ、学校の先生がするみたいにとね――そしてそしたらあたし、学校の先生になってたの、そして相手の彼は黒んぼの少年みたいに小さな黒い人になってて、そしてあたしは先生だったの。なぜってあたし自分にあなたおいくつ？って聞くと、あたしは四十五歳よと言うんだもの。あたしごま塩頭をして眼鏡をかけていて、よく女の人がなるみたいに、ここから上はでっぷりしてね。男仕立てにしたグレイの服を着てたけど、あたしってグレイは全然似合わないタイプなのよ。そしてあたしその黒い人に向って、あたしが何するか言ってやると、その人はこっちの鞭《むち》を見つけちまったみたいに、だんだん身を縮めてゆくみたい。

「それからあたし言ったの、これじゃあまだ利《き》かないわ。あたし男じゃなきゃだめだわ。それであたし年寄りになったの、長くて白いひげを生やした男にね、するとあの小柄で黒い服の男はだんだん小さく小さくなっていって、そしてあたし、ほらごらんと言ったわ。よく見てごらん。いまあたしは男よ。あたし男になったときのことを考えて、そしてそれを考えはじめたとたんに、そうなったの。あれがね、ぽんというような音たてて出たわ、まるで細いゴム風船を裏返しにして息を吹きこんだときみたいにね。あれは冷やっこい感じだったわ、ほら、口をあけたままにしておくと、内側が冷たくなるでしょ、あの感じ。そしてあたし、いまにきっと彼がびっくりするぞと思いながら笑うまいとしてじっと寝てたわ。あたしのパンティのなかではあの手の行く先でぴくつきが走るのを感じていて、あたし、寝たままで、もう一分もすれば彼がどんなに驚いて怒るかしらと思って笑わないように我慢してた。それから急にだしぬけにあたし眠っちまったの。彼の手があそこに届くまで目をさましてさえいられなかったの。ただすうっと眠っちゃったわ。自分が彼の手の行く先でぴくつくのさえ感じなくなったわ、だけれどあの玉蜀黍の穂軸は聞えた。あたし眠りこんで、しまいにあの女の人に起されて、まぐさ部屋に連れてゆかれたのよ」

彼がその家から立ち去るとき、ミス・リーバは言った――「あんたの力であの娘を向うに連れていって二度と戻らないようにしておくれよ。あたしにやれる力があれば、彼女の家族を見つけてやるんだけど。でも、あんたも知ってるように、あたしゃ……あの娘は一年もしないうちに、死ぬかそれとも気違い病院入りかどっちかだよ。あの部屋で彼とあの子がやってるみたいなことしてたら、誰だってそうだね。あたしにはまだわからないんだけど、二人には何か、まともじゃないとこがあるんだよ。たぶん彼女のほうかもしれないね。あの子はこんな生き方ができるように生れついてないのさ。肉屋や理髪屋になるのも同じだけど、こういう暮しをするには、生れつきのものがなきゃあだめさ。どっちになろうと願ったって、金やおもしろ半分じゃあ、とってもなれるもんじゃないのさ」

あの子は今夜にでも死んじまったらそのほうが身のためなんだ、とホレスは歩きながら考えた。ぼくのためにだってそうさ。彼は空想した――あの娘とポパイ、あの女や赤ん坊やグッドウィンをみんなガス室に押しこんじまえたらなあ。容赦なく冷酷に人命を奪う即決の死の淵《ふち》、その部屋へ連中を押しこんでしまい、憤激と驚愕《きょうがく》の起る一瞬の間にぱっと消しちまうんだ。そしてぼくもだ――それが唯一《ゆいいつ》の解決策じゃなかろうかと、彼は考えていた。この古来変らぬ悲劇の世の中から腫瘍《できもの》をさっぱり取除き、焼き捨てちまえばいい。そしてぼくもだ、なぜってぼくらはみんな孤立しているからだ――彼の頭に浮ぶのは眠りの長い廊下を吹き過ぎてゆく柔らかな暗い風、絶えまなく雨の響く低い安穏な棺の下に寝ている自分――悪、不正、涙から逃れた自分。ひとつの路地口では、二個の姿が頭を突きあわせたまま、互いに触れずに立っていた――男のほうは文字にできぬような言葉をつぎからつぎへとうれしそうなささやき声でしゃべくっていて、女のほうは彼の前でまるで肉欲の陶酔に浸るかのように忘我の有様で身動きもしない。たぶんこういう状況のときに、人は、この世が悪でできていると認めるわけなんだ、結局人間は死ぬものだと認めるんだ――頭のなかでは、かつて見たことのある死んだ子供の瞳《ひとみ》を思い出し、またほかの死人たちを考えた――そこでは憤怒《ふんぬ》も冷えてゆき、激しい絶望の表情も薄れてゆき、あとには二個のうつろな眼球が残って、そのなかでは極小の姿となった世界が深いところでじっと漂っているばかりなのだ。

彼はホテルに戻りさえしなかった。じかに駅へ行った。夜中に出る列車へ乗ることができた。一杯のコーヒーを飲んだが、すぐに、飲まねばよかったと思った、というのはそれが胃袋のなかに熱い玉となって残ったからだ。三時間たってジェファスンで降りたときもまだ、それは消化されずに残っていた。彼は町を歩いてゆき、人っ気のない広場を横切った。自分が別の日の朝にここを通り過ぎたことを思い出した。そのときといまとの間にはまったく時間の経過が欠け落ちているように思われた――大時計の文字盤には同じ明りがついているし、ドア口にいる禿鷹《はげたか》じみた人影も相変らずだ――これはあの同じ朝であって、彼は広場を通り過ぎてしまったあとで、まわれ右をしてまたもとに戻ってきてるのかもしれない――そんな短い夢のような時間だったのに、その間に彼が四十三年間で見た悪夢のすべてが凝結し、それが彼の胃袋のなかで熱い固い塊と化したのだった。だしぬけに、彼は足早に歩きだしていて、彼の内臓ではコーヒーが熱い重い石のようにごろついていた。

彼は静かに車寄せの道を歩いていて、はやくも垣根にある忍冬《すいかずら》の香りをかぎはじめていた。家は暗く静まりかえっていて、たえず寄せてくる時間の潮《うしお》に揺られつつ空間につりさがっているかのようだ。虫の声は低い単調な響きになっていて、あたかもその音は、本来であれば水に生きるべきものが陸にあがったためにいまや必然の断末魔の苦悶《くもん》の声をあげているかのようであった。月が頭上にあったが光沢はなく、地面は足の下にあったが闇《やみ》の暗さはなかった。玄関のドアをあけ、手さぐりで部屋へ、そして電燈《でんとう》のスイッチへと進んでいった。夜の声が——何の種類であれ、とにかく虫どもが——彼のあとから部屋にはいってきた、そして彼は急に気がついた、あの音は地球が地軸を中心にしてまわるときの摩擦音で、それがいまやさらにまわりつづけるか永遠に停止してしまうかの境界《さかい》に近づいているのだ——その表面をよぎって忍冬のにおいが冷たい煙のように這《は》いまわる地球は、いまや冷却する空間のなかで動かぬ球体と化しているのだ。

彼はスイッチを見つけ、電燈をつけた。あの写真が化粧台の上にのっていた。それを取りあげ、両手の間にささえた。額縁をはずされた跡の細い縁取りに囲まれて、リトル・ベルの顔は明暗の配合がつくる優しい空気につつまれ、夢みる表情だった。その写真におちる光線の具合のせいか、あるいは彼の手か彼の息づかいの微細な動きが伝わったせいか、彼の掌《てのひら》のなかのその顔は、上からの光が浅く上辺だけ当るなかで、いまにも呼吸しはじめそうに見えた。あたりには眼に見えない忍冬の濃いにおいがゆっくりと煙の舌のように漂っていた。その香りはほとんど眼に見えるような濃さで部屋を満たしていて、写真の小さな顔はだるい欲情に我を失うかのよう——しだいに薄ぼけ色褪《いろあ》せてゆき、彼の眼にはただ誘惑と色っぽい約束とそのひそやかな容認のあとのぐんなり色褪せた名残、いわばこの香りと同じようなものとしか映じなくなった。
それから彼は自分の胃袋にうずく感じが何であるかを悟った。急いで写真を下に置き、浴室へ行った。走りついてドアをあけ、スイッチを探った。しかしそれを捜すひまがなく、前にかがみこみ、つんのめり、便器にぶつかり、両腕を突っぱって前にかがむと、その間にあの穂軸が彼女の腿《もも》の下で恐ろしい笑い声をあげた。彼女は寝たままの顔を少しあげ、そのために顎《あご》を十字架からおろされた者のように少し引きつけ、黒くてすさまじいものが自分の青白い体から走り出てゆくのを見つめていた。彼女は平たい貨車に仰《あお》向《む》けに縛られていてその車は黒いトンネルを急速力で走ってゆき、その闇は幾本もの硬直した筋となって頭上を流れ、彼女の耳には鉄輪の轟《とどろ》き。その貨車がトンネルからとびだして急勾配《きゅうこうばい》の坂を驀進《ばくしん》すると、頭上の闇には生動する炎が幾条にも細くつらなって息もつかせぬ勢いで天頂へ向い、その間も彼女は、蒼《あお》い無数の点となった光が弥漫《びまん》する虚無のなかで、かすかにゆるやかに揺れつづけた。彼女は下方に——はるかの下方に、あの玉蜀黍《とうもろこし》の穂軸のかすかなすさまじい哄笑《こうしょう》を聞くことができた。

24

最初にテンプルが階段の下り口まで出ていったときにも、ミニーの眼玉はミス・リーバの部屋の前の薄暗がりで光った。テンプルはまたもや鉄の棒錠をさしこんだドアの内側にもたれて、ミス・リーバが苦しげに階段をあがってきてノックするのを聞いた。テンプルが押し黙ってドアにもたれている間、その向う側ではミス・リーバがぜいぜいあえぎながら、お世辞と脅しをまじえて口説《くど》いていた。彼女は物音ひとつたてなかった。しばらくのち、ミス・リーバは階段をおりていった。

テンプルはドアから離れ、眼ばかり黒ずんだ青ざめた顔で、音もさせずに両手を打ちあわせながら部屋の中ほどに立ちすくんでいた。彼女は外出着を着ていて、帽子もかぶっていた。その帽子を脱いで部屋の片隅に放りなげ、ベッドまで行くとうつぶせにどさりと身を投げだした。ベッドは寝起きのままに乱れていた。そばのテーブルには煙草《たばこ》の吸殻が散らかり、まわりの床は灰だらけだった。枕覆《まくらおお》いには、茶色の穴がいくつもついている。しばしば、夜中に彼女が目をさますと、煙草のにおいがして、ポパイの口のあるあたりに赤い火がぽつりと見えるのだった。

午前もよほど過ぎていた。南側の窓では引きおろされた窓覆《シェード》いの下から、はじめひと筋の薄い陽光が窓縁に落ち、それはやがて細い帯となって床に移った。家のなかはまったく静まりかえっていて、午前もよほど過ぎたときにみせる息切れした感じの静けさだ。ときたま、下の通りを過ぎる車の音がした。

テンプルはベッドの上で寝返りをうった。そうすると、たくさんあるポパイの黒服のひとつが椅子《いす》にのっているのをみとめた。寝たまましばらくはそれを見やっていたが、やがて起きあがり、その服をつかむと、すでに帽子のある片隅へ投げつけた。もう一方の隅にはプリント木綿のカーテンで即席に作られた衣装戸棚《クローゼット》があった。なかにはさまざまの種類の、すべて新しい服がかかっていた。彼女はそれらを引きはがしてすさまじい勢いで丸めると、ポパイの服の上へ放りなげ、さらに棚に並んだ帽子もみんな投げつけた。そこにはポパイの別の服もかかっていた。彼女はそれも投げ捨てた。奥にはオイルシルクの吊皮《つりかわ》にはいった自動拳銃《けんじゅう》が釘《くぎ》からさがっていた。こわごわ取りおろし、吊皮からはずして拳銃を手に持って立っていた。少しするとベッドまで行き、それを枕の下に隠した。

化粧台の上には化粧道具が群がっていた——刷毛《はけ》やら鏡など、これらも新品である、そして繊細かつ珍奇な形をした瓶や壺《つぼ》の類《たぐ》いはいずれもフランスのラベルをつけていた。ひとつずつ取集めて思いきり片隅へ投げつけると、それらはずさっ、がちゃんと音をたてた。化粧道具の間にプラチナの財布があった——細い金属片できっちり編んだもので、なかには紙幣の束がオレンジ色に光ってちんまり納まっていた。これも他のもののあとから片隅へ投げつけられ、それから彼女は豪華な香りがしだいに濃くなるなかで、ベッドへ行くと、またもうつぶせに倒れこんだ。

昼になるとミニーがドアをたたいた。「ご飯を持ってきただよ」テンプルは動かなかった。「ドアの下のここに置いとくよ。ほしくなったら取ればいいから」彼女の足音が遠ざかった。テンプルは動かなかった。

ゆっくりともれ落ちる陽ざしは床の上を移っていって、西側の窓枠はいま影になった。テンプルは半身を起した。何か聞きすますかのように頭を横にかしげ、慣れた手つきで髪をつくろった。そっと立ちあがってドアのほうへ行き、また耳をすました。それからドアをあけた。食事の盆が床に置かれていた。それをまたぎこして階段まで行き、手すりごしにのぞいた。しばらくして廊下の椅子にすわっているミニーを見つけた。

「ミニー」と彼女は言った。ミニーの頭がぐっとあがり、またもやその両眼は白くぐるりとまわった。「一杯持ってきてよ」とテンプルは言った。彼女は自分の部屋に戻った。十五分待った。それからドアをばたんとあけ、足音も荒く階段をおりかかると廊下にミニーが現われた。

「はいよ」とミニーは言った。「ミス・リーバが言うんだけど――あんたにはそんなものやれ――」ミス・リーバのドアが開いた。テンプルを見あげもせずに、彼女はミニーに話した。ミニーはまたもその声を高めた。「はいよ、いいですよ。じきに上に持ってくからね」

「本当よ」とテンプルは言った。戻ってくるとドアのすぐ内側に立ったまま待ち、しまいにミニーが階段を上ってくるのを聞いた。テンプルはドアを細目にあけたまま待った。

「あんた、ご飯はまるで食べねえのかね？」とミニーは言いながら、膝《ひざ》でドアを押しあけようとした。テンプルはそれを押えた。

「どこにあるのよ？」と彼女は言った。

「あたしはまだ今朝はあんたの部屋、片づけてねえよ」とミニーが言った。

「ここでおくれ」とテンプルは言い、隙間《すきま》から手を伸ばした。お盆からグラスを取った。

「それでおしめえにしなせえよ」とミニーが言った。「ミス・リーバはそれ以上やらねえと言ってるよ……あんた、どうしてあの人をこんなに扱うんだね、ええ？　彼にあんなに金を使わしたんだから、自分でもちっとは恥ずかしい気にならねえだかよ。たしかにあの人はジョン・ギルバート（訳注　一八一〇—八九。米国の美男俳優）じゃねえけど、でもなかなかいい男じゃねえかよ。それにあの金の使いっぷりときたら——」テンプルはドアを閉ざして棒錠をさしこんだ。そのジンを飲みほすと、椅子をベッドまで持ってきた、そして煙草に火をつけると両脚をベッドにあげてすわった。しばらくすると椅子を窓までずらし、下の通りが見えるように窓覆いを少しあげた。また別の煙草に火をつけた。

五時になると、彼女はミス・リーバが黒い絹の服と花飾りのついた帽子姿で現われて通りを向うへ行くのを見た。彼女はぱっと立ち、隅の衣装の山から帽子を掘りだして頭にのせた。ドアまで来ると振返り、もとの隅へ戻っていってプラチナの財布を掘りだし、それから階段をおりていった。ミニーはホールにいた。

「あんたに十ドルあげるわ」とテンプルは言った。「十分もしないで戻るからね」

「そりゃあだめだよ、ミス・テンプル。ミス・リーバにめっかったら、あたしの仕事がふっ飛ぶし、ミスター・ポパイにめっかれば、この首もなくなっちまうよ」

「きっと十分間で戻ってくるから。約束するよ。きっとね。二十ドル」彼女はその紙幣をミニーの手に押しつけた。

「本当に戻ってくるだよ」とミニーは言いながらドアをあけた。「あんたが十分で戻ってこなきゃあ、あたしだっていなくなっちまうだよ」

テンプルは格子《こうし》ドアをあけて外をのぞいた。通りはからっぽで、ただ向う側の歩道ぞいに一台のタクシー、そしてその向うの家のドア口に帽子をかぶった男がひとり立っているだけ。彼女は急ぎ足に通りを歩いていった。角まで来ると一台のタクシーが追いつき、速力をゆるめ、運転手は彼女を不思議そうに見まもった。彼女は角のドラッグストアにはいり、奥の公衆電話に行った。それから彼女は家に戻った。その角を曲るとき、あのドアにもたれかかっていた帽子の男に出会った。彼女は格子ドアのなかへはいった。ミニーがドアをあけた。

「あれ、よかったよ」とミニーが言った。「あそこにいるタクシーが走りはじめたとき、あたしもおん出る支度をしたんだよ。あんたがこのこと何も言わなきゃあ、一杯持ってってあげるよ」

ミニーがジンを持ってくると、テンプルはすぐに飲みはじめた。その手は震えていて、顔には得意そうな色が現われ、グラスを手にしたままたもドアのすぐ内側に立って耳をすましていた。これ、あとで飲みたくなるわ、と彼女は言った。これっぱかりじゃ足りやしないわ。彼女はそのグラスに置皿をかぶせて用心深く隠した。それから片隅の衣装の山をほじくり、ダンス服を見つけて引っぱりだし、衣装戸棚にかけた。ほかの物をちらりとながめたが、ベッドに戻ってまた寝ころんだ。たちまち起きあがり、椅子を引寄せ、すわったと思うと乱れたベッドに両脚をあげた。部屋のなかではゆっくりと昼の光が薄れていったが、その間も彼女はつぎからつぎへと煙草を吸いつづけ、階段に起るあらゆる物音に耳をすませてすわっていた。

六時半になるとミニーが彼女の夕食を持ってきた。そのお盆にはまたもジンのグラスがあった。「これはミス・リーバのご馳走《ちそう》だよ」と彼女は言った。「気分はどうか、とさ」

「元気だと言ってちょうだい」とテンプルは言った。「あたしお風呂《ふろ》を使ってからベッドへ行くわ、そう言っといてよ」

ミニーが立ち去ると、彼女は二つのグラスにあるジンをコップに注ぎこみ、うれしそうにそれをながめやった——そのグラスは両手のなかで小刻みに震えていた。彼女はそれを用心深く下に置き、蓋《ふた》をすると、ベッドにすわって夕食を食べた。食べ終ると煙草に火をつけた。すべての動作は落着かぬ動きだった——やたらに煙草をふかし部屋を歩きまわった。窓辺でちょっと立ちどまり、窓覆いを少しあげ、それを離すとまたも部屋のなかに戻り、鏡のなかの自分をのぞいた。なおも煙草をふかしながら、鏡の前で身をまわして自分の姿をながめた。

彼女は煙草を背後の暖炉へはじきとばした。鏡に近づき、髪を梳《す》いた。カーテンを手荒く引きあけ、ドレスを取りだしてベッドの上に置いた。戻ってくると、化粧箪笥《だんす》の引出しを引きあけて一枚の服を取りだした。服を手にしたまま考えこみ、やがてそれをもとに戻して引出しをしめ、手早くさっきのドレスをつかんで戸棚のなかへかけなおした。そのあとすぐに彼女は、自分が部屋を歩きまわっているのに気づいた——いつ火をつけたのかも思い出せぬ煙草が自分の手を焦《こ》がしそうになっていた。それを投げ捨ててテーブルへ行き、自分の腕時計をながめ、ベッドからいつでも見えるようにそれを煙草の箱にもたせかけてから、寝ころんだ。そのとたんに枕の下にピストルを感じた。それを引きだして手に取ってながめ、そして自分の脇腹《わきばら》のあたりに置くと、両脚をまっすぐ伸ばし、両手を頭のうしろに当てて眼を細め、階段に起るあらゆる音に耳をすましながらじっと横になっていた。

九時になると彼女は起きあがった。またピストルを取りあげた。しかしすぐにそれをマットレスの下に押しこみ、服を脱いで金の竜や瑪瑙《めのう》や真っ赤な花を散らした支那服《しなふく》まがいの化粧着をきると、部屋を出た。戻ってきたときの彼女はぬれた髪が顔にまといついていた。洗面台へ行くと、ジンのはいったコップを取りあげたが、それを手に持ったまま考えこみ、またそれを下におろした。

彼女は服を着て、部屋の隅から瓶や壺を取りもどした。鏡の前での動作はせわしないくせに丹念でもあった。洗面台の前へ行ってあのコップを取りあげた。しかしまたも思案し、部屋の隅へ行くとコートを取りあげて着こみ、プラチナの財布をポケットに入れ、もう一度鏡をのぞきこんだ。それから戻っていってあのコップを取りあげ、ジンをがぶ飲みした、そして足早に部屋から出た。

廊下には電燈《でんとう》がひとつついていた。誰もいなかった。ミス・リーバの部屋からはいくつかの人声が聞えたが、しかし下の廊下は人っ気がなかった。すばやく静かにおりてゆき、玄関のドアに達した。自分が止められるのはそのドアのところにちがいないと信じはじめていて、あのピストルを持ってくればよかった、と鋭い後悔の気持を覚えてほとんど動きさえとまりかけ、もしあれがあれば情け容赦もなしに、いやむしろうれしがって使っただろうと思った。玄関のドアにとびつき、肩ごしにうしろを見やりながら手は棒錠を引っかいた。ドアは開いた。彼女はとびだし、さらに格子ドアをあけてから庭の道を走りおりて門を出た。出たとたんに、舗道べりをゆっくり動いていた一台の車が彼女の前で止った。ハンドルの前にはポパイがすわっていた。その姿には何の明瞭《めいりょう》な動きも見えなかったが、それでもドアがばたんと開いた。彼は何の動きも見せず、ひと言も口をきかなかった。ただそこにすわり、例の麦藁帽《むぎわらぼう》をちょっと横に傾けていた。

「あたし、いやよ！」とテンプルは言った。「あたし、いやよ！」

彼は何の動きも物音もさせなかった。彼女は車のほうへ行った。

「あたし、いやよ、わかったわね！」それから甲高く叫んで、「あんた、彼がこわいんでしょ！　びくついてんでしょ！」

「おれはやつに、逃げるチャンスをやってるのさ」と彼は言った。「お前はあの家に帰るのか、それともこの車に乗るのか？」

「あんたはびくついてるんでしょ！」

「やつにチャンスをやってるのさ」と彼は冷たい柔らかな口調で言った。「どうするんだ。腹を決めろよ」

彼女は前にかがみ、片手を彼の上に置いた。「ポパイ」と彼女は言った。「ねえ、パパ」彼の腕はか細い感じだった。子供のものと同じほどで、木の棒のように固くて軽くて、枯死したものの感じだった。

「お前がどっちにしようとかまわねえぜ」と彼は言った。「とにかく、どっちかやれよ。さあ早く」

彼女は彼の腕に手を置いたまま、前にかがんだ。それから車に乗りこんだ。「あんたはやりっこないわ。びくついてるんだから。彼はあんたよりすごい男よ」

彼は腕を伸ばしドアをしめた。「どこへ行く？」と彼は言った。「グロトーか？」

「彼はあんたよりもすごい男よ！」とテンプルは甲高く言った。「あんたは男でさえないんだわ！　ちゃんと彼は知ってるのよ。ほかの人は知らなくとも彼は知ってんのよ！」車は動きだしていた。彼女はポパイに向って叫びはじめた。「あんたが男だって！　大胆な悪党だって！　大嘘《おおうそ》よ、あんたなんかあれさえできな――するのに本当の男を連れてこなくちゃならないくせに――そしてベッドのそばにうろついて、うなったり涎《よだれ》を垂らしたり、まるで――あんたなんか、あたしをごまかせるのは一度っきりよ、そうじゃない？　たしかにあたし、血を出したりそれから――」彼の手がテンプルの口の上に伸びた――それは強く当って爪《つめ》が肉に食いこんだ。彼はもう一方の手で無謀な速力のまま走らせていた。街燈の明りの下を過ぎたとき、彼女は自分を見まもる彼を見てとった――自分がもがいて彼の手を引っぱり、頭をあちこち振っている姿を彼は見まもっていたのだ。

彼女はもがくのをやめたが、なおも頭をあちこちねじ曲げたり彼の手を引っぱったりしつづけた。一本の指は――それは厚い指輪のはまったものだが――彼女の唇をおしあげていたし、他の指の先は彼女の頰に食いこんでいた。彼は片方の手で自分の車をむちゃにあやつり、それで他の車輌《しやりよう》はあわててブレーキの音を響かせながら横に逃げ、交差点でも止らずに突っ走った。一度は警官がどなりつけたが、彼は見向きもしなかった。テンプルは悲鳴をあげはじめ、彼の手の向うでうめき、指の間から涎を流した。その指輪は歯医者の道具のようで、テンプルはそれを吐きだして口をしめることができなかった。彼が手をのけたとき、テンプルは彼の指の痕《あと》が残酷に自分の顎《あご》へ刻印されたと感じた。彼女はそれをさわろうと手をあげた。

「あたしの口を痛めたじゃないの」と彼女は泣き声をあげた。二人は町はずれへ近づいていて、速度計は五十マイルをさしていた。彼の細くとがった横顔の上では麦藁帽子が傾いたままだ。彼女は自分の顎をいたわりなでた。家々のかわりに大きな暗い空地が続き、そこからは不動産屋の広告がだしぬけに無気味に、寂しげな自信といったものをみせてつぎつぎに現われた。それらの間には低くて遠い燈火がぽつりと涼しくむなしい闇《やみ》のなかにともって、蛍を引寄せていた。彼女は腹に二杯飲んだジンが冷えはじめるのを感じながら静かに泣きはじめた。「あたしの口をこんなにして」と彼女は自己憐憫《れんびん》から小さなかすかな声になって言った。そっと指で自分の顎をさすり、しだいに強く押していって、しまいに痛むところを見つけた。「いまに後悔させてやるから」と彼女はつぶやくような声で言った。「レッドに言いつけてやるわ。あんた、レッドになりたいと思ったことあるでしょ！　どう？　彼ができることを自分もしたいと思ったでしょ？　あんたのかわりに彼があたしたちを見つめてるようになったら、と思ったことあるでしょ？」

彼らは『グロトー』の庭にはいってゆき、ぴったりカーテンをした壁ぞいに走ると、そこからは暑苦しい音楽の響きがもれ出てきた。彼が車の鍵《かぎ》をしている間にテンプルはとびだして階段を駆けあがった。「あたし、あんたに好きなようにさせたのよ」と彼女は言った。「そしたらここに連れてきたのよ。あんたにいっしょに来てなんて頼まなかったんですからね」

彼女は洗面室にはいった。そこの鏡で自分の顔を検査した。「あら」と彼女は言った。「痕さえ残ってないわ」肌をあっちこっち引っぱり、「あのちび助め」と鏡のなかの自分をのぞきながら言った。さらに舌ざわりがよくて猥雑《わいざつ》な文句を、無関心な鸚鵡《おうむ》のような調子でつけ加えた。もう一度自分の口を塗りなおした。別の女がはいってきた。二人は互いの服装を、何気なくちらっと冷たく、ひと目ですべてをくるみこむ視線でながめあった。

ポパイは指に煙草《たばこ》をはさんで、ダンス・ホールの入口に立っていた。

「あたしあんたの勝手にさしたのよ」とテンプルは言った。「あんた、来なくったってよかったんですからね」

「おれは危ねえ橋なんか渡らねえさ」と彼は言った。

「もう渡ったわよ」とテンプルは言った。「後悔してんでしょ？　どう？」

「行きな」と彼は言い、手でテンプルの背中を押した。彼女は敷居をまたごうとしていたのだが、ぱっと振返り、彼をにらんだ、そして両者の眼はほとんど同じ高さにあった。それから彼女の手が脇腹に向ってひらめいた。彼はその手首をつかんだ——もう一方の手が彼のほうへひらめいた。その手も彼は自分の柔らかい冷たい手で捕えた。二人は眼と眼を見かわし、彼女の口は開いて、頬の紅の赤みはしだいに深くなっていった。

「さっき町にいたとき、お前の好きなようにしろ、とおれは言ったぜ」と彼は言った。「お前が勝手にここへ来たんだからな」

彼女の背後では音楽が熱っぽく煽情《せんじょう》的に鳴り響き、情欲に駆られる脚の動き、筋肉の動きはことさらに肉と血のにおいを濃くするかのようだ。「ねえ、やめて」と彼女はほとんど唇を動かさずに言った。「あたし、行くわ、あたし帰るから」

「お前が勝手に選んだんだ」と彼は言った。「行きな」

彼につかまれたテンプルの両手は指先が彼の服に届きそうな位置のまま、探るような引っかくような動きをくりかえした。彼はゆっくりとテンプルの身をドアのほうへ回転させたが、彼女は頭をうしろに向けたまま、「あんた、そんなことしないわね！」と叫んだ。「あんた、まさか——」彼の手がテンプルの首筋をつかんだ。その五本の指は鋼鉄のようだったが、それが冷たくて軽いためにアルミニウムに似ていた。彼女は自分の背骨がかすかにこすれる音を聞いた、それから彼の冷たくて静かな声――

「踊るか？」

彼女は頭をうなずかせた。それから二人は踊っていた。彼女にはまだ彼の手が自分の首筋にあるように感じられた。相手の肩ごしにすばやく部屋じゅうを見まわし、その視線は踊っている人々の間の顔をあちこちとびまわった。低いアーチ型の入口の向うにある別の部屋では、ひと塊の男たちが賭博台《とばくだい》のまわりに立っていた。彼女はその連中の顔を見ようとして、あちこち体を曲げた。

それから彼女は四人の男を見た。彼らはドアに近いテーブルにすわっていた。なかのひとりはチューインガムを噛《か》んでいて、その顔の下半分は、信じられぬほど白くて大きな歯の列でそこだけ切りとられたかのようにみえた。四人を見たとたんに彼女はポパイをまわして彼らに背を向けさせ、二人はまたもドアのほうへ動いていった。ふたたび彼女のすばやい視線が群衆の顔から顔へと走った。

彼女がまた眼を向けたとき、二人の男がすでに立ちあがっていた。彼らが近づいた。彼女はポパイを彼らの来る方向へ導いていたが、その間も彼の背中を二人のほうへ向けたままだった。男たちは立ちどまり、彼女をまわってゆこうとした。またもや彼女はポパイを彼らの方角へ押した。彼女は何かを彼に言おうとしていたが、自分の口が冷えているのを感じた。まるでしびれた指先でピンを拾おうとしているような感じだった。突然自分が軽く横へ持ちあげられるのを感じ、ポパイの小さな両腕がアルミニウムのように軽くて強いのを感じた。彼女は壁によろめきかかり、そして二人の男が部屋を去ってゆくのを見まもった。「あたし、帰るわ、帰るったら」彼女は甲高く笑いはじめた。

「黙れ」とポパイは言った。「黙らねえつもりか？」

「あたしにお酒ちょうだい」と彼女は言った。彼女はポパイの手にさわった――彼女の両脚もまるで自分のものでないかのような冷たさだった。二人はテーブルにすわっていた。そこから二つ向うのテーブルにはあの男がテーブルに両肘《りょうひじ》をついたまま、なおもチューインガムを嚙んでいた。四人目の男は煙草をふかしながら、上着のボタンを胸までかけた姿で、そりかえってすわっていた。

彼女はいくつもの手を見つめていた。白い袖《そで》から出た褐色の手、よごれたカフスの下から出たよごれた白い手、それはテーブルに瓶を置いてゆき、彼女はグラスを手に取った。彼女は飲んだ――がぶ飲みをして、そのグラスを手にしたまま、レッドが――グレイの服に水玉の蝶《ちょう》ネクタイをしたレッドが――ドア口に立っているのを見た。彼はまるで大学生のように見え、その彼が部屋じゅうを見まわしてしまいに彼女を見つけた。彼はまずポパイの頭をうしろから見やり、つぎにグラスを持ってすわっているテンプルを見たのだ。向うのテーブルにすわっている二人の男は動かなかった。彼女の眼にはあの男が嚙むにつれてその耳のかすかにたえず動くのが見てとれた。演奏がまた始まった。

彼女はポパイの背中をレッドのほうに向けた。レッドはまだ彼女を見まもっていて、その背丈は誰よりも頭ひとつ高かった。「さあ」と彼女はポパイの耳に言った、「踊る気があるなら、踊ろうよ」

彼女はまた飲んだ。二人はまた踊った。レッドは姿を消していた。その曲がやむと、彼女はもう一杯飲んだ。それは役に立たなかった。ただ彼女の内部で熱く固くしこっているだけだった。「さあ、踊ろうよ」と彼女は言った、「やめないでよ」しかし彼は動かなかった、そしてテンプルは疲労と恐怖に全身の筋肉をぴくぴくさせながら、ポパイのそばに立っていた。それから彼をからかいはじめた。「自分を男だなんて言うくせに、大胆な悪党だなんて言うくせに、あたしみたいな女の子と踊ってへたばっちゃったの?」それからその顔は血の気が引去り、げっそりやせた真面目《まじめ》な表情になった――本当の絶望感にとらわれ、子供みたいな口つきになって、言った、「ポパイ」彼は両手をテーブルの上に置き、煙草をいじりながらすわっていて、彼の前には氷の融《と》けかかった二つのグラスがあった。テンプルは彼の肩に手を置いた。「パパ」と彼女は言った。自分たちがその部屋から見られない方向へ動きながら、彼女の手はポパイの脇腹《わきばら》へひそかに伸びていって、その平たい拳銃《けんじゅう》の台尻《だいじり》に触れた。その手は彼の腕と脇腹のつくる軽くて非情な万力《まんりき》にはさまれてこわばった。「それ、あたしにちょうだい」と彼女はささやいた。「ねえ、パパ。お願い」彼女は自分の脇腹に彼の腕をまきつけたまま、腕を彼の肩に押しつけ、「ねえ、パパ、それをあたしにちょうだい」とささやいた。突然彼女の手は彼の体ぞいに、すばやいひそかな動きをみせて、下へおりていった、それから今度は縮みあがるように引去られた。「あたし、忘れてた」とささやいた——「そんな気じゃなかったのよ……あたし、そんな……」

向うのテーブルにいる男たちのひとりが一度だけ歯の間から、ちぇっといった声を出した。「すわれよ」とポパイは言った。彼女はすわった。自分のグラスに酒をついだが、その行為を行う自分の両手を見まもっていた。それからあのグレイの服の端っこを見まもっていた。この人は割れたボタンをつけてるわ、と彼女はばかになったように考えていた。ポパイはさっきから動かなかった。

「これ、踊るかい？」とレッドは言った。

レッドの頭はかしげられていたが、しかし彼女を見てはいなかった。少し身がよじれて、向うのテーブルにいる二人の男のほうを向いていた。なおもポパイは動かなかった。煙草の端を巧みにほぐしては、なかの葉をつまみだしていた。それから煙草を口にくわえた。

「あたし踊らないわ」とテンプルは冷たい唇の間から言った。

「いやかい？」とレッドは言った。冷静な口調で、動きもせずに言った——「元気かい？」

「元気さ」とポパイは言った。テンプルは彼がマッチをするのを見まもり、グラスを通してその炎がゆがむのを見た。「もう飲みすぎてるぞ」とポパイは言った。彼の手は彼女の唇からグラスを取去った。テンプルは彼がそれを氷鉢《アイス・ボール》のなかにあけるのを見つめていた。音楽がまた始まった。彼女はすわったまま静かに部屋のなかを見まわした。ひとつの声が彼女の耳にかすかに鳴りはじめ、それからポパイが彼女の手首をつかんでそれを揺さぶっていて、テンプルは自分が口をあけており、口が何かの音を出していたにちがいないと気づいた。「さあ、黙れったら」と彼は言った。「もう一杯やるから」彼は酒をグラスについだ。

「あたし、全然酔ってなんかいないわ」と彼女は言った。彼はテンプルにグラスを渡した。彼女は飲みほし、グラスを下に置いたとき、自分が酔っているとわかった。きっとかなり前からそうだったんだと思いこんだ。自分はすでに酔いつぶれてしまったんだ、そしてあれはもう起ってしまったんだと信じこんだ。そうだといいわと言っている自分の声が聞きとれた。そうだといいわ。それから、本当にあれが起ったのだと信じこみ、彼女は失われたものへの悲しさと肉体の欲情に浸りこんだ。もう、あんなこと二度となないんだわと思い、すわったままもだえるような悲哀と性の欲情の雲のなかに浮き漂い、レッドの肉体を思い、グラスの上に空瓶を傾けている自分の手を見つめていた。

「お前、ひとりで飲んじまったぜ」とポパイは言った。「さあ、立ちな。踊って醒《さ》ませよ」彼らはまたも踊った。彼女はぎごちなくものうげに動いていて、両眼は開いているが何も見ていなかった——少しの間、全身は曲を聞きもせぬままに音楽を追っていった。それからふと、いま楽団が演奏している曲は、レッドがさっき踊らないかときいたときと同じ曲だと気がついた。もしそうだとしたら、まだ、あれは起っているはずがない。彼女は安堵《あんど》の大波を感じた。まだ遅すぎなかったのだ——まだレッドは生きているのだ。肉体への欲情が震えるような波になって体じゅうに波及するのを感じ、それが自分の口から色を奪い去り、痙攣《けいれん》するような陶酔感のために自分の眼の玉が奥へと回転するのを感じた。

彼らはサイコロ賭博のテーブルにいた。テンプルは自分がサイコロに向って叫んでいるのを聞いた。それをころがしては、勝ちつづけていた——模造貨幣《カウンター》はポパイがかき集めるにつれて山をなしてゆき、ポパイはあの低くてうるさい声で彼女をコーチしたり、叱《しか》ったりしていた。テンプルよりも背の低い彼はそばに立っていた。いまは彼自身がサイコロのカップを握っていた。彼女はそばに何気なく立ちながら、あの欲情が音楽や肉体のにおいとからまって、波のように幾度も全身に波及するのを感じていた。彼女は静かになった。気づかれぬほどわずかずつ動いて、しまいに誰かを自分のいたところへ割りこませた。それからダンス場を足早に慎重に歩いていて、まわりには明るい無数の小波《さざなみ》となって踊る人々や音楽が渦巻いていた。あの二人の男がすわっていたテーブルはからだった、しかし彼女はそれをちらっと見ることさえしなかった。廊下にはいった。給仕が来た。

「部屋を」と彼女は言った。「急いで」

その部屋にはテーブルと四脚の椅子《いす》があった。給仕はドア口に立っていたが、彼女が手をぐいと動かすと、消え去った。彼女は両腕をテーブルに突っ張って身をささえ、ドアを見まもっていると、しまいにレッドがはいってきた。

彼は近づいた。テンプルは動かなかった。両眼は情欲にますます黒ずみ、眼球はぐるりと上にあがり、焦点を失って三日月のように白眼をむきだし、銅像の眼のもつ空疎《くうそ》なこわばりをみせていた。末期《まつご》の人の声でアー、アー、アーと言いはじめ、精巧な拷問具《ごうもんぐ》にかけられたかのように体をゆっくり上へそらしていった。彼にさわられると、弓のようにはねかえり、彼にとびつき、口を死にかけた魚のように醜くあえがせ、腰をすりつけた。

彼は無理に自分の顔を引離した。テンプルは腰をふりたて、血の気をなくした唇を硬く突きだしてぱくつかせながら話しはじめた。「早く逃げなきゃだめよ。どこでもいいわ。彼にはおさらばしたのよ。あたしちゃんと言った。だからあたしのせいじゃないわ。そうでしょ？　あんたの帽子なんかいらないわ、あたしのもいらない。彼、ここへあんたを殺しに来たのよ、でもあたし彼にどっちか選ばせたのよ。あたしのせいじゃあなかったわ。これからはあたしたち二人だけ。彼が見つめたりしてないところでできるのよ。さあ、何を待ってるの?」口を彼に向けて突きだし、甲高いうめき声を出して彼の頭を引きおろした。彼は顔を引離したままだった。「あたし、彼には別れるって言ったのよ。もしあんたがここにあたしを連れてきたら、それっきり別れるわと言ったの。あんたにだって公平なチャンスをあげたんだと言ったわ。そしたら彼、あんな連中つれてきて、あんたをぶっ殺そうとしてる。でもあんたはこわくないでしょ。そうね?」

「おれに電話したときも、お前、そのことを知ってたのか?」と彼は言った。

「何を? 彼はね、あたしが二度とあんたに会うなと言ったわ。会ったらあんたを殺すぞと言ったわ。でもあたしが電話したとき、彼はあとをつけてたのよ。あたし彼を見たもの。でもあんた、びくつかないでしょ。彼は男でさえないんだもの。あんたは男よ。あんたは男よ」彼に腰をすりつけ、その頭にしがみつき、低俗な言葉を鸚鵡《おうむ》のようにささやきつづけ、血の失《う》せた唇からは薄白い唾《つば》を出しながら、「あんた、こわがってないでしょ、ねえ?」

「あんな薄のろ野郎をか?」彼はテンプルを体ごと持ちあげて身をまわし、ドアに向いてから右手を抜いて自由にした。彼女には相手が動いたのもわからぬらしかった。

「ねえ、お願い。お願い。ねえ、待たせないで。あたし、たまらないのよ」

「いいさ。とにかく戻ってろよ。こっちが合図するまで待ってな。戻ってるな、ええ？」

「待てないのよ。すぐにして。あたし燃えてる。ほんとなの」彼女はしがみついた。二人はいっしょに部屋をドアのほうへよろめき進んだが、彼は自分の右側を自由にして彼女を抱いており、彼女のほうは欲情の陶酔感のために自分たちが動いているのも気づかず、自分の皮膚のすべてを一度に触れさせようとするかのように彼にかじりついていた。彼は自分を引離して、テンプルを廊下に押しだした。

「行きな」と彼は言った。「おれもじきあそこに行くから」

「すぐに来てくれる？　あたし、たまらない。死にたいほどだわ。ほんとよ」

「うん。長くかからねえ。さあ、行きな」

楽団は演奏していた。彼女はちょっとよろめきながら、廊下を歩いていった。自分は壁にもたれているのだと気がつき、それからつぎには自分が踊っているのではないかと思ったが、気がつくとまたも踊っていて、それから自分は一度に二人の男と踊っているのだと思ったが、気がつくとまたも踊っていて、それから自分は一度くて、チューインガムを嚙《か》む男とボタンをはめた背広服の男の間にはさまれて廊下を出口のほうに歩いてゆくのだと気がついた。止ろうとしたが、彼らに両脇から腕を押えられていて、彼女は渦巻くダンス場のほうに最後の必死の視線を投げながら、悲鳴をあげようと口を開いた。

「どなりな」とボタンをはめた服の男が言った。「ためしにやってみな」

レッドはサイコロ賭博《とばく》のテーブルにいた。カップを持った手をあげたままの彼が頭をまわすのが見えた。その手で彼は短い陽気な挨拶《あいさつ》を彼女に送った。二人の男にはさまれてドアから消えてゆく彼女を見送った、それから部屋のなかをちらっと見まわした。その顔は大胆で平静だったが、しかし左右の鼻翼の下には白い線が二本出ていて、額はじっとり汗ばんでいた。彼はカップを鳴らし、落着いた手つきでサイコロを振りだした。

「十一」と配り手が言った。

「賭金《かけきん》はそのままだ」とレッドは言った。「おれは今夜はばかづきするぜ」

彼らはテンプルを車のなかへ助けいれた。ボタンをはめた服の男がハンドルを握った。玄関から出る車寄せの小道が大通りと合するところに、長い大型車が駐車していた。それを通り過ぎるときにテンプルは、手をコップ状に囲ったなかのマッチにかがみこんだポパイを見た——煙草《たばこ》に火をつけようとする彼の傾いた帽子の下の細くてとがった横顔を見た。そのマッチは極小の彗星《すいせい》のようにちかっと光って消え、彼らの車がその大型車のそばを走り過ぎる瞬間、彼の横顔は闇《やみ》のなかに吸いこまれてしまった。

25

テーブルはどれもこれも踊り場の端に片寄せられていた。どのテーブルにも黒い布が掛かっていた。カーテンは引かれたままで、そこからは濃い鮭色《さけいろ》の光が透けおちていた。棺は楽団の演奏台のすぐ下に置かれていたが、金のかかったものらしく黒檀製《こくたんせい》であり、銀の金具で留め、下の三脚台は花に埋まって隠れていた。輪になったものや十字架型のもの、そのほか短い葬儀の間だけ生きる花々の群れは、いわば砕けやすい生命を象徴する波となって、祭壇や、演奏台やピアノの上へとくずれひろがり、あたりはそのにおいで重苦しいほどであった。

このダンス場の経営者はあちこちテーブルの間を歩きまわり、到着して席を捜してはすわりこむ人々に話しかけていた。糊《のり》のきいた上着の上に黒いワイシャツを着こんだ黒人給仕たちは、すでにグラスやジンジャエールの瓶を持って、出たりはいったりしていた。彼らは傲慢《ごうまん》で気どった丁重さをみせて動きまわり、すでにこの場所全体は、ちょっと熱のこもった沈鬱《ちんうつ》で無気味な雰囲気を帯びはじめていた。

賭博室へ行くアーチ型の通路には黒幕が垂れていた。賭博台の上には棺を覆《おお》う黒布が置かれ、その上には花々がしだいに盛りあがりあふれはじめていた。人々がたえずはいってきた——男たちは控え目の気どった黒っぽい服もいたが、明るい派手な春の服を着たのもいて、それが無気味な矛盾した雰囲気を増していた。女たちは——とくに若い女たちは——派手な色のものを着て、スカーフも帽子もそうだった。年輩の女たちは地味なグレイや黒や濃紺の服を着て、ダイヤをきらつかせ、お守り役といった態度をみせ、まるで日曜の午後のピクニックに出た主婦の様子を思わせた。

部屋は甲高いが押えた話し声でざわめきはじめた。給仕たちはお盆を危うげに高くかかげてあちこちと動き、その白い上着と黒いワイシャツはネガ・フィルムに似ていた。経営者は禿《は》げ頭をみせ、黒いネクタイにはばかでかいダイヤのピンをつけて、テーブルからテーブルへと歩きまわり、そのあとからは用心棒がついて歩いた——これは分厚くて筋肉が盛りあがった弾丸頭の男で、いまにもその晩餐服《ばんさんふく》は、さなぎが繭《まゆ》から出るように、ぱっくり背中からはじけ割れてしまいそうな様子だった。

専用食堂のなかには黒い布のかかったテーブルがあって、上に大きな鉢が置かれ、なかにはパンチ酒と氷や薄切りの果物がはいっていた。肥《ふと》った男がテーブルにもたれていた——ぶかついた緑っぽい服を着て、袖口《そでぐち》からはよごれたカフスが手の甲にかぶさり、指の先には黒ずんだ爪《つめ》が並んでいる。きたないカラーがぐったりと折れて首のまわりに萎《な》えまつわり、そこからは模造ルビーのピンをつけた油光りしたネクタイが垂れている。

顔は汗ばんで光り、そんな彼が酒鉢のあたりの人々に向って、しゃがれ声で呼びかけていた――

「来なせえよ、さあ。このジーンのおごりだよ。あんたには一文もかからねえよ。さあ来て飲みなよ。あんなすてきな男のおともらいだからよ」人々は飲んではあとにさがり、コップをさしだした連中と入れかわった。ときおり給仕が氷と果物を運んではいってきて、鉢のなかにぶちまけた。彼はテーブルの下の鞄《かばん》から新しい瓶を取りだしては、鉢のなかへどくどくとあけ、それから、おごり役といった顔に汗をかきかき、頼むようにしゃがれた独り言をつぶやいては、また袖で顔をぬぐった。「さあ、みんな。これはジーンのおごりだぜ。おれはしがねえ酒の密造屋だけどよ、あいつとはいちばんの友達だったぜ。さあ来て飲みなよ、みんな。まだいくらでもあるんだから」

踊り場からは音楽の下調べをする音が聞えた。人々はなかにはいって席についた。演奏台には下町のホテルから呼んだ楽団が、正装した服装ですわっていた。経営者と二番目の男が指揮者と相談していた。

「ジャズをやらせましょうや」と二番目の男が言った。「レッドみたいにダンスの好きだったやつは、見つけたくたって見つからねえですよ」

「いや、それは困る」と経営者は言った。「ジーンの無料《ただ》の酒でいい気分になったら、みんな踊りだしちまうぜ。見ばがよくねえよ」

「青きドナウ《ブルー・ダニューブ》はどうですか？」指揮者が言った。

「あんた、ブルースはいけねえよ」と経営者は言った。「あの棺のなかには死人がいるんだからね」

「いや、ブルースじゃないですが」と指揮者は言った。

「じゃあ何だい？」と二番目の男が言った。

「ワルツですよ、シュトラウスの——」

「イタ公か？」と二番目の男は言った。「とんでもねえ。レッドはアメリカ人だったんだぜ。おめえは違うかもしれねえけど、やつはそうだった。アメリカ物は知らねえのかい？『今晩愛してちょうだいな』をやれや。あいつはいつもこれが好きだったぜ」

「そして、みんなを踊りださせちまうのか？」と経営者は言った。彼はテーブルの並ぶほうをちらっと振返ったが、そこでは女たちが少し甲高くしゃべりはじめていた。「あんた、まず『主よ、みもとに近づかん』から始めてくれ」と彼は言った、「ちっとばかり連中の酔いを醒《さ》ましてくれや。振舞酒を早く始めすぎるのは危ねえぞってジーンに言ったんだ。そろそろ町へ帰るころに出せって忠告したんだ。もっとも誰かがこれをお祭り騒ぎにしちまうことぐらい、おれもはじめから覚悟しとくべきだったのさ。まず、しめやかに始めて、それを少し続けて、それからおれがあんたに合図するよ」

「レッドは湿っぽいものを好かねえですぜ」と用心棒の男が言った。「あんたもご承知でしょうが」

「じゃあ、やつの好きなところでやりなよ」と、経営者は言った。「おれは親切からここを貸してるんだ。葬儀屋とは違うんだからな」

楽団は『主よ、みもとに近づかん』を演奏した。人々は静かになった。赤い服を着た女がドアからよろめきながらはいってきた。「ヤッホー」と彼女は言った、「さいなら、レッド。あいつはね、どうせ地獄におっこちる男。じたばたしても間にあわないよ」

「シィィィ――」といくつかの声が言った。女は椅子《いす》に倒れこんだ。ジーンがドア口に来て、音楽が終るまでそこに立っていた。

「来いや、みんな」と彼はどなり、両腕を水平に、大きく引っぱる身ぶりをしながら、「さあ、来て飲みな。ジーンのおごりだぜ。ここに来た者は十分間だってしらふの眼玉でいちゃあいけねえよ」後列にいた連中はドアのほうへ動いた。経営者はとびはねるように立ちあがると、オーケストラに向って手を突きだした。コルネット奏者が立ちあがって『あの安らぎの港に』をソロで吹いた、しかし後方の人々はたえずジーンが立って腕を振っているドア口へと流れつづけた。花飾りをつけた帽子の下で二人の中年女は静かに泣いていた。

人々は鉢のまわりに押しよせ、酒はたちまち減っていった。踊り場のほうからはコルネットの豊かな響きが伝わってくる。二人のよごれた若者が、「ごめんよ、はいごめんよ」と単調に言いながら、そのテーブルのほうへいくつもの鞄を運びこんできた。鞄をあけ、酒瓶をテーブルに並べると、一方ではジーンが、いまではおおっぴらに泣きながら、その酒瓶をあけては大鉢にそそぎこんだ。「さあ、みんな来いや。あいつは、おれの息子みてえなやつだったぜ」彼はしゃがれ声でどなり、袖で顔をぐいとぬぐった。

ひとりの給仕が氷と果物の鉢を持っていざり寄り、それを酒鉢のなかへ入れようとした。「何をしようってんだ？」とジーンは言った。「そんな屑《くず》をなかへ入れるってのか？どきやがれ！」

「よーっ、いいぞ！」と彼らが口々に叫んで、コップをかちあわせる騒ぎに、ジーンの動作は黙劇《パントマイム》のよう――彼は給仕の手から果物のはいった鉢をたたき落すと、またも酒瓶からどくどくと大鉢へ酒を注ぎこんだり、さしだされた手やコップのなかや上にも注いでまわった。二人の若者は大忙しに瓶の蓋《ふた》をあけつづけた。

まるで音楽の甲高い響きに押し流されたかのように、あの経営者がドア口に現われた――困惑した顔をして、両腕を振りながら、「さあ、みんな」と叫んだ、「音楽のところは静かに聞けや。金がかかってるんだからよ」

「なんだ、あんなもの」と彼らはどなった。

「誰の金がかかってるんだ？」

「かまやしねえだろ？」

「誰の金がかかってるんだと?」

「誰だ、けちけちするのは?　おれが払ってやらあ。そうさ、レッドにならら葬式を二度だって出してやらあ」

「みんな!　みんな!」と経営者は叫んだ。「あの部屋には棺桶《ビヤ》があるんだよ、いいかね」

「誰の金がかかってるんだと?」

「ビール?」とジーンが言った。「ビールだあ?」と酔いどれ声で言い、「ビールなんか出しておれを侮辱しようってのか――」

「やつはレッドに金をけちってやがるんだ」

「誰が?」

「ジョーがさ、あの安ぴか野郎さ」

「誰かおれを侮辱しようって――」

「じゃあ、葬式を動かそうぜ。町にゃあ、ほかにも場所があらあ」

「あのジョーを動かせ」

「あん畜生を棺のなかへ入れろや。葬式を二つ出そうぜ」

「ビールだと?　ビールだあ?　ほんとに誰かが――」

「あん畜生を棺のなかへ入れろ。どんな気分か教えてやれ」

「あん畜生を棺に入れろ」赤い服の女が絶叫した。彼らはドアへ向って突進した。そこでは経営者が立って頭上に両手を振りまわし、みなのがやつく声を抜け出る甲高い声で呼んだが、たちまち身をひるがえして逃げだした。

踊り場のある大部屋では、寄席《よせ》小屋から雇われてきた四部合唱《クワルテツト》男性グループが歌っていた。母物の感傷的な歌を細かな和音にして、いまは『サニー・ボーイ』を歌っていた。年輩の女たちの間には泣き声が行きわたっていた。給仕たちはいまやパンチ酒を彼女たちの間に配り歩いていて、彼女たちは指輪をはめた肥った手でコップを握りしめ、泣きながらすわっていた。

楽団がふたたび演奏した。赤い服を着た女がこの部屋へよろめきこんできた。「賭場《とば》を開きな。あの固くなったのをおっぽりだして、賭場を開きなよ！」ひとりの男が彼女を押えようとした、すると女は振向きざまきたない言葉を浴びせかけ、棺衣のかかった賭博台《とばくだい》まで行くと、ひとつの花輪を床に投げつけた。経営者がその女のほうに駆け寄り、用心棒があとに続いた。女が別の花飾りを持ちあげかけたとき、経営者がつかまえた。さっき女を押えようとした男がその邪魔をし、すると女は金切声でののしると、花輪をあげて両者をいっしょにたたきはじめた。用心棒が男の腕をつかんだ。その男が振返って彼をなぐり、たちまち用心棒に部屋の途中までなぐりとばされた。三人の男が加わった。四人目も床から起きあがり、四人がかりで用心棒にとびかかった。

彼は最初の男を倒した、そして信じられぬ敏捷さで身をまわすと、はねて大部屋へととびこんだ。楽団は演奏していた。音楽はたちまちに椅子類や叫喚の爆発によって薄れ去った。用心棒はぐるりと身をまわし、四人の追撃に応じた。彼らはもつれあった――二人目の男がはねとばされて仰向《あおむ》けに床の上をすべってゆき、用心棒ははねて離れた。それから彼は向きなおり、男たちに突進し、ともに勢いよく回転しながら棺箱の上に倒れ、そのなかへ落ちこんだ。もはや楽団は中止していて、団員たちは楽器をかかえて椅子の上に乗っかっていた。花の贈物は飛び散った。棺がかしいだ。「押えろ!」とひとつの声が言った。みなはそのほうへとびついたが、しかし棺はどさりと床に落ちてしまい、蓋があいた。死骸《しがい》はゆっくりと、徐々に外へころがり出て、その顔を一個の花輪のなかに突っこんでから動かなくなった。

「何か演奏しろ!」と経営者はどなり、両腕を振動かして、「演奏しろ! はやく、やれ!」

彼らが死骸を持ちあげると、花輪もついてきた、というのは花輪から出ている針金の端が死骸の頰に突きささっていたからだ。彼は帽子をかぶされていたのだが、帽子が脱げ落ちたため、顔の中央に小さな青い穴がむきだしにみえていた。それは蠟《ろう》で巧みに栓詰めされ、色も塗られていたのだが、しかし蠟は揺すれて抜け落ち、消え去っていた。彼らにはそれが見つからなかった、しかし帽子の頭についたホックをはずすとつばがさがったから、それを両眼のあたりまで引きおろして隠した。

葬式の行列が下町へ近づくにつれて、さらにいくつかの車が加わった。霊柩車《れいきゆうしや》のあとには六台のパッカード高級車が続いたが、どの車も同じ制服姿の運転手がハンドルを持ち、幌《ほろ》を下におろし、花輪をいっぱいのせていた。彼らはまったく同じように見えて、明らかに富裕階級用の葬儀屋が時間ぎめで雇うタイプのものらしかった。そのあとには種々雑多にタクシーやらロードスター、セダンといった型の車が続いたが、それらは葬列が白人専用地区をゆっくりと抜けてゆく間に、しだいに数を増したのだった。引いた窓覆《シェード》いの下から顔ののぞいている下町を通り、葬列は町から出てゆく幹線道路へ、そして墓地へと進んでいった。

大通りに出ると、霊柩車は速度をあげた、そして葬列はたちまち間隔がひらいて長く延びていった。やがて自家用車やタクシーは落伍《らくご》しはじめた。交差点に来るごとに、彼らはこの方向あの方向と曲りはじめ、しまいに残ったのは霊柩車と六台のパッカードだけとなり、しかもそのいずれの車にも乗っている者といえば制服を着た運転手だけなのであった。道路は広くて、それにいまはほとんど空っぽであり、中央の白線ははるか向うのなめらかなアスファルトの空間へと細まり消えている。すぐと霊柩車は時速四十マイルを出していたが、つぎには四十五、五十とあげていった。

　葬列に加わったタクシーのひとつがミス・リーバの家の前に止った。彼女が外に出ると、あとから地味でいかめしい服装に金色の鼻眼鏡をしたやせた女と、羽根飾りのついた帽子をかぶりハンカチで顔を隠した小肥《こぶと》りの女、そして五歳か六歳の弾丸頭をした男の子が出てきた。彼らは小道を歩いて格子《こうし》ドアからはいってきたが、その間もハンカチを持った女はしゃくりあげるように泣きつづけた。玄関のドアの向うでは犬どもが裏声の叫喚をあげていた。ミニーがそのドアをあけたとたん、彼らはミス・リーバの足もとにとびついた。彼女は足で押しのけた。またも彼らは嚙《か》みつかんばかりの熱心さで彼女にとびついた、そしてふたたび彼女は蹴《け》りのけたので犬どもは音のせぬ当り方で壁にぶつかった。

「おはいり、さあ」と彼女は片手を胸に当てて言った。家のなかへはいるやいなや、ハンカチを持った女は声をあげて泣きはじめた。

「彼、ほんとに優しい顔してたわね！」とその女は嘆いた。「彼、ほんとに優しくみえたわねえ！」

「さあ、さあ」とミス・リーバは彼女を部屋のほうへ連れてゆきながら、「あそこで少しビールをおやりよ。気分がなおるよ。ミニー！」彼らのはいった部屋には飾りつきの化粧箪笥《だんす》、金庫、屏風《びょうぶ》、リボン飾りをつけた肖像写真などがあった。「おすわり、おすわり」と彼女はあえぎながら椅子を前に押しだした。自分もひとつの椅子へ身をおろし、足先へ向ってひどく大儀そうに身をかがめた。「ねえ、アンクル・バッド」と泣いていた女が両眼をふきながら言った、「ここに来てミス・リーバの靴の紐《ひも》をといておあげ」

少年はひざまずいてミス・リーバの靴を脱がせた。「それから、ねえ、あそこのベッドの下にある部屋履きを取ってくれるかい」とミス・リーバは言った。少年はその部屋履きを取ってきた。ミニーがはいってきて、あとからは犬どもが続いた。彼らはミス・リーバに走り寄り、彼女が脱いだばかりの靴をかぎはじめた。

「しっ！」と少年は言いながら手で犬のひとつを打った。犬の頭はすばやく上へむき、歯を鳴らし、毛に半ば隠れた眼は悪意に輝いた。少年は後ずさりした。「ぼくを嚙むんだな、こんちくしょ」と彼は言った。

「アンクル・バッド！」と肥った女は言い、脂肪皺《しぼうじわ》の出た円い顔を涙でよごしたままこわばらせて、いかにも驚いたという表情で少年を見やり、その顔の上では帽子の羽根が危なかしげにうなずいていた。アンクル・バッドの頭はまったく円く、その鼻柱には舗道に落ちる夏の驟雨《しゆうう》の粒ほどのそばかすが散っていた。もうひとりの女は金鎖のついた鼻眼鏡と整った鉄灰色の髪という姿で、すらりと気どってすわっていた。彼女は学校教師のようにみえた。「本当にまあ！」と肥った女は言った。「アーカンソーの田舎にいて、この子、どうしてあんな言葉を覚えるもんかしらねえ、本当に」

「下品なことってのはね、どこででも覚えるものさ」とミス・リーバは言った。ミニーは霜のついた三個の長コップをのせたお盆を下におろした。彼女たちがそれを取りあげるのを、アンクル・バッドは矢車草の色をした円い大きな眼で見まもった。肥った女はふたたび泣きはじめた。

「彼、ほんとにきれいにみえたわねえ！」と彼女は嘆きの声をあげた。

「誰でもみんな、いずれは死ぬものさ」とミス・リーバは言った。長コップをあげながら、「とにかく、お互い長生きしようよ」彼女たちは形式どおり互いにお辞儀をし、そして飲んだ。肥った女は眼頭を押え、もうひとりの客とともに気どった手つきで自分の唇をふいた。やせたほうは、手の甲を当て、横を向いて軽く咳《せき》をした。

「ほんとにいいビールだこと」と彼女は言った。

「でしょ？」と肥ったほうが言った。「いつも言うんだけど、ミス・リーバの家に寄るのは何より楽しみなのよ」

彼女たちは品よく話しはじめた――気どって言葉を中途で切るしゃべり方をし、同意を示すときには小さくあえぐように息をついた。少年はぶらぶらと窓辺へ歩いてゆき、あげた窓覆《シエード》いの下からのぞいたりした。

「ミス・マートル、あの子はいつまであんたのとこにいるの？」とミス・リーバが言った。

「土曜まで」と肥った女は言った。「それから家に帰るわ。一、二週間あたしといっしょにいると、あの子も気分が変っていいらしいの。それにあたしにも楽しみになるし」

「子供ってものは誰にも慰めになるもんだから」とやせたほうが言った。

「ほんと」とミス・マートルが言った。「ミス・リーバ、あのかわいい二人の青年、まだここに泊ってるの？」

「ああ」とミス・リーバが言った。「でもね、もう出そうと思ってるのさ。あたしゃ生れつき親切すぎる女じゃないしね。それにこの世の中が油断ならないことなんて、教えてやらなくたっていずれは自分で覚えこむんだからね。あたしゃ家の女の子に、服も着ずに家んなかを歩きまわるのをやめさしたけどね、あの子たち、ぶつくさふくれ顔なのさ」

彼女たちはまた長コップをそっと持ちあげ、気どって飲んだ、ただしミス・リーバは別で、片手を胸に突っこみ、もう一方の手は長コップを武器か何かのようにつかんでいた。彼女はそれを飲みほして下に置いた。「なんだか、えらく咽喉《のど》が渇くよ」と彼女は言った、「あんたたちもう一杯いかが？」二人は形式ばって、何かつぶやいた。「ミニー」とミス・リーバはどなった。

ミニーが来て長コップにまたついだ。「ほんと、こういうと恥ずかしいけど」とミス・マートルは言った、「でもミス・リーバのビールはとてもいい味よ。それに今日の午後はみんなすっかり気が動転しちまって」

「あれぐらいですんだのが、かえって驚きだよ」とミス・リーバは言った、「ジーンがあんなにただ酒を振舞ったにしてはね」

「あれでどっさりお金を使っちまったでしょうね」とやせた女が言った。

「そうだともよ」ミス・リーバが言った。「そして誰が何の得をしたというの？　そうでしょ。一文も払わん連中をいっぱい呼び集めて、得意になったというだけさ」彼女は自分の長コップを見やった。アンクル・バッドはいま彼女の椅子《いす》のうしろで、テーブルによりかかっていた。「ねえあんた、あたしのビールに鼻を突っこみやしないだろうね？」と彼女は言った。

「まあ、アンクル・バッド」とミス・マートルが言った。「いやだよ、この子は。本当にね、こんなふうだからあたし、この子をどこにも連れていけないのよ。こんな小さな子供がビールを盗み飲みするなんて、見たこともないわ。さあ、こっちへ来て遊びなさい。おいで」

「はあーい」とアンクル・バッドは言った。彼はどこの方角ともなく動きはじめた。ミス・リーバは飲み、テーブルに長コップを置いて立ちあがった。

「なにしろ今日はせつない目にあったんだから」と彼女は言った。「あんたたちにジンをひと口あげようかね？」

「あれ、困った、ほんとに」とミス・マートルが言った。

「ミス・リーバはほんとにおもてなしがよくって」とやせたほうが言った。「ねえ、ミス・マートル、あたし幾度もあんたにそう言ったでしょ？」

「ええ、ほんと。幾度だか忘れちまったほど言ったわねえ」とミス・マートルが言った。

ミス・リーバは衝立《ついたて》の陰に消えた。

「ミス・ロレーン、六月にしちゃあ、ほんとに珍しい暑さねえ？」とミス・マートルが言った。

「ほんとにそう」とやせた女が言った、ミス・マートルはまたも顔をしかめはじめた。長コップを下におろし、ハンカチを手探りした。

「急にこんなふうになるのよ」と彼女は言った、「あの人たちが『サニー・ボーイ』をうたったりするとね。彼、本当にきれいな顔をしてたわねえ」と彼女は嘆き声をあげた。

「さあ、さあ」とミス・ロレーンは言った。「ちょっとビールを飲んだらどうかしら。気分がよくなりますわよ。ミス・マートルがまた始めたのよ」と彼女は声を高めながら言った。

「あたし、気持が優しすぎるのよ」とミス・マートルが言った。ハンカチの下で洟《はな》をすすり、自分の長コップを手探りした。ちょっとの間手探りしていると、やがてコップが彼女の手に触れた。彼女はすばやく眼をあげた。「おや、アンクル・バッド！」と彼女は言った、「そんなとこにいないで、こっちに来て遊びなさい。ほんとに困っちまうのよ。こないだの午後にここから帰るときねえ、あたしもう、どうしていいかわからなかったわ。恥ずかしいったらありませんでしたよ。あんたみたいな酔っぱらった子を連れて通りを歩いて、ひとさまにじろじろ見られたりするなんて」

ミス・リーバが三つのジンのグラスとともに衝立の陰から現われた。「これで少しは元気になるわよ」と彼女は言った。「ここにすわっている三人とも、病気の老いぼれ猫みたいな有様だものね」彼女たちは形式ばってお辞儀をし、ひと飲みして、めいめい唇をはたいた。それからしゃべりはじめた。三人ともいちどきにしゃべりはじめた——またも途中で口ごもる言いまわしだったが、今度は同意や肯定のために息をついたりはしなかった。

「男ってものはね」とミス・マートルが言った。「あたしたち女を、現にあるままの女として受取れないみたいだわねえ。あたしたちを自分の好きなような女に仕立てておいて、それから今度はまた別のようになれって言う。あたしたちには他の男性に眼もくれるなと言いつけるくせに、自分たちは好き勝手に楽しんでるんですものねえ」

「一度にひとり以上の男と遊びたがる女なんて大ばかだよ」とミス・リーバが言った。「ただ面倒を起すだけなのさ、それなのになんでそんな面倒事を倍にしなきゃあならないの？　ましてや自分のつかんだ男がいい人で、金っぱなれがよくって、ほんの一時間も不安にさせないし、荒い言葉も……」二人を見やった彼女の眼は、言うに言われない悲しげな表情、名状しがたい我慢強い悲嘆の表情に満ちはじめた。

「さあ、さあ」とミス・マートルが言った。前に乗りだしてミス・リーバの大きな手をたたいた。ミス・ロレーンは舌でかすかなかわいた音をたてた。「あんたも始めちまいそうだわね」

「あの人は本当にいい人だったよ」ミス・リーバは言った。「あたしたち、まるで二羽の鳩《はと》みたいだった。二十五年間もあたしたち、まるで二羽の鳩みたいだった」

「さあ、ねえ——泣かないで」とミス・マートルは言った。

「あの子があんな花輪の下で横になってるのを思い出すと」とミス・リーバは言った。

「あたし、ふいにこんな気持になっちまうんだよ」

「ミスター・ビンフォードの葬式も、今日と同じくらい花があったじゃないの」

ミス・リーバは袖《そで》で眼をこすった。少しビールを飲んだ。

「ポパイの恋人と何かしようなんて、彼も利口じゃなかったねえ」とミス・マートルは言った、「さあ、さあ。ちっとビールをお飲みなさいよ」

「ねえ、男なんて、いつまでも利口にはならないものなのよ」とミス・ロレーンが言った。「ミス・リーバ、あの二人はどこへ行ったのかしらね？」

「さあ、知らないし、気にもしないよ」とミス・リーバが言った。「それにあの子を殺したかどで警察がいつ彼を捕まえて焼き殺そうと、あたしゃ気にしないよ。てんで気にゃあしないよ」

「彼は夏になると母親に会いに、ペンサコーラ（訳注　フロリダ州にある町）までわざわざ出かけるのよ」とミス・マートルが言った。「そんなことをする男って、まるっきりの悪人じゃないわ」

「じゃあ、あんたはどんなのを悪人というわけ？」とミス・リーバは言った。「あたしゃこの三十年もまともな一発屋をやってきたよ、ちゃんと筋の通った経営をしてきたんだよ、それなのにあの男はこの家をいやらしいストリップ小屋にしようとしたんだ」

「ひどい目にあうのはあたしたち女なんだわねえ」とミス・マートルが言った。「面倒事の種もあたしたち、それで苦しむのもあたしたち」

「あたし、二年前に聞いたんだけど、彼はあのほうがだめだったんですってねえ」とミス・ローレーンが言った。

「あたしゃ前から知ってたよ」とミス・リーバが言った。「若い男が湯水みたいに女の子に金を使って、それでいて誰ともベッドへ行かないなんて。そんなの、まともなもんかね。女の子はみんな、あの男が町のどこかに女を持ってるせいだ、と思ってたけどね、あたしゃいつも言ってたのさ、あの男にはどっか変なところがあるってね。どことなく調子が狂ってたもの」

「彼は金ばなれがよかったわ、それはたしかよ」とミス・ロレーンが言った。

「あの娘が買った服やら宝石やらを考えると、こっちが恥ずかしくなるほどだったね」とミス・リーバが言った。「支那服《しなふく》のローブなんか、ひとつで百ドルも払ったんだよ——輸入物だったからね——そして香水なんか一オンス十ドルのものさ……それがつぎの朝あたしが行ってみると、みんな部屋の隅にぶちまけられてて、香水も口紅も割れて散らかってるし、まるで台風にあったみたいさ。彼に腹を立てたときは、あの娘、そんな真似《まね》をするんだよ、彼にぶたれたりしたときなんかにね、それから彼に部屋に閉じこめられて、一歩も家から出られなかったあとなんかもね。彼はあたしの家の前に人をおいて、見張らしていたんだよ、まるでここが……」彼女はテーブルから長コップを取って唇に持ちあげた。それからふと手をとめ、瞬《まばた》きした、「変だよ、あたしの——」

「アンクル・バッド！」とミス・マートルが言った。少年の腕をひっつかんでミス・リーバの椅子の陰から引きだし、揺さぶると、少年は両肩の上で円い頭をがくがくさせながら、平然とした白痴めいた表情のままだった。「あんた、恥ずかしくないの！　恥ずかしくないのかい？　なんでこのご婦人方のビールに手を出したりするのよ？　あんたにやった一ドルをとりもどして、ビールをひと罐《かん》ミス・リーバに買わせますよ、本当に。さあ、あの窓のところに行って、動かないでいなさい、お聞きかい？」

「いいわよ」とミス・リーバが言った。「ろくにはいっていなかったんだから。あんた方、もう一杯いいわね、そうでしょ？　ミニー！」

ミス・ロレーンはその口にハンカチを軽く当てた。眼鏡の向うで彼女の眼は漠としたひそかな表情を帯びて、横に動いた。もう一方の手を自分の未婚老女の平べったい胸に当てた。

「そうそう、あなたの心臓のことを忘れてたわ」とミス・マートルは言った、「あなた、今度はジンを飲んだほうがよくはないの？」

「ほんとに、あたし——」とミス・ロレーンは言った。

「うん、そうしなさいよ」とミス・リーバは言った。重たげに立ちあがり、衝立の陰からさらに三個のジン・グラスを取りだした。ミニーがはいってきて長コップに注いだ。彼女たちはひと飲みして、自分の唇をはたいた。

「じゃあ、そんなことしてたってわけね、へえ？」とミス・ロレーンが言った。

「はじめに知ったのはね、なんだか変ですよとミニーが言ったのが始まりさ」とミス・リーバは言った。「だってあの男はここにろくにいなくて——ひと晩おきにいなくなってたんだよ——それにここに泊ったときだって、つぎの朝彼女が掃除しても、あの痕《あと》が何もないと言うのさ。ミニーはあの二人が喧嘩《けんか》するのも聞いてて、娘のほうが出たがってるのに男がそうさせないんだと、そう言うのさ。あんなにたくさん服を買い与えておいて、それでいて家から出したがらなかったのさ、それだもんで娘は腹を立てて、ドアに錠をおろし彼を入れなかったりしたんだよ」

「たぶん彼はどっかの病院であの腺《せん》とか、何とか腺というのを取っちまったんだわね。それで一巻のおしまいになったわけよ」とミス・マートルが言った。

「それからある朝、彼がレッドを連れてやってきて、二階へあがった。二人は一時間もいてから出ていって、それっきりポパイはつぎの朝まで現われなかったわ。それから彼とレッドが戻ってきて、また上に一時間ばかりいたわ。二人が出ていったときに、ミニーがあたしのところへ来て、連中が何をしてたか話してきかせたのさ。それでね、あたしはつぎの日に二人を待ちかまえてたわ。あの男が来たとき、この部屋に呼んでこう言ったのよ、『いいかい、このど助――』」彼女は口をとめた、その瞬間、三人は少し前かがみになったまま、身動きもせずにすわっていた。それから三人の頭はゆっくりと回転し、テーブルによりかかっている少年のほうを向いた。

「ねえ、アンクル・バッド」とミス・マートルが言った、「お前、リーバやミスター・ビンフォードと庭へ行って遊んでおいで、ね？」

「うん」と少年は言った。彼はドアのほうへ行った。三人はそのドアがしまるまで彼を見送った。ミス・ロレーンは自分の椅子を引きよせ、三人は互いに頭を寄せあった。

「じゃあ、連中はそんなことをしてたというのね？」とミス・マートルが言った。

「あたしゃこう言ってやったよ、『あたしゃ三十年もこの商売をしてるけどね、家のなかでこんなことをやられたのは、これがはじめてだよ。あんたが自分の女に種馬を仕掛けたいというんなら』こう言ったよ、『どっかよそへ行ってやっとくれ。あたしゃ自分の家をフランス淫売《いんばい》になんかしたくないからね』」（訳注　第一次大戦後、性的倒錯の家はフランスにあったという噂《うわさ》がひろまった）

「あのど助平」とミス・ロレーンが言った。

「どうせやらせるんなら、いやらしい老いぼれ男にやらせりゃよかったのに」とミス・マートルは言った。「あたしたちかよわい女性を、そんなふうに誘惑するなんて」

「男ってあたしたちがどんなすごい誘惑にでも抵抗できると思いこんでるのよ」とミス・ロレーンは言った。彼女は背を伸ばして学校教師のようにすわっていた。「あのいやらしい助平男」

「自分たちにさせるときだけは別なんだよ」とミス・リーバは言った、「そのときは男がどんなことするか知ってるでしょ……いつも午前中、四日間続けて来てあれをやって、それから戻ってこなくなった。まる一週間、ポパイは現われなくて、それであの娘は若い牝馬《めすうま》みたいにいらだってたわ。あたしゃ彼が仕事で町を出てたんだと思ってたけど、ミニーに聞くとそうじゃなくて、町にいたんだよ、そしてミニーに一日五ドルやって、あの娘を家から出さないばかりか電話も使わせないようにしてたわけ。それであたし彼に、ここへ来て彼女を家から連れだしておくれと言いたかったのさ、だってここであんなこと、それ以上はごめんだったからね。ほんとだよ、ミニーの話だと、あの二人は二匹の蛇みたいにすっぱだかでさ、そしてポパイはベッドの足もとにかじりついて——それも帽子さえ脱がないで、いななくような変な声さえ出してたというんだよ」

「たぶん、あいつは二人をけしかけてたんだわ」とミス・ロレーンは言った。「あのど助平のいやらしいやつ」

足音が廊下に聞えた。驚きに高まったミニーの声がした。ドアが開いた。彼女は片手にアンクル・バッドを立たせようとささえながらはいってきた。子供は膝のがくついた様子でぶらさがり、その顔はどんよりと白痴めいた表情だった。「ミス・リーバ」とミニーが言った、「この子は冷蔵庫をあけてビールを一本飲んじまったんだよ。これ、あんた！」と彼を揺さぶりながら言い、「立ちなよ！」ぐんなりと彼はぶらさがり、顔にはだらしない笑いをみせていた。それからその顔に気がかりの表情、驚きの色が浮んでいた。ミニーが彼を鋭く突き放したとたん、彼はげろを吐きはじめた。

26

朝陽が昇ったとき、ホレスはベッドへ行かずじまいであったばかりか、服を脱ぎさえしないでいた。ちょうど妻への手紙を書き終えるところだったが、それはケンタッキー州の妻の実家にいる彼女に宛《あ》てて離婚を求める内容のものだった。テーブルの前にすわり、きっちりと読みにくい細かな字で書かれた一枚の便箋《びんせん》を見おろしていて、久しぶりに静かでうつろな気持を覚えていた——こんな気持は四週間前に泉の向うから自分をみているポパイを見つけたとき以来はじめてのものだった。そうやってすわっている間に、どこかからコーヒーのにおいがしてきた。「この裁判を片づけたら、ぼくはヨーロッパへ行こう。いやになった。こんなことをするには老《ふ》けすぎてるんだ。元来がこういう事件に我慢できる性質じゃあないんだ、だからぼくはこんなにどこか静かな所へ行きたがってるんだ」

彼は顔を剃《そ》り、コーヒーをつくって一杯飲み、パンを少し食べた。ホテルの前を通り過ぎると、そこには朝の汽車に連絡するバスが舗道ぞいに止っていて、地方まわりのセールスマンたちが乗りこんでいた。クラレンス・スノープスもそのひとりで、手には茶色の鞄《かばん》をさげていた。

「ちょっと仕事があって、二日ばかりジャクスンまで行くんだがね」と彼は言った、「昨日の晩はいっしょになれなくて残念だったねえ。わたしは車で帰ってきたんだ。たぶん、あんたはあそこでお泊りだったわけなんだろうね、ええ?」ホレスを見おろす相手の顔は漠として練り粉製のようで、その意図は見えすいていて間違いようもなかった。「わたしはね、たいていの人間がまだ知らない場所にあんたを案内してやろうと思ったんだがねえ。そこはね、自分の持ち金なりの好きなことをやって楽しめるとこなんだ。いや、あんたとは少し近づきになったんだから、またの機会に連れてゆくよ」彼は少し端へ寄りながら声を低めて、「心配しねえで大丈夫。わたしはおしゃべりじゃねえから。このジェファスンにいるときのわたしは、たしかにこのわたしさ。しかし町に行って陽気な連中といるわたしは、こりゃあまた別のわたしと彼らでね、誰のお節介もいらねえことさ。そのとおりじゃねえかい？」

その朝も遅くなってから、彼は自分の歩く通りのはるか向うに妹の姿を見かけた——そしてその姿が向きをかえてドアに消えるのを見た。彼は妹がはいったと思われる行動半径内の店をしらみつぶしにのぞいたり、店員に尋ねたりした。しかし彼女は見つからなかった。調べ残した所がひとつだけあって、それは二軒の店の間を上る階段の上であって、二階には廊下ぞいに事務所が並び、そのひとつが地方検事ユースタス・グレーアムの事務所だった。

グレーアムは片方の足が蝦足《えびあし》だったが、それがかえって彼のいま持っている地位に選ばれる素因となったのだ。彼は州立大学にはいることも卒業することも自力でなしとげた——少年のころの彼は八百屋のために荷馬車やトラックを運転し、そんな働く姿が町の人々の印象に残った。大学での最初の一年間に、彼は苦学力行の学生という評判を打立てた。学生食堂の給仕をしたり、政府と契約して汽車の着くごとに駅と地方郵便局の間を、郵便物を運んで往復したりした——肩に袋をかついでよたよたと歩いたが、しかし明るい率直な顔つきで会う人ごとに言葉はかけるし、眼のあたりは機敏で積極的なものをみせた青年だった。二年目になると郵便仕事の契約が終り、それに学生食堂での仕事をやめた。それに加えて新しい服を買った。勤勉に働いたせいでどうやら少しお金を貯《た》めたらしい、だからこれからは自分の時間を勉強にだけ向けられるらしい、と人々は喜んだ。そのときの彼は法科にはいっていて、法科の教授たちは、まるで彼が競走馬であるかのように、世話したのだった。彼は立派に卒業したが、きわだった成績というわけではなかった。「それというのも彼は出発点でハンディキャップを負ってたからさ」と教授たちは言った。「ほかの学生たちと同じスタートを切っていたら……彼はずっと先までいったろうね」と彼らは言った。

その三年間、貸馬車屋の事務室の、窓覆《シェード》いをおろしたなかで彼はポーカーをやっていたのだったが、教授たちはこのことを彼が卒業したあとになって知ったのだった。学校を出てから二年して、彼が州の議員に選ばれると、教授たちは彼の学生時代の逸話を語りはじめた。

それは貸馬車屋の事務室でのポーカー勝負のことだった。賭《か》ける番がグレーアムにまわった。彼はテーブルの向うにいる貸馬車屋の主人を見やった——彼だけがおりずに残っている相手だった。

「ミスター・ハリス、そこにいくら賭けたんです?」と彼は言った。

「四十二ドルだよ、ユースタス」と主人は言った。ユースタスは賭け壺《つぼ》のなかへ少しばかり賭け札を押し入れた。「それで、いくらだい?」と主人が言った。

「四十二ドルです、ミスター・ハリス」

「ふーむ」と主人は言った。自分の手を調べなおした。「ユースタス、君はカードを幾枚かえた?」

「三枚です、ミスター・ハリス」

「ふーむ。誰がカードを配ったんだい、ユースタス?」

「ぼくです、ミスター・ハリス」

「わたしはおりるよ、ユースタス」

彼は地方検事になってまだ短期間しか過ぎていなかったが、それでも有罪判決に導いた数の多さからいって、上院議員に立候補するのも間がないことだろうと噂《うわさ》されていた。それで彼が自分のきたない事務所でデスクごしにナーシサと向きあったとき、その表情は彼が賭け壺に四十二ドルを入れたときと同じものなのであった。

「相手があなたのお兄さんじゃなかったらよかったんですがねえ」と彼は言った。「いわば、まあ、戦友といった人がひどい事件にかかわるのを見ると、やりきれませんからねえ」彼女は相手を無色の、すべてを包むような視線で見まもっていた。「結局のところ、われわれは社会を保護せねばならんわけです、たとえ社会がそんな保護を必要としないらしいときでさえもです」

「彼が勝てないこと、あなたにはたしかですの?」と彼女は言った。

「まあ、陪審員がどう出るかは神のみぞ知るというのが裁判の大前提ですよ。ですからもちろん、はっきりとは誰も――」

「ですけど、あなたは彼が勝てるとは思わないのね」

「当然ですが、ぼくは――」

「彼が勝てないと考えるだけの理由、ちゃんとお持ちなのね。彼がだめだということについて、あなたは何か知っているんですのね」

彼は相手をちらっと見やった。それからデスクにあったペンを拾いあげ、その先を紙切りナイフでこすりはじめた。「これはごく内密に言うんですよ。ほんとはぼくの職業上からは違反なんです。まったくの好意からあなたに打明けるんです。あなたにむだな心配をさせないために申しますけど、この裁判では彼にまったく勝味はないんですね。当方では彼がどんなに失望するかよくわかりますけれど、どうにもしかたないんです。当方では偶然に、あの男が有罪だと知っちまったんです。ですからもしあなたがですね、兄さんに裁判から手を引かせる何かの方法を知っておいでなら、早く手を打ったほうが利口だと申したいですね。負ける弁護士というのは、もう三文の値打ちもないですからね。負ける野球選手や商人や医者と同じことでね。何はともあれ勝つことが――」

「じゃあ、どうせ負けるなら早いほうがいい、そういうことになりますわね？」と彼女は言った。「みんながあの男の首をくっちまえば、事は片づくというわけね」彼の両手は完全に静かだった。彼は眼をあげなかった。彼女は冷たい平静な調子で言った――「あたし、ホレスにこの事件から手を引かせたい理由を持っていますの。それも早いほどいいんです。三日前の夜にあのスノープスさんね、議員をしているあの人が、彼を捜して家に電話してきたわ。そのつぎの日に彼はメンフィスへ行きました。何の用事だったかわからないけれど、それはあなたのほうで見つけたらいいでしょ。あたしはただ、できるだけ早くホレスに事件から手を引かせたいだけ。それだけの気持なんですわ」

彼女は立ちあがってドアのほうへ動いた。彼はびっこを引きながら行ってそれをあけた。またも彼女はあの冷たくて静かで測りがたい視線を彼に向けた、まるで彼が犬か牛かのようであり、それが自分の通り道からどくのを待っているといった眼つきだ。それから彼女は立ち去った。彼はドアをしめ、無器用な小躍りをしてから指をぱちんと鳴らしたとたん、ドアがまたあいた。彼はあわてて両手でネクタイを押えながら、ドアをあけたまま押えて立っている相手を見やった。

「あれが終りになるのは何日だとお考えかしら？」と彼女は言った。

「それは、えーと、ぼくはよく知ら――法廷は二十日に開くんです」と彼は言った。

「あれが最初に扱う事件でしょうね。さあて……二日かかるかな。あなたの親切な援助があれば、最大限三日ですね。これは改めて言うまでもないことですが、このことはぼくとあなただけの厳密な秘密にしておいていただき……」彼女のほうへ近づいたが、しかし相手のうつろで計算高い凝視は彼を取囲む壁のようであった。

「すると終るのは二十四日ね」それから彼女の視線はふたたび彼の上に戻っていて「ありがと」と言い、ドアをしめた。

その夜、彼女はベルに手紙を書いて、ホレスは二十四日に家へ帰るでしょうと告げた。ホレスに電話を掛け、ベルの住所を聞いた。

「なぜだい?」とホレスは言った。

「あたし彼女に手紙を書くからなのよ」と彼女は言ったが、その声には脅迫の響きもなく、平静だった。ちぇっ、と彼は切れた受話器を握ったまま考えた、逃げ口上さえ使わずに押してくる連中とじゃあ、まったく勝負にもなりやしない。しかし間もなく彼は忘れた——妹が電話してきたことを忘れた。裁判が始まるまで、彼はふたたび妹に会わなかった。

開廷の二日前にスノープスが歯医者の診療室から出てきて、舗道のへり石に立って唾《つば》を吐いた。金色の紙でくるんだ葉巻をポケットから取りだし、その金箔《きんぱく》をはがしてから、おずおずと歯の間にくわえた。片眼のまわりには黒い痣《あざ》ができていて、鼻柱にはよごれた絆創膏《ばんそうこう》が張りついていた。「ジャクスンで車にはねられてなあ」と彼は理髪店のなかでみなに話した。「だからってその野郎に賠償を払わせなかったなんて思わんでくれよ」と言い、黄色い札束をひらめかせた。それを財布のなかへ入れ、財布をしまいこんでから、「わたしはアメリカ人だからね」と、言った。「むろん、ただアメリカ人に生れたからって、いばるわけじゃないさ。それにわたしはずっとまともなバプティストだよ。いや、べつに説教屋や信心婆《ばあ》さんなんかとは違うさ――ときにゃあ男仲間と遊びまわったりするさ、しかしまあ、教会で大声で歌うふりしてる連中と比べたって、わたしはそんなに程度の悪くねえ人間だ、とこう思ってるのさ。ところでこの世の中でいちばん低級で、いちばん安っぽいものといやあ、黒ん坊かというとそうでねえ――それはユダヤ人なのさ。この国にはだな、やつらの入国を防ぐ法律が必要だよ。きびしい法律がな。ひでえ暮しのユダヤ人がこんなに自由にこの国にはいってきて、それも学位を取ったからっていばりやがるなんてなあ。ユダヤ人ていうのはこの世で最低の人間さ。そしてユダヤ人のなかでも最低の種類は何かと言やあ、それはユダヤ人の弁護士さ。そしてユダヤ人弁護士のうちでも最低の種類というのがメンフィス市のユダヤ人弁護士というわけだ。なにしろあんた、ユダヤ人弁護士のくせに、アメリカ人から、それも白人から、すてきなものを盗んでおきながら、十ドルしか出さねえと言うんだ。ところがこれを出されたら二人のアメリカ人なら――それもアメリカ人なばかりか二人とも南部の紳士だよ(訳注 これはテンプルの父とホレス・ベンボウをさす)、ひとりはミシシッピ州の首都に住んでる判事で、それにもうひとりはその親父《おやじ》さんと同じくらい偉くなりそうな弁護士なんだ、それに判事もしてるのさ――とにかくこの二人ならあの卑《いや》しいユダヤ人が出すものの十倍も喜んで出すってのにだよ。こうなりゃあ法律をつくるほかねえよ。わたしは生れつき気前のいい男だよ――自分の持ってるものはみんな友達のものだって主義できた。だけどもさ、ほかのアメリカ人が、それも判事をしてる人間が、その十倍も出すってのに、あの小ぎたねえ貧乏くせえ低級なユダヤ人がその十分の一の金でさえ、一人前のアメリカ人に払わねえとなっちゃあ、あんた――」(訳注 スノープスはテンプルについての情報を、ユダヤ人弁護士、テンプルの父、ホレスの三人に売りこもうとしたのである)

「じゃあ、あんた、なぜそれを彼に売りこもうとしたんだね?」と散髪屋は言った。

「ええ?」とスノープスは言った。散髪屋は彼を見ていた。

「あんたをぶっとばした車《やつ》に、あんたは何を売りこもうとしてたんだね?」と散髪屋は言った。

「葉巻はどうだね?」とスノープスは言った。

27

裁判は六月二十日と定められた。メンフィス市に行ってから一週間後になって、ホレスはミス・リーバに電話をかけた。「まだ彼女がそっちにいるかどうか、ちょっと知りたかったもんでね」と彼は言った、「そうすれば、こちらが必要なときは、いつでも連絡できるわけでね」

「彼女はここにいるわ」とミス・リーバは言った。「でも、その連絡とかいうこと、虫が好かないね。遊びに来るんなら別だけど、ほかのことでお巡《まわ》りがこの家に来るのはごめんだよ」

「ただの執行吏が行くだけですよ」とホレスは言った。「じかに彼女の手に出頭書を渡す役の者がね」

「だったら、郵便配達にさせたらいい」とミス・リーバは言った。「どうせここに来るんだからね。それもちゃんと制服を着こんでさ。それにあれなら一人前のお巡りにまけないくらい立派にみえるよ。郵便屋にやらせなよ」

「あんたには迷惑かけませんよ」とホレスは言った。「面倒はかけませんよ」

「あんたがそんな人じゃないのは知ってるよ」とミス・リーバは言った。電線を通ってくる彼女の声は細くて、がさつだった。「そんなことされちゃ、たまらないよ。今夜はミニーがあの泣き癖を起したのさ、自分を捨てたあの野郎のことでさ、そしてあたしとミス・マートルはここにすわってたけど、いっしょにもらい泣きしちまった。あたしとミニーとミス・マートルの三人がね。そしてみんなでジンの新しい瓶をまるまる飲みあけちまったよ。これじゃ商売やってけないよ。だからね、あんたは薄のろお巡りなんかに変な手紙を持たしてここへ送りこまないでおくれ。あんたが電話すれば、あたしはあの二人を外に追いだすからさ、そしたら外で二人を逮捕させちまいなよ」

十九日の夜に彼はふたたび彼女に電話した。彼女が電話口に出るまで少し手間取った。「行っちまったよ」と彼女は言った。「二人ともさ。あんたは新聞を読まないのかい?」

「どの新聞を?」とホレスは言った。「もしもし。もしもし!」

「彼らはもうここにいない、と言ったんだよ」とミス・リーバは言った。「あんなやつらのこと、なーんにも知らないし知りたくもないよ、知りたいのは一週間分の部屋代を誰が払ってくれるのか――」

「しかし彼女がどこへ行ったのか、わかりませんか? 彼女が必要になるかもわからないんです」

「あたしゃ、なーんにも知らないし、なーんにも知りたくないよ」とミス・リーバは言った。彼は受話器がかたりと鳴るのを聞いた。それでもすぐには通話が切断されたわけではなかった。彼の耳には電話のあるテーブルの上に受話器の落ちる音が聞え、そしてまたミス・リーバがミニーにどなる声も聞きとれた――「ミニー。ミニー！」それから誰かが受話器をとりあげて電話の上に置いた――かちゃりという音が彼の耳に響いた。しばらくするとデルサルト（訳注 一八七一年に死んだフランスの演技指導者）風の気どった声が言った――「パイン・ブラッフはお出になりません……はい」

　裁判はつぎの日に開かれた。テーブルの上には地方検事の提出した品物が少しばかり散っていた――トミーの頭蓋骨《ずがいこつ》から出た弾丸、密造ウイスキーを入れた瀬戸物の壺《つぼ》。「当方はグッドウィン夫人に証言を求めます」とホレスは言った。彼は振返らなかった。女を証人席へと助けあげる間、グッドウィンの眼が自分の背中に注がれるのを感じた。彼女は赤子を膝《ひざ》に置いたまま宣誓を行なった。彼女は赤子が病んだ日に彼に語ったとおりの話をくりかえした。二度グッドウィンはそれをさえぎろうとして、法廷から沈黙を命ぜられた。ホレスは彼を見やろうとしなかった。

　女は自分の話を終えた。彼女は椅子《いす》のなかで背をのばしてすわっていた――着古してはいるがさっぱりしたグレイの服、繕ったヴェールをつけた帽子、肩には紫色の飾りをとめている。その膝に眠っている赤子は、あの麻酔にかかったような不動さをみせて両眼を閉じている。少しの間、彼女の手は、自分でも気づかぬらしいが、母性らしい無用な動作をみせてその顔の上をさまよった。

ホレスは被告席のそばに戻ってすわった。それからはじめてグッドウィンを見やった。しかし相手はもう静かにすわっていた、両腕を組み、頭を少し曲げてすわっていた、ただしホレスの眼には、その浅黒い顔にある鼻翼が怒りのために白ばんでいるのが見てとれた。ホレスは前にかがみこんで彼にささやいたが、彼は身動きしなかった。

地方検事がいま、あの女に対していた。

「グッドウィン夫人」と彼は言った。「あなたがグッドウィン氏と結婚した年月日を聞かせてください」

「異議あり!」とホレスは立ちあがりながら言った。

「検事はいまの質問が本件と関係あることを説明できますか?」と裁判長は言った。

「撤回します、裁判長」と地方検事は陪審員たちを横眼に見ながら言った。

その日の法廷が打切られると、グッドウィンはむきだしの口調で言った――「あんたはいつかおれを殺すだろうなんて言ったけど、まさか本気だったとは知らなかったぜ。まさかあんたが――」

「ばかを言うなよ」とホレスは言った。「この事件は君が勝つんだ、それがわからないのか? 向うでは手がないもんで、君の側の証人の人格に難癖をつけてる有様なんだぞ」しかし二人が刑務所から外へ出たとき、ホレスは女が彼のほうを、不吉な予感を深くに押えこんだ眼でなおも見つめているのに気づいた。「ほんとに、心配することはないんだよ。いいかね、君はウイスキー造りや恋愛のことなら、ぼくよりよく知ってるかもしれないけど、刑事裁判の運び方についてはぼくが君よりも知ってるんだからね」

「あたしは間違ったことしなかった?」

「しなかったとも。あれですっかり向う側はぐらついたんだ、わかるだろう? もうこうなれば向うの希望は陪審員たちの意見不一致だけさ。そしてそうなる率なんて、まず五十に一もないだろうね。大丈夫、彼は明日には自由になって刑務所から出てくるよ」

「そうすると、そろそろあなたにお金を払うことを考えなきゃね」

「ああ」とホレスは言った。「いいよ。今夜、行くよ」

「今夜?」

「そう。検事は明日も君を証人に呼ぶかもしれないんだ。どうせその対策を準備しといたほうがいいからね」

その夜の八時に彼はあの気違い女の庭にはいった。無気味な深まりをみせる家の奥のほうに一個の燈火が、茨《いばら》の茂みにつかまった蛍のように、ぽつりとついていたが、しかし彼が声をかけても女は出てこなかった。彼はドアへ行き、ノックをした。金切声が何かを叫んだ——彼は少し待った。もう一度ドアをたたこうとしたとたん、ふたたびあの声が聞えた、甲高くて荒《すさ》んでかすかな声が、遠くからのように、まるで雪崩《なだれ》の底から伝わる葦笛《あしぶえ》とでもいったように聞えた。彼は茂って腰まで高い雑草のなかを裏手へまわっていった。勝手口のドアはあけっぱなしだった。そこにランプがついていた。煤《すす》だらけの火屋《ほや》のせいで薄暗くなったランプが、部屋じゅうを——老婆《ろうば》のいとわしいにおいを放つがらくたの山を——明りでではなくて影で満たしていた。白い眼玉がぐるりとまわったが、それは長くて固そうで褐色に光る弾丸頭にある眼玉であり、その黒人は仕事服のなかへ破れた肌着をたくしこんでベルトを締めていた。黒人の向う側にあの気違い女がいて、開いた食器棚の前から振返り、前腕でその長い髪の毛を払いのけながら——

「お前の女は刑務所に行ったよ」と言い、「追いかけてゆきな」

「刑務所?」とホレスは言った。

「そう言っただろ。いい人間たちの住むとこさ。亭主を持ったら、刑務所へ入れとくがいちばんさ。うるさくなくていいよ」彼女は小さな瓶を手にしたまま黒人に振向き、「ねえお前、これで一ドルお出しよ。お前、たんと金はあるんだからさ」

ホレスは町に、そして刑務所にと戻った。はいることを許され、階段をあがってゆくと、背後では看守がドアに錠をおろした。

女は彼を監房のなかへ入れた。赤子は簡易ベッドの上に寝ていた。その横にはグッドウィンがすわっていて、両腕を組み、脚は疲労困憊《こんぱい》の極に達した人間がするように前に投げだしていた。

「君はなんであの窓の前なんかにすわってるんだい?」とホレスは言った。「あっちの隅に行ったほうがいいよ、そうすればぼくらは君をマットレスで囲ってやれるからね」

「あんたは、おれがやつ《ポパイ》にばらされるのを見に来たわけだ、そうだろ?」とグッドウィンは言った。「ちゃんと筋が通ってらあ。自分の約束に忠実だってわけだ。なにしろあんたは、おれが首をくくられねえようにする、とおれに約束しちまったんだものな」

「君はまだ一時間は安心してられるさ」とホレスは言った。「メンフィス発の列車は八時半までここには着かないからね。あの男だってカナリヤ色の車でここに来るほどのばかでもないだろう」彼は女のほうに向いた。「でも君は、君は——もう少しましかと思ったね。彼やぼくが阿呆《あほう》なのは知ってたけれど、しかし君は少しましかと思ってたよ」

「そりゃあ、点が甘すぎるぜ」とグッドウィンは言った。「この女はな、老いぼれて男に身を売れなくなるまで、おれにかじりついてる阿呆らしいのさ。この小僧が釣勘定ぐらいできるようになったら、あんた、新聞売子の口でも見つけてやってくれねえか。そう約束してくれりゃあ、ちっとは気が安まらあ」

女は簡易ベッドへ戻っていた。赤子を膝に抱きとった。ホレスは女に近寄った。彼は言った。「さあ、行こう。危ないことは起りゃしないよ。ここにいれば彼は無事なんだ。彼だってそれは知ってるんだ。君は家に戻って、少しは眠らなきゃいかんよ、なぜって君たちは二人そろって、明日、この町から立ち去るんだからね。さあ、行こう」

「あたし、ここにいようと思うの」と彼女は言った。

「ばかな。わざわざ危険の起る場所に身を置けば、それが確実に災害を招きよせるもとになるんだよ。君の経験でだって、それはわかってるだろう？　リーは知ってるよ。リー、彼女にこんなことやめさせたまえ」

「ルービー、行きな」とグッドウィンは言った。「帰ってひと眠りしな」

「あたし、ここにいようと思うわ」と彼女は言った。

ホレスは二人の前に立ちはだかった。女は赤子の上に思案顔を伏せ、身じろぎもしないでいる。グッドウィンは壁に背をもたせていて、色褪《いろあ》せたワイシャツの袖口《そでぐち》からは茶色の手首が出ている。「君はたいした男だよ、まったく」とホレスは言った。「そうだろ？　こんな姿の君を陪審員たちに見てもらいたいよ——安っぽい幽霊話そこのけの空想におびえちまって、女や赤ん坊までそばにひきつけておくんだ。これを見れば、こんな男に人殺しなんかできっこないと、すぐに連中は悟ってくれるだろうな」

「あんたこそ帰って寝たらどうだい」と彼は言った。「あんまりうるさい声がしなきゃあ、おれたちはここでも眠れるかもしれねえからな」

「そんな利口なことができるくらいなら、ぼくら、こんな苦労はしないよ」とホレスは言った。彼は監房を出た。看守が彼を出すために錠をあけ、彼はその建物から出ていった。十分もすると戻ってきた——包みを持っている。グッドウィンはもとの姿勢のまま動かなかった。女は彼が包みをあけるのを見まもっていた。なかにはひと瓶の牛乳、ひと箱のキャンディ、ひと箱の葉巻がはいっていた。グッドウィンに葉巻の一本を渡し、自分も一本取った。「君はこの子の瓶を持ってきてるね、ええ？」

女は簡易ベッドの下の布包みから瓶を取りだした。「まだ少しはいってるわ」と女は言った。そのなかへ牛乳瓶から満たした。ホレスは自分とグッドウィンの葉巻に火をつけた。眼をもとへ戻すと、あの瓶はどこかへ消えていた。

「まだ牛乳をやる時間じゃあないんだね」と彼は言った。

「あたしがあれを暖めてるのよ」と女は言った。

「ああ、そうか」とホレスは言った。彼は簡易ベッドの反対側にいて、椅子を壁に傾けてすわっていた。

「ベッドの上もあいてるわ」と女は言った。「そのほうが、少しは柔らかいから」

「ここでもたいして変らないさ」とホレスは言った。

「ねえ、あんた」とグッドウィンが言った。「あんたは家へ帰ったらどうだい。ここでこんなことしてたって、なんのたしにもならねえんだから」

「ぼくらは少しばかり仕事があるんだよ」とホレスは言った。「あの検事は明日の朝もまた彼女を呼びだすにきまってる。彼にはなんとか彼女の証言を無効にするほかには手がないんだ。ぼくらがそれに対抗する予行演習をしてる間、君はちょっと眠ってみたらどうだい？」

「そうしようか」とグッドウィンは言った。

ホレスは狭い床の上を行きつ戻りつしながら、女に練習をさせはじめた。グッドウィンは葉巻を吸いおわり、両腕を組んで頭を少し垂れると、ふたたびすわったまま身動きもしなくなった。広場の上にある時計が九を打ち、それから十を打った。赤子が泣き、小さく動いた。女は練習を中止し、おしめを替え、自分の脇腹《わきばら》から哺乳瓶《ほにゆうびん》を取りだして含ませた。それから用心深く前へかがみこみ、グッドウィンの顔を見つめた。「彼、眠ってるわ」と女はささやいた。

「彼を横に寝かそうか？」とホレスがささやいた。

「いいえ。あのままにしとけばいいわ」静かに動いて赤子を簡易ベッドに寝かせ、自分はその反対の端へすわった。ホレスは彼女の横へ椅子を運んだ。二人はささやき声で話しあった。

大時計が十一を打った。なおもホレスは、想像上の情景をくりかえし作りあげては、彼女に練習させた。しまいに言った――「これでいいと思うな。これでいつでも思い出せるね？　もし彼が尋問して、君が今夜覚えた言葉どおり答えられそうになかったら、ちょっとの間何も言わないでいるといい。あとはぼくがなんとかするから。もうこれで覚えたね？」

「ええ」と女はささやいた。彼は手をのばして簡易ベッドにのったキャンディの箱を取り、それをあけた――ぴかついた紙がかすかな音をたてる。彼はひとつ取った。グッドウィンは動かぬままだった。女は彼を見やり、それから細い隙間《すきま》をみせた窓を見た。

「その心配はやめなさい」とホレスはささやいた。「あいつはあの窓ごしに彼を撃てっこないんだから――弾丸どころか、帽子留めのピンで刺すことも無理なんだ。それぐらい知ってるね？」

「ええ」と女は言った。まだボンボンを手に持ったままでいた。彼のほうは見なかった。

「あんたが何を考えてるのか、わかってるわ」と女はささやいた。

「何を？」

「あんたがあの家に行ってあたしがいなかったとき、何を考えたかをね。あんたの考えてること、わかってるわ」ホレスは彼女を、そのそむけた顔を見まもった。「あんた言ったでしょ、料金は今夜から払いはじめてもらうって」

なおも少しの間、彼は相手を見つめていた。彼は言った。「オー・テンポラ、オー・モーレス（訳注　ラテン語で、「おお、時代よ、風習よ」というキケロの言葉だが、知識人が失望し嘆くときに使う表現）。情けないなあ！　君たち愚かなる女性はけっして男が、どんな男でも――じゃあそれをねらってぼくが出てきたと君は思ったのか？　もしぼくが、そんな気でもあったら、いままで待ったりする人間だと思うかい？」

彼女はちらっと相手を見やった。「あんたがもっと早くしようと思ったにしても、あたしのほうがだめだったのよ」

「なんだって？　ああ、そうか。しかし今夜はぼくと寝る気だったんだね？」

「それがあんたの思ってたことだと――」

「じゃあ、いまならする気なんだね？」彼女はグッドウィンのほうを見返った。彼はすこし鼾《いびき》をかいていた。「いや、こんな所でいまという意味じゃあない」と彼はささやいた。「しかし君は要求されれば、する気だったんだね」

「あんたの言ったのをそういう意味に受取ったのよ。だってあたし話したでしょ、あたしたちは払うお金が――だからあれで払いたかったんだけど、もしあたしで払いが足りないと言われたって、あんたに文句は言えないわ」

「そうじゃあないんだよ。君だってそうじゃないと知っているだろ。君にはわからないのかなあ――男というのはね、ときにはそれが正しいと知ったら、ただそれだけのために何かしようとするものなんだ、ひどくゆがんでいるものをなおすにはこうする必要があると知ったときは、そのためだけで動くものなんだよ」

女は手のなかのボンボンをゆっくりとまわした。「あたし、あんたが彼のことで怒ってると思ったの」

「リーのことかい？」

「いいえ。彼のこと」女は赤子に触れた。「だって、いつもあたし、二人が会うときにこれを連れてくるからね」

「というと、いわばこの子をベッドの裾《すそ》にいっしょに寝かして……ということかね？　たぶんその間いつも君はこの子が落ちないように片足を握っててやるというわけかい？」

彼を見やった女の視線は真面目《まじめ》で、無色で、考え深げであった。外では大時計が十二を打った。

「あきれたなあ」と彼はささやいた。「いったい君の会ってきた男というのは、どんな連中だったんだい？」

「あたしはね、その手で一度、彼を刑務所から出したことがあるんだもの。それから連邦刑務所《レヴンワース》からもね。彼が有罪だってはっきりわかったときにね」

「そうだったのか」とホレスは言った。「さあ。別のを取りたまえ。それはだめになっちまったから」女はチョコレートによごれた指先と形のくずれたボンボンを見おろした。それを簡易ベッドのうしろに落した。ホレスは自分のハンカチをさしだした。

「よごしちまうわ、待って」と女は言い、赤子から脱がせたおむつで自分の指をぬぐい、そしてふたたびすわると両手を膝《ひざ》の上に握りあわせた。グッドウィンはおだやかに畊をかいていた。「彼がフィリピンに行ったとき、あたしはサンフランシスコに残されたわ。あたしは仕事を見つけ、内廊下に仮に造った安部屋に住んで、ガスコンロで自炊したわ。彼にそうやって暮すわと言ったとおりにね。彼がどれぐらい長いこと行ってるのか知らなかったけど、でもあたしはそうすると約束して、彼もあたしがそうするのを知ってたわ。彼が黒人女のことで相手の兵隊を殺したとき、あたしはそれさえ知らなかった。五カ月も彼からは手紙こなかったもの。ところが偶然に、あたしが働いてるところの押入れの棚に古新聞をひろげていて、ふと見たら、あの隊が帰還すると出ている。それを見て、それからカレンダーを見たら、帰るのがその日だったわ。あたし、それまでずっと身持ちはよかった。機会はいくらでもあったけどね——毎日あの食堂で男たちがなにかしら話しかけてきたもの。

「あたし食堂を休んで彼を迎えに行こうとしたら、だめだというんで、あたし、辞めるほかなかったわ。そしたら今度は彼らがあたしを彼に会わさないの、船にあげてさえくれないのよ。あたしあそこに立ってると彼らが船から並んでおりてきて、あたし彼らを見つめたりして、行き過ぎる兵隊に彼がどこにいるかときいたりすると、あの連中、あたしをからかって、今夜デイトしないかと言ったり、彼のこと聞いたこともないとか、彼は死んだとか、彼は大佐の細君と日本に駆落ちしたとか言ったわ。あたしもう一度船にはいろうとしたけれど、彼らはそうさせなかった。それでその晩、あたしはドレスを着こんでキャバレーをあちこちまわって、しまいに彼らのひとりに当りをつけ、向うにあたしを引っかけさせて、そしたら彼はあたしにあの話をしたわ。あたし死んじまいたいくらいだった。あたし、音楽やなんかがにぎやかななかにすわってて、あの酔っぱらい兵隊に抱かれてて、そして頭んなかでは、いっそ何もかも放りだしちまって、この兵隊といっしょに飲んだくれて、二度と正気に戻らないでおこうかしらなんて思ったり、それからまた、あんな獣みたいな男にあたしは丸一年もむだしてたのかしらなんて考えたりしていた。たぶんそう考えたもんで、あたししなかったのね。

「とにかく、あたし、しなかったわ。あたし家に帰って、つぎの日から彼を捜しはじめたわ。尋ねまわっていると、連中は嘘《うそ》ついたりあたしを手に入れようとしたりしたけど、しまいに彼が連邦刑務所《レヴンワース》にいると知ったわ。あたし切符を買うお金がなかったからまた別の仕事につくほかなかった。お金をつくるのに二カ月かかったわ。それから連邦刑務所に行った。そこでまた安食堂で給仕に雇われたわ、夜勤でね、だってそうすれば、一週おきの日曜の午後にはリーに会いに行けるからよ。二人で相談して弁護士を頼むことにしたわ。連邦刑務所の囚人には民間の弁護士なんて役に立たないこと、二人とも知らなかったのよ。その弁護士もあたしに話さなかったわ。それにあたしがどうやってその弁護士を頼んだのかリーには言わなかったわ。リーはあたしがあそこで金を貯《た》めたものと考えてたの。ところがあたしはその弁護士と二カ月も同棲《どうせい》して、それからあとで事情を知ったわけ。

「それから戦争（訳注 第一次大戦のこと）になって、軍ではリーを外に出して、そしてフランスに送ったわ。あたしはニューヨークに行って兵器工場に仕事を見つけた。そこでもあたし、浮気しなかったわ。町じゅうどこでも金を使いたがってる兵隊がいっぱいだし、小娘まで絹のドレスなんか着こんでたけど、あたし、まともに暮したわ。それから彼が帰ってきた。あたし、会いに船まで行ったわ。彼、三年前にあの兵隊を殺した罪が残ってたから、船からおりると逮捕されて、連邦刑務所に送り返されたわ。それからあたし弁護士に頼んで、国会議員に頼んでもらって彼を出してもらったわけ。あたし貯めてきたお金もその男にやったわ。それだもんでリーが出てきたら、あたしたち無一文だった。彼、結婚しようと言ったけど、そんなお金の余裕なんかなかった。そして彼にあの弁護士のことを打明けたら、彼、あたしをなぐりつけたわ」

　またもや女は形のくずれたキャンディをベッドの背後に落すと、赤子のおしめで指をふいた。箱から別のひとつを選びだし口に入れた。口を動かしながらホレスを見やった——その態度は落着いていて、物思わしげなうつろな視線を彼の上に向けている。細い隙間をみせている窓からは闇《やみ》が冷たく生気なく浸《し》みこんできた。

　グッドウィンは鼾をやめた。身動きをしてから起きあがった。

「何時だい？」と彼は言った。

「なんだって?」とホレスは言った。自分の腕時計を見て、「二時半だ」

「あいつ、車がパンクでもしたらしいや」とグッドウィンは言った。

明け方近くにホレス自身も、椅子《いす》にすわったまま眠った。目をさますと、窓を通して薔薇色《ばらいろ》の鉛筆のような細い陽光が水平にさしこんでいた。グッドウィンと女は簡易ベッドの上で静かに話しあっていた。グッドウィンは彼を寒々とした眼つきで見やった。

「おはよう」と彼は言った。

「ひと眠りして、君はあの悪夢を追いはらえたようだね」とホレスは言った。

「もしそうだとしたら、それがおれの最後の夢というわけだ。あの世に行きゃあ夢は見ねえって話だからな」

「そういう態度ばかりしていると、いつかは本当にやられちまうぞ」とホレスは言った。

「君はこの事件をうまく抜けるまで、ぼくの言ったことを信じられないんだろうな」

「信じるだと、ちぇっ」とグッドウィンは言った。すわったままの彼の様子は暗い不吉な顔つきで、作業服に青のワイシャツを無造作に着こんだ姿はいかにも投げやりの感じだった――「昨日みたいな日のあとで、あの男がおれを放っとくとでも思うのかい？おれがあのドアから出て通りを歩いて裁判所にはいるのを、黙って見すごすとでも考えてるのか？　あんたはいったい、いままでどんな男とつきあってきたんだい？　子供部屋の連中かい？　おれだったらそんなことしねえよ」

「もし彼がそんなことすれば、それは自分を罠《わな》に落すことになる」とホレスは言った。

「だからって、おれが助かるわけじゃねえだろ？　言っとくけどね――」

「リー」と女が言った。

「いいかい、このつぎにあんたが男の首をかけて博打《ばくち》を打つときにゃあ――」

「リー」と女は言った。女の手はゆっくりと彼の頭を前にうしろにとなでた。その髪の毛を分けてなでつけ、カラーのないワイシャツを軽くたたいて延ばしていた。ホレスは二人を見まもった。

「君は今日、この監房にとどまっていたいかい？」と彼は静かに言った。「もしそうなら、手配してあげるよ」

「いいや」とグッドウィンは言った。「もうたくさんだ。おれはもう、こんなことにけりをつけたいんだ。ただ、あの間抜けな保安官助手に言っといてくれ、あんまりおれにくっついて歩くなってね。あんたは彼女を連れていって朝飯をすましなよ」

「あたし、お腹《なか》はすいてないわ」と女は言った。

「いいから、おれの言ったようにしな」とグッドウィンは言った。

「リー」

「来たまえ」とホレスは言った、「君はまた戻ってこれるんだから」

外に出ると、新鮮な空気のなかで彼は深く息を吸いはじめた。「深呼吸したまえ」と彼は言った。「あんな場所でひと晩すごすと、誰だって頭がいかれてくるなあ。大の大人が三人もあんな所にいれば……まったく驚くなあ、ときどき思うんだがね、ぼくらはほんの子供でしかないんだよ――ただし本物の子供のほうが思慮深いから、子供以下と言ったほうがいいかな。しかしとにかくこの事件も今日で終りさ。昼ごろまでには彼は自由な人間になってあそこから出てくるよ――君にはそんな実感はまだしないかい？」

二人は高くて柔らかな空の下を、鮮やかな陽光のなかを、歩いていった。青空の高みには、ふわりとした小さな雲の群れが南西の風にのって動き、涼しい微風がたえず吹いてはずっと前に花を落したニセアカシアの葉を震わせ、きらめかせていた。

「あんたにどうやって払っていいのか、見当もつかなくて」と女は言った。

「そのことは忘れたまえ。ぼくは支払ってもらったも同然なんだ。君は理解しないだろうがね、しかしぼくの魂は四十三年間も続いた見習修業に耐えてきたんだからね。ほんの少しの料金で満足する癖がついてるんだよ。四十三年間といやあ、君が生きてきた年の二倍くらいなんだ。これでわかるだろう？　貧乏も同じだが、こういう頑固な馬鹿《ばか》は馬鹿なりになんとか生きてゆけるものなんだよ」

「でも彼はね、あなたとあたしが――あれをしても――」

「さあ、その話はやめたまえ。そのことは水に流そうじゃないか。ねえ、神様ってのはときどき愚劣なことをするけど、少なくとも紳士なんだよ。君はそれを知らなかったかい？」

「あたし、『神様』のことはいつも男としてしか考えなかったわ」と女は言った。

ホレスが郡役所にある法廷へと広場を横切っていったとき、すでに鐘が鳴っていた。すでに広場には馬車や車がいっぱいで、作業服とカーキ服の男たちが建物の飾りの多い入口に群れていた。頭上で大時計が九を打っているとき、彼は階段をあがっていった。窮屈な階段を上りきると、そこに大きな二重ドアが開いている。そのなかからは人々が席についたりする低いざわめきが伝わってきた。ホレスは席の背もたせの上に並ぶ彼らの頭をながめわたした——禿《は》げた頭、半白の頭、もじゃついた髪の頭、陽焼けした襟首のまわりを新しく剃《そ》りあげた頭、ひと目で町の者とわかるカラーの上に髪油の光る頭、そしてあちこちには婦人用日除《ひよ》け帽子や花飾りのついた帽子。

彼らの声や動きの生みだすざわめきは隙間風《すきまかぜ》にのってたえずドアのほうに吹きおくられた。その空気はいくつもの開いた窓からはいってきて、頭の列の上を吹き過ぎてホレスの立っているドア口まで来るのだが、その空気には煙草《たばこ》や酸《す》い汗や大地のにおいとともに、まさしく法廷そのもののにおいも混ざっていた——あの黴《かび》くさいにおいだ。ここで消耗された欲望や貪欲《どんよく》さ、敵意や口惜しさなどの混合したものでありながら、それ以上ましなものがないために、一種の頑とした安定感も含んでいるにおいなのだ。アーチ型をした正面の柱廊の下にバルコニーが出ていて、そこへ向っていくつかの窓が開かれていた。微風はそこから吹きこんできて、軒端《のきば》に巣くう雀《すずめ》や鳩《はと》のちゅっとかくーとかいう音を運びこみ、ときには下の広場から来る自動車の警笛も伝わってくるが、それは高く頭上に聞えてから、やがて下の廊下や階段の上で響くうつろな足音のなかへ沈みこんでゆく。

判事席はからだった。長いテーブルの一方の端に、彼はグッドウィンの黒い頭と骨ばった褐色の顔を、そしてあの女のグレイの帽子を見た。テーブルの反対の端にはひとりの男がすわって、楊枝《ようじ》で歯をせせっていた。その頭には縮れた黒い毛がぴったりとかぶさっていて、天辺《てっぺん》の禿に向って薄れていた。鼻は青ざめて長っぽそかった。濃い茶色の軽い夏物の服を着ていて、そばのテーブルには洒落《しゃれ》たレザーの書類鞄《かばん》、そして赤と濃い茶の縞《しま》バンドを巻いた麦藁《むぎわら》帽子がのっていた。彼は雑多に並んだ頭の群れごしに窓の外をものうげにながめながら、歯をせせっていた。ホレスはドアをはいるとすぐに止った。「あれは弁護士だ」と彼は言った。「メンフィス市から来た弁護士だ」それから彼は、証人たちの控えるはずのテーブルにいる人々の後頭部を見やっていた。「この眼で見つける前に、もう大体の見当がついてるのさ」と彼は言った。「彼女、きっと黒い帽子をかぶってるにちがいないんだ」

彼は通路を歩いていった。バルコニーについた窓から――そこから鐘の音が出たらしく、また下の軒端では鳩が低く鳴いているのだが——執行吏の声が聞えてきた——

「ただいまよりヨクナパトウファ郡巡回裁判所は、法の定めるところに従って、開催さ……」

テンプルは黒い帽子をかぶっていた。書記に二度自分の名を呼ばれてはじめて歩きだし、証人席についた。ホレスはふと気がつくと、自分が裁判長から、少し腹立たしげな声で、呼ばれているのだった。

「ミスター・ベンボウ、これはあなたの申請した証人ですね？」

「そうです」

「あなたは彼女に宣誓をさせ、また調書に記録させたいのですね」

「はい、裁判長」

窓の向うでは、のんびりした鳩の群れの下で、なおもあの執行吏の声が響いていた——すでに鐘の音はやんでいたけれども、執行吏の声は間のびしてくどく、それでいて無関心な調子でなおも続いていた。

28

地方検事は陪審員たちのほうに向いた。「これは犯罪の現場において発見された物件でありまして、証拠として提出いたします」その手には玉蜀黍《とうもろこし》の穂軸があった。それは黒褐色のペンキに浸されたもののようにみえた。「この物件がもっと早期に提出されなかったのは、これと事件との関係が明確でなかったからでありますが、その点については、いまわたしが皆さんに記録を読みあげた被告人の妻の証言によって、おわかりになったと思います。

「皆さんはいま化学者のみならず婦人科医の証言をも聞かれました――この人は、皆さんご存じのように、人間生活において最も神聖冒すべからざるものである『女性』についての権威者でありますが――その意見ではこの事件はもはや絞首刑《こうしゅけい》どころではなく、むしろガソリンでの焚刑《ふんけい》に値す――」

「異議あり」とホレスは言った、「検察側は故意に動揺させる目的で――」

「異議を認める」と裁判長は言った。「書記は『その意見では』以下の句を抹殺するように。ミスター・ベンボウ、あなたは陪審員たちにそこを無視するように指示しなさい。地方検事は本件に沿って話を運ぶように」

地方検事は一礼した。テンプルのすわっている証人席に向いた。彼女の黒い帽子の下からは、きっちり巻いた赤い髪がはみ出て、松やにの塊のようにみえた。その帽子は模造ダイヤの飾りを留めていた。黒繻子《サテン》の服の膝《ひざ》にはプラチナ製のハンドバッグがのっていた。薄茶色のコートは開いていて肩のところに結び目があり、そこに紫色の飾りがついていた。両手は掌《てのひら》を上にして膝に置かれている。その長いブロンド色の両脚は斜めに伸びており、足首に力を入れずに投げだしたらしくて、そのために左右の突っ掛け靴は輝く留め金をつけたまま、まるでからの靴のように底をみせて横倒しになって動かなかった。傍聴席の列には腹をみせて浮ぶ死魚のように艶《つや》のない白い顔の群れが並んでいて、その向うの台に彼女がすわっているのだが、その態度は無関心と萎縮《いしゅく》の両方を同時にみせ、視線を部屋の奥のどこかに釘《くぎ》づけにしている。顔色はひどく青ざめていて、両頬にある二つの紅の色は、まるで頬骨の上に円い紙を張りつけたかのようであり、唇は容赦ない完璧《かんぺき》な弓型に塗られていて、これもまた紫色の紙を切りぬいてそこへ丹念に張りつけたかのように、いかにも象徴的で謎《なぞ》めいた何物かを思わせた。

地方検事は彼女の前に立った。

「あなたの名前を言ってください」彼女は答えなかった。まるで相手が自分の視線を妨害しているといったふうに、頭を少し動かして部屋の奥のほうを見つめつづけた。「あなたの名前を言ってください」とくりかえしながら、彼も動いてふたたび彼女の視線のなかにはいった。彼女の口が動いた。「もっと大きな声で」と彼は言った。「はっきり言っても大丈夫です。誰ひとりあなたをいじめませんよ。ここの陪審の席にいる人たちに――一家の父や夫である立派な人たちに、あなたの言いたいことを知らせて、あなたに加えられた悪事を正してもらおうではありませんか」

裁判長はその眉《まゆ》をあげてホレスをちらっと見やった。しかしホレスは何の動きもみせなかった。膝の上に両手を握りあわせ、少し頭を曲げてすわっている。

「テンプル・ドレイクです」

「年齢は？」

「十八」

「家はどこですか？」

「メンフィス」と彼女はほとんど聞きとれない声で言った。

「もう少し声を大きくしてください。ここにいる人たちはあなたをいじめませんよ。この人たちは、あなたを苦しめた悪を正そうとしてここに来てるんですからね。あなたはメンフィスに行く前、どこに住んでましたか？」

「ジャクスンに」

「そこにあなたの縁つづきの人々が住んでるんですね」

「ええ」

「さあ、話してください。この陪審席にいる立派な人たちは――」

「父です」

「お母さんは亡《な》くなってるんですね？」

「ええ」

「姉さんとか妹さんとかは?」

「ありません」

「するとあなたは、お父さんのひとり娘というわけですね?」

ふたたび裁判長はホレスを見やった――しかしまたも彼は何の動きもみせなかった。

「ええ」

「今年の五月十二日以降、あなたはどこに住んでいましたか?」彼女は相手を越えた向うのほうを見たいとでもいったように、頭をかすかに動かした。検事は彼女の眼をとらえながら、またも彼女の視線のなかへと動いた。彼女はふたたび相手を見つめ、鸚鵡《おうむ》めいた返事を続けた。

「あなたの父上は、あなたがそこにいたのをご存じでしたか?」

「いいえ」

「じゃあ、あなたがどこにいたと思っておいででした?」

「学校にいると思ってました」

「するとあなたは隠れていたんですね、そしてそれというのも何かあなたは話せないようなことが身に起ったもので、とてもあえて――」

「異議あり!」とホレスは言った。「その質問は誘導的に――」

「異議を認める」と裁判長は言った。「被告側が何かの理由で異議をとなえなかったので控えておったが、検事、あなたには先ほどから警告しようと思っておったのですぞ」

検事は裁判長席にお辞儀をした。身をまわしてふたたび彼女の眼をとらえた。

「五月十二日、日曜日の午前にはあなたはどこにいましたか?」

「あたし、畜舎のなかのまぐさ部屋のなかにいたわ」

黴くさく静まりかえっていた部屋からは人々の吐息がいっせいに低くもれきこえた。幾人かの人が新しくはいってきたが、彼らは部屋の背後に止ってかたまって立った。テンプルの頭はふたたび動いていた。地方検事は彼女の視線をとらえて放さなかった。身を半ばよじってグッドウィンを指さした。

「あなたはあの人を以前に見たことがありますか?」こわばった顔、空白の表情のままテンプルは検事を見つめた。あまり離れぬところから見ると、彼女の両眼、頬の赤い二つの円、唇、これら五つのものは心臓型をした皿の上に置かれた無意味な五個の物体のようであった。「わたしのさしているほうを見てください」

「ええ」

「彼にはどこで会いましたか?」

「まぐさ部屋のなかで」

「そのなかで、あなたは何をしてましたか?」

「隠れてたんです」

「誰からあなたは隠れていたんですか？」

「彼から」

「あそこのあの人からですか？　わたしのさしているほうを見てくださいよ」

「ええ」

「しかし彼はあなたを見つけた」

「ええ」

「そこにはほかに誰かいましたか？」

「トミーがいたわ。彼は言った——」

「彼はその部屋の内側にいたのですか、外側ですか？」

「彼は外側の、ドアのとこにいたわ。見張ってたんです。誰もはいれないんだと言って——」

「ちょっと待って。誰もはいれないようにと、あなたが彼に頼んだんですか？」

「ええ」

「そして彼が外からドアに錠をおろした？」

「ええ」

「しかしグッドウィンははいってきた」

「彼は何か手に持ってましたか？」

「ピストルを持ってたわ」

「トミーは彼をとめようとしましたか？」

「ええ。彼は言ったわ、おれは――」

「待って。彼はトミーに何をしました？」

彼女は相手を見つめた。

「彼はピストルを手に持ってましたね。それから彼は何をしたんです？」

「彼を撃ったんです」地方検事は一歩わきに退いた。たちまち娘の視線は部屋の奥のほうに戻り、そこに注がれて動かなくなった。地方検事はまた彼女の視野のなかへはいった。娘が頭を動かしたが、彼はその視線をとらえ、放さずにその眼の前に染《し》みのついた玉蜀黍の穂軸をかかげた。部屋全体が溜息《ためいき》をついた――長くてしゅうという吐息だ。

「あなたはこれを以前に見たことがありますか？」

「ええ」

地方検事はぐるりと身をまわした。「裁判長ならびに陪審員の皆さん、あなたがたはすでにこのうら若き女性の語った恐るべき、信ずべからざる話をお聞きになりました――またその証拠品となる品を見たり医師の証言を聞いたりなされました。わたしはもはやこれ以上このいたましき無辜《むこ》の子供を曝《さら》し者《もの》として苦しめ、さいなもうとは――」彼は口をとめた――頭の群れはいっせいにまわって、ひとりの男が通路を裁判長席のほうに歩み進んでくるのを見まもった。その人物は落着いた足どりであり、白くて小さな顔の群れは、いずれもあんぐり口をあけた表情のまま彼の足どりに合わせてまわってゆき、彼らのカラーのこすれる低い音がした。その人物は整った白髪をもち、刈りこんだ口ひげは浅黒い顔の上に銀の薄い延べ板のようについていた。眼の下には少しばかり袋ができていた。ちょっと突き出た腹を、真っ白な麻服のボタンを留めて巧みに隠していた。片手にはパナマ帽、もう一方の手には細身の黒いステッキを持っていた。あたりには長い溜息のように沈黙がゆっくりとひろがり、そのなかを彼は左右どちらも見ずに、通路を落着いて歩いていった。証人席では証人が依然として部屋の奥の何かを見つめていたが、彼はその彼女の視線のなかへまるで走者がテープを切るときのようにすっとはいり、証人には見向きもせずに証人席の前を通り過ぎて判事席の前で止ったが、その上のほうでは裁判長がデスクに両手をついたままですでに少し腰を浮かしかけていた。

「裁判長殿」とその老人は言った、「法廷ではこの証人を調べることは終了しましたのですか？」

「ええ、ええ、判事」と裁判長は言った（訳注　テンプルの父の職が判事なのである）。「終了しましたよ。被告、あなたはご自分の権利を――」

息をつめて並ぶ小さな白い顔の群れ、その前で背をまっすぐのばした老人はゆっくりと身をまわし、弁護側の席にいる六人を見おろした。彼の背後では、あの証人がまだ身動きもせずにいた。彼女は動けない赤子を思わせる不動の姿で、麻酔にかかった人のように視線を凝らして、人々の顔の上、部屋の奥のほうを見つめていた。老人は彼女のほうに向いた、そして手をさしのべた。彼女は動かなかった。部屋じゅうは息を吐き、急いでまた吸いこみ、そのまま息をとめた。老人は彼女の腕にさわった。彼女は眼を老人に向けた——その両眼は毒々しく赤い三個の点の上でまったく焦点のないうつろさだった。彼女は手を老人の手に置き、ふたたび部屋の奥を見つめながら立ちあがったが、するとあのプラチナの財布が膝《ひざ》からすべって床に落ち、細い鋭い音をたてた。老人は小さい光った靴の先でその財布を部屋の隅に——陪審員席と裁判長席の接続する、痰壺《たんつぼ》の置かれている隅に——蹴《け》りのけた、そして台の上から彼女を助けおろした。二人が通路を歩いてゆくと、部屋じゅうはふたたび呼吸をとりもどした。

通路を半ばまで来ると、娘は立ちどまった——スマートなオープン・コートの姿でほっそりと立ちどまったが、顔はうつろにこわばったままだった。それからまた老人に手を引かれて動きだした。通路を戻ってゆく老人は彼女のかたわらで背をのばした姿をみせ、左右のどちらにも眼をやらず、みなのカラーのたてるかすかな音に送られてゆく。ふたたび娘は立ちどまった。身をすくませはじめ、老人につかまれたままの腕を突っぱらせ、ゆっくりと体をそりかえしてゆく。老人は娘のほうにかがみこみ、言いきかせ、ふたたび彼女は、あの身をすくめた呆然《ぼうぜん》たる恥ずかしさにつつまれて動きだした。四人の若い男たちが出口の近くで固くなって直立していた。彼らが兵士のような立ち方でじっと正面を見つめていると、しまいに老人と娘が彼らのそばに達した。それから彼らは動いてその二人を取囲んだ、そして互いにぴったり身を寄せた一団となり、なかに娘を隠してドアのほうへ動いた。ここで彼らはまた停止した——ドアのすぐ内側でまたも身をすくませてそりかえっている娘の姿が見てとれた。そこにしがみついている、といった様子だったが、やがて五人の体がふたたび彼女を隠し、またもぴったりした一団となってドアを通りぬけ、そして消え去った。部屋じゅうが吐息をついた——まるで風が起ったかのような低いざわめきだ。それはゆっくりと勢いを増して前方へ、あの長いテーブルへ向って噴出した——それは囚人と赤子を抱いた女とホレスと地方検事とメンフィス市の弁護士のすわっているテーブルを越えて流れ、陪審員の席を横切り、長い溜息となって裁判長席にぶつかった。メンフィス市の弁護士は背をのばした姿勢ですわったまま、眠たげな眼つきで窓の外を見つめていた。赤子がじれたような声をたてて泣きだした。

「静かに」と女は言った。「シィィィ——」

29

陪審員たちは八分間しか休憩審議を行わなかった（訳注 これはグッドウィンに死刑の判決が下ったことを意味している）。ホレスが法廷から出たときには夕闇《ゆうやみ》がおりようとしていた。つながれていた馬車の群れも去りはじめていて、それらのうちにはこれから田舎道を十二マイルとか十六マイルとか行かねばならぬものもあった。ナーシサが車のなかで彼を待っていた。彼は作業衣姿の人々の間からゆっくりと現われた。車のなかへと老人めいたこわばった動きで、げっそりした顔のままはいった。「あなた、家に帰りたい？」とナーシサは言った。

「ああ」とホレスは言った。

「あのね、あの家《ハウス》へ行くのか、家庭《ホーム》に行きたいのかということだけど？」

「ああ」とホレスは言った。

彼女は車を運転していた。エンジンがうなりつづけた。彼女はきびしいほどの白さをみせた襟をつけた黒っぽい新品の服を着ていて、黒っぽい帽子をかぶった頭を向けて彼を見た。

「どっちなの？」

「ホームさ」と彼はいった。「どっちでもいい。ホームなら」

彼らは刑務所を通り過ぎた。柵《さく》にそって立っているのは浮浪者や田舎の男たちや不良少年や若者たちで、これは法廷からここまでグッドウィンや保安官助手のあとについてやってきた連中だった。門の横にはあの女がヴェールのついたグレイの帽子をかぶって立っていて、両腕に赤子を抱いていた。「彼が窓から赤ん坊の見れるところに立ってるんだ」とホレスは言った。「それにハムのにおいもするな。たぶんぼくらがホームに帰るころには彼はハムを食べてるんだろうな」それから彼は妹の横の席にすわったまま泣きはじめた。彼女は急ぎもせず落着いて車を走らせた。じきに町をはずれていて、両側には成育中のたくましい綿の茎が列をなして並び、それらが平行して後方へと逆流して小さくなってゆく。上り道にかかると、まだニセアカシアが白い花をつけていた。「続くものなんだ」とホレスは言った。「春というものは続くものなんだ。まるでそのことには何か目的でもあるかと思いたくなるほどだ」

彼は夕食までとどまった。彼はたくさん食べた。「あたし、ちょっと行ってあなたの部屋を片づけてくるわ」と妹は言った、とても優しく言った。

「いいよ」とホレスは言った。「ありがとう」彼女は出ていった。ミス・ジェニイの車《くるま》椅《い》子《す》は車輪のはまる溝のついた台の上に乗っていた。「彼女はよくしてくれる」とホレスは言った。「ぼくは外に出てパイプをふかしますから」

「ここで煙草《たばこ》を吸うの、いつからやめにしたんだい？」とミス・ジェニイは言った。「ええ」とホレスは言った。「彼女、よくしてくれた」彼はヴェランダを横切った。「ぼくはこの町にとどまるつもりだったのにな」とホレスは言った。彼は自分の足がヴェランダを横切ってからニセアカシアの花の白く散った上を踏んでゆくのを、ひとごとのように見つめてゆき、鉄の門から砂利道へと出た。一マイルも歩いたころ一台の車が速度を落とし、彼に乗らないかとすすめた。「ぼくは食事前の散歩をしてるんでね」とホレスは言った。「じきに戻るんだから」さらに一マイル行くと、町の燈火が見えてきた。それは低く小さくて、かすかな輝きだった。近づくにつれてその光が強まった。町に着く前から彼の耳にはある音が——人々の声が、聞えてきた。それから通りを埋めて流れてゆく人の群れを見た、そして荒れすさんだ感じの庭やその向うに細い窓を持つ四角い刑務所がぬっとそびえるのを見た。その庭のなか、鉄格子《てつごうし》のついた窓の下では、腕まくりしたワイシャツ姿の男が、しゃがれ声と大仰な身ぶりで群衆に何か言っていた。鉄格子の窓のなかには人影もなかった。

ホレスは広場のほうへ歩いていった。保安官はホテルの前で、地方まわりのセールスマンたちといっしょに、舗道べりに立っていた。肥《ふと》った男で、鈍重そうな大きな顔をしていたが、その眼のあたりには心配げな表情が現われていた。「連中は何もしやせんよ」と彼は言った。「しゃべくってばかりいるものな。から騒ぎさ。それに早すぎるよ。暴徒がほんとにやる気なときにゃあ、あんなに時間をかけたり、しゃべくったりせんよ。それに誰にも見られるところで仕事にかかったりしないものさ」

その群衆は遅くまで通りに残っていた。ただし案外におとなしかった。まるでほとんどの連中は見物に来たといったふうだった——刑務所や鉄格子の窓をながめたり、腕まくりした男に耳をすましたりするためにやってきたといったふうだった。しばらくすると、その男はしゃべりつくしてしまった。それから群衆は立ち去りはじめ、広場へ戻る者もあれば、家へ向って帰ってゆく者もあり、しまいに広場の入口にあるアーク燈の下に小さな群れが残るばかりとなった。そのなかに臨時の保安官代理が二人いたし、それに夜警巡査もいた。彼はつば広の薄い色の帽子をかぶり、懐中電燈と時間記録時計そして拳銃《けんじゅう》を持っていた。「さあ、家へ帰りな」と彼は言った。「見世物は終りだ、あんたたちはけっこう楽しんだんだ。さあ、家に帰って寝なよ、さあ」

セールスマンたちはなお少しホテルの前の舗道べりにすわりこんでいて、そのなかにホレスもいた——南行きの列車は一時に出るのだった。「どうやら連中はあの男を、やりどくのまま放っとくらしいな、ええ?」とひとりのセールスマンが言った。「玉蜀黍《とうもろこし》の穂軸が使われたってのになあ。この町の連中ってのは、どんな人間なんだろうな、ええ? あんたたちを怒らせるにゃあ、何をしたらいいんだい?」

「おれの町だったら、やつは裁判にさえ掛けられないでやられるぜ」と二人目の男が言った。

「留置場にぶちこむ暇さえないさ」と三人目が言った。「彼女はどんな娘だい？」

「大学の女子学生さ。いい顔してたぜ。見なかったのか？」

「おれは見たねえ。ちょっとかわいい子だったよ。ちぇっ。おれだったら穂軸なんか使やしないぜ」

それから広場は静かになった。大時計が十一時を打ち、セールスマンたちはホテルのなかへはいり、黒人の給仕が出てきて椅子をみんな壁のなかへ戻した。「あんたは汽車を待っておるんかね？」

「うん、汽車は時間どおりに来るようかい？」

「時間どおりですよ。でもまだ二時間もありまさあ。もしよかったら、見本部屋で横になっておいでなさい」

「そうできるかい？」とホレスは言った。

「案内しましょう」と黒人は言った。見本部屋というのは地方まわりのセールスマンが自分たちの商品を展示する場所であった。そこにはソファもひとつ置かれていた。ホレスは電燈を消し、ソファに横になった。彼の眼には郡役所のまわりの樹々《きぎ》や、そびえたつ郡役所の棟のひとつが見えていて、その下の広場はひっそりと静まりかえっていた。しかし人々は眠っていなかった。彼はそのさめているという感じ、町の人々がさめている気配を全身に感じとった。

「どうせぼくも眠れやしないんだから、かまわん」と彼は自分に言った。

大時計の打つ十二の音が聞えた。それから——たぶん三十分か、それよりもっと過ぎたろうか——窓の下を誰かの過ぎてゆく足音が聞えた、走ってゆく足音だ。その足音は馬の走る音よりも大きく響き、平和な眠りをいとなむ広場の向う側まで、反響した。いまホレスが聞いたのは物音ではなかった——それは走ってゆく足音が消えてゆく方角の空中にある何かであり、それが彼の耳に聞えたのだ。

彼は廊下を階段に向っていったときも自分が走っているのだと気づかず、しまいにひとつのドアの向うで、「火事だ！　こりゃ……」という声がしたが、あとは聞かずに走り過ぎた。「ぼくはあの人をおどかしちまったな」とホレスは言った。「セント・ルイスからでも来たんだろう、だからこんなことに慣れてないんだ」彼はホテルから通りへと走り出た。ホテルの主人がすぐ前を走っていた——滑稽《こっけい》な様子だ、大柄な男で自分のズボンの前をつかみ、下着の下からズボンつりをぶらさげたまま、禿《は》げ頭のまわりのもつれ毛を逆立てて走っているのだ。ほかに三人の男がホテルの前を走り過ぎた。どこからともなく現われ、いつの間にか小走りの足どりとなり、すっかり服を着こんだ姿で道のまんなかを走ってゆく。

「あの火」とホレスは言った。彼はその光芒《こうぼう》を見ることができた——その前には刑務所がぬっと荒々しい影絵になって浮びあがった。「あれはあの空地だ」とホテルの主人はズボンをつかんだまま言った。「わしは行けんよ、受付に誰もおらんのだから……」ホレスは走った。彼の前にも幾人かの人影が走っていて、刑務所のわきの路地に曲りこんでゆく――それから彼は火炎の音を聞いた、ガソリンの燃えあがるすさまじい音だ。彼も路地に曲った。火炎が見えた――いつもの市の立つ日には馬車がみんなつながれる空地の中央あたりだ。その炎の前には黒い人影がいくつか無気味に立っていて、彼はあえぐような叫びを聞きとった。一瞬間できた割れ目を通して、ひとりの男が、炎の塊が、ぐるぐる走る姿を見た、それは五ガロンの石油罐《かん》をくっつけられ、それがロケットの火花のように噴射するのを背負ったままで走っていた。

彼は群衆のなかへ走りこんだ――その一団は空地の中央あたりで燃えあがる焚火《たきび》を囲んでいた。その輪の一方の端から、爆発する石油罐をつけられた男の悲鳴が聞えてきたが、しかし中央にある大きな焚火からは、何の音も聞えてこなかった。白熱と化した焚火からは猛烈な長い火炎の舌が渦巻きあがり、そこにはわずかにいくつかの棒杭《ぼうぐい》や板の残りが見てとれるばかり。ホレスは群衆のなかを走りまわった。男たちは彼を押えつけたが、それも彼にはわからなかった。男たちはしゃべっていたが、それらの声は彼の耳にはいらなかった。

「そりゃあ、あいつの弁護士だぞ」

「やつを弁護した野郎だぜ。やつを白にしようとした野郎だ」

「そいつもなかに入れちまえ。まだ弁護士を焼くぐらいは残っているぜ」

「その弁護士も野郎と同じ目にあわせようぜ。野郎が彼女にしたと同じ目にあわせちまえ。もっとも、おれたちは野郎に穂軸なんて使わなかったぜ。それどころか、野郎に、せめておれたちが穂軸を使ってやってくれりゃいいに、と思わせたんだ」

ホレスにはそれらの声が聞えなかった。彼の耳には焼かれた人間の叫びも聞えなかった。焚火の音も聞えなかった、しかしその火炎は衰えずに上空へと渦巻きあがっていて、まるで自分で自分を食って勢いづくかのように、音もなく燃えていた、夢のなかで聞く憤怒《ふんぬ》の声のように、静寂のなかから音もなく上へ渦巻きあがっていた。

30

列車でキンストン駅に着く人々は七人乗りの車を運転するひとりの老人に出迎えられるのが常であった。それはやせた老人で、灰色の眼と、先を蠟《ろう》で固めた灰色の口ひげをしていた。昔まだこの町が材木景気で膨張する以前には、彼は最初の移住者の息子として農園主であり地主でもあった。その財産を山気と人のよさから失ってしまうと、四輪の賃馬車で町と駅の間を往復しはじめたが、そのときも蠟で固めた口ひげ、山高帽、着古したダブルのフロックコートという姿であり、客として乗せる地方まわりのセールスマンたちに、自分がかつてはいかにキンストンの社交界をリードしていたかを語りきかせたが——いまの彼はその社交界を乗せてゆくというわけであった。

馬車の時代が過ぎると、彼は車を買いこんでなおも列車を出迎えつづけた。相変らず蠟で固めた口ひげをしていたが、しかし山高帽は縁なし帽子に代わり、フロックコートもニューヨークの貸長屋でユダヤ人の洋服屋が作った赤縞入りのグレイの背広に変ったのだった。「おや、おかえり」と彼はホレスが列車から降りるのを見ると言った。「その鞄《かばん》を車に入れよう」と彼は言い、自分もなかへはいった。ホレスは運転席にいる彼の隣にあがりこんだ。「あんたはひと列車だけ遅かったねえ」と彼は言った。

「遅かった?」とホレスは言った。

「彼女は今日の午前についたよ。わしが家まで送った。あんたの奥さんのことだよ」

「へえ」とホレスは言った。「彼女、家に帰ってるのか」

相手は車を始動させ、後退し、そしてまわった。それは馬力のあるいい車で、なめらかに動いた。「あんたは奥さんの帰るのを知らなかったのかね……?」車は走りつづけた。「どうやらジェファスンじゃあ、あの男を焼き殺したようだね。あんた、たぶんあれを見たと思うが」

「ああ」とホレスは言った。「そうさ。そのことはぼくも聞いた」

「いいみせしめだよ」と運転者は言った。「わしらは自分の娘たちを守らにゃならんものなあ。どうせやるんなら、わしらの手でやりたかったねえ」

彼らの車は横町へと曲った。一つの角にアーク燈の街燈が立っていた。「ぼくはここで降りるよ」とホレスは言った。

「玄関まで乗りつけるよ」と運転者が言った。

「いや、ぼくはここで降りるよ」と彼は言った。「曲るのは面倒だろうからね」

「あんたのお好きなように」と彼は言った。「どっちにしろ、あんたは料金を払っとるんだからな」

ホレスは外に出ると、鞄を運びおろした――運転者は手助けしようとしなかった。車は走り去った。ホレスはその鞄を持ちあげた――それは妹の家の戸棚に十年間おかれていたものであり、妹が彼にあの地方検事の名前を聞いた朝に、彼が町へ持ちだしたものであった。

彼の家は新しかった、そしてまわりにはみごとな芝生、植木、とくに彼が植えこんだポプラや楓《かえで》はまだ若かった。家に達する前から、彼には妻の部屋の窓にかかる薔薇色《ばらいろ》の窓覆い《シエード》が眼についた。裏口から家にはいり、妻の部屋のドア口まで来ると、なかをのぞき見た。彼女はベッドのなかで読んでいた――色刷りの裏表紙のついた大判の雑誌である。電気スタンドは薔薇色の笠《かさ》をつけていた。テーブルの上には蓋《ふた》のあいたチョコレートの箱がのっていた。

「ぼくは戻ってきた」とホレスは言った。

彼女は雑誌ごしに彼を見やった。

「裏口のドアに鍵《かぎ》をかけた？」と彼女は言った。

「すると、やっぱり、彼女はいないというわけだ。そう思ったよ」とホレスは言った。

「君は今夜……」

「あたしが何？」

「リトル・ベルのことだ。君は電話して……」

「何のために？　彼女はあのおうちのパーティに行ってるのよ。あすこなら悪くないでしょ？　彼女の計画を中止したり招待を断わらせたりするの、無理でしょ？」

「ああ」とホレスは言った、「あれはいないと思ったよ。君はいつ……」

「おとといの晩にあの子と話したわ。行って裏口の鍵をしめてちょうだい」

「そうさ」とホレスは言った。「彼女は大丈夫さ。もちろんさ。ぼくはちょっとだけ……」電話は暗い廊下にあるテーブルの上にのっていた。ここの電話は支線だったから、呼びだすのに時間がかかった。ホレスは電話のそばにすわりこんだ。彼は廊下の端にある部屋のドアをあけっぱなしにしておいた。そこからは夏の夜の軽い空気が、漠とした不安をそそる感触で、流れこんできた。「年寄りには夜の闇《やみ》は楽じゃないな」と彼は受話器を握りながら、静かに言った。「夏の夜は彼らにとって辛《つら》いんだ。なんとか手を打たなきゃだめだ。法律でもつくるべきだな」

妻のベルが自分の部屋から彼の名を呼んだ——身をのばして寝た人間の声だった。

「おとといの晩もあたしが電話したのよ。あなたがあの子を悩ますことないでしょ？」

「わかってる」とホレスは言った。「長くは掛けないよ」

受話器を握ったまま、なんとなく不安な気分の風がはいってくるドア口を見やっていた。自分の読んだことのある書物からの言葉を口にしはじめた——「安息の時は少なし。安息の時は少なし」（訳注　P・B・シェリーの『ジェインに寄す』より）

通話先が応答した。「ハロー！　ハロー！　ベルかい？」とホレスは言った。

「ええ？」彼女の声は細く遠くから戻ってきた。「何なの？　何か変ったことがおきたの？」

「いや、違うよ」とホレスは言った。「ただお前にね、やあ、と言って、おやすみと言いたかっただけさ」

「何を言いたいって？　何なの？　誰が話してるの？」暗い廊下にすわったまま、ホレスは受話器を握りしめていた。

「ぼくだ。ホレスだよ。ぼくはただちょっと君に——」

その遠い電話線のなかに、争っている音が伝わってきた——彼にはリトル・ベルの息づかいも聞きとれた。それからひとつの声、男の声が言った、「ハロー、ホレス、ちょっと紹介しますが——」

「静かに」とリトル・ベルの声が、遠く細く言った。ふたたびホレスには彼らの争っている音が聞え、息を殺した合い間があって、「やめて！」とリトル・ベルの声が言った。「この人はホレスよ！　あたしの家の人よ！」ホレスは受話器を耳に押しあてた。ベルの声は息づかいの跡もなく、自制して、冷静で、慎重で、よそよそしかった。「ハロー。ホレス。ママは元気？」

「ああ。ぼくらは元気さ。ぼくはただちょっと君に言いたかったんだ——」

「ああ。おやすみ、と言いたかったんでしょ」

「うん、おやすみとね。君は楽しんでるかい？」

「ええ。そう。明日、手紙を書くわ。ママは今日あたしの手紙を見なかった？」

「知らんね、ぼくはちょっと——」

「たぶんあたし、ポストに入れるのを忘れたのかもね。でも明日は忘れないわ。明日は書くわ。用事はそれだけだったの？」

「ああ。ぼくはただちょっと君に……」

彼は受話器を戻し、線の切れる音を聞いた。彼の妻の部屋から出た光線が廊下を横切って下に落ちていた。「裏口の鍵をおろしなさいな」と彼女は言った。

31

母親を訪ねてペンサコーラへ行く途中、ポパイはバーミンガム（訳注 アラバマ州にある中都市）で逮捕されたが、それはその年の六月十七日にアラバマの小さな町で警官を殺した容疑からであった。逮捕されたときは八月になっていた。殺人のあった六月十七日の夜というのは、ポパイがあのダンス・ホールのそばに駐車した車のなかにすわっていて、その車の横をテンプルが通り過ぎ、そのあとでレッドが殺されたのと同じ日であった。

毎夏、ポパイは母親へ会いに行った。母親は彼がメンフィス市のホテルで夜間の勤務をしていると思いこんでいた。

彼の母親はもとは下宿管理人の娘だった。父親のほうはストライキ破りを職業にしていて、一九〇〇年のストライキを破るために市街電車会社に雇われていた。そのころ彼の母親は下町のデパートに働いていた。彼女は三晩つづけて、ポパイの父親が臨時に動かす電車の運転席の隣に乗って家へ帰った。ある晩、このスト破りは彼女の降りる町角に来ると、自分も降りてきて彼女を家まで送ってきた。

「あんた、馘《くび》になりたくはないんでしょ？」と彼女は言った。

「誰がそんなことできる？」とスト破りは言った。彼らは並んで歩いた。彼はいい身なりをしていた。「そんなことすりゃあ、あっちのほうでじきにおれを雇うぜ。連中もそれを知ってるのさ」

「あっちって誰のこと？」

「ストライキをしてる連中さ。おれはな、どっちの側が車を走らせようがかまやしねえ。どっちで頼んだって、気軽く乗り換えてやるんだ。この路線をこの時間に運転できるんなら、いつでも寝返りをうつのさ」

彼女は彼のそばを歩いた。「まさか。本気じゃないんでしょ」

「本気さ」彼は女の腕をとった。

「その調子で、あんたは結婚の相手も簡単に乗り換えるんでしょ」

「誰がそんなこと言った？」と彼は言った。「あん畜生どもがおれのことをしゃべくったのか？」

一カ月すると、彼女は二人が結婚するほかないと彼に告げた。

「どういう意味だい、ほかないってのは？」

「両親に言えないわ。家出するほかないわ。どうしたって話せっこないもの」

「まあ、そう仰天するなよ。まあ、落着きなってこと。どうせおれは毎晩ここを通らなきゃならねえんだから」

彼らは結婚した。夜になると彼はその町角を通過した。そのたびに足で踏む警報ベルを鳴らした。ときおりは家に来た。ときおりは彼女に金を与えた。彼女の母親は彼を好んだ——なにしろ日曜日の夕食時などに元気な大声をあげてはいってきて、下宿人たちを、それも年とった人たちさえ、気やすく名前で呼んだりする男だったからだ。それからある日、彼は来なくなった——電車は通り過ぎるときもベルを鳴らさなくなった。ストライキが終っていたのだ。彼からはクリスマス・カードが来た。それは金箔《きんぱく》で押した鐘やら浮模様の花輪などのついた絵葉書であって、ジョージア州の町からのものだった。こう書いてあった——『ここの連中がやりそうなんだ。だけどここらの人間はえらくのろまだよ。たぶんおれたちはもっとましな町にぶつかるまで、落着かねえだろう、ハ、ハ、ハ』ストライク《ストライク》という言葉の下には線が引かれていた。

結婚して三週間したときすでに彼女は気分が悪くなりはじめていた。もう妊娠していたからだ。医者には行こうとしなかった、というのはひとりの黒人老婆《ろうば》が彼女の具合の悪い理由を説明してくれたからだ。あのクリスマス・カードが到着したクリスマスの日にポパイが生れたのだった。はじめみなは彼を盲目《めくら》の子だと思った。それからそうではないと知ったが、しかしこの子は四歳ごろまで、歩くことも話すこともできなかった。そうしているうち、彼女の母親にとって二番目の夫である男が家出をしてしまった——

嗅煙草《かぎたばこ》くさくて小柄で、おとなしい口ひげをたっぷり生やした人物で、この下宿屋の手入れなどしていたのだ——彼は割れた踏み段とか詰った下水とかいったものをみんななおした——しかしある日の午後、肉屋に十二ドルの勘定を払うからといって署名入りで金額欄が無記入の小切手を持ちだしたまま家から出ていった。二度と戻ってこなかった。彼の妻の貯金千四百ドルを銀行から引きだして、姿を消してしまった。

娘はなおも下町へ働きに出かけ、彼女の母親が赤子の面倒をみていた。ある日の午後、下宿人のひとりが帰ってきて、自分の部屋が火事なのを見つけた。彼はそれを消しとめたが、一週間後にまた自分の紙屑籠《かみくずかご》に焼け焦《こ》げ跡を見つけた。あのお祖母《ばあ》さんが赤子をあやしていた。いつも抱きまわっていた。ある夕方、彼女の姿が見当らなかった。家じゅうで外へ捜しに行った。近所の者が火災を通告し、消防夫たちが来て発見したのは——屋根裏部屋のまんなかに詰物用の細かい鉋屑《かんなくず》が燃えていて、お祖母さんがそれを踏み消そうとしていて、そばの捨てられたマットレスの上には赤子が眠っているのだった。「あん畜生どもが、この子を連れてこうとするんだよ」と老婆は言った。「そいで家に火をつけたんだ」つぎの日、下宿人はみんな出ていった。

娘のほうは仕事をやめた。一日じゅう家のなかにいた。「お前、ちっとは外の空気に当りなよ」と祖母は言った。「ここでも空気は十分よ」と娘は言った。

「お前が食料品屋へ行けばいいんだがねえ」と祖母は言った。「お前のほうが安く買えるんだもの」

「いまでも安く買ってるわよ」

それから彼女はどんな火にも気をつけるようになり、家にはマッチを一本も置かなかった。外の塀の煉瓦《れんが》のうしろに少し隠しておくだけにした。そのころポパイは三歳になっていた。たくさん食べはしたが外見では一歳ぐらいに見えた。医者は彼女に、この子にはオリーヴ油を使った卵料理を食べさせなさいと教えた。ある日の午後、食料品屋の小僧が自転車で角を曲ろうとしてすべってころげ落ちた。包みからは何かが漏れた。

「卵じゃないよ」と小僧は言った、「ほらね」それはオリーヴ油の瓶だった。「あんたはこういう油を罐《かん》で買いなよ」と小僧は言った。「あの子にはどうせ入れものなんかどっちでもいいんだからね。もうひとつ別のを持ってくるよ。それからね、あの門はなおしといてくんないか。それともぼくの首根っこをあそこで折らしたいというわけかい？」

小僧は六時になっても戻ってこなかった。それは夏のことであったし、家には火の気がなかったし、マッチ一本もなかった。「あたし、五分もしたら戻ってくるからね」と娘は言った。

彼女は家から出ていった。祖母は彼女の姿が消えるのを見まもった。それから子供を薄い毛布にくるんで家を出た。その通りは横町で、少し行くと大通りになり、そこに市《マー》場《ケット》があって、大型の車に乗った豊かな連中が家への途中で買物に立ち寄ったりする。彼女が角まで来ると、一台の車がちょうど縁石のところへ止りかけていた。ひとりの女が外へ出て一軒の店にはいってゆき、あとにはハンドルの前に黒人の運転手が残った。彼女はその車に近寄った。

「あたし、半ドルほしいよ」と彼女は言った。

黒人は彼女を見やった。「何をだって？」

「半ドル。あの小僧が瓶を割っちまった」

「そうかい」と黒人は言った。彼はポケットに手を入れた。「あんたがここで金を集めるなんて、どういうことかい？　彼女があんたに、ここで金をもらえと言ってよこしたんかい？」

「あたし、半ドルほしいよ。彼が瓶を割っちまった」

「じゃあ、おれが運ぶよりしかたねえや」と黒人は言った。「あんたたちの店の主人は、客が買ったものを持って帰れるように、面倒をみなくちゃいけねえよ、とくにおれたちみてえに長いこと買ってる客にはなあ」

「ほんの半ドルだよ」と女が言った。彼は相手に半ドル渡し、店にはいった。祖母は彼を見送った。それから彼女は赤子をその車の座席に置き、黒人のあとからついていった。そこはセルフ・サービスの店で、客はゆっくりと一列になって、手すりぞいに動いていた。黒人は車から出ていった白人婦人のうしろについていた。祖母はその女が黒人にソースとケチャップの瓶を渡しているのを見つめた。「それで一ドル五十セントになりますよ」と祖母は言った。黒人は彼女に金を渡した。彼女はそれを取り、二人を通り越して部屋を横切った。そこにはイタリア輸入のオリーヴ油の瓶が値段をはられて置かれていた。「まだ残りが二十八セントあるよ」と老女は言った。値段表をながめながら動いてゆき、しまいに二十八セントと示してあるものを見つけた。それは七個並んだ浴用石鹸だった。その二つの包みを持って彼女は店を出た。その角には警官がいた。「あたしマッチを切らしちまったよ」と彼女は言った。

警官はポケットに手を突っこんだ。「あそこにいたとき、どうしてマッチを買わなかったんだい？」と彼は言った。

「ちょっと忘れたの。子供を連れて買物してると、つい忙しいからね」

「その子はどこにいるんだい？」と警官が言った。

「その子をお小遣《よせ》いと取換えちまったんだよ」と老婆は言った。

「あんたは寄席に出られるぜ」と警官が言った。「マッチを幾本ほしいんだい？　ほんの一、二本しかないんだがねえ」

「ほんの一本」と彼女は言った。「あたし、火つけのときはいつも一本きりしか使わないんだよ」

「あんたは寄席に出られるぜ」と警官が言った。「寄席の小屋じゅう火がついたみたいに大笑いするぜ、あんたなら」

「そうだよ」と彼女は言った。「あたしは小屋に火をつけちまうよ」

「どの小屋だ？」と彼は相手を見やった。「貧民収容の小屋かい？」

「あたしゃそうするからね」と彼女は言った、「あしたの新聞を見てておくれ。新聞はあたしの名前をちゃんと正しく書いてくれるといいねえ」

「あんたの名前はなんてんだい？　カルヴィン・クーリッジかい？」（訳注　アメリカの第三十代の大統領。沈黙大統領といわれた）

「あれ、違うよ、それはあたしの子のほうだよ」

「ああ。だからあんたは買物に骨を折ったってわけか、ええ？（訳注　息子が口をきかぬため、という皮肉）まったくあんたは寄席に出たらいいね……マッチは二本もありゃあいいかい？」

消防署では、いままでにその住所からは三度も警報があったので、今度は急いで来たりしなかった。現場に最初に着いたのは娘のほうだった。玄関のドアには鍵《かぎ》がおりていたので、消防夫たちが来てそれをたたきこわしたときには、家の内部はすっかり焼けていた。老婆はすでに煙の渦巻きはじめた二階の窓から身を乗りだしていた。「あん畜生ども」と彼女は言った。「やつはあの子をつかまえられると思ったんだ。でもそんなことさせるもんか、あたしそう言ってやった。あたしゃそう言ってやったんだ」

母親はポパイもまた死んだものと思いこんだ。彼女は泣き叫び、それを彼らが押えている間に、老婆のどなっている顔は煙のなかにかき消え、そして家の外枠が内側へ落ちこんだ。そういう状態のところへ、さっきの白人の婦人と赤子を抱いた警官がやってきて、彼女を見つけた。警官の見た若い女は顔をひきつらせて口を大きく開き、ぼんやりした眼つきで赤子を見やったまま、ざんばら髪を両手で頭上にゆっくりとかきあげていた。彼女は二度と完全には回復しなかった。毎日の辛《つら》い仕事、新鮮な空気と慰安の不足、短い間しかいなかった夫が彼女に残していったあの病気、そういったものに悩まされた彼女にとって、このショックはあまりにも大きすぎたのだった。彼女はときにはまだあの赤子が焼け死んじまったのだと信じこむときもあった――自分でその子を抱いてあやしているときでさえそうだったのだ。

実際ポパイは死んだも同然のものだったと言えよう。その体には五歳になるまでまったく毛髪が生じなかった。そのころには彼は精薄児用の研究所に通う生徒といった存在だったが、体の小さな弱い子供であり、しかも実に脆弱《ぜいじゃく》な胃袋を持っていたので、彼のために作ったきびしい滋養食から少しでもはずれるとたちまち胃痙攣《けいれん》をひきおこすのだった。「アルコールはストリキニーネみたいにこの子を殺しちまいますよ」と医者は言った。「それに正常な意味では、この子はけっして男性にはなれない。養生すれば、少しは長く生きるでしょう。それでも現在のこの子よりも精神的に発育するということはないでしょうね」医者が話をしている相手の婦人は、あの祖母が家を燃やした日に彼女の車のなかにポパイを見つけた人であり、この女性のすすめでポパイは医者の配慮を受けているのだった。彼女は午後や休日にはしばしば彼を家へ連れてきたものであり、そこで彼はひとりで遊んだ。彼女は彼のために子供のパーティを催してやることにした。そう話をして新しい服を買ってやった。そのパーティの午後が来て、お客たちが到着しはじめたとき、ポパイが見当らなくなった。しまいに女中は浴室のドアの鍵がおりているのを見つけた。彼らは子供を呼んだが、何の返事もなかった。彼らは錠前屋を迎えにやった、しかしその間にこの女性が恐怖に駆られて斧《おの》を持ちだしてドアをこわした。浴室はからっぽで、窓があけはなしになっていた。外には低い屋根があり、そこから地上へと雨樋《あまどい》が伝わっていた。しかしポパイは消え去っていた。その床には編んだ籠《かご》があってなかには二羽のぼたんいんこ《ラヴバード》が飼われていたが、籠のわきにはその二羽の小鳥と、それを生きたまま彼が切り刻んだ血だらけの鋏《はさみ》とが落ちていた。

三カ月たってから、彼の母親の近所にいる人の勧告でポパイは逮捕され、少年感化院へ送られた。というのも彼が一匹の子猫を同じ方法で切り刻んだからであった。

彼の母親は半病人だった。子供と仲よしになろうとしたあの婦人が彼女に針仕事などさせてその面倒をみていた。ポパイは感化院を出たあと――彼の素行が正常になったのをみてなおったと判断され、五年後に放免されていた――一年に二度か三度は彼女へ手紙を送ってきた、それもモービール（訳注　アラバマ州にある唯一《ゆいいつ》の海港、中都市）やニューオーリンズ（訳注　ルイジアナ州にあり、南部の大都会）そしてつぎにはメンフィスといった所からだった。夏になると彼女に会いに帰ってきたが、その様子は金のありそうな落着きはらった態度、やせた体にはぴったりした黒い服を着て、陰気で近づきにくかった。自分の仕事はいろいろのホテルでの夜間勤務を引受けることだと母親に話し、そういう職業柄から、医者や弁護士がするように、都会から都会へ移り住むのだと説明した。

あの夏、彼は家へ帰ってゆく途中で逮捕された。その容疑は、ある町である時間にひとりの男を殺したというのだったが、その時刻には彼は別の町にいて他の男を殺していたのだ。その男、ポパイ、金をもうけたがその金で何もできず、使う目的さえ持てなかった男、というのも自分にはアルコールが致命的な毒薬だと知っていて、友達もなく、女を愛することもできず、これからも愛せない体なのだと知っている男――その男はいま警官が殺された町にある刑務所の監房のなかを見まわしながら、彼の自由なほうの手で（もう一方の手はバーミンガムから彼を連行してきた警官に手錠でつながれていた）上着から煙草《たばこ》をつまみだしながら、こう言った、「いったい、何だっていうんだ?」

「やつの弁護士と連絡させたらいいだろう」と彼らは言った、「そしてその胸にあるものを吐きださせようや。お前は電報を打ちたいか?」

「要らねえ」と彼は言い、その冷たくて柔らかい眼で、ちらりと簡易ベッドや高くて小さな窓、光が落ちてくる鉄格子《てつごうし》のドアを見やった。彼らは手錠をはずした――ポパイの手は薄い空気のなかから小さな炎をはじきだすかにみえた。煙草に火をつけ、マッチをドアのほうへはじき飛ばした。「おれがどうして弁護士なんかほしがるんだ？　おれは一度だってこんな――この田舎町の名は何ていうんだ？」

彼らはその名を告げた。「お前、忘れたのか？」

「これからは二度と忘れないだろうぜ」ともうひとりが言った。

「もしも朝までに自分の弁護士の名を思い出せる頭があればな」と最初の男が言った。

彼らは簡易ベッドの上で煙草を吸うポパイを置き去りにした。彼はドアがガチャリと鳴るのを聞いた。ときおり他の監房からも人の声が聞えた――廊下の向うのどこかではひとりの黒人が歌をうたっていた。ポパイは簡易ベッドに寝ころがり、小さなぴかぴか光る黒靴を重ねあわせた。「ちぇっ、何てこった！」と彼は言った。

つぎの日の午前、裁判長は彼に、弁護士を呼びたいかどうかと尋ねた。

「何でだい？」と彼は言った。「昨日の晩言ったがね、おれは生れてから一度もこの町にいたことはねえんだ。おれはこんなきたねえ町へ、何の用もないのに都会の人間を引っぱりだしたくねえよ」

裁判長と執行吏は二人だけで話しあった。

「あんたの弁護士を立てたほうがいいようだがね」と裁判長は言った。

「そうかよ」とポパイは言った。振向くと法廷にいる人々に向って話しかけた――「そこにいる酔っぱらいで、一日仕事をほしい者はいねえか?」

裁判長はテーブルをたたいた。ポパイは向きなおった——そのぴったりした両肩をかすかにすくめると、手は煙草を入れてあるポケットへ動きはじめていた。裁判長は彼に弁護人を指名した。法学部を出たばかりの若い男だった。

「おれは保釈なんかしてもらって長びかせたくねえんだ」とポパイは言った、「ひと息に片づけちまいな」

「とにかく、君はわたしから保釈を得ることはできんよ」と裁判長は言った。

「そうか?」とポパイは言った。「いいさ、おい、あんた」と彼は自分の弁護士に言った、「早くやりな。おれはいまごろはペンサコーラに行ってなきゃならねえところなんだ」

「被告を監房に戻しなさい」と裁判長は言った。

彼の弁護士は醜男《ぶおとこ》で、熱心かつ真面目《まじめ》な顔つきをしていた。彼はいわば無骨な熱心さといった調子でしゃべりつづけたが、その間ポパイは簡易ベッドに寝ころがって、眼の上まで帽子を引下げたまま煙草をふかして身動きもせず、まるで日向《ひなた》ぼっこをする蛇といった静かさであり、ただときおり煙草を持った手が動くだけだった。しまいに彼は言った——「おい、おれは裁判長と違うんだぜ。そんなことはやつにすっかり話したらいいだろ」

「だけれども、ぼくとしてはどうしても――」

「いいか。連中にこう言やあいいんだ。おれはまるっきり何にも知らねえとな。あそこにいたわけでさえねえんだとな。さあ、とっとと出てゆきな」

裁判は一日で終った。同僚の警官や葉巻屋の店員、電話交換手などが証言を行い、彼自身の弁護士は素朴な真剣味と見当違いの熱意を無器用に混ぜあわせながら反論していたが、その間ポパイは不精《ぶしょう》げに椅子《いす》にすわったまま、陪審員たちの頭ごしに窓の外をながめていた。ときおりあくびをし、片手は煙草のはいっているポケットのほうへ動いたが、それから気がついて手をひいて黒い服の上に無造作に置いたが、その蠟《ろう》のように生気のない形と大きさは人形の手を思わせた。

陪審員たちは八分間席をはずして相談した。彼らは起立し、彼のほうを見やり、そして彼が有罪であると告げた。彼は身動きもせず、立っている位置を変えもせず、陪審員たちを数秒間黙ったままゆっくりと見返した。それから彼は言った――「ちぇっ、どうしたっていうんだ、こりゃあ!」

裁判長は槌《つち》で鋭くたたいた。警官が彼の腕を押えた。

「ぼくは控訴しますよ」と弁護士はとびつくように彼のかたわらへ寄りながらしゃべりはじめた。「これからつぎの法廷もその上の法廷も、ぼくは戦いぬき――」

「そうさ」とポパイは言い、簡易ベッドに横たわって煙草に火をつけながら、「だけどな、ここではやめときな。さあ行けよ。ちったあ落着いたらどうだい」

地方検事はすでに控訴をうける心構えを始めていた。「一審はあんまり簡単すぎたよ」と彼は言った。「あの男の受取り方ときたら、まるで——君も彼の判決の受け方をみたろ？　法廷がお前の首をこれこれの日にへし折るぞと告げてるのに、やつはまるで、好きかきらいか言うのさえ面倒くさい唄《うた》を聞いているといった顔つきだった。ということは、たぶんやつがすでにメンフィスの弁護士を雇って、最高裁のドアのところで電報の来るのを待たせてる、ということなんだ。わたしはああいう弁護士どもをよく知ってるんだ。ああいう連中はいつも裁判というものを笑いぐさにしちまうんだ。だからこのごろじゃあ、たとえ検察側が有罪にしても、いずれ上の法廷で引っくりかえされると誰でも思いこんでる有様なんだ」

ポパイは看守を呼び、百ドル札をやった。顔剃《かおそ》り道具と煙草がほしかったのである、「つりは取っときな、そしてそいつを煙にしちまったらまた知らしな」と彼は言った。

「まあ、あんたはわたしといっしょにのんびり煙草を吸う暇もないだろうね」と看守は言った。「今度はあんたもいい弁護士がつくだろうからね」

「あの化粧水を忘れるなよ」とポパイは言った。「エド・パイノードだぜ」彼はこの化粧水のフランス名であるピノーをパイノードと発音した。

その年の夏は天候不順で、すこし涼しかった。監房にはほとんど日の光がさしこまず、廊下はいつも電燈《でんとう》がつけっぱなしになっていたから、その光線は太い幅をした灰色の格子模様になって監房のなかに落ちこみ、彼が両脚を伸ばしている簡易ベッドにまで届いた。看守は彼にひとつの椅子を与えた。彼はそれをテーブルに使い、その上に安時計、一カートンの煙草、灰皿がわりの割れたスープ皿などを置き、彼自身は簡易ベッドに寝ころんで煙草をふかしたり、足先をぼんやりながめたりしていて、その間に一日一日が過ぎていった。彼の靴の輝きがしだいに鈍くなり、服はプレスが必要な様子になった、というのもこの石造りの監房がうすら寒かったために、彼はいつも服を着たまま寝ていたからである。

ある日、看守が言った――「この町の者の話じゃあ、あの警官のほうが悪くて殺されたというぜ。よくやるひどい手を二つ三つ使ったそうじゃないか」ポパイはその帽子を眼の上まで下げたまま、煙草をふかした。看守は言った――「あんたの電報は差止めを食ったのかもしれないな。もう一度わたしが別のを打ってやろうか？」そう言って鉄格子によりかかると、彼の眼にはポパイの両脚が見えた――その細くて黒い両脚はじっと動かず、うつぶせになったきゃしゃな胴体へと続いていて、そむけた顔を斜めに横切って帽子があり、小さな片手には煙草が見えた。彼の両脚は影のなかにあった――それは鉄格子の影を黒く埋めた看守の影のなかにあった。しばらくすると看守は静かに立ち去った。

彼にとって六日しか残らなくなったとき、その看守は彼に雑誌やトランプを持ってこようかと尋ねた。

「何のためだ?」とポパイは言った。そのときはじめて彼は看守のほうを見やったのだった——頭をすこし起こし、すると彼のなめらかで青ざめた顔にある両眼は円くて柔らかそうで、まるで子供の遊ぶ矢の先についた円い吸着ゴムのようだった。それからふたたび彼は仰向《あおむ》けに寝ころんだ。そののちは毎朝、看守が巻いたままの新聞をドアの下から押しこんだ。それはみんな床へ落ちて重なり、開かれぬまま丸まって、日のたつにつれてそれ自身の重みでゆっくり平べったくなっていった。

彼にとって三日しか残らなくなったとき、メンフィス市の弁護士が到着した。彼は許されもせぬのに監房へとびこんだ。その午前中ずっと彼の声が嘆願と怒りと説得を続けて高まってゆくのを看守は聞いていた。昼近くになるとその声はかすれ、ささやきほどの低さになった。

「君はただここに寝ころんで、向うのするままに——」

「おれはいいんだ」とポパイは言った。「おれはあんたに来てくれなんて頼まなかったぜ。よけいなことに鼻をつっこむなよ」

「君は首をくくられたいのかね? そうなのかね? 自殺を試みようというわけなのかね? もう金儲《かねもう》けに飽きちまったわけかね、それで……君みたいな頭のはしっこい男が

「――」

「前にも言ったろ。もうお前さんにはあきあきしたとな」

「あんたが、あんたみたいな男が、こんな地方役人の言うなりになって殺《や》られちまうなんて！　メンフィスに帰って話したって、誰も信じっこないよ」

「じゃあ、話さなきゃいいや」弁護士がまさかといった戸惑いと怒りに包まれて見つめる間も、彼はそのまま寝ころんでいた。「あのどん百姓ども」とポパイは言った。「ちぇっ、いい加減にしろよ……帰りな。さっきも言ったろ。おれは平気なんだ」

前日の晩になると、牧師がはいってきた。

「あなたとともに祈らせてくれますか？」と彼は言った。

「いいさ」とポパイは言った。「やりな。おれには気にしねえでな」

牧師はポパイが寝ころんで煙草をふかしている簡易ベッドの横にひざまずいた。しばらくすると牧師は彼が立ちあがって部屋を横切り、またベッドに戻ってくるのを耳にした。牧師が立ちあがったとき、ポパイはベッドに寝ころんで煙草をふかしていた。牧師は彼の背後、さっきポパイが動くのを耳にした方角を見やった。そこには十二個の四角の印が、壁の下ぞいに同じ間隔で続いていた。まるでそれは燃えさしのマッチでつけられたかのようであった。そのうち二つの四角のなかには、きちんとした幾列かになって煙草の吸殻が並んでいた。三番目の四角のなかには二つの吸殻があった。牧師は監房を立ち去る前、ポパイが立ちあがってそこへ行くのを見まもった。ポパイはさらに二つの吸殻をもみつぶし、他のものの横に丹念に並べていた。

五時過ぎるとすぐに牧師が戻ってきた。あの四角の空間はどこも、最後の十二番目を除いていっぱいになっていた。最後の十二番目もその四分の三までは吸殻が並んでいた。ポパイはベッドに寝ころんでいた。「支度ができたのか?」と彼は言った。

「いや、まだです」と牧師は言った。「祈るように努めてごらんなさい」と彼は言った。「なんとか努めてごらん」

「いいさ」とポパイは言った――「さあ、やりな」牧師はふたたびひざまずいた。彼はポパイがまたも立ちあがり、床を横切っていって、また戻ってくるのを耳にした。

五時三十分に看守がやってきた。「これを持ってきたよ」と彼は言い、鉄格子の間から黙って握り拳《こぶし》を突き入れた。「あんたが渡した百ドルのおつりだよ、あんたは二度と――ここへ持ってきたよ……四十八ドルあるよ」と彼は言った。「ちょっと待った、もう一度数えよう。どうも細かいところまで言えんのだが、とにかく買ったものはわかってるんだ。受取りはちゃんとみんな……」

「とっとけよ」とポパイは動かずに言った。「おはじき玉でも買いな」

六時に迎えが来た。牧師がポパイの肘《ひじ》に片手を当てて付き添っていった、そして絞首《こうしゅ》台《だい》の下に立って祈りはじめ、その間に彼らは彼にロープを巻きつけた。ロープをポパイのなめらかに油でなでつけた頭ごしにかぶせるとき、その髪を乱した。両手は縛られていたから、彼は頭をぐいと振りはじめた、髪が前に垂れ落ちるたびに頭を振っていて、その間も牧師は祈りつづけ、他の者たちは各自の位置にいて頭を垂れて身を動かさなかった。

　ポパイは小刻みにその首を前に伸ばして振りはじめた。「おい！」――その声は低く続く牧師の声を鋭く断ち切った――「おい！」保安官が彼を見やった。ポパイはその首を振るのをやめていて、いまはまるで頭の上に卵を一個のせて落すまいとするかのように、じっとこわばった姿勢だった。「おれの髪の毛をなおせ、おい」と彼は言った。「いいとも」と保安官は言った。落し穴の足蓋《あしぶた》をはねあげながら、「ああ、なおしてやるとも」

　それは陰気な日であったし、陰気な夏、陰気な年でもあった。通りでは老人たちがコートを着こんでいて、パリのリュクサンブール公園では、テンプルと彼女の父親が歩いてゆくと、ベンチにすわった女たちがショールを肩にかけて編物をしていたし、クローケー（訳注　木槌で球を打つゲーム）をしている男たちでさえ上着やケープを着ており、栗《くり》の木立ちのつくるものうい木陰からは、木槌で球を打つかわいた音やとりとめない子供の叫びが響いてきて、それらは秋特有のあの凛々《りり》しさとはかなさと寂しさを帯びて聞えるのだった。向うにはギリシャ風に似せた手すりをめぐらした円形の囲いがあって、そこは人々の動きで満ちていた。あたり一帯には灰色の光が、ちょうど池に噴水の落ちこむ時と同じ色調をみせて漂っていて、そこからはたえず音楽の音《ね》が聞えてきた。二人は歩きつづけ、古びた茶色のコートを着た老人ひとりと子供たちとが玩具《おもちゃ》のボートを浮べている池を通り過ぎ、ふたたび木立ちのなかにはいり、そこにベンチを見つけた。たちまちに老婆《ろうば》が年寄りの性急さをみせて現われ、四スーの料金をとりたてた。

その音楽堂では青空色の制服を着た軍楽隊がマスネーやスクリアビンを演奏していた、そしてベルリオーズの曲ときては、まるで黴臭《かびくさ》いパン切れに下手なチャイコフスキーというバターを薄く塗りつけたような演奏ぶりで、そうしている間も梢《こずえ》のあたりから湿った光となった夕闇《ゆうやみ》がふりそそいで、音楽堂や茸《きのこ》のように並ぶくすんだ色の傘の群れを覆《おお》いはじめた。管楽器の響きが豊かにわきおこり、豊饒《ほうじょう》な悲しい余響の波となってうねりながら、濃緑の夕暮れのなかへ消えていった。テンプルは手の甲を当ててあくびをし、それからコンパクトを取りだして蓋をあけると、そこにはふくれて不服そうで悲しげな顔が小さく映しだされた。彼女のかたわらには父親がすわっていた――両手はステッキの握りの上に重ね、固く張った口ひげには湿り気がいぶし銀のようにかかっていた。彼女はコンパクトを閉じた、そしてその洒落《しゃれ》た新品の帽子の下で、彼女の眼は音楽の波のあとを追ってゆくかのようにみえた――彼女の視線はその消えゆく管楽器の音響にまざりこみ、池を越え、さらに木々が半円形にそびえて汚《よご》れた大理石像となった静寂の女王たちが等間隔に立ちすくむあたりを越え、そして雨と死の季節に抱きしめられてぐったりうつぶしている夕空にと融《と》けこんでいった。

解説

加島祥造

ウィリアム・フォークナー（1897―1962）は二十世紀前半のアメリカ文学を代表する作家であり、彼の作品群は規模と複雑さとにおいて――そして彼の想像力の大きさにおいて――卓越していて、彼に匹敵する作家をあげるには、二十世紀では、アメリカ以外の国の大きな作家を挙げねばならないだろう。許されたページ数のなかで彼の生涯と諸作品を概観することは、この作品『サンクチュアリ』の解説の余地を奪うことになるので、それは『新潮世界文学　フォークナー』ⅠとⅡに付した私の解説その他を参照していただき、ここでは作品を中心に考えてみたい。

『サンクチュアリ』はフォークナーの長編作としては第五作目、そして壮大な構想を持つ一連の「ヨクナパトウファ譚《サーガ》」のひとつとしては第四作目にあたる。これは一九二九年、彼の三十二歳の年に書かれたが、二年後に刊行され、それまでほとんど無名作家であった彼の名は、この作品によって世間に知られるようになった。というのもこれが、当時としては実に異常な煽情的《センセーショナル》な内容を持っていたからである。彼はこれ以外の作品でも凄《すさ》まじい物語やシーンを描いたが、彼が暴力や残酷性に傾斜した作家だとする一般読者の印象は、主にこの作品によって作られたのであり、その印象は現在までも尾を引いて残っている。

この作品は確かにそうした強烈な印象を読者の胸に刻みこむシーンに満ちている。性的不能者のギャング（ポパイ）は十七歳の女子学生（テンプル）をとうもろこしの穂軸で強姦《ごうかん》し、素朴な人間（トミー）を野良犬《のらいぬ》であるかのように射殺し、テンプルをメンフィス市の売春宿に隠してから彼女を別の青年（レッド）と同衾《どうきん》させてその光景を見つつ興奮し、やがてレッドをも射ち殺し、その葬儀場では会葬者たちが酔って騒いで死体が棺から転《う》がりでる。最後にポパイは自分の犯さぬ別の殺人容疑から死刑になるが、死刑の夜も、ともに祈ろうという牧師のすすめを無視して、ベッドに寝ころんで煙草《たばこ》をふかしている。また、トミー殺害とテンプル強姦の容疑をかぶった酒密売人（グッドウィン）は「町」の偏狭《へんきょう》な道徳観、検事の策謀やテンプルの偽証によって有罪になり、さらに町の男たちによって夜中に留置場から引きだされ、私刑《リンチ》にあう――ガソリン罐《かん》を負わされ、生きたまま焼き殺されるのである。

こうした諸状景が時に暗示的に時に直截《ちょくさい》に、いずれも迫力ある描写で作品を貫通している。読者の多くがこの作品を、当時のギャングの兇暴《きょうぼう》な行動を煽情的に扱った物語と思いこんだのも無理ではない。

それに加えて、フォークナー自身もまた、そうした読者の印象を助長するような発言をした。初版刊行の翌年に出たモダン・ライブラリー叢書《そうしょ》版では、彼は新たに序言をつけ加えたが、その冒頭に次のような言葉を書いたのだ――「この作品は三年前に書かれた。私としてはこれは安っぽい思いつきの本だ、なぜならこれは金をほしいという考えから書いたものだからだ」そして当時の自分の事情を少し語ってからさらに、自分は売れる本を書こうとして、「自分の想像しうる限りの最も恐ろしい物語」を考えだしたのだとも言う。

もしそれだけの動機で書いたのであれば当の作者がそんなことを序文でわざわざ断わるのは変である――という推測は当時の人々の頭にほとんど浮ばなかったらしい。この序文が作家の廉潔《れんけつ》 integrity を守るための発言とはうけとらなかった。一般読者ばかりか作家や批評家の多くも、『サンクチュアリ』を場当り的に書かれた作品と受けとった。やがてこのタイプの小説の多くが辿《たど》るように、これも翌年には映画化された。題名が『テンプル・ドレイク物語』とされたところから考えて、映画もまたポパイとテンプルの筋を主眼にしたものと推察される。

しかしフォークナーは序文の最後に、次のようにも書いている――「初稿の校正刷《ゲラ》りを見て、これはひどい作品だと知り、これは破り捨てるか書き直すかだと思った。私は……書き直した。組み直し料を払わねばならなかったが、とにかく『響きと怒り』や

『死の床に横たわりて』をあまり辱《はずか》しめぬように努力し、その仕事はかなりうまくいったと思う……」

この言葉は作家の自己弁護として軽視され、その真の意味は長いあいだ検討されなかった。現在では初稿ゲラと改作・完成作品との間の異同個所は明らかになって、彼が「安っぽい思いつきの原稿」をどのようにして『響きと怒り』と比べてあまり恥ずかしくないものにしたか、ほぼ推測しうるようになった。フォークナー自身もまた、後になって、改訂には最善をつくしたと繰返し述べている。初稿と改訂作品とを比べれば、フォークナーの創作態度の根底にふれる興味ある諸点が見いだされるが、いまはその詳細にわたる余白がない。ここでは概括的な言い方にとどめたいが、フォークナーは改作によって、生きぬいてゆく人間の実在性、その生存の尊厳性を創造しえたとしたのであろう。たしかにこの作品には人間の生きてゆく目的と価値を否定する暗黒の力が渦巻いている。その勢力は圧倒的であるが、しかしここにはまた、その力に対立する肯定的人間観、人間として生きてゆく価値を示す人物も状景も創造しえているのであり、それゆえにこそ彼はこれを自己の最高の作品に比べて恥ずかしくないものとしたのであった。

それはグッドウィン一家を助けようとする弁護士ホレス・ベンボウと、グッドウィンの非合法の妻ルービーとの交渉を語ってゆく筋に現われている。ここには一例しか挙げる余裕がないが、物語の終末にちかい二十七章では、裁判の初日の夜、ホレスがグッドウィンの監房を訪ねる。そこにはルービーと赤子もいて、ホレスはルービーに翌日の法廷での証言の練習をさせる。グッドウィンと赤子は眠ってしまい、残った二人は夜中まで予行をつづける。やがてルービーは弁護費用を払う金がないからと自分の体をホレスに提供しようとして、ホレスをあきれさせる。「情けないなあ！　君たち愚かなる女性は……」（三六一ページ）それからルービーは自分が過去にも同じ方法で二度もグッドウィンを刑務所から出した経験を語りはじめる。本当に男らしい男であるグッドウィンと暮してゆくために自分がどのように命がけで生きてきたか、それをルービーは感傷や自己憐憫《れんびん》のない口調で語ってゆく。

狭くて薄明るい監房のなかで、夫と赤子の眠るベッドの端に腰かけたルービーが自己の苛烈《かれつ》な過去を語るシーンは、ふと見直すと、古い宗教画の聖家族の図を想起させる。最後の章のポパイの監房のシーンと比べると、この作品の含む対極的な生と死の両世界が非常に明瞭《めいりよう》になる（この監房のシーンと、少なくともここにはそれと同じ質のものがあると訳者は感じる。）。さらに言えばこれは『サンクチュアリ』全体を集約して示しているシーンだとも言えよう。薄明るい狭い監房にいるグッドウィン一家とホレスをとりまいて、外には社会の夜の暗黒と暴力と死が圧倒的に渦巻いているのであり、この物語全体はその黒い力が小さな非合法な一家を押しつぶす経緯を語っているからである。

従来の『サンクチュアリ』の読み方はポパイとテンプルの筋を主としていた。作品を覆《おお》う暴力と暗い色調《ペシミズム》からすればそれも無理はなかった。その点ではフォークナーの次の大作『八月の光』でさえ、同じように誤読されたことが思い出される。『八月の光』もまた兇暴な悪人ジョー・クリスマスの物語とされ、明るい生命力を表わす女リーナ・グローヴの存在は無視されがちであった。『八月の光』では最後のシーンで、赤子を抱いたリーナが素朴な中年男バイロンに付き添われて旅をつづけてゆくのであり、そこにはリーナの明るい生命力への作者の希望が託されているが、『サンクチュアリ』のルービーと赤子は、判決の下った法廷(二十八章)を最後に姿を消してしまう。そのあと、弁護士のホレスは法廷での敗北に打ちのめされて、母と子の行く末を見送る気力も出ない。(ましてバイロンのように一緒に旅へ出たりはしえない)。そして彼は家出した家庭へ、冷たい妻や義理の娘のいる家庭へ、帰ってゆく。そしてさらに終章まで暗い色調がつづくのであり、この作品をペシミズムから生れたとする見方も、ある点では無理と言えない。

『八月の光』に比べると、『サンクチュアリ』は、死の側に属する勢力と拮抗《きっこう》しうる生の力を十分には描ききれずにいる。それゆえにこれは彼の他の傑出した作品に一歩をゆずるものとなっていると言えるが、しかしまたこれはホレスの人道主義とルービーの生命力の筋によって、作品としての価値を保っているとも言える。もしもルービーと赤子の姿がなかったら、『サンクチュアリ』は単に「煽情的な恐怖物語」「金めあてに書かれた作品」とレッテルを貼《は》られても仕方がないかもしれない。ポパイの諸行動はやや自働的・機械的に運ばれて、描写は一九二〇年代のギャングのステレオタイプに堕しがちであり、テンプルの扱い方もまた深化の度を欠く傾きにある。ポパイ―テンプルの織りなす筋はフォークナーの想像力のやや浅い部分から生れていると言えそうである。（むしろ、各所に挿入されたユーモラスなシーンが、より生彩を放っている）。それに反してルービーと赤子――実に苛烈な状況を生きぬいてゆく母と子の姿は、最初の廃屋での様子から後半にゆくに従って、次第に堅固な実在感を深めてゆく。

弁護士ホレス・ベンボウは人間の善意と社会の良識をわずかでも信じようとして敗北し、その敗残に心まで打ちくだかれるが、ルービーは襲いかかる恐ろしい悲劇に耐え、赤子をかかえて生きぬいてゆくことが読者に察せられるであろう。フォークナーはこういう人物（人間）に「限りない讃嘆《アドミレーション》を抱《いだ》く」人であり、狂暴な悪の世界を描く物語の底に必ずこうした人間的資質をこめようとする。ルービーは「敗《ま》けはしたが」しかし「くじけない」女であり、二十世紀前半のアメリカの巨匠ヘミングウェイとフォークナーが常に創造してきた「敗けてもくじけない」人間像に属する人物のひとりである。フォークナーがこの作品を『響きと怒り』や『死の床に横たわりて』に恥じぬ作品に改作しえたと言ったのは、こうした人物の創造によって作品に核となるものを据えたと信じたからである――少なくともそれが大きな理由になっていると言っても過言ではないであろう。

またこの作品はフォークナーの前期のものに属し、彼の前期の諸作に目立つ実験的手法が、とくにイメージの鮮烈な用い方に現われていることを言いそえておきたい。

『サンクチュアリ』Sanctuary は「聖所」「聖域」「逃げこみ場所」などといった意味を持っているが、ここでは後者の「隠れ家《かくが》」という意味が強い。それはグッドウィン一家たちが住んだフレンチマン屋敷を指している。そこでは非合法結婚をした夫婦が非合法な酒の密造販売をしているのであるが、非合法の領域に彼らだけで暮すかぎり、彼らは平穏であった。そこへ外の（すなわち合法の）世界の人間たちが侵入してきたために、彼らの平和は崩れさり、一家は四散する。そこには合法の側の暴力と非合法の側の平和という皮肉な含みが隠されている。また、ある批評家はこの隠れ家をテンプルの押し込められた娼家《しょうか》とみたり、この語がシェイクスピアの Measure for Measure より取られたとしたり、種々の解釈があり、題名のみについてすでに小論文が書かれている。ともあれ、このような点で Sanctuary を「聖所」その他の訳名に変えると原題の二重の意味を伝えがたい。そのために従来からこれは『サンクチュアリ』とされていて、訳者もまたその習慣に従った。

この作品の訳ははじめ一九七一年の『新潮世界文学　フォークナー』Ⅰのために行われたが、この文庫に入れるに当って、やや改訂したことをお断わりしておきたい。またこの翻訳が現在の形をとるまでには多くの方々の厚意にあずかったが、とくに西川正身教授、友人のアーサー・キンボル氏には厚く感謝したく思う。

（一九七二年十月）

新潮文庫最新刊

瀬戸内寂聴著

老いも病も受け入れよう

92歳のとき、急に襲ってきた骨折とガン。この困難を乗り越え、ふたたび筆を執った寂聴さんが、すべての人たちに贈る人生の叡智。

新井素子著

この橋をわたって

人間が知らない猫の使命とは？　いたずらカラスがしゃべった？　裁判長は熊のぬいぐるみ？　ちょっと不思議で心温まる8つの物語。

近衛龍春著

家康の女軍師

商家の女番頭から、家康の腹心になった実在の傑物がいた！　関ヶ原から大坂の陣まで影武者・軍師として参陣した驚くべき生涯！

片岡翔著

あなたの右手は蜂蜜の香り

あの日、幼い私を守った銃弾が、子熊《あなた》からお母さんを奪った。必ずあなたを檻から助け出す、どんなことをしてでも。究極の愛の物語。

町田そのこ著

コンビニ兄弟2
—テンダネス門司港こがね村店—

地味な祖母に起きた大変化。平穏を崩す美少女の存在。親友と決別した少女の第一歩。北九州の小さなコンビニで恋物語が巻き起こる。

萩原麻里著

巫女島の殺人
—呪殺島秘録—

巫女が十八を迎える特別な年だから、この島で、また誰かが死にます——隠蔽された過去と新たな殺人予告に挑む民俗学ミステリー！

新潮文庫最新刊

大塚已愛著
鬼憑き十兵衛
日本ファンタジーノベル大賞受賞
父の仇を討つ――。復讐に燃える少年と憎形の鬼、そして謎の少女の道行きはいかに。満場一致で受賞が決まった新時代の伝奇活劇！

町屋良平著
1R1分34秒
芥川賞受賞
敗戦続きのぼんこつボクサーが自分を見失いかけるも、ウメキチとの出会いで変わっていく。若者の葛藤と成長を描く圧巻の青春小説。

田中兆子著
徴産制
センス・オブ・ジェンダー賞大賞受賞
疫病で女性が激減した近未来。国家は18歳から30歳の男性に性転換を課し、出産を奨励した――。男女の壁を打ち破る挑戦的作品！

櫻井よしこ著
問答無用
一帯一路、ＲＣＥＰ、ＡＩＩＢ、中国の野望に米中の対立は激化。米国は日本にも圧力をかけてくる。日本のとるべき道は、ただ一つ。

野地秩嘉著
トヨタ物語
ジャスト・イン・タイム、アンドン、かんばん方式――。世界が知りたがるトヨタ生産方式とは何か。最深部に迫るノンフィクション。

原田マハ著
常設展示室
―Permanent Collection―
ピカソ、フェルメール、ラファエロ、ゴッホ、マティス、東山魁夷。実在する6枚の名画が人々を優しく照らす瞬間を描いた傑作短編集。

Title : SANCTUARY
Author : William Faulkner

サンクチュアリ

新潮文庫　フ－6－2

昭和四十八年一月二十日 発行
平成十四年八月二十五日 二十七刷改版
令和四年一月十日 三十三刷

訳者 加《か》島《じま》祥《しょう》造《ぞう》
発行者 佐藤隆信
発行所 株式会社 新潮社
郵便番号 一六二―八七一一
東京都新宿区矢来町七一
電話 編集部(〇三)三二六六―五四四〇
読者係(〇三)三二六六―五一一一
http://www.shinchosha.co.jp

価格はカバーに表示してあります。

乱丁・落丁本は、ご面倒ですが小社読者係宛ご送付ください。送料小社負担にてお取替えいたします。

印刷・錦明印刷株式会社　製本・株式会社大進堂

ISBN978-4-10-210202-2 C0197